本书由中央高校基本科研业务费专项资金资助项目
中央民族大学文学与新闻传播学院学科建设经费资助出版

中国现代文学论争与文化政治

—— "民族形式" 文艺争论及相关问题

毕 海 ◎ 著

中国社会科学出版社

图书在版编目（CIP）数据

中国现代文学论争与文化政治："民族形式"文艺争论及
相关问题/毕海著.—北京：中国社会科学出版社，2017.11
　ISBN 978 - 7 - 5203 - 0959 - 2

　Ⅰ.①中…　Ⅱ.①毕…　Ⅲ.①中国文学—现代文学史
—文学史研究　Ⅳ.①I209.6

中国版本图书馆 CIP 数据核字（2017）第 220232 号

出 版 人	赵剑英
责任编辑	郭晓鸿
特约编辑	席建海
责任校对	冯英爽
责任印制	戴　宽

出　　版	中国社会科学出版社
社　　址	北京鼓楼西大街甲 158 号
邮　　编	100720
网　　址	http://www.csspw.cn
发 行 部	010 - 84083685
门 市 部	010 - 84029450
经　　销	新华书店及其他书店

印　　刷	北京明恒达印务有限公司
装　　订	廊坊市广阳区广增装订厂
版　　次	2017 年 11 月第 1 版
印　　次	2017 年 11 月第 1 次印刷

开　　本	710×1000　1/16
印　　张	23.5
插　　页	2
字　　数	295 千字
定　　价	99.00 元

凡购买中国社会科学出版社图书，如有质量问题请与本社营销中心联系调换
电话：010 - 84083683

序　言

不清楚现在的学生或学者们，倘不专门研究文艺大众化一类问题，对于中国现代文学史上那场著名的"民族形式"论争会有怎样的印象。我自己，从读书到忝列教授，很长时间内对这场论争都不甚了然，也从未下功夫去探究，除了记得几个人名、几篇文章外，对它的认识，没有超过本科生文学史知识的范围。

几年前，当毕海对我讲他决定以这个题目做博士论文时，我既感意外，也颇有兴趣，希望通过他的细致研究，能把这团乱麻理一理。对他的选择我之所以比较放心，是因为他的选题不是从"理论"学习的抽象概念中产生的，而是经过一年多埋头阅读报刊史料，从大量文献中捕捉到问题并反复思考后最终确定下来的。

起初，他主要从探讨当代文学起源的目的出发，清理"民族形式"论辩与延安文学的关系。然而，随着阅读与思考的深入，隐藏在这个概念背后的意识形态问题越来越清晰，使他最后跳出了学界多年来始终为"形式"之名所囿而局限于文艺大众化思潮的论述框架，触到了"民族形式"概念所承载的政党文化建构的重大理论意义，因而为这一主题的研究贡献了新的见解。

中国共产党领导的革命，属于 20 世纪国际共产主义运动。这场革命，是有阶级无国界的无产阶级革命，最终目的是消灭资产阶级政党领导的民族国家，从而"将红旗插遍全球"。因此，井冈山成立的红色政权，亦以外国的"苏维埃共和国"命名；而"武装保卫苏联"的口号，也便是这种世界革命意识形态的产物。然而，"九一八"以后，随着德、日、意法西斯邪恶轴心对世界政局的改变，尤其当1938年全面抗战爆发，中国红色革命政权面临合法化问题。抗日战争改变了中国的政治格局，也改变了中国共产党的政治论述，使之暂时搁置世界主义和阶级论，转向民族主义和民主建国论，并产生了"马克思主义中国化"的典范——毛泽东思想。"毛泽东思想"作为辩证唯物主义的政治实践理论，其话语的主要特征，就是应现实需要随时调整战略方针，灵活规范并处理"主要矛盾"与"次要矛盾"的关系（毛泽东《矛盾论》），或者说，以功利目的处理"经"与"权"的关系（即"经常的道理"和"权宜之计"）。在"马克思主义中国化"这一意识形态话语的转变与建构过程中，"民族形式"是其话语从阶级论转变为民族主义的功能性概念之一。"民族形式"这个概念，原本内涵模糊，边界不清，却为充满矛盾的理论言说提供了通道和空间。毕海抓住了这个本质，并在吸收前人研究观点的基础上，从"大处"着手，拎起了这段有始无终、歧义丛生的"民族形式"讨论，使这场论辩的发生原因与实际意义，有了一种令人信服的新颖的解释，他的博士论文因此得到专家们的好评。尽管这篇论文还有不少缺陷，此后亦未能充分进行补充和提升，但在短短三年时间内，对一个文学史上的理论概念做出了清晰的历史梳理，也算交出了一份合格的答卷。

记得王富仁老师博士论文出版、李何林先生为他写序时，李先生就把答辩委员会的决议抄下来作为他的主要意见。今天，我也东施效颦，将毕海答辩时答辩委员会的决议抄录一遍，作为对毕海这篇论文的客观评价——

毕海的论文《1940 年代前后文学的"民族形式"问题研究》，围绕四十年代"民族形式"论争，从一个较为新颖的角度，运用翔实材料对"民族形式"问题进行理论论证。

论文打破了过去从文学大众化角度论证"民族形式"的惯例，从"马克思主义中国化"入手，将"民族形式"与政党政治和意识形态联系，试图从历史材料和文本分析中还原历史的建构过程。作者阅读了大量文献，做了较为扎实的理论准备，论文核心观点新颖，能在材料基础上论证，力求客观。对四十年代政党文化背景下的文字实践，进行了富于探索的论证。在原创性和学术品格上均显示出值得肯定的长处，并显示了理论辨析的长处。

但论文在历史呈现与理论之间，尚有不够贴切和完满的地方。个别具体的结论，可再斟酌。

答辩委员会对毕海的论文进行了认真审议。从总体上看这是一篇问题意识突出、颇有创见、比较优秀的学术论文。毕海认真回答了答辩委员会的问题。答辩委员会对毕海的答辩表示满意。答辩委员会由五位专家组成，经投票表决，一致通过其论文答辩，建议授予毕海博士学位。

答辩委员会主席（签字）：解志熙

毕海对学术一向持敬畏态度，肯吃苦，能下功夫。这样一种踏实诚笃的个性，在高校坐冷板凳倒是相宜的。他在论文即将出版时，嘱我作序。作为曾经的导师，似乎责无旁贷；但作为今日的同行，实在没有权力再对他的研究指手画脚。只是有些体会，可以分享。

记得读硕士研究生时，同学黄开发经常开导我们说，学位论文选择什么样的研究对象，对自己的成长至关重要。这是有几分道理的。研究鲁迅的学者，王富仁、钱理群等老师，不都有几分鲁迅先生的风骨吗？而开发兄多年致力于知堂研究，果然除了学问精深，还散文小品一本接一本出，其对生活趣味的享受令我等粗人羡慕不已。这其实是说，读什么书，培养什么样的性情。孙犁从青年时代起，就循着鲁迅的书帐读书，这份经验，使他在"文革"中"伤心悟道"，而未如很多同人那样在"紧跟"中丧失自我，晚年如凤凰涅槃，写下一生最好的文字。在无需为学位论文的"突破"考虑选题时，下一步选择什么来作为较长时段的阅读与研究，也许是值得毕海花些时间来考虑的。

杨联芬

2017 年 2 月 1 日农历正月初五写毕于京西无为居

目　　录

导　　论

一　重新理解中国现代文学论争

中国现代文学发展进程的突出现象之一，是不断上演频繁的文学论争。现代文学每一次文学观念的演进，文学社团和文学流派的形成，文坛的分化与作家群体的矛盾纷争，甚至文学空间中心的位移，都与文学论争有着密不可分的关系。可以说，中国现代文学思潮发展史，就是一部中国现代文学论争史。

中国现代文学的发生正是从文学论争开始的。晚清文学三大革命——诗界革命、文界革命和小说界革命，黄遵宪主张将"新思想""新语句""新境界"与传统诗文形式相结合，大量引进"新名词""新概念"，提倡以"俗语文体"表达"欧西之思想"，论争"文学"在启蒙民众思想、改良民族精神和再造社会文明等方面的重要功能和现实意义。梁启超更是以"笔锋常带感情"的新文体批判旧小说"诲淫诲盗"，论争中国"群治腐败""精神萎靡"与旧小说的联系，提出革新小说的必要性和紧迫性：

> 欲新一国之民，不可不先新一国之小说。故欲新道德，必新小说；欲新宗教，必新小说；欲新政治，必新小说；欲新风俗，必新小说；欲新学艺，必新小说；乃至欲新人心、欲新人格，必新小说。何以故？小说有不可思议之力支配人道故。①

旧小说与新小说，旧文学与新文学，二元对立的文学观念在论辩中得以确立。新文化运动兴起之后，进一步将"新/旧——进步/落后"的"进化论"文学观推向极致。白话文取代文言文，新文学的生成，这是中国文学和文化"千年未有之大变局"。在一系列的"论战"中——与林纾的论争、与学衡派的论辩，新文学知识群体明确了"敌人"，也厘清了自己的立场，最终取得了对旧文学摧枯拉朽般的胜利。正如一位研究者所指出的，20世纪中国文学史研究中的"论争"概念具有非常鲜明的建构性。中国新文学是在"骂战"中生成的，"骂"是《新青年》展开文化批评和文学批评的重要方式。②"五四"时期，新文学社团文学研究会和创造社围绕文学是"为人生"还是"为艺术"展开论争，双方基于不同的文学观念，各自寻找对自己有利的西方文学资源，展开驳难，以致周作人不得不调和二者的矛盾，宣扬其"人生的艺术派"的立场。从"文学革命"到"革命文学"，"革命文学论争"让中国现代文学发展面貌再度发生巨变。后期创造社、太阳社挑起与鲁迅等"五四"作家群体的论战，鼓吹普罗文艺，倡导文学做"政治的留声机"。正是在论争过程中，马克思主义文艺思想得到广泛传播，进一步推动了中国文学观念的革新。20世纪30年代中国现代文学的发展同样离不开文学论争，面临严峻的民族危机，中国共产党"建立抗日民族统一战线"政

---

① 梁启超：《论小说与群治之关系》，《梁启超全集》第2卷，北京出版社1999年版，第884页。

② 李哲：《"骂"与〈新青年〉批评话语的建构》，山东文艺出版社2015年版，第2页。

策提出之后，文艺界发生了"两个口号"——"国防文学"和"民族革命战争中的大众文学"的论争。30年代自由主义作家和左翼作家之间，国民党右翼文人与左翼作家之间，同样发生多次文学论争。鲁迅与梁实秋关于文学"人性"论的论争；沈从文的《论"海派"》挑起的"京派、海派之争"；鲁迅与林语堂等人关于"性灵文学"和"幽默文学"的论争；左翼作家与"第三种人"的论争；鲁迅、茅盾等人与"民族主义文学运动"倡导者们的论争……抗战开始后，相继爆发了梁实秋与新文人作家群体之间"与抗战无关论"的论争，张天翼的《华威先生》引发的"讽刺与暴露"的论争；随后又有"民族形式"文艺论争；胡风与部分左翼理论家有关"现实主义"的论争等，一直到新中国成立前夕，还有《大众文艺丛刊》对自由主义作家的整肃和论争……可以说，文学论争和文学论战贯穿了中国现代文学发展的始终。

为什么中国现代文学之文学论争如此频繁地发生？为什么中国现代文学运动和文学思潮的发展往往以论争运动的方式展开？中国现代文学论争之大量、反复地出现，根本原因在于中国现代"文学"观念的历史建构性。在中国，"文学"是一个古老而重要的词汇，文学作为一个知识领域，也长期占据着中国文化的核心位置。但历史上的"文学"与现代汉语中的"文学"其内涵和外延却不尽相同。古代"文学"概念，一般是"文章"和"学术"的合称：前者指写作（文体写作，类似于今天的文学，但范围要广得多，包含各类文体的"大文学"）；后者指对经典文献的研究（经学、典籍研究、小学、语言文字学），这与现代文学的概念并不一致。① 现代意义上的"文学"实际上是一种现代性知识和文化的产物，日本学者柄谷行人在其《日本现代文学的起源》一书中借

---

① 参见李怡主编《词语的历史与思想的嬗变——追问中国现代文学的批评概念》，巴蜀书社2013年版，第38页。

用日本作家夏目漱石的一段话，"少时曾喜读汉籍。所学期间虽短，然漠然冥冥之中由《左传》《战国策》《史记》《汉书》而略知何为文学之定义。暗中思忖英国文学亦当如此也，若果真如此则举有生之年而习之，亦当无悔。……春秋十载于吾有之，不敢言无学习之余暇，只恨难能彻底习之。然毕业后不知为何脑中竟被英国文学所欺而生不安之感念"引出一个问题，即何为"文学"？柄谷行人认为，"我们不应该把漱石这种感念笼统称为接触到非本民族文化者的认同危机。因为这样说时，我们已经将'文学'视为不证自明的东西，而看不到'文学'之意识形态性了"①。的确，不能仅把夏目漱石对"文学"概念内涵的困惑看作一个东西方文化差异的认同危机，而需深入思考现代"文学"的起源问题。夏目漱石的疑问恰好将"文学"这一概念的历史建构性，将"文学"作为西方现代资本主义文化产物的特征给呈现出来了。现代文化视域中的"文学"并非是"不证自明"的概念，而是一种现代性的"风景"，更明确地说是一种一旦确立起源（历史建构性）就被掩盖的"现代制度"。正是从"知识考古学"的角度，王德威提出了"没有晚清，何来五四"的概念，这一口号除了涉及"晚清文学"与"五四文学"的关联性之外，更指出了"现代文学"的建构性和历史性。换言之，迄今为止，我们所有的文学观念和认知，都是一种现代性的发明。所谓的"文学"，都是现代性装置（或者用哈贝马斯的话说是一整套现代性方案）的产物。如果没有胡适、陈独秀、鲁迅、周作人等人在论争中的建构和阐释，也就不会有现代意义上的"文学"。

　　实际上，不仅中国现代文学具有历史建构性，"文学"观念本身即是"现代性"的产物，乔纳森·卡勒在其《文学理论》一书中所指出

---

① ［日］柄谷行人：《日本现代文学的起源》，生活·读书·新知三联书店2003年版，第8页。

的：“如今我们称之为 literature（著述）的是二十五个世纪以来人们撰写的著作。Literature 的现代含义——文学，才不过二百年。1800 年之前，literature 这个词和它在其他欧洲语言中相似的词指的是‘著作’，或者‘书本知识’。”① 由此可知，“文学”是现代思想文化观念的产物，中国现代文学更是中西文化交汇现代性知识生产的产物。现代文学观念和古典文学观念既有着根本性的不同，又存在着千丝万缕的联系，故不免发生争论。何为文学？如何理解文学的内涵？文学的价值和意义是什么？对这些问题的思考和争论贯穿了中国现代文学发展的始终。不论是“五四”时期文学革命看重文学的启蒙主义内涵，还是“革命文学”论争中将文学看作政治的“留声机”，再抑或是京派文人、自由主义作家群体对文学“人性”的强调，都在不断的文学论争中展开对现代“文学”内涵的思考和表达。1948 年，袁可嘉写作《我的文学观》，表明自己对文学的看法：

> 一个比较完美的文学观，如我在上面所指陈的，一定得包含社会学的、心理学的和美学的三个方面，从社会学的观点来看，文学的价值在对于社会的传达；从心理学来说，它的价值在个人的创造，从美学来说，它的价值在文字的艺术，而三者绝对是相辅相成、有机综合的，否则即不会有文学作品。在这个文学观里，我们必须坚持几点：（一）三者的影响是互相的，而非单方面的，是渗透的，而非外加的；（二）社会学的观点不仅指马克思的理论（虽然它是极重要的社会学说之一），心理学的认识也不仅指弗洛伊德的学说，美学的也并非只指克罗齐的见解；这个文学观更不仅是马克思的经济决定论＋弗洛伊德的性和下意识＋克罗齐的直觉；我们

① ［美］乔纳森·卡勒：《文学理论》，李平译，辽宁教育出版社 1998 年版，第 21 页。

必须利用全部文化、学术的成果来接近文学，了解文学，而决不可自限于某一套的教条或自缚于某一种的迷信；（三）尤其重要的，无论从哪一观点来看文学，我们的目的都在欣赏文学，研究文学，创造文学，而非别的。①

袁可嘉指出的"完美文学观"，文学所呈现出的"三种辩证地渗透，有机地综合的关系"，实际上正是中国现代文学发展进程中，对"文学"观念形态及其内涵不断争论、探讨的结果。而他所特意强调的社会学、心理学和美学的认识、观点及这三种文学观的影响、关联和目的，都是中国现代文学史有关"文学"本体论争及建构现代文学观念价值的表现。

中国现代文学论争的频繁发生，另一个重要原因在于中国现代文学生成的特殊历史文化语境。中国现代文学得以确立的根基和特征不在中国古代传统之中，亦不在西方文学传统之中，而是中国现代这一特殊历史文化空间的产物。中国现代文学伴随着中国文化从古典到现代的整体性转变而发生，这就决定了中国现代文学发展的"杂芜性"。陈方竞指出："我们常常说的中国现代文学的现代性，就是在对中国社会文化的整体批判中产生的，社会批判是中国现代文学的现代性的必要前提和保证……这就是说，中国现代文学的审美现代性的形成，是建立在对中国社会文化的整体批判之上的，是通过具有社会批判性的中国现代文学的现代审美形态发展实现的。"② 这种批判性的文化决定了中国现代文化和中国现代文学的特征，必然呈现出一种论争建构性的文化形态。中国传统社会的保守性，几千年帝国制度延续的惯性，以及"超稳定结构"文

---

① 袁可嘉：《我的文学观》，《论新诗现代化》，生活·读书·新知三联书店 1988 年版，第 110—111 页。

② 陈方竞：《鲁迅与中国现代文学批评》，北京大学出版社 2011 年版，第 32—33 页。

化的惰性，都决定了中国现代文学的生成和革新，绝非是一件轻而易举的事情。可以说，中国现代文学和现代文化的每一步推进，都伴随着激烈的论争。鲁迅曾在《娜拉走后怎样》中直言现代中国文化变革的艰难："可惜中国太难改变了，即使搬动一张桌子，改装一个火炉，几乎也要血；而且即使有了血，也未必一定能搬动，能改装。不是很大的鞭子打在背上，中国自己是不肯动弹的。"① 在《无声的中国》一文中，鲁迅又再次强调"激烈主张"对推进改革的重要性：

> 中国人的性情是总喜欢调和，折中的。譬如你说，这屋子太暗，须在这里开一个窗，大家一定不允许的。但如果你主张拆掉屋顶，他们就会来调和，愿意开窗了。没有更激烈的主张，他们总连平和的改革也不肯行。那时白话文之得以通行，就因为有废掉中国字而用罗马字母的议论的缘故。②

正是在激烈的论争中，白话文运动才得以兴起。实际上，不仅仅是文言白话的争论，新旧文化观念的对抗也同样贯穿了中国现代文学和文化发展的始终。王富仁在论及中国现代文学批评时曾经指出："不论在五四新文化运动之前，还是在五四新文化运动之后，中国社会在整体上仍然是一个文化极端落后的社会，这决定了政治对中国社会整体的决定性作用，也决定了政治关系对整个社会关系的主导作用。"③ 政治对中国社会关系的主导作用，表现在文学上，就是新文学作家群体迫切需要通过"发声"——论争、论战获取生存空间，扩大新文学的影响，进而让中国新文学落地生根发芽，如同新生的树苗，需要不断浇水，方能茁壮

---

① 鲁迅：《娜拉走后怎样》，《鲁迅全集》（1），人民文学出版社 2005 年版，第 171 页。
② 鲁迅：《无声的中国》，《鲁迅全集》（4），人民文学出版社 2005 年版，第 14 页。
③ 王富仁：《中国现代文学批评略说》，《北京师范大学学报》（社会科学版）2011 年第3 期。

成长。陈方竞质疑以往的文学史研究对中国现代文学论争缺少重视和研究，强调中国现代特殊的历史环境和经济文化因素决定了中国现代文学批评必然在很大程度上以"文学论争"的方式表现出来，尤其不能忽视一系列中国现代文学论争和文学批评背后所存在的"职业竞争"的因素。① 强大的传统惯性，"职业竞争"的压力，文化变动的冲击，中国现代文学发展既充满了多种可能性，也溢满了"未知性"，这决定了中国现代文学论争必然是中国现代文学演进的基本方式。

有研究者指出，"现代文学"其实是一种"民族国家文学"，它与中国进入现代民族国家的过程刚好同步，二者之间有着密切的互动关系。② 的确，20 世纪上半期的中国现代知识分子，不论思想观念有何差异，启蒙或是革命，其目的都在将中国建设成为一个独立自强的现代中国。③ 以文学论争为基本表现形式的中国现代文学批评，作为文学和文化革命的重要工具，显然在其中承担了重要的作用。鲁迅之所以在中国新文学发展之初就呼吁"文化批评"和"文明评论"，正是看到了文学论争和文学批评在文化革新和建设新文化中的巨大作用：

> 中国现今文坛的状况，实在不佳，但究竟做诗及小说者尚有人。最缺少的是"文明批评"和"社会批评"，我之以"莽原"起哄，大半也就为得想引出些新的这样的批评者来，虽在割去舌之后，也还有人说话，继续撕去旧社会的假面。可惜现在所收的稿子，也还是小说多。④

---

① 陈方竞：《鲁迅与中国现代文学批评》，北京大学出版社 2011 年版，第 10 页。
② 刘禾：《文本、批评与民族国家文学——〈生死场〉的启示》，唐小兵主编《再解读：大众文艺与意识形态》，北京大学出版社 2007 年版，第 1 页。
③ 杨联芬：《启蒙、革命与民族主义》，《山东社会科学》2009 年第 6 期。
④ 鲁迅：《致许广平》，《鲁迅全集》(11)，人民文学出版社 2005 年版，第 486 页。

虽然除了翻译厨川白村的《出了象牙之塔》之外，鲁迅从未写过纯粹意义上的文学批评，但鲁迅实际上一直从事"大文学"概念意义上的文学论战和文化批评活动。在鲁迅看来，"现在的文艺，就在写我们自己的社会，连我们自己也写进去；在小说里可以发现社会，也可以发现我们自己；以前的文艺，如同隔岸观火，没有什么切身关系；现在的文艺，连自己也烧在这里面，自己一定深深感觉到；一到自己感觉到，一定要参加到社会去！"① 翻译厨川白村的文学批评，正是因为鲁迅注意到这本文学批评集在文明批判和现代文化革命论战中的重要意义。中国现代作家的文学批评和文学论争，始终围绕着文学与民族国家建构之间的关系而展开。刘禾颇具洞察力地指出了文学批评、文学论争在中国现代文学和 20 世纪中国文化发展中的地位：

> 文学批评在中国成为一种合法性话语。它为作家和批评家提供了理论语言，借此，他们能够解决与西方的窘困关联，同时反思自身的存在状况……体制化的（institutionalized）文学批评逐步发展为 20 世纪中国的一种奇特建制（establishment），成为一个中心舞台，文化政治与民族政治经常在这个舞台上轰轰烈烈地展开。②

也恰是在这一层意义上，我们需要重新理解和阐释中国现代文学论争为主体表现特征的现代批评，重视其独特性和特殊价值，因为离开了对现代文学论争和现代文学批评的理解，也就无法准确理解和诠释中国现代作家和现代文学史。

概言之，以文学论争运动形态展开的文学批评已经成为中国现代文

---

① 鲁迅：《文艺与政治的歧途》，《鲁迅全集》（7），人民文学出版社 2005 年版，第 120 页。
② 刘禾：《跨语际实践——文学、民族文化与被译介的现代性（中国，1900—1937）》，宋伟杰等译，生活·读书·新知三联书店 2002 年版，第 265 页。

学和文化建构的关键力量。从文学论争到文学实践，中国现代文学的诸多因素决定了它与文化政治实践之间的复杂联系。正如中国现当代文学研究者吴俊指出的："文学批评与国家政治的关系十分紧密，在大多数时候，（现）当代文学批评甚至（不得不）可以说是国家意识形态的直接表达或组成部分。对于现当代文学批评（史）的研究，在很大程度上具有当代中国政治研究的意义。"① 中国现代文学是中西文化交汇、现代性知识生产的产物，它始终与中国现代的文化政治、社会思想实践是联系在一起的，是在对传统文学和文化的批判中产生的。因此，以论争方式表现出来的中国现代文学批评也是杂芜的、丰富的、多层次的文学活动。

更为重要的是，重新理解和审视中国现代文学论争，可以打开文学研究的社会历史空间。众所周知，文学与社会历史的联系曾是中国现代文学研究的重要特征之一。20 世纪 80 年代以降的中国文学研究，在"告别革命"的时代精神心理结构中，在"去政治化"的文化语境中，对中国现代文学进行了重新梳理、认识和评价，由此在文学领域形成了"重写文学史"的热潮。由于"重写文学史"的倡导者和参与者反对把文学研究作为一种意识形态的工具看待，标举从审美角度重新认识与整合现代中国文学史，主张让现代文学研究回到文学的轨道上去，摆脱文艺创作和文艺研究对政治的依附。"美"在当时也在一定程度上成了一种抵抗和瓦解意识形态话语霸权的手段。由此，"重写文学史"热潮中出现的某些研究成果就会呈现一种扬此抑彼的二元论式存在：一方面，研究者对新民主主义论及其统摄下的研究成果进行了颠覆、瓦解，站在审美和人性的基础上，他们重新发现了像沈从文、张爱玲和穆旦等一类

---

① 吴俊：《文学的权利博弈：国家文学与文学批评》，《当代作家评论》2011 年第 2 期。

作家作品，并对之给予极高评价；另一方面，他们对中国左翼文学发展中的某些现象缺乏一种了解和同情，因而大体上对之采取了一种轻蔑和否定的态度，很少采用较为复杂化的处理方式。这样，"现代文学研究就难免会从一个极端走向另一个极端，在对文学审美与形式的张扬中又异常显明地遮蔽了现代中国文学与现代中国政治文化之间本来不可分割的广泛联系"①。20世纪90年代后期，尤其是21世纪以来，中国知识界开始发生分化。中国现当代文学研究者对"文学"和"政治"的理解也发生了巨大变化，人们逐步走出了二元对立的观念，注意到文学在审美性上虽然可以远离政治，但也不等于非要脱离政治不可，原因在于现在我们所理解的"政治"已经不是单纯的阶级政治，或被高度意识形态化的政治，而是"浸润在每个人的日常生活之中的政治，是作为一个国家公民乃至世界公民有可能予以自由表达的政治图像景观"②。日常生活政治和文化的相互渗透和融合，很大程度上构成了值得关注的文化政治。"如果说现代政治关注于改变经济与国家的结构，而文化政治则关注于日常生活实践，主张在生活风格、话语、躯体、性、交往等方面进行革命……要言之，文化不再是普遍的观念性存在，而是物质实践、政治斗争的一种形式。"③重新理解文学与政治尤其是文化政治的关系，也成为中国现代文学研究中重要的内容。显然，关注文学及文学论争中的历史文化内涵，并不意味着是一种"翻鳌子"现象，而是在新的历史语境中，现代文学研究的一种理性回归。也就是研究者提出的"回到原初"，而"召唤回到原初，实际上是提倡文学史批评中的历史意识、实事求是的科学精神"。近年来的文学研究实则是对以往的非此即彼的二元对立

---

① 袁盛勇：《延安文学及延安文学研究刍议》，《文学评论》2005年第1期。
② 袁盛勇：《延安文学观念中的文学与政治》，《文艺争鸣》2009年第5期。
③ 单世联：《文化、政治与文化政治》，《天津社会科学》2006年第3期。

观念的突破，在打碎原有的一元叙述之后，研究者力图从历史和现实的语境出发，直面中国现代文学的历史面貌和复杂性。同时它也是一种新的知识视野，即知识社会学的研究方法。知识社会学对今天文学创作和文学研究的启示是，"尊重历史、敬畏历史、正视现实，不宜将文学史写成简单的'进化'史"①。

恰是在这样的背景下，重新理解中国现代文学论争的意义变得极为重大，关注中国现代文学论争的"杂芜性"，研究文学论争所蕴含的文化政治内涵和意义，成为我们重新反思中国现代文学发展历程的重要视点。

二 现代政治文化视域中的"民族形式"文艺论争

在中国现代文学论争史上，最为典型地反映出文学论争之文化政治内涵的，是发生在20世纪40年代前后关于中国文学"民族形式"问题的论争。

20世纪30年代后期，抗日战争爆发，民族矛盾急剧上升，中国的国内国际局势发生了巨大的变动，中国共产党开始了政治文化政策上的调整。"抗日民族统一战线"的提出和建立，标志着中国共产党从左翼阶级论话语向民族主义的转变，但如何在抗战中保持自身的独立性，建构符合现实和未来需要的意识形态，逐渐成为中国共产党在这一时期面临的重大理论问题。以毛泽东为代表的中国共产党人提出"民族形式"和"马克思主义中国化"，既是共产党抗战时期意识形态调整所致，也是新时期意识形态建构的重要步骤。

---

① 阎浩岗：《现当代文学研究的知识社会学视野与互文性方法——以土改叙事研究为例》，《中国文学批评》2015年第4期。

1938 年 10 月，毛泽东在中国共产党的六届六中全会上作题为《抗日民族战争与抗日民族统一战线发展的新阶段》的报告，并于同年 11 月 25 日以"论新阶段"为题发表于延安《解放》周刊第 57 期。这篇报告中的一部分为《中国共产党在民族战争中的地位》，在《学习》一节毛泽东讨论"马克思主义中国化"问题，强调将革命理论、历史知识和实际运动结合起来时，他说：

> 共产党员是国际主义的马克思主义者，但是马克思主义必须和我国的具体特点相结合并通过一定的民族形式才能实现。马克思列宁主义的伟大力量，就在于它是和各个国家具体的革命实践相联系的。对于中国共产党说来，就是要学会把马克思列宁主义的理论应用于中国的具体的环境，成为伟大中华民族的一部分。而和这个民族血肉相联的共产党员，离开中国特点来谈马克思主义，只是抽象的空洞的马克思主义。因此，使马克思主义在中国具体化，使之在其每一表现中带着必须有的中国的特性，即是说，按照中国的特点去应用它，成为全党亟待了解并亟须解决的问题。洋八股必须废止，空洞抽象的调头必须少唱，教条主义必须休息，而代之以新鲜活泼的、为中国老百姓所喜闻乐见的中国作风和中国气派。①

这一论述本是针对中国共产党内俄苏理论派的教条主义和政治势力，以及共产党外对于抗战期间中共进行共产主义革命活动的质疑，试图从历史的角度重新解释中国问题和中国革命的特殊性，在民族战争中求得自身的合法性而寻找新的理论阐释。然而，由于"民族形式"与文艺问题直接相连，延安左翼知识分子迅速将其引入文艺界，倡导并发动

---

① 毛泽东：《论新阶段》，《解放》1938 年 11 月 25 日第 57 期。又见《中国共产党在民族战争中的地位》，《毛泽东选集》第 2 卷，人民出版社 1991 年版，第 534 页。

了一场运动，即文艺的"民族形式"运动。这场运动由延安扩展到晋察冀边区、重庆、桂林、香港、上海等地，其中围绕民间文学是否为"'民族形式'创造的中心源泉"掀起激烈争论，将运动推向高潮，直到1942 年 5 月毛泽东的《在延安文艺座谈会上的讲话》发表，各地论争才逐渐平息。

毛泽东的这篇报告以及由这篇报告所引起的"民族形式"论争，预示着在新的现实形势下，中国共产党和左翼文化界对其政治和文化政策的调整。20 世纪 30 年代后期至 40 年代是毛泽东思想形成的重要时期，①而 1938 年在延安召开的中国共产党第六届中央委员会会议第六次全体扩大会议，是一次重要的会议，②"这次会议批准了以毛泽东为首的党中央政治局的路线，毛泽东在报告中提出'中国共产党在民族战争中的地位'这一问题，便是为的使全党同志明确知道并认真地负起中国共产党领导抗日战争的重大历史责任。全会确定了坚持抗日民族统一战线的方针，同时指出了在统一战线中有团结又有斗争……"③ 这次会议事实上确立了毛泽东在中国共产党党内的领导地位。而毛泽东的报告意味着：在抗战初期"一切经过抗日民族统一战线"之后，中国共产党开始思考和寻求抗日战争中自身在政治和文化上的独立性，以及如何夺取政权的问题。

---

① 《关于建国以来党的若干历史问题的决议》认为：毛泽东思想是"在土地革命战争后期和抗日战争时期得到系统总结和多方面展开而达到成熟的"。见《关于建国以来党的若干历史问题的决议（一九八一年六月二十七日中国共产党第十一届中央委员会第六次全体会议一致通过）》，中国共产党中央委员会《〈关于若干问题的决议〉和〈关于建国以来党的若干历史问题的决议〉》，中共党史出版社 2010 年版，第 68 页。

② 毛泽东认为，"六中全会是决定中国之命运的"，"主要是在两个问题上，就是统一战线问题和战争问题。在统一战线问题上，是独立自主还是不要或减弱独立自主；在战争问题上，是独立自主的山地游击战还是运动战"。《关于第七届候补中央委员选举问题（一九四五年六月十日）》，《毛泽东文集》第 3 卷，人民出版社 1996 年版，第 425 页。

③ 毛泽东：《中国共产党在民族战争中的地位》，《毛泽东选集》第 2 卷，人民出版社1991 年版，第 519 页。

　　如果从这样的背景来看，20 世纪 40 年代前后的"民族形式"论争和影响深远的"民族形式"运动就不是以往我们所理解的那样是一次单纯的文艺理论之争，①而是有着现实政治和文化考量的文化运动。在抗日战争的背景下，需要重新处理中国与西方、传统与现代、阶级与民族、国家与地方等一系列复杂的文化问题，以毛泽东为代表的中国共产党人提倡"民族统一战线"，通过发起"民族形式"运动，实质上是找到了最好的缝合历史和现实的立足点，一方面以"民族主义"姿态抹淡以往"武装保卫苏联"式的共产主义意识形态，以寻求新的历史条件下政党地位的合法性；另一方面则为进一步在民族主义背景下保持并推进中国的马克思主义运动埋下伏笔、创造理论条件。

　　由此，需要追问的是：为什么要提倡"民族形式"？"民族形式"这一概念的真实内涵和真实意图是什么？"民族形式"的提出及其论争对于中国现代文学和现代文化的发展产生了什么影响？"民族形式"问题是一次关于文艺的"大众化""民族化"问题的理论争论？还是有着独特意识形态背景和文化权力争夺的文化运动？

　　不难发现，"民族形式"的提出以及随后左翼文艺界所发起的"民族形式"论争，有着复杂的历史含义和现实意义。"民族形式"看似是一个文艺理论问题，但实际是历史转折关头意识形态调整和政党文化建构的一种策略以及一次成功的尝试。

　　首先，"民族形式"概念是对鸦片战争以来逐渐形成的中国社会民族主义正义伦理的合理发挥和有效利用。

　　如果说"民族主义现象是指以'民族'为符号、动力和目标的社

---

　　① 在一般的文学史论述中，"民族形式"文艺论争被视作文学的"大众化""民族化"问题，参见王瑶《中国新文学史稿》（下册），《王瑶全集》第 4 卷，河北教育出版社 2000 年版，第 26 页。

会、政治、文化运动，或以民族国家为诉求的意识形态，或以文化传统为依托的情结和情绪"，① 那么，中国的民族主义始于 19 世纪中期以后。当鸦片战争打破了中国人天朝上国的自我想象，被强行拖入全球化时，晚清知识分子这才意识到，中国不过是地球村中的一员，没有独立自强的"民族"主体，就会亡国灭种。因此，现代意义上的"民族主义"意识，在以洋务运动为开端的民族自强运动中开始产生。随后，甲午海战惨败于"蕞尔小国"日本，严复、康有为、梁启超、谭嗣同等人的变法主张，更将"民族"之存亡与国家政体及政治制度直接联系起来，以民族主义为要旨的"国家"与"国民"启蒙，遂在维新派知识分子的热切推动下广泛展开。依据美国历史学家杜赞奇的说法，"民族主义"作为一种现代意识，是中国民族国家身份认同的开端。②

安德森认为，"资本主义、印刷科技与人类语言宿命的多样性共同构成了现代民族的想象共同体"③。而在中国，"民族国家的大量想象开始出现于晚清，尤其是小说在现代民族国家这种'想象的共同体'的构造中发挥了极为重要的作用"④。晚清文学的重要成绩是"新小说"，新小说之"新"，便是以大量新名词，建构一个文明新世界的"未来中国"幻象。启蒙知识分子借由小说，将"地球""文明世界""国家""国民""自由""平权"等现代政治和社会概念，变成普通民众乐于接受的大众文化概念，灌输他们"强国保种"的民族主义意识，促进其从皇朝"庶民"转变为现代民族国家之"国民"，建立公民意识。晚清启蒙运动，最大限度利用了现代印刷技术，以新小说为媒介，建构了一个自

① 徐讯：《民族主义》（修订版），中国社会科学出版社 2005 年版，第 11 页。

② 参见［美］杜赞奇《从民族国家拯救历史：民族主义话语与中国现代史研究》，王宪明等译，社会科学文献出版社 2003 年版。

③ ［美］本尼迪克特·安德森：《想象的共同体：民族主义的起源与散布》，吴叡人译，上海人民出版社 2005 年版，第 45 页。

④ 旷新年：《民族国家想象与中国现代文学》，《文学评论》2003 年第 1 期。

由平等、科学发达、实行宪政民主或共和制度的"新中国"。①

实际上，不论 20 世纪前半期的中国知识分子在国家政体制度上持何种立场，建立一个现代民族国家都是他们背后思考的根本动力。历史学者罗志田指出，"晚清以来一百多年间，中国始终呈乱象，似乎没有什么思想观念可以一以贯之……但若仔细剖析各类思潮，仍能看出背后有一条潜流，虽不十分明显，却不绝如缕贯穿其间。这条潜流便是民族主义"②。

19 世纪西方民族主义兴起、现代国家纷纷出现的先例，促使 20 世纪初的中国革命派宣称已经进入了"民族主义"的时代，试图通过提倡"民族主义"挽救中国的民族危机、结束专制制度，建立现代民主国家：

> 亘十九世纪二十世纪之交，有大怪物焉，一呼而全欧靡，而及于美，而及于澳，而及于非，犹以为未足，乃乘风破涛以入于亚。
>
> 三十年来之制造派，十年来之变法派，五年来之自由民权派，皆是矣。夫言各有当其时，吾诚不敢拾后者以傲前……呜呼，今吾不再拭一掬泪，以为吾同胞告，则吾恐终为所噬，而永永沉沦，万劫不复也。乃言曰：今日者，民族主义发达之时代也，而中国当其冲，故今日而再不以民族主义提倡于吾中国，则吾中国乃真亡矣。③

余一认为晚清以来的"洋务派""改良派""革命派"等各派政治力量，应该抛弃表面的分歧，来完成"民族主义"的共同诉求。1905年孙中山也感叹说："鄙人往年提倡民族主义，应而和之者特会党耳，

---

① 参见杨联芬《晚晴至五四：中国文学现代性的发生》，北京大学出版社 2003 年版，第 55—56 页。
② 罗志田：《近代中国民族主义的史学反思》，贺照田主编《在历史的缠绕中解读知识与思想》，吉林人民出版社 2003 年版，第 332 页。
③ 余一：《民族主义论》，《浙江潮》1903 年第 1 期。

至于中流社会以上之人，实为寥寥。乃曾几何时，思想进步，民族主义大有一日千里之势，充布于各种社会之中，殆无不认为革命为必要者。"① 19 世纪末 20 世纪初，不过短短数年，"民族主义"思想在中国迅速传播并得到了进步知识分子的广泛认同，梁启超、章太炎、陈天华、汪精卫等人都不遗余力地宣传"民族主义"。可以说，是 20 世纪初中国的民族主义结束了清朝政权的统治。

受梁启超等民族主义启蒙而成长的"五四"一代知识分子，以鲜明的"五四"风格亮相，倡导个人主义，以人为根本和目的。但深入感受他们的情绪，考察他们的论述，其"立人"背后的民族主义动因仍然与晚清启蒙先辈一脉相承；而其个人主义的归属，最终指向民族主义。后来主持《新青年》杂志发起"新文化运动"的陈独秀曾经这样讲述自己"民族"意识的萌生过程和思想的转变：

> 我十年以前，在家里读书的时候，天天只知道吃饭睡觉。就是发奋有为，也不过是念念文章，想骗几层功名，光耀门楣罢了。哪知道国家是什么东西，和我有什么关系呢。到了甲午年，才听见人说有个什么日本国，把我们中国打败了。到了庚子年，又有什么英国、俄国、法国、德国、意国、美国、奥国、日本八国的联合军，把中国打败了。此时我才晓得，世界上的人，原来是分做一国一国的。此疆彼界，各不相下。我们中国，也是世界万国中之一国，我也是中国之一人。一国的盛衰荣辱，全国的人都是一样消受，我一个人如何能逃脱得出呢。我想到这里，不觉一身冷汗，十分惭愧。我生长二十多岁，才知道有个国家，才知道国家乃是全国人的大

---

① 孙中山：《在东京中国留学生欢迎大会的演说（一九〇五年八月十三日）》，《民报》1905 年第 1 期，张岱年、敏泽主编《回读百年 20 世纪中国社会人文论争》第 1 卷，大象出版社 1999 年版，第 274 页。

家，才知道人人有应当尽力于这大家的大义。①

因此，从新文化运动伊始，"个性解放""自由独立"与"爱国主义"，就成为《新青年》同时并行的两条思想线索：

> 夫所贵乎爱国烈士者，救其国之危亡也，否则何取焉？今其国之危亡也，亡之者虽将为强敌，为独夫，而所以使之亡者，乃其国民之行为与性质。欲图根本之救亡，所需乎国民性质行为之改善，视所需乎为国献身之烈士，其量尤广，其势尤迫。故我之爱国主义，不在为国捐躯，而在笃行自好之士，为国家惜名誉，为国家弭乱源，为国家增实力。②

20 世纪 80 年代的思想解放运动，在重新发现和阐释"五四""人学"时，鲁迅的"立人"思想得到充分阐述。但与陈独秀相似，鲁迅个人主义思想的背后，仍然有着强烈的民族主义意识。在早年的《文化偏至论》中鲁迅极力主张"掊物质而张灵明，任个人而排众数"，发扬人的个性，但其目的在于"人既发扬踔厉矣，则邦国亦以兴起……外之既不后于世界之思潮，内之仍弗失固有之血脉，取今复古，别立新宗，人生意义，致之深邃，则国人之自觉至，个性张，沙聚之邦，由是转为人国"③，帮助"一盘散沙"的中国转变为"人国"。鲁迅后来脱离体制、成为自由撰稿人时，一方面，继续以其凌厉尖锐的思想论述，与社会大众及知识分子的各种奴性、妥协作斗争，表现出一以贯之的基于"立人"思想的自由主义精神；另一方面，对国家社会未来的深切关怀，使他不是离政治愈来愈远，反而与政治愈来愈近。

---

① 三爱（陈独秀）：《说国家》，《安徽俗话报》1904 年第 5 期。
② 陈独秀：《我之爱国主义》，《新青年》1916 年第 2 卷第 2 号。
③ 鲁迅：《文化偏至论》，《鲁迅全集》（1），人民文学出版社 2005 年版，第 47、57 页。

一生不遗余力推崇个人主义的胡适，在讲到"个人之自由"的重要性时，其落足点最后也归于"爱国"和"建国"：

> 现在有人对你们说："牺牲你们个人的自由，去求国家的自由！"我对你们说："争你们个人的自由，便是为国家争自由！争你们自己的人格，便是为国家争人格！自由平等的国家不是一群奴才建造得起来的！"
>
> ……
>
> 请大家认清我们当前的紧急问题。我们的问题是救国，救这衰病的民族，救这半死的文化。在这件大工作的历程里，无论什么文化，凡可以使我们起死回生，返老还童的，都可以采用，都应该充分收受。我们救国建国，正如大匠建屋，只求材料可以应用，不管他来自何方。①

20世纪20年代以后，部分知识分子接受马克思主义思想，他们开始从阶级斗争和历史唯物主义的视角重新思考中国的社会现实，倡导社会革命。然而在中国，"阶级斗争在革命中的出现，并不表明它违背了民族主义，也没有将革命转化为一种社会主义事业。与阶级斗争相关的论争，发生在民族主义思想内部……问题的焦点是如何提炼民族性的自我，它应该为国家所代表，并被唤醒为一个群众共同体"②。其背后的论述逻辑依然在于唤醒"大众"，以投入"民族解放"的宏大事业中去。

从这个意义上讲，20世纪上半期中国知识分子无论"启蒙或革命，都共同指向民族主义的'最终'目标：即中国要成为一个独立、自强、

---

① 胡适：《介绍我自己的思想——〈胡适文选〉自序》，《胡适全集》（4），安徽教育出版社2003年版，第663、668页。

② ［澳大利亚］费约翰：《唤醒中国：国民革命中的政治、文化与阶级》，李恭忠等译，生活·读书·新知三联书店2004年版，第502页。

有尊严的民族国家。"① 这样一种状况不仅影响了中国的政治，也影响了中国的文化和文学的发展，正如研究者所指出的，"'五四'以来被称之为'现代文学'的东西其实是一种民族国家文学……主要是由于现代文学的发展与中国进入现代民族国家的过程刚好同步，二者之间有着密切的互动关系"②。有关现代民族国家的叙事，始终是现代中国文学的核心内容，处于文学发展的中心位置。

因此，自晚清以来，"民族主义"由一种普遍的社会情绪，成为政治动员的活水源泉，实际上构成了一股重要的社会能量。"当政治运动诉求国家权力，当民族国家进行社会动员，没有任何意识形态比'为了民族的独立、解放、繁荣、进步'来得更有号召力。"③ 因而，一旦政治和文化形势发生变化，尤其是遇到外患时，民族主义者往往能够诉诸大众的民族认同感，将其唤起并使之转化为政治力量，这构成了中国现代政治和文化的一个典型特征。

抗日战争爆发，民族矛盾成为主要矛盾，以阶级斗争为手段、以武装斗争推翻现政权为目标的中国共产党，面临巨大的政治危机，也面临最大的机遇。以毛泽东为代表的中国共产党精英，审时度势，及时调整战略方针，不但顺利度过危机、取得合法地位，而且成为新形势下民族统一战线的主导力量，进而在壮大军事政治力量的同时，获取了抗战时期文化的主导权。毛泽东指出，由于在经济上和政治上的软弱，中国的民族资产阶级既有"革命性"的一面，同时又有"妥协性"的一面，"至于中国的大资产阶级，以国民党为代表，在一九二七年至一九三七年这一个长的时期内，一直是投入帝国主义的怀抱，并和封建势力结成同盟，反对革命人

---

① 杨联芬：《"启蒙""革命"与民族主义》，《山东社会科学》2009 年第 6 期。
② 刘禾：《语际书写——现代思想史写作批判纲要》，上海三联书店 1999 年版，第 191—192 页。
③ 徐讯：《民族主义》（修订版），中国社会科学出版社 2005 年版，第 72 页。

民的"。而在今天的中国，"谁能领导人民驱逐日本帝国主义，并实施民主政治，谁就是人民的救星。历史已经证明：中国资产阶级是不能尽此责任的，这个责任就不得不落在无产阶级的肩上了"①。

国民党政治制度与经济形态因其所代表的"资本主义"而成为非正义的、马克思主义视域中被批判和否定的"西方"。这是国民党时期官方民族主义难以服众的致命弱点，也是马克思主义自"五四"以来一直吸引着理想主义知识分子的根本原因。毛泽东提出"民族形式"这个概念，具有以小统大、一箭双雕之效。一方面，它的"文艺理论"面目淡化了意识形态目的，使之变为纯粹的文艺理论问题；另一方面，"民族"的概念既淡化了阶级斗争，其民族主义的立场又极其符合抗战时期普遍的社会心理。因此，毛泽东"发明"的这个概念，以强调民族主义的方式承续和转换了马克思主义，使其既在理论上具有一贯性，同时又以文艺理论的形式与国民党官方民族主义区隔开来。

正如上文所提到的，"民族主义"无疑是现代中国重要的政治和文化认同力量，但是和西方不同，中国的民族主义又有着独特性，"后起的东方民族主义，由于历史境遇的特殊性，比起欧洲来，更具双重意义：一方面是反对本土的专制皇权；另一方面则是反抗西方帝国主义的殖民压迫"。这样，就产生了一个耐人寻味的现象："在19世纪属于'进步'的民族主义，20世纪以降却似乎因民族主体身份的转换——由西方的民族转换为第三世界被迫现代化的民族——而往往与文化专制和文化保守主义形成共谋。"② 20世纪20年代末，国民党完成了政治上的统一，作为建国基础的民族主义，却逐渐成为其推行文化专制统治的工具。

---

① 毛泽东：《新民主主义论》，《毛泽东选集》第2卷，人民出版社1991年版，第674页。
② 杨联芬：《"启蒙""革命"与民族主义》，《山东社会科学》2009年第6期。

这样一种民族主体身份的变换和现实状况，中国知识分子对西方和"民族主义"的认同和反抗是同时进行的。当时局缓和时，他们将中国的落后和混乱归结于民众的不觉醒，因此学习西方和启蒙民众成为知识分子的主要任务；而一旦形势发生逆转，西方和帝国主义对于中国的压迫就成为新的民族国家形成的阻碍力量，而成为人们尤其是知识分子批判的对象。1928 年南京国民政府成立以后，"民族主义"就成为国民党官方的主流意识形态，但却从未据此完成文化统合，反而成为知识分子反对、批判和挑战的目标，这固然有多方面的原因，① 但一个最根本的原因则在于中国民族主义的独特性，国民党政府已经成为马克思主义视域下的掠夺被压迫阶级和弱小民族的帝国主义的"西方"和传统保守专制的结合物，也就必然成为被批判和被否弃的对象。这样，蒋介石国民政府因为其经济上的资本主义性质和文化上的保守姿态，丧失了在政治和文化上的合法性。

而"民族形式"这一概念和论争则绕开了直面"民族主义"伦理正义性与否的纠缠，"民族"的面貌既统合了民族认同资源，继承了马克思主义对于"现代""西方"文化的批判，又和文艺问题联系在一起，将本来不同政治文化的争夺变成了文艺理论之争，掩盖了其意识形态内涵。而在抗战时期，文艺恰好是最有效的动员工具，讲求文艺的"大众化"和"民族化"，在以下层农民为抗战主体的农村根据地，显然会得到他们热烈的欢迎和认同。

"民族主义"本来是与资本主义运动联系在一起的思潮，中国的马克思主义者意图汲取和利用"民族主义"资源时，必然要求对其加以转

---

① 这些原因包括社会政治局面的不稳定，知识分子的不合作，国民党的思想理论过于稳健甚至不免有些陈腐难以让人产生精神共鸣，也包括国民政府对文化的专制统治。关于这一问题的论述参见倪伟《"民族"想象与国家统制：1928—1948 年南京政府的文艺政策及文学运动》，上海教育出版社 2003 年版，第 297—302 页。

化。毛泽东根据斯大林所提出的"社会主义的内容,民族的形式",吸收了这一理论资源而提出的"民族形式",实际上是树立自己的政治意识形态以区别于国民党的"民族主义"和"三民主义"。1939 年 12 月 13 日毛泽东出席中共中央政治局会议,听取艾思奇关于准备陕甘宁边区文代会报告内容的介绍。艾思奇认为当前新文化的性质是混合性的,首先是资产阶级民主主义的文化,特殊地说是三民主义的文化,其次是无产阶级彻底的民主主义和共产主义的文化。毛泽东表示不同意艾思奇的看法,他说:

> 我认为不提三民主义文化为好,因为三民主义的本质就是民主主义。民主主义有两派,一派是彻底的民主主义,一派是不彻底的民主主义。以提中华民族的新文化为好,即彻底的民主主义文化。马克思主义中国化问题,不能说马克思主义早已中国化了。马克思主义是普遍的东西,中国有特殊情况,不能一下子就完全中国化。边区的教育方针应该是民主主义的,应该宣传当前民主主义的任务,同时又宣传共产主义思想体系。因此,学校也不能只教共产主义思想体系,而忽视当前实际任务。新文化用下面四大口号为好:民族化(包括旧形式),民主化(包括统一战线),科学化(包括各种科学),大众化(鲁迅提出的口号,我们需要的)。①

后来,在《新民主主义论》中,毛泽东又更加系统地将当前的新文化定义为:"民族的、科学的、大众的新民主主义文化。"② 可见,毛泽东十分注意与国民党的官方意识形态作出区分,同时对于马克思

---

① 中共中央文献研究室编:《毛泽东年谱 1893—1949 中卷》,中央文献出版社 1993 年版,第 148—149 页。

② 参见毛泽东《新民主主义论》,《毛泽东选集》第 2 卷,人民出版社 1991 年版,第 706 页。

主义也惯常加以策略性的运用，正是由于"马克思主义中国化"，才将"未来目标"与"当前实际任务"结合起来，通过"民族形式"转化和推进马克思主义革命运动。值得注意的是，国民党文化官员和右翼文人也注意到了"民族形式"这一文学概念所带有的政治色彩和意识形态建构意义，他们反复强调这是中国共产党提倡"阶级革命"的重要理论产物。右翼文人李子青认为，"现在文学上的民族形式论者，也就是过去文学上的'反民族文化'者……现在的民族形式文学，就是'抗日民族统一战线'在文学上的使用"，文学政策是"他们文化政策乃至政治策略之一部分"①。王一樵更是撰文提出"民族形式、世界内容"，"根本就是国际主义者政治上的文化策略而已，并无半点民族文化的影子"。② 这些论述虽不免偏颇，但无疑注意到了"民族形式"文艺论争的文化政治内涵。由于"民国机制"③ 所提供的"缠绕"文化空间，马克思主义者主导下的"民族形式"论争，虽然受到当时政权——国民党当局及其所属右翼势力的攻击，却仍然能发展深入，使这样一个带有明显政治意识形态色彩的概念能够得到广泛的传播，产生深远的影响。

"民族形式"论争以及对"民族形式"的追求有效吸收和转化了中国现代以来的"启蒙"和"革命"文化，实际上构成了中国共产党政党文化建构的起点，预示着中国现代文化的转型。"民族形式"本来是一个政治上的概念，但由于它被引入到文学领域，由此产生的争论实际上构成了解放区文学和当代文学（十七年文学）创制的一个典范性的要求。中国当代文学区别于现代文学，建立其自身的价值，正是在于独特

---

① 李子青：《文学上所谓民族形式问题》，《振导月刊》1942 年第 1 卷第 2 期。
② 王一樵：《当前的文学问题》，《振导月刊》1942 年第 1 卷第 2 期。
③ 李怡、周维东：《文学的"民国机制"答问》，《文艺争鸣》2012 年第 3 期。

的"民族形式"。延安文艺座谈会后,创制"民族形式"、追求"民族形式"成为解放区以及当代作家主动追求的目标,也成为评价作家艺术成就的根本标准。

"民族形式"问题的提出之所以能够迅速引起左翼知识界甚至整个文艺界的争论,除了现实政治的原因,不可否认也有着文学和文化方面的原因,"民族"和"形式"耦合①而成的"民族形式"论争问题,正如研究者所指出的:"实际上涉及了文艺的民族形式、民间形式、大众化等问题,而隐含在各种分歧的观点背后的,则是如何评价'五四'文学运动,如何在民族战争的背景下重新审视'五四'所确立的新/旧、现代/传统、都市/乡村的二元对立关系,如何处理1928年'革命文学'论争和三十年代左翼文艺运动所建立起来的阶级论的文艺观,如何在语言和形式上具体地理解地方、民族和世界的关系;等等。"② 因此,"民族形式"虽然有着自己的意识形态背景和理论谱系,毛泽东在六届六中全会上的报告也不直接涉及文艺问题,但在大众化讨论和民族战争的背景下,由于它的文艺理论面貌,毛泽东的讲话在文艺界引起的直接反响就是和文学大众化、民族化问题是联系在一起的文艺的"民族形式"论争。它实际上是在新的"抗战建国"的文化形势下,对中国现代文学以往一系列重大论争的吸收和总结,是对中国现代文学和文化的重新反思,继承和转化。

---

① 英国文化理论家霍尔曾这样界定他提出的"耦合"(articulation)理论:"一种耦合理论既是一种理解方式,即理解意识形态的组成成分何以在一定条件下通过一种话语聚合在一起;也是一种询问方式,即询问意识形态的组成部分何以在特定的事态下耦合成或没有耦合成某一政治主体。"(可参见中译本〔英〕霍尔《接合理论与后马克思主义:斯图尔特·霍尔访谈》,周凡、李惠斌主编《后马克思主义》,中央编译出版社2007年版,第196页)从这个意义上看,"民族形式"显然是一种话语聚合而构成的意识形态。

② 汪晖:《地方形式、方言土语与抗日战争时期"民族形式"的论争》,《现代中国思想的兴起》第2部下,生活·读书·新知三联书店2004年版,第1495页。

从这个意义上讲，"民族形式"实则是中国现代文学、文化和思想史上的一个重要概念，"民族形式"的提出及其相关的文艺运动是政党政治一次成功的策略尝试和理论建构，实际上构成了中国共产党政党文化的起点和重要内涵，标志着中国现代文学的转型。因此，"民族形式"问题是涉及中国现代政治思想史和文学、文化史发展的一个大问题。但与这一概念和论争本身的复杂性和重要性而言，目前学界对此认识不足，对相关问题缺乏细致的考辨和分析。

三　"民族形式"文艺论争研究述评

对"民族形式"问题的研究实际上在民族形式论争发生后就开始了。1941年，胡风编选《民族形式讨论集》，辑收抗战初期报刊上发表讨论文艺上的民族形式问题的论文31篇，实际上就有为这次论争作总结的味道，其后他撰写的《论民族形式问题》，进一步对当时各种说法、理论进行了辨析和批判，明确表明了自己对"民族形式"的质疑和对于"五四"新文化的坚守。同年7月，唯明在重庆《文艺月刊》上发表《抗战四年来的文艺理论》，对抗战初期的文艺理论问题进行总结，指出"抗战以来在文艺上曾经引起最广大最长久的论争的是民族形式的论题"，认为"问题的提出事实上还是继续旧形式的利用问题而来的，但是后来论点发展开来，触及了文艺上一切的问题，而且还牵涉到一般的文化政策……民族形式的提出与过去通俗化和大众化不同之处，在于谋新文艺的根本改造，并且要在通俗文艺与传统的新文艺之间取得理论和实践的统一。再说得深刻一点，民族形式企图把文化政策（在文艺上是文艺路线）加以确定并由这个确定的政策造成今后民族文艺可遵循前行的文艺形式"①。将"民族形

---

① 唯明：《抗战四年来的文艺理论》，《文艺月刊》1941年第7期。

式"与文化政策联系起来，已经呈现了这一概念和论争背后复杂的内涵。

1942年6月，防耳写《"民族形式"的再提起》，表明"民族形式"论争告一段落。而在这篇文章中，作者指出"过去的一些争论，都还不够真正进一步地具体地去向内容发掘，谈来谈去，都还停留在文艺大众化的形式的论争水准上，都没有从深入地研究生活，研究人民大众的真实，研究历史中来发扬理论，展开理论"。并且认为创作家"应该在创作的实践中，去深入人民的生活，并且把创作的成果呈现在战斗的人民大众的审判之前，这样来创造'新鲜活泼，为老百姓所喜闻乐见的中国作风与中国气派'的民族形式"。[①] 号召和呼吁在实践中探索"民族形式"的文艺作品。此后，对"民族形式"的期待和寻求也的确成为了解放区文学的重要内容。

这三篇论文是当时试图对"民族形式"问题进行总结的文章，既构成了对"民族形式"问题的研究，也成为后来研究者研究"民族形式"问题的重要史料。

新中国成立之后，对于"民族形式"问题的论述多见于文学史教材，王瑶认为"由于新文学的作品一直没有能够深入到工农群众中间，为老百姓所喜闻乐见"，因而，毛泽东在中共六中全会上的报告"立刻引起了文艺工作者的反省和检讨。那时正是制作通俗文艺的高潮刚过去，大家对于运用旧形式的意见并不完全相同，甚至可以说有的很不相同，于是在深入学习毛泽东同志的报告中，文艺界便展开了有关民族形式的论争"。因此他强调"'民族形式'问题是与大众化问题联系在一起

---

① 防耳：《"民族形式"的再提起》，重庆《新华日报》1942年6月12日。

的"。① 王瑶的论述显然是接受了毛泽东"新民主主义论"的历史叙述，因而他勾连起"民族形式"运动与"五四"新文学以及20世纪30年代文艺"大众化"运动的理论谱系，实际上是为中国共产党在民族国家文化建构上提供了合法性解释。

这一论述成为中国现代文学史论述的典范，后来的文学史教材也没有超出王瑶论述的范围，唐弢、严家炎主编的《中国现代文学史》同样认为"民族形式"论争是"现代文学史上关于文艺大众化方向问题的一次大规模的论争"。② 在相当长的时间里，文学史上"民族形式"问题是与文学的"大众化""民族化"问题联系在一起的一次文艺论争，具有广泛影响的中国现代文学史教材《中国现代文学三十年》指出："抗战时期，由于抗战宣传的需要，利用旧形式的通俗化的作品大量出现，大众化问题又重新引起重视。由于民族意识的高扬，人们也就更多地考虑如何在文化领域突出民族特色。所以，'民族化'也成为这一时期文学论争的重要焦点和理论建设、创作实践的主要追求之一。"③ 对于"民族形式"问题的具体内涵和独特性较少作出考辨。

随着政治语境的变化和学术研究的深化，"民族形式"问题逐渐引起了更多研究者的重视。20世纪80年代初期出现了一批专门研究"民族形式"论争的论文，研究者梳理相关历史材料，对这一论争中各家说

---

① 王瑶：《中国新文学史稿》（下册），《王瑶全集》第4卷，河北教育出版社2000年版，第26页。

② 唐弢、严家炎主编：《中国现代文学史》（3），人民文学出版社1980年版，第38页。

③ 钱理群、温儒敏、吴福辉：《中国现代文学三十年》，北京大学出版社1998年版，第356页。一些专门的文学思潮史同样持这一看法，"在文学大众化问题的讨论中，作家、理论家对于'利用旧形式'（又称'旧瓶装新酒'）很是重视，分歧也颇大，因而争论热烈，这成为'民族形式'大讨论的序曲"。（马良春、张大明主编：《中国现代文学思潮史》，北京十月文艺出版社1995年版，第1086页）"民族形式的讨论，是继'五四'时期'平民文学''为人生'的文学和左联时期文艺大众化讨论之后，在抗战文学通俗化创作艺术实践基础上的又一次富于文学本体意义的建设性讨论。"（卢洪涛：《中国现代文学思潮史论》，中国社会科学出版社2005年版，第254页）

法进行细致的描述，澄清了以往论争中的一些歧义。① 然而，从总体来看，这一时期研究较多局限在"文本"中讨论相关问题，判断这一论争中"五四文化""传统文化"以及"利用旧形式"等说法、理论的是非优劣。由于论者往往只涉及争论中某一方的部分说法和论断，或多或少忽视了当时人言说的历史语境，实际上并不能有效把握当时论者的真实意图，也就无法辨明问题的实质。但不可否认，这些研究对于"民族形式"的重新评价，例如对胡风的认识，走出了以往单一批判的认识框架，也引起了一些争议和讨论，都构成了后来研究的起点。

绕开单纯的言辞纷争，而首先从思想史和文化史的意义上来重新评价"民族形式"论争的，是李泽厚。在《中国现代思想史论》中，李泽厚把"民族形式"论争与 20 世纪 20 年代的"科玄论战"以及 30 年代的"中国社会性质"论战结合起来，认为这三次论战是中国现代历史"救亡"压倒"启蒙"的具体体现。李泽厚主要辨析了胡风在"民族形式"论争中的理论观点，认为在"民族形式"论争中，胡风和毛泽东的分歧是根本性的，胡风整个理论的重点在"启蒙、注意暴露'国民性'，注意文艺的内容和形式必须具有新的时代的性质和特征"②，而毛泽东的《在延安文艺座谈会上的讲话》"实际上是这次论战的结论，尽管目标并不一定是胡风，也远远不只是论'民族形式'，但其精神实质和基本倾向，却与胡风恰好是对立面"。毛泽东是"站在比文艺本身规律更高一层的社会政治角度来谈文艺，因为当时的社会现实和人民生活，有比文

---

① 20 世纪 80 年代出现了一次重评"民族形式"的热潮，相关的研究如刘泰隆的《关于"民族形式"论争的评价问题》（《学术论坛》1980 年第 3 期）、《试谈"民族形式"论争的评价中的几个问题》（《中国现代文学研究丛刊》1981 年第 1 期）；戴少瑶的《"民族形式"论争再认识》（《重庆师范学院学报》1982 年第 2 期）。另徐迺翔编《文学的"民族形式"讨论资料》（广西人民出版社 1986 年版）收录了较为齐全的文献资料和资料索引。

② 李泽厚：《记中国现代三次学术论战》，《中国现代思想史论》，东方出版社 1987 年版，第 82 页。

艺更根本、更重要、更紧迫的任务和工作，这就是‘救亡’——赶走日本帝国主义"。李泽厚认为"毛泽东的讲话统治了中国现代文艺实践和理论三四十年。所以，新中国成立以来的三十多年，强调民间形式和传统形式，便成为占统治地位的理论。毛自己便具体说过新诗应以传统的旧诗和民歌为基础。以至有人以为‘民族形式’就是某些具体的传统形式和民间形式，就是大屋顶、故事化、格律诗、民族唱法、民间舞蹈。戏曲、国画、旧体诗词、传统手工艺空前繁荣，盛极一时。与此相映对，油画、自由体诗歌、国际美声唱法、交响乐、爵士音乐、芭蕾、现代派造型艺术和文学……却处在或排斥或轻视或贬低或相形见绌的位置……强调与工农兵的一致和结合，包括对民间形式以及传统的高度评价，构成了这个‘中国化’的有机组成部分。它随着中国革命的胜利而日益巩固化、定形化和偶像化，并一直延续了下来。以至今天我们对待西方文化的某些态度和观念，比之‘五四’和三十年代，似乎还要保守"①。显然，李泽厚从"救亡压倒启蒙"这一理论出发，批判"民族形式"对于传统（在他看来实际上是封建文化）的极端强调，而放弃了开放的现代文化。李泽厚一方面道出了"民族形式"论争中所存在的意识形态内涵；另一方面由于其过强的理论预设，而对这场论争的起源和复杂性缺乏有效地分析。

李泽厚"新启蒙"的论述逐渐受到了后殖民理论和新左翼知识分子的挑战。汪晖同样注意到了"民族形式"问题的复杂性和思想史意义，但他却是以完全不同的立场和观察视角切入这一问题。在阅读了日本著名学者柄谷行人的论文《语言与民族主义》之后，汪晖写了一篇回应文章《地方形式、方言土语与抗日战争时期"民族形式"的论争》，指出

---

① 李泽厚：《记中国现代三次学术论战》，《中国现代思想史论》，东方出版社 1987 年版，第 86 页。

中国的语言"民族主义"运动与西方以及日本、韩国并不一样。他通过细致地分析材料指出"在这次讨论中，地方形式、方言土语与民族主义运动取得了直接的关系，并构成了对现代白话文运动的挑战，但是这次挑战最终以失败告终，现代白话文作为一种普遍的民族语言的地位，其地位依然稳固"①。汪晖的讨论虽然只是涉及"民族形式"论争问题的一个方面，但由于他在论述"民族形式"时的"全球史"的视野，以及他所指出的支配"民族形式"讨论的现代性逻辑，给研究者提供了进一步研究的启示。然而，汪晖的论述将抗战时期毛泽东和左翼文化界所提出的"民族形式"看作是有着"现代性"内涵追求的概念和目标，虽然指出了毛泽东和左翼文艺界对于"民族形式"讨论的思想史意义，而忽视了这一论争中的策略性因素，以及"民族形式"讨论的政党政治文化建构的内涵。过分强调中国社会文化发展的特殊性，实际上并不能有效解释"民族形式"问题的真实内涵，反而成为论证其合理性的说辞。

贺桂梅显然受到汪晖在论述"民族形式"问题上"反现代性的现代性"这一理论的影响，而将"民族形式"问题和论争看作是"当代文学的初始理论语境"。贺桂梅指出，需要注意的是在"民族形式"论争当中所呈现的"现代性"内涵："1939—1942 年间这场讨论的核心问题不在于批判'五四'新文艺，也不在于利用和改造'旧形式'，而是如何在'五四'新文艺的基础上进一步整合起更丰富的文艺资源，创制一种更有包容性的现代文艺新形式，即'民族形式'。如将此问题与'现代性'联系起来，则是如何反思'五四'的现代性，并在此基础上提出一种在重审传统与现代、乡村与都市、旧形式与'五四'新文艺等因素的

---

① 汪晖：《地方形式、方言土语与抗日战争时期"民族形式"的论争》，《现代中国思想的兴起》第 2 部下，生活·读书·新知三联书店 2004 年版，第 1493—1530 页。

基础上，提出更适合中国‘民族性’特点的‘现代性’发展方案。"①
贺桂梅集中论述了"民族形式"论争与当代文学转型之间的关系，认为"民族形式"论争实际上构成了对当代文学资源的思考，同时贺桂梅注意到赵树理独特的评价史，理论上的"民族形式"与实际创作的差异，这就为我们观察其他作家与"民族形式"的关系提供了一个有效的视角，为进一步研究提供了一个值得深思的范例。其后，贺桂梅又相继发表了《革命与"乡愁"——〈红旗谱〉与民族形式建构》《1940—1960 年代革命通俗小说的叙事分析》《"民族形式"建构与当代文学对"五四"现代性的超克》等一系列研究论文，对"民族形式"论争展开的历史文化背景和政治文化资源等理论问题做出了具体的考察，对中国当代"民族形式"文学建构实践的得失也提供了较为缜密的理论阐释和分析。

袁盛勇在其论文《民族——现代性："民族形式"论争中延安文学观念的现代性呈现》中指出"民族形式"论争实则反映了延安文学早期的"民族——现代性"，认为在民族矛盾激化的延安早期，民族主义是延安文学发生的逻辑起点，民族话语在这一时期取代阶级话语成为核心话语。延安文学观念的变迁呈现出从"民族——现代性"到"民族——阶级——现代性"这样一个逐层转化的趋势。② 这篇论文对延安文学观念变化作了细致的梳理，无疑是有价值的。但作者着力于对文学观念的梳理，而较少关注到这些变化在文本中的体现，缺乏文学史的描述，对左翼文学到延安文学的转变并不能做出有效的解释，而作者在使用"民族""阶级"和"现代性"这些庞杂的概念时也显得较为随意和轻率。

---

①　贺桂梅：《转折的时代——40—50 年代作家研究》，山东教育出版社 2003 年版，第332 页。

②　袁盛勇：《民族——现代性："民族形式"论争中延安文学观念的现代性呈现》，《文艺理论研究》2005 年第 4 期。

2007 年，石凤珍出版了其博士论文《文艺"民族形式"论争研究》①，比较系统地梳理了"民族形式"论争的问题，史论结合，将论争放在中国文学现代化道路的转折点分析论争与现代文学、文化的具体关系。作者从四个方面对"民族形式"论争进行了梳理。首先，指出"文艺的'民族形式'的提出、发起和任务在于民族主义的文化诉求与民族国家的文化建构"；其次，作者对论争的两个焦点"如何评价'五四'新文学"和"'民族形式'的中心源泉"问题作出了剖析；最后，作者从作家创作方式、知识分子的地位转变以及新民主主义文化对中国现代文化的马克思主义改造等方面论述了"民族形式"对于中国文学现代化的重要意义。这本著作不足之处是过于纠缠于"民族形式"论争本身，作者将纷繁复杂的历史材料分门别类，探讨论争中关于"五四"文化的看法，关于文艺"中心源泉"的问题，知识分子的问题，"文化领导权"的问题，将复杂的文学、思想史问题简化成了单纯的理论问题。同时，由于全书涉及的都是理论的辨析，缺少对具体文学活动的考察，作者的分析和论述就显得较为粗疏和空泛。

除了对"民族形式"论争作思想史的考察和分析之外，近年来随着史料的发现与研究者认识的深化，研究者对这场论争的考辨和分析也日趋细致。段从学从对抗战期间的"文协"活动的考辨出发，认为我们以往认为"民族形式"论争是由毛泽东所提出的观点并不准确，国统区"民族形式中心源泉论"有着自己的话语形态和理论谱系。这一争论实则是抗战期间"通俗读物编刊社"与以"文协"为代表的新文学作家两大文人群体为抗战期间文学的解释权和领导权所做出的论争。这场论争实际是"旧形式利用"争论的继续，其论争的中心问题是在"抗战建

---

① 石凤珍：《文艺"民族形式"论争研究》，中华书局 2007 年版。

国"的形势下，是否以"旧瓶装新酒"作为文学创作的基本法则，以及如何评价"五四"以来的中国新文学。向林冰所提出的"民间形式中心源泉论"以及随后所引起的论争，在于向林冰借助了延安陈伯达等人的"民族形式"意识形态话语，从而为自己的论述提供了理论支撑。① 段从学对于"民族形式"问题的分析显然与以往的研究不同，实际上他注意到"民族形式"论争的起源性问题，同时也涉及在"民族形式"论争中的文化"场域"之争和文学领导权问题。然而，如果深入地考察，段从学的分析显然只适用于特殊地域（重庆）和特殊时段（文协成立初期）的分析，而对于"民族形式"理论和它所承担的意识形态建构的目的则缺少分析和考察。但是，段从学的分析无疑提醒我们注意"民族形式"论争多种层面和不同的表现形式，也指出了文学自身对于意识形态的皈依和抗争。

值得注意的是，研究者在从事 20 世纪 50—70 年代文学研究时，也往往会涉及"民族形式"文艺问题。李杨从革命文学经典与传统文艺之间关系的角度，论述 50—70 年代文学作品对于"民族形式"的追求。蔡翔从"地方风景"叙述对于革命时代文学的意义角度，论述了革命文学在处理现代民族国家建构过程中所暗含的矛盾和龃龉。李洁非从延安文学生成的角度，论述"民族形式"理论和实践对延安文艺生成的影响。张均关注"延安文人"与"新文学文人集团"两大当代文学文人群体的新中国文化建构之争，从新中国文化建构的视角入手探讨"革命传奇叙事"在当代中国文学制度结构中的意义。姚丹以《林海雪原》为中心，分析革命历史小说与传统话本小说的关系，及其所体现的民族文学

---

① 段从学：《"民族形式"论争的起源与话语形态论析》，《社会科学研究》2009 年第 5 期。

建构意义。以上关于"民族形式"问题①的研究，为我们重新清理这一论争提供了充分的材料，也凸显"民族形式"问题研究的重要价值。因此，学界对"民族形式"问题的研究还存在着以下亟待深入探索的领域：

首先，虽然有诸多的争议，但"民族形式"论争是在共产党和左翼文化界的领导和推动下，延安理论界有意发起的一场文化运动。在抗战的形势下，中国的政治和文化发生了根本性的逆转，左翼知识群体借助"民族形式"有效转化和弥合了历史和现实的危机，充分聚合了文化资源，完成了新的意识形态的建构。以往的研究往往将"民族形式"当作一场文学论争，而没有关注到其与中国现代政治文化、思想的关系，对"民族形式"背后的意识形态和文化权力缺乏论述和思考。实际上，中国共产党政策的转变必然要求文艺界配合发起一场运动。1939 年，周扬代表《文艺战线》编委会在发刊词中明确指出，理论批评已经成为"战时文艺活动的最弱的一环"，因此，他认为"需要有计划有系统地来开始一个理论的运动。不但当前文艺上的许多工作需要周详地去审讨和计议，就是对于新文艺的过去也必须在新的光照下去重新给以评价"②。而

---

① 关于"民族形式"问题的研究，还需要注意这样一些研究成果，韩国金会峻的《中国现代文学史上"民族形式"论争研究》，从已发表的内容看，金会峻主要采取实证的研究方法，重在收集"民族形式"论争的相关材料，呈现不同地域"民族形式"论争的不同面貌。（金会峻：《中国现代文学史上"民族形式"论争研究》，《中国现代文学丛刊》1996 年第 3 期）陈思和从"文化"的角度切入，将五四以来的文化分为三种形态：国家权力支持的政治意识形态、知识分子为主体的外来文化形态和保存于中国民间社会的民间文化形态，认为"发生在 30 年代末 40 年代初的'民族形式'论争，正是当代文化格局变化的一个标志：民间文化形态的地位始被确立。'民族形式'论争其间包含的是文化冲突的真相。"（陈思和：《民间的浮沉：从抗战到"文革"文学史的一个解释》，《陈思和自选集》，广西师范大学出版社 1997 年版）郭国昌系统梳理了 20 世纪中国文学的"大众化"论争问题，显然他是将"民族形式"论争看作"大众化"论争的一部分，认为"民族形式"论争实质是战争规范下的"文学大众化"建构。（郭国昌：《二十世纪中国文学的大众化之争》，百花洲文艺出版社 2006 年版）这些研究各具特色，但与本书的研究视角稍有差异，在此不再赘述。

② 周扬：《我们的态度》，《文艺战线》1939 年创刊号。

"民族形式"对古典文学、"五四"文化传统的若即若离、既继承又批判的态度，显示了政党意识形态对于"传统"的改造和"发明"，也呈现出从理论建构到文学形态转型的复杂过程。

其次，虽然"民族形式"作为一场文艺上的论争仅仅持续了不到三年的时间，但"民族形式"实际上构成了后来解放区和新中国成立以后很长一段时间中国文艺的追求和创作的规范。那么，这一文学形式在实践上究竟呈现出什么样的具体内涵？作家们在实践的创作中究竟是如何看待和实验"民族形式"的？延安文艺的代表著作如《白毛女》《王贵与李香香》以及赵树理、孙犁的小说创作均为"民族形式"的典范，那么，这些典范是否就是理论界所倡导的"民族形式"？这些典范是如何产生的？"民族形式"究竟对中国现当代文学产生了哪些影响？

在吸收以往研究成果的基础上，本书重新考察"民族形式"文艺论争的意义，论析论争与中国现当代文学转型的关系，以及20世纪40年代前后作家们对"民族形式"创作的探索，考察"民族形式"作为一种理论建构的文艺之实践的可能性及方向，呈现"民族形式"这一概念以及围绕其所进行的争论的真实含义。总之，"民族形式"论争是有着独特的意识形态背景和理论谱系的文化运动，这一概念的提出和引起的相关讨论，实质是以毛泽东为代表的中国共产党理论家们为建构新的意识形态话语，获取民族文化认同而提出的，是对"民族主义"和马克思主义理论的整合，在对"民族主义"的置换过程中，以毛泽东和延安理论家为代表的共产党人满足了抗战时期中国文化上的民族主义诉求，配合和宣传了中国共产党抗日民族统一战线争取实现抗战建国的政治任务，谋求建立新的民族国家和意识形态文化。理论构建的"民族形式"文学，利用"民族主义"和民间文化资源，转化"阶级"话语和"革命"话语，使中国文学完成了从现代到当代的转型。

第一章

"民族形式"文艺论争中的文化政治

第一节 "民族形式"的提出

"民族主义"也许是现代历史上争议最多、影响最大的一个词语。盖尔纳认为,"民族主义产生了国家,而不是相反",[①] 这就提醒我们民族主义与现代国家建立之间的复杂关系。一般认为民族主义是资本主义现代化进程的产物,和现代国家的建构有着直接而紧密的联系,它首先在西方产生,原初动力是市民社会的形成和工业化的推动。在中国及其他第三世界国家,民族主义则是东西方文化冲突下民族危机的产物。不同的生成背景,形成了东西方民族主义不同的内涵和特征。

众所周知,中国近现代历史,既是一部不断面临危机和挑战,经历

---

① [英] 盖尔纳:《民族与民族主义》,转引自 [美] 卡尔·瑞贝卡《世界大舞台:十九、二十世纪之交中国的民族主义》,高瑾等译,生活·读书·新知三联书店 2008 年版,第 8 页。

一系列丧权辱国的屈辱，被强行纳入世界资本主义体系的历史，同时也是不断抗争的反殖民历史。从这个意义上讲，民族主义和民族国家的建立既是现代中国政治和文化的核心主题，也与中国现代文学的发展息息相关。

一 抗战与"民族主义"思潮

1936 年，胡适感慨地表示："民族主义已经获得压倒的势力，国家这个东西成了第一线。"[①] 在致翁文灏的信中，他还特别谈到读梁启超年谱的感想，"日本方面，当然唯恐中国不乱。倾读任公年谱，见任公入桂讨袁之役，均得日本军人之助力，所谓'此行日人出全力相助，予我以种种便利，殊为可感'。至今读之，真使人栗然危惧。日本当日全力助倒袁之役，与今日倒蒋之出全力，同一作用。彼何恶于袁？何爱于梁任公？彼之处心积虑，凡可以统一中国之人物皆须在打倒之列也"[②]。表达了对日本处心积虑侵略中国的担忧。值得注意的是，1917 年胡适在听闻王闿运去世，论"去无道而就有道"时的看法刚好相反：

> 王壬秋死矣。十年前曾读其《湘绮楼笺启》，中有与子妇书云：彼入吾京师而不能灭我，更何有瓜分之可言？即令瓜分，去无道而就有道，有何不可？……其时读之甚愤，以为此老不知爱国，乃作无耻语如此。十年以来，吾之思想亦已变更。今思"去无道而就有道，有何不可"一语，唯不合今世纪之国家主义耳。平心论之，"去无道而就有道"，本吾国古代贤哲相传旧旨，吾辈岂可以十九世纪欧洲之异论责八十岁之旧学家乎？

---

① 室伏高信：《胡适再见记》，《独立评论》1936 年第 213 期。
② 胡适：《致翁文灏》，《胡适全集》(24)，安徽教育出版社 2003 年版，第 303 页。

吾尝谓国家主义（民族的国家主义）但有一个可立之根据，其他皆不足辩也。此唯一之根据为何？曰："一民族之自治，终可胜于他民族之治之"一前提而已。譬如我国之排满主义之所以能成立者，正以满族二百七十年来之历史已足证其不能治汉族耳。若去一满洲，得一袁世凯，未为彼善于此……

若以袁世凯与威尔逊令人择之，则人必择威尔逊。其以威尔逊为异族而择袁世凯者，必中民族主义之毒之愚人也。此即"去无道而就有道"之意……

今之挟狭义的国家主义者，往往高谈爱国，而不知国之何以当爱；高谈民族主义，而不知民族主义究作何解（甚至有以仇视日本之故而遂爱袁世凯且赞成其帝政运动者）。故记吾所见于此，欲人知民族主义不能单独成立。①

建立一个现代的民族国家始终是胡适关心的一个根本问题，但他对于"民族"和"国家"的理解，却并不是一成不变的。② 在胡适看来，"个人"和"国家"是联系在一起的，争个人的自由便是为国家争自由，个人的独立自主是建立现代国家的基础。"五四"时期，民族问题尚不突出，胡适自由主义立场表现得较为明确，认为"自由""民主"比"民族""国家"更重要，因此才有在袁世凯和威尔逊中选择，宁愿选择异族的威尔逊，而不中民族主义的愚毒。到了 20 世纪 30 年代末期，面对日本帝国主义侵略的威胁，急需依靠国家的力量来对抗民族危机，这时，胡适就显示出了对民族主义和国家的急迫期盼，利用"民族主义"

---

① 胡适：《论"去无道而就有道"》，《胡适全集》（28），安徽教育出版社 2003 年版，第527—528 页。

② 参见张太原《建立一个民族的国家：自由主义者眼中的民族主义》，郑大华、邹小站主编《中国近代史上的民族主义》，社会科学文献出版社 2007 年版，第 250 页。

动员全民族的力量反对日本帝国主义的侵略，在他看来是当时首要的大事。

20世纪中国知识分子对"民族"和"国家"的思考，胡适可以看作是一个典型。一直到今天，胡适的这种矛盾和立场的变动，依然在困扰着那些因思索中国社会进程之特殊性与普世性而忧心忡忡的人们。显然，抗日战争的爆发使得"民族主义"再次成为政治文化讨论的焦点，严重的民族危机让中国的知识分子开始重新反思和期待"国家"和"民族"的力量。艾芜有一段颇带抒情笔调的散文道出了中国知识分子在抗战中的普遍感受：

> 一九三九年春天，在细雨迷濛中，到了桂林，打算息足几天就动身的，不料买汽车票买不到手，而我也没有什么非去不可的地方，率性就不爱走了，便一直住到现在。
>
> 起初住在城内一家临湖的楼上，正当着南国的雨季，终天落雨，城内城外的山，常常给烟雨遮去了，现在眼前的，只是湖对面炸毁了的美国教会医院和倒塌了的私人住宅。一些火烟痕迹的壁头，一些野犬逡巡的瓦堆，便是我极其熟悉的景色。
>
> 到了夏天，雨水比较少些了，黛色的群山，就全裸露在晴明的天空底下。废墟上烧去半边枝叶的树木，也现出了悦人的新绿和花朵。湖内原来的残荷，也在水面缀起了如盘的青叶。不知来自哪儿的柏子花香，竟常在和风中暗暗地播送。桂林在我眼中，一天一天地年青，而这时候，敌机便不断地来了。我亲自看见：冲天的火焰，在血中挣扎的人体，和死者亲属的哀嚎。在这期间，要我不写反抗日本帝国主义的作品，是办不到的。①

---

① 艾芜：《〈受难者〉编后题记》，《国民公报·文群》（重庆）1940年第157期。

中国现代文学论争与文化政治

优美的景色，和谐的生活，这原本恬淡的田园牧歌皆因日本的野蛮侵略而惨遭摧毁，在血和铁的挣扎中，不抒发对"民族""国家"的热爱，不描写反抗帝国主义的侵略是办不到的。日本侵略带来的民族危机，使中国知识界对"国家"和"民族"的思考，形成了自晚清之后的第二次热潮，20世纪40年代的沈从文对此也深有体悟：

> 一个民族或一种阶级，它的逐渐堕落，是不是纯由宿命，一到某种情形下即无可挽救？会不会只是偶然事实，还可能用一种观念一种态度将它重造？我们是不是还需要些人，将这个民族的自尊心和自信心，用一些新的抽象原则重建起来？对于自然美的热烈赞颂，传统世故的极端轻蔑，是否即可从更年青一代见出新的希望？[1]

重建民族性格和民族精神，一直是沈从文思考和文学表述的重要问题。在坚持抗战的青年一辈身上，沈从文看到了民族复兴的希望。而身居西南的陈铨、林同济、雷海宗等人于1940年在昆明创办《战国策》半月刊，更是宣称在抗战的旗帜下，走一条"抱定非红非白，非左非右，民族至上，国家至上之主旨"道路，[2] 力图通过倡导民族传统文化来实现中华民族的文化振兴和文化重建。他们认为"一切是手段，一切是工具，民族生存才是目标。"[3] "过去的二十几年间，中国的思想界，从个人主义到社会主义，从社会主义到民族主义。中国现在的时代，是一个民族主义的时代。"[4] 在论述文学的发展现状和应该达到的目标时，陈铨明确表示："中国现在的时代，是一个民族主义的时代。我们政治上的先知先觉，虽然早已提倡民族主义，然而真正民族意识强烈的发

---

① 沈从文：《绿魇》，《沈从文全集》（12），北岳文艺出版社2002年版，第138—139页。
② 《战国策·本刊启事（代发刊词）》，《战国策》1940年第2期。
③ 林同济：《廿年来思想转变与综合》，《战国策》1941年第17期。
④ 陈铨：《民族文学运动的意义》，重庆《大公报·战国副刊》1942年第25期。

展，实在是最近几年的事情。政治和文学，是互相关联的。有政治没有文学，政治运动的力量不能加强；有文学没有政治，文学运动的成绩也不能伟大。现在政治上民族主义高涨，正是民族文学运动最好的机会；同时，民族政治运动，也急需文学来帮助它，发扬它，推动它。"① 为响应政治上的"民族主义"思潮，陈铨提出写作"民族文艺"，强调认识民族的"自我"，创造民族性格，才能创造出有价值的文学，才能对世界文学有真正的贡献。"民族主义"已经成了当时知识界讨论的核心话题。

二 从"民族主义"到"民族形式"

在"民族主义"的情绪和思潮影响下，抗战时期兴起了一股讨论民族文化和民族文学的热潮。正是在这样的背景下，以延安为起点，20 世纪 40 年代前后中国文艺家掀起了一场关于"民族形式"的大讨论。

"民族形式"的提出，一般认为是以 1938 年毛泽东发表《中国共产党在民族战争中的地位》的报告为起点。② 在报告的"学习"一章中，毛泽东认为需要学习我们的历史遗产，因为今天的中国是历史的中国的一个发展；共产党员是马克思主义的历史主义者，因而需要总结和继承从孔夫子到孙中山的遗产；强调"马克思主义"必须"中国化"，"马克思主义必须和我国的具体特点相结合并通过一定的民族形式才能实现"，"学会把马克思列宁主义的理论应用于中国的具体的环境"，提出了要创造"为中国人民所喜闻乐见、新鲜活泼的中国作风和

---

① 陈铨：《民族文学运动》，重庆《大公报·战国副刊》1942 年第 24 期。
② 最初发表题为《论新阶段》，《解放》1938 年第 57 期。

中国气派"①。

毛泽东提出通过"民族形式"完成马克思主义中国化，显然受到国际共产主义和苏联方面的影响。无产阶级革命如何在不同国家，尤其是在没有充分资本主义化的第三世界民族国家进行实践，这是国际共产主义理论在实践中面临的巨大矛盾，也是马克思、恩格斯和列宁等无产阶级革命运动领导人一直思考的问题。

马克思和恩格斯预见了阶级斗争起初会采取民族形式，他们道出了"各国无产阶级"的民族特殊性：

> 如果不就内容而就形式来说，无产阶级反对资产阶级的斗争首先是一国范围内的斗争。每一个国家的无产阶级当然首先应该打倒本国的资产阶级。②

但与此同时，恩格斯也指出国籍将会被无产阶级所突破的过程："所有的无产者生来就没有民族偏见"，并且"只有无产者才能够消灭各民族的隔离状态，只有觉醒的无产阶级才能够建立各民族的兄弟友爱。"③ 当无产阶级觉悟到或认识到它在生产关系中的真实地位，以及它在建立各民族间兄弟情谊中的命运时，马克思的"内容"和"形式"就可以得到协调。在马克思、恩格斯看来，无产阶级的历史使命是推翻资产阶级政权，揭穿它所宣称的代表某个民族的谬论，民族国家实际上只不过是资产阶级的"执行委员会"而已。"随着阶级的消失，国家也不

---

① 毛泽东：《中国共产党在民族战争中的地位》，《毛泽东选集》第2卷，人民出版社1991年版，第534页。

② ［德］马克思、恩格斯：《共产党宣言》，《马克思恩格斯选集》(1)，人民出版社1972年版，第262页。

③ ［德］恩格斯：《在伦敦举行的各族人民庆祝大会》，《马克思恩格斯全集》(2)，人民出版社1957年版，第666页。

可避免地要消失。"① 马克思和恩格斯都强调共产主义运动的国际性,力主打破国家边界,但在民族国家存在的前提下,尤其是当某国无产阶级夺取政权后,如何处理国际共产主义与民族国家利益之间的矛盾就成为民族国家执政党所必须面对的理论难题。

其后,列宁大大扩展了社会主义革命理论和实践的可能性,在《论民族问题》和《论殖民地问题》中,列宁认为国籍的消灭只在一个更有利的时刻才会发生,那时,亚洲的民族民主革命将导致欧洲城市资本主义的毁灭。20世纪20年代的迫切任务,是"唤醒亚洲各民族的资产阶级民主主义"②。正如俄国革命的胜利,是在资本主义最为薄弱的地方打开了一个缺口,因而社会主义革命在不同的民族国家可以通过不同的方式取得成功。但最终"社会主义的目的不只是要消灭人类分为许多小国家的现象及在各民族间的任何隔离状态,不只是要使各民族互相接近,而且要使各民族融为一体"③。

十月革命取得胜利之后,在保存民族传统和共产主义革命问题上,发生过一系列的争论和试验,共产主义者逐渐认识到,一个新的文化不可能完全脱离旧文化和文明的影响。在新的形势下,斯大林提出了"民族形式"这一说法,其实质是在继承和发扬俄国文化传统的基础上,处理好俄国社会主义文化发展的延续性问题。基于苏联多民族的历史和现实,斯大林提出了苏联文化发展可以采取"共产主义的内容、民族的形式":

---

① [德]恩格斯:《家庭、私有制和国家的起源》,《马克思恩格斯选集》(4),人民出版社1972年版,第170页。

② [苏]列宁:《论殖民地问题》,参见[澳大利亚]费约翰《唤醒中国:国民革命中的政治、文化与阶级》,李恭忠等译,生活·读书·新知三联书店2004年版,第458页。

③ [苏]列宁:《社会主义革命和民族自决权》,《列宁全集》(22),人民出版社1958年版,第140页。

社会主义内容的无产阶级文化，在卷入社会主义建设的各个不同的民族当中，依照不同的语言、生活方式等，而采取各种不同的表现形式和方法，这同样也是对的。内容是无产阶级的，形式是民族的——这就是社会主义所要达到的全人类的文化。无产阶级文化并不取消民族文化，而是赋予它内容。相反，民族文化也不取消无产阶级文化，而是赋予它形式。

全人类的无产阶级文化不是排斥各民族的民族文化，而是以民族文化为前提并且滋养民族文化，正像各民族的民族文化不是取消而是充实和丰富全人类的无产阶级文化一样。①

列宁"落后的国家可以取得社会主义革命的胜利"为毛泽东提供了最初的理论资源。其后，斯大林对于"民族形式"问题的看法，正好契合了在抗战"民族矛盾"上升为主要矛盾，"民族主义"成为重要的文化认同资源的特殊形势，适应了中国共产党的发展需要。

民族形式这个名词的提出，郑伯奇认为是由于受到苏联的影响。苏联所流行的"民族的形式、社会主义的内容"这种对于民族文艺的政策，引起了中国文坛的注意："说得干脆一点，现在提出的民族形式问题应该就是中国化问题。"② 郑伯奇道出了"民族形式"的隐在内涵。由于现实的刺激，20 世纪 30 年代末 40 年代初，中国左翼知识界兴起了一股将马克思主义实践化，用以阐释中国历史和革命的热潮。1936 年，马克思主义者陈伯达、何干之、夏征农等人发动新启蒙运动，开始用历史唯物主义和辩证唯物主义解释包括"五四"运动在内的中国思想运

---

① ［苏］斯大林：《民族文化与无产阶级文化》，《斯大林论文学与艺术》，人民文学出版社 1959 年版，第 25 页。
② 郑伯奇：《关于民族形式的意见》，《抗战文艺》1940 年第 6 卷第 3 期。

动;① 1938 年在延安兴起"学术中国化"运动,出现了一批以马克思主义理论阐述中国历史的著作,翦伯赞、范文澜、何干之等一批新的马克思主义历史学家开始为人们所熟知。毛泽东敏锐地意识到这一系列"民族化""中国化"思潮在文化政治上的积极作用,针对国内外的理论对手,他策略性地提出了"马克思主义中国化"的概念,逐步完成了自己在文化意识形态上的建构。

然而,这并不意味着毛泽东所提出的"民族形式"完全是照搬斯大林的理论,二者所面临的时代环境和理论诉求并不一样。郭沫若指出,民族形式的提出得到苏联的启示,但是苏联的民族形式所指的是各个民族对于同一的内容可以自由发挥为多样的形式,目的是以内容的普遍性扬弃民族的特殊性。而民族形式在中国则是"中国化"或"大众化"的同义语,目的是要反映民族的特殊性以推进内容的普遍性。② 在斯大林那里,是针对苏联境内的多民族文化如何共存和发展这一现实情景而发,中国同样存在多民族文化问题,但这并不构成当时中国的主要矛盾和亟待处理的文化问题。中国面临的情势是,如何在城市乡村之间有效动员民族的力量,反抗日本帝国主义的侵略。因而,"民族形式"能够成为"马克思主义中国化"的核心概念,既在语言层面体现民族性,又在内涵上保留了马克思主义的人民性,在勾连起"传统"与"现代","民族"与"国际"的相互关系时,巧妙植入阶级论。

从 1928 年南京国民政府建立起,"三民主义""民族主义"就成为国民党官方意识形态。1934 年,蒋介石发起"新生活运动",强调礼义廉耻、上下尊卑。新生活运动的旧伦理色彩引起了秉承新文化传统的知识分子的强烈愤慨,对国民党利用"民族主义"实行集权主义统治的行

---

① 参见本书第二章。
② 郭沫若:《"民族形式"商兑》,重庆《大公报》1940 年 6 月 9—10 日。

为，知识分子们进行了激烈地抗争。① 但随着"华北事变"的发生，民族危机的加剧，民族主义逐渐成为国家意识形态，国民党的官方民族主义取得了前所未有的合法性。同时，抗战也为中国共产党的生存提供了宝贵的历史机遇，它主动悬置阶级斗争和政权夺取，而呼吁建立民族统一战线。1937 年 4 月 5 日，中华苏维埃共和国中央政府特派代表林伯渠同国民党代表一起致祭黄帝陵，举行民族扫墓典礼，并发表毛泽东、朱德祭黄帝文，表示要团结一致，共同抗战。② 这无疑是新形势下国共两党意味深长的一次集体亮相。

显然，"民族主义"既是最广为接受的政治理想，同时也成了当时民众尤其是青年知识分子文化认同的基础。与国民党一以贯之坚持民族主义意识形态相比，共产党方面在文化认同和文化动员方面处于一定的劣势，马克思主义作为国际性的革命学说，完成的是阶级革命而并不着眼于"民族"共同体的建立。在"爱国""抗战"成为中国民众最直接、最有效的认同方式时，形势对共产党的发展来说是极其不利的，因为在抗战期间，并非是阶级问题而是民族问题成为中国社会革命的主导性问题。如何进行认同转换，从而在民族革命战争中获得合法身份，就成为毛泽东及共产党理论家们急需解决的理论问题。在《中国共产党在民族战争中的地位》这篇文章中，毛泽东首先论述的是"爱国主义与国际主义"的辩证关系：

> 中国共产党人必须将爱国主义和国际主义结合起来。我们是国际主义者，我们又是爱国主义者，我们的口号是为保卫祖国反对侵略者而战。对于我们，失败主义是罪恶，争取抗日胜利是责无旁贷

---

① 参见倪伟《"民族"想象与国家统制：1928—1948 年南京政府的文艺政策及文学运动》，上海教育出版社 2003 年版。

② 艾克恩：《延安文艺运动记盛》，文化艺术出版社 1987 年版，第 12 页。

的。因为只有为着保卫祖国而战才能打败侵略者，使民族得到解放。只有民族得到解放，才有使无产阶级和劳动人民得到解放的可能。中国胜利了，侵略中国的帝国主义者被打倒了，同时也就是帮助了外国的人民。因此，爱国主义就是国际主义在民族解放战争中的实施。①

世界或中国的问题就得到转化，因为中国问题已经成为世界革命的一部分，只有取得民族解放，才是对共产主义运动的支持和发展。因而"民族形式"的提出：首先，能够与国民党所倡导并引起进步知识分子反感的官方意识形态区分开来，摆脱国民党作为执政党所带来的理论压力；其次，"民族形式"概念直接与文艺形式问题相连，而在抗战期间，文艺无疑是发动群众最快捷、最有效的工具，"喜闻乐见""新鲜活泼"的文艺作品能让中国共产党赢得广泛的民众支持。更为重要的是，"民族形式"这一口号充满了意识形态的修辞策略，实际是将阶级问题巧妙隐蔽到民族解放运动的深处，弥合了阶级论与民族主义的理论缝隙。

从中共党史的角度来看，毛泽东提出以"民族形式"推进"马克思主义中国化"，其直接原因在于打击以王明为代表的素以马列主义正统理论家自居的留苏派势力，确立自己理论的合法性，也因此才有了随之而来的延安整风运动。毛泽东后来毫不隐瞒地承认了："他（指王明）养病的时候，我们整了风，讨论了党的历史上的路线问题，'项庄舞剑，意在沛公'，这是确实的。"② 很长一段时间，张闻天、博古、王明等人掌握着中国共产党意识形态的解释权，毛泽东只在军事指挥上得到了党

---

① 毛泽东：《中国共产党在民族战争中的地位》，《毛泽东选集》第2卷，人民出版社1991年版，第520—521页。

② 毛泽东：《对〈关于若干历史问题的决议〉草案的说明》，《毛泽东文集》第3卷，人民出版社1996年版，第283页。

内的认可，而他的朴素得近乎粗俗的语言和论述被认为不足以承担起领导中国革命的理论重任。1937 年 11 月，王明以共产国际"钦差大臣"的身份回到延安，更让毛泽东感到了沉重的理论压力和政治困境。① 如何从"苏联氛围浓厚"的理论和意识形态中"突围"，夺取文化解释权和政治领导权，是毛泽东苦思的问题。"新鲜活泼""喜闻乐见""中国作风和中国气派"对照的是"洋八股""空洞抽象的调头""教条主义"，"土""洋"之争的政治斗争内涵昭然若揭。如果我们联系中国革命的历史和现状来看，在建立延安边区政府以前，中国共产党的革命活动实际上一直在苏联和共产国际的领导之下。因此，"对于中共尤其是毛泽东来讲，在国际共产主义范畴内提出的'民族'问题是有其具体的政治含义和历史背景的：通过诉诸'民族'问题，获得共产主义内部的民族自主性，或者说，摆脱共产国际的支配，使中共成为一个具有独立自主权及相应意识形态的政党"②。随后在延安开展的整风运动以彻底扭转自"五四"以来中国重"西方"轻"本土"的文化取向，以转变"学风""文风""党风"的"民族"文化运动为契机，中国共产党实现了政治领导权从共产国际直接领导中独立出来的政治目的。

因而，毛泽东提出"民族形式"和"马克思主义中国化"，"实际上要对两个文化敌人同时作战，一个是以蒋介石为代表的国民党文化力

---

① 1937 年 11 月底，王明从共产国际回国。这时，王明任中共中央政治局委员，并任共产国际执行委员会委员、主席团委员和书记处候补书记。他一回国就要求召开中央政治局会议，对抗战以来党的方针、政策提出许多批评，且很多都是针对毛泽东的。在组织上，王明以"钦差大臣"自居，把自己凌驾于党中央之上。"十二月政治局会议"后，他前往武汉主持中央长江局的工作，不经中央同意，以中央名义发表文章和谈话，并擅自将长江局的文件散发全党，甚至连毛泽东的《论持久战》也不准武汉的《新华日报》刊登。毛泽东在党内的地位变得十分微妙。参见郭德宏、李玲玉主编《中共党史重大事件述评》，中共中央党校出版社 1998 年版，第 46 页。

② 汪晖：《地方形式、方言土语与抗日战争时期"民族形式"的论争》，《现代中国思想的兴起》第 2 部下，生活·读书·新知三联书店 2004 年版，第 1497 页。

量；一个是党内以王明为代表的理论传统。这两个敌人分别在国内和党内占据主流地位，与他们相比毛泽东是一个叛逆的弱者。更加微妙的是这两个敌人据于对立的两极，对他们任何一方的反对都好似对另外一方的靠近，这就带来了逻辑上甚至是表述上的极大困难，必须小心翼翼地遣词造句以绕开语言的陷阱"①。"为人民群众所喜闻乐见的新鲜活泼"的"民族形式"，这样一种"人民"立场显然是政治策略考虑下的理论话语，为"左翼"文化在民族主义情绪高涨的情形下，汲取文化资源，进行政治和文化动员提供了有效保证。这也是毛泽东和共产党人处于历史和现实的中国情境所做出的一个颇具创造性的发挥，其内涵具有极大的模糊性和修辞性，同时充满政治和文化智慧。针对蒋介石国民政府的"民族主义"，毛泽东提倡革命的"马克思主义"；而反对王明等党内教条主义者，则强调中国性，将文化的控制权和解释权牢牢控制在自己的手里。

第二节 "民族形式"：文化认同与文化动员

正如前文所分析指出的，"民族形式"论争充满了政治色彩，显示了它与中国共产党的意识形态建构之间存在着直接的关系。但是，在抗日民族统一战线的特殊形势下，与政治的纠葛显然并不妨碍"民族形式"成为一个重要的文化认同概念（尤其是在知识分子当中），以及倡

---

① 李书磊：《1942：走向民间》，山东教育出版社 1998 年版，第 120 页。

导者通过这一讨论所达到政治文化动员目的。

现代中国的马克思主义历史学为什么往往是"影射史学"？研究者认为："坚持历史发展的必然性，决定了马克思主义史学家的要求在于重塑历史，而非简单地求助于'真实'，也不是对历史的道德化解释。而如何把握这种客观必然性，如何认识历史的主体，必须建诸对于现实政治的理解之上，也只有在现实的政治实践中才能够获得印证。"① 1939年，何干之写信给毛泽东，谢绝了其调他作私人秘书的好意，表示自己志在"中国史研究"。毛泽东复信说：

> 看了你的信，很高兴的。我们同志中有研究中国史的兴趣及决心的还不多，延安有陈伯达同志在作这方面的研究，你又在想作民族史，这是很好的，盼望你切实做去。你的研究民族史的三个态度，我以为是对的，尤其是第二个态度，如能在你的书中证明民族抵抗与民族投降两条路线的谁对谁错，而把南北朝，南宋，明末，清末一班民族投降主义者痛斥一番，把那些民族抵抗主义者赞扬一番，对于当前抗日战争是有帮助的。只有一点，对于那些"兼弱攻昧""好大喜功"的侵略政策（这在中国历史上是有过的）应采取不赞同态度，不使和积极抵抗政策混同起来。为抵抗而进攻，不在侵略范围之内，如东汉班超的事业等。②

显然，在毛泽东那里，"民族史研究"有着现实政治的考量，"赞扬"或者"痛斥"都是理论策略，影射着抗战形势下各种政治势力，而历史学家在研究历史时应该传达出历史所具有的"投射"现实政治的能

---

① 吴舒洁：《民族与阶级视野中的"甲申史论"——"明亡三百年"与1940年代的中国马克思主义史学》，《现代中文学刊》2010年第1期。
② 中共中央文献研究室编：《毛泽东文集》第2卷，人民出版社1993年版，第143页。

力。正如德里克所说，马克思主义的历史编纂目的在于将"中国的过去"的概念"革命化"，"代表了一种将历史根植于社会结构之上的前所未有的使命"①。

因此，不论是中国的马克思主义史学抑或是其他由中国马克思主义者所发起的思想文化运动，必然内在地包含着政治性的诉求。"民族形式"作为一场文学讨论运动同样如此。

一 "民族形式"与意识形态建构

艾思奇指出："文艺应该成为抗战的力量。它应该成为，而且事实上已经成为全面抗战中的一个要素，一个部门。"因而，"真正有价值的艺术创作，都是战斗者的创作，都是社会战斗的一种特殊形式……什么是我们所需要的文艺？是能够担当一定的历史任务，发生这样的现实力量的东西。没有仅仅为自己个人而创作或仅仅为过去或将来的人创作的人。文艺不是要'束之高阁'的东西，它是社会的民族的。它主要的目的是要走进现在的广大的民众中间。在这样的目的前面，就必然要提起了旧形式利用的问题"②。不论是"旧形式"还是"民族形式"的提起，都有着现实政治的考虑，"只要稍微熟悉一点文坛情形的，就知道提倡'民族形式'这问题发生于中国正进行着民族革命战争的现在，是有其历史根源的"，因为"中国是个半殖民地半封建的国家，因为中国社会发展的特殊，封建社会长期地停滞，中国广大的民众在生活与意识上都非常落后，民众教育根本谈不上，工农绝对多数都是一字不识的文盲……因此要拿文艺的武器来动员，组织他们参加抗战，把抗战的内容

---

① ［美］阿里夫·德里克：《革命与历史——中国马克思主义历史学的起源，1919—1937》，翁贺凯译，江苏人民出版社2005年版，第2页。
② 艾思奇：《旧形式运用的基本原则》，《文艺战线》1939年第8期。

装进他们所熟悉的旧形式里面，容易为他们所了解所接受"①。广大作家深入前线，深入农村向大众宣传抗日，开展"文章下乡、文章入伍"文化动员工作时，碰到新文艺（基本上是都市文学）作品不能被工农大众接受的问题，"民族形式"讨论就自然而然地摆上了议事日程。

这一点，郭沫若也不讳言在中国所提起的"民族形式"与苏联并不一样，是"中国化"或"大众化"的含义。所谓"马克思主义必须通过民族形式才能实现"，便很警策地道破了这个主题。又所谓"洋八股必须废止，空洞抽象的调头必须少唱，教条主义必须休息，而代替之以新鲜活泼的，为中国老百姓所喜闻乐见的中国作风与中国气派，更不啻为'民族形式'加了很详细的注脚"②。

以"中国作风和中国气派"代替"洋八股""空洞抽象的调头""教条主义"，一方面源于党内以毛泽东为代表的共产党人同以王明为代表的教条主义者的斗争；另一方面则是在抗战的形势下对民族主义的化用，以建立起文化认同，进行政治和文化动员，完成中国共产党建立稳固的根据地之后最为紧迫的意识形态建构问题。

1937年3月1日，毛泽东会见美国作家、记者史沫特莱，回答她对于中日战争与"西安事变"提出的一些问题。毛泽东表示："有人说共产党倡导人民阵线，这是不对的。共产党倡导的是民族战线，这种民族战线比起法国或西班牙的人民阵线来范围广大得多。"在回答是否可以认为中国共产党为建立民族战线放弃阶级斗争，而变成了民族主义者的问题时，毛泽东说："中国共产党决定实行的各种具体政策，其目的完全在为着要真正抵抗日本，保卫中国。"③

---

① 魏伯：《论民族形式与大众化》，《西线文艺》1939 年第 1 卷第 3 期。
② 郭沫若：《"民族形式"商兑》，重庆《大公报》1940 年 6 月 9—10 日。
③ 中共中央文献研究室编：《毛泽东年谱：1893—1949 上卷》，中央文献出版社 1993 年版，第 657—658 页。

毛泽东没有正面回答在抗战形势下如何处理"民族"和"阶级"问题之间的矛盾，但显然这是他一直反复思考的理论课题。从"阶级论"到"民族论"，是中国共产党政策的一次巨变，也引起了广泛的争论。在应徐懋庸的要求，表达自己对于"两个口号"论争的意见时，毛泽东认为从内战到建立抗日民族统一战线是一个重大的转变，不可避免地要发生争论。不仅文艺界争，"在延安，也争论得激烈。不过你们是动笔的，一争争到报纸上去，就弄得通国皆知。我们是躲在山沟里面争论，所以外面不知道罢了"[1]。

作为后发展国家，中国的民族主义始终是一个复杂的问题。在从帝国到现代民族国家的转换过程中，中国的民族主义是在外部环境刺激下产生的，中国社会被强行拉入到世界殖民体系当中，虽然越来越多的学者在探寻中国自身出现的资本主义萌芽和现代民族意识产生的内部因素，然而，费正清等人"冲击—反应"解释模式在很大程度上依然是有效的，中国的民族主义是与西方殖民主义大潮联系在一起的，这就构成了"民族主义"在中国特殊而复杂的背景。在晚清，民族主义构成了一股革命的进步势力，成为中国早期革命的推动力，"救国保种"成为世纪之交中国的呼声，民族主义一度是改良派和革命派合作和共同前进的基础。然而，1928年之后，民族主义却没有能够成为文化上有效的动员和整合力量，却变成一种被统治者所利用、而被知识分子唾弃的专制主义和保守主义力量，是何种原因导致这种情形出现的？对此，美国学者史书美认为：

　　在其他第三世界国家中，一个相互间配合密切的正式殖民机构的存在也意味着内外之间的明确区分：敌人很容易被确认，而本土

---

①　徐懋庸：《徐懋庸回忆录》，人民文学出版社1982年版，第104页。

文化可以被毫无疑问地假定在反抗的位置上。但是，这种通常的殖民情况并不适用于中华民国。殖民势力的多元性和殖民势力间的合作和竞争，意味着要清晰地定位敌人是非常困难的……由于偏离了二元的殖民模式，半殖民地语境下殖民关系的清晰性被削弱了。充满了不确定性和模糊性的殖民现实深深地影响着中国的文化想象……与殖民统治的"不完全"性相对应，中国人对这一殖民统治的反应也同样呈现出一种碎片化的状态：中国没有出现具有一贯性、稳定性和普遍性的反殖民话语，也没有形成由不同阵营的知识分子所结成的联盟。直到抗日战争期间，中国才出现了一致的政治和文化民族主义。此时，马克思主义的意识形态将处于不同甚至矛盾立场的人们归并到一个统一的意识形态共同体之中。①

这一论述有其偏颇之处，中国的复杂性显然并不仅仅在于社会偏离了"二元的殖民模式"，而在于中国独特的社会进程和所面临的复杂的国内外环境。民族主义既构成了中国前进和革命的动力，同时，又在一种"落后就要挨打"的文化记忆之下，中国的知识分子更多将自身的问题归结于"民众"的是否觉醒。而从晚清以来，中国民族主义就与殖民反抗以及民族解放形成了复杂的缠绕关系，民族主义是"在不同的思想实践和概念形式的堆积中形成的"。② 在中国，"民族"和"国家"含义并不一样，是否加强"国家"力量也引起了很大的争议，在19世纪欧洲作为进步势力的代表和现代化国家建构动力的民族主义，在中国则有着复杂的含义。

有学者指出，与西方民族主义普遍从传统寻找认同符号不同，中国

① ［美］史书美：《现代的诱惑：书写半殖民地中国的现代主义1917—1937》，何恬译，江苏人民出版社2007年版，第43—45页。
② ［美］卡尔·瑞贝卡：《世界大舞台》，生活·读书·新知三联书店2008年版，第32页。

的民族主义者接受了以晚清《天演论》等为代表的文化进化主义,本民族文化是否保存并不那么重要,"从传统中寻找不足(而不是光荣)以摈除或改进这样一种'反求诸己'的取向不但不那么可怕,而且简直成为走向美好未来的必由之路"。他们的基本目标是力图重建"民族或国家的整体目标与价值体系,以指向一个风格不同的未来,这是近代中国民族主义与其他许多地方民族主义的一个显著区别"①。

因此,在南京国民政府时期,虽然一些有着官方背景的知识群体,利用民族主义口号和理论资源,创制民族主义文艺和左翼文学进行对抗,以夺取文化的领导权,却遭到鲁迅、茅盾等新文学同人的抨击和批判。在20世纪30年代前期,民族主义不仅没有成为政治和文化认同的有效力量,反而经常和保守主义与文化专制主义联系在一起被视为中国进一步发展的障碍。

然而,抗日战争的爆发改变了这一进程。与其说是马克思主义的意识形态不如说是改造过的马克思主义意识形态,将处于不同甚至矛盾立场的人们归并到一个统一意识形态共同体当中,这一意识形态即是"马克思主义中国化"。与国民党官方有意识地利用传统文化资源和符号不同,中国共产党更加注意的是将国际主义的马克思主义和民族主义的资源结合,从而强调中国革命所兼具的民族解放和世界解放的双重意义,并且从人民的角度重新赋予民族解放的意义,为其建立现代的民族国家提供合法解释。

贺照田在解释共产党为什么能够避免在大革命之后走向混乱和涣散的状态时认为,"问题的关键仍是有没有找到一套有召唤力、说服力的

---

① 罗志田:《近代中国民族主义的史学反思》,贺照田主编《在历史的缠绕中解读知识与思想》,吉林人民出版社2003年版,第343页。

论述与制度、组织、生活机制，建立一个稳定的核心"①。作为中国共产党意识形态实践之一的"民族形式"概念，正是通过对历史和现实资源的有效借用，建立起了一套有效的动员机制和召唤机制。

抗战期间，三民主义成为各种势力认同的基础，但是其中所包含的"民族、民权、民生"三个面向和内容都已经难以在抗战的局势下发挥出政治动员的能力，一个关键的原因就在于："三民主义"中"民"这个概念无法在具体的历史与现实中获得阐释，谁是"民"？"民"何为？如何建立现代民族国家？这些问题构成了国民党统治合法性的基础，但却没有得到明确地论述和阐释。就国民党而言，勉强对中国历史做出政治性阐释的只有蒋介石的《中国之命运》，在书中蒋介石发展了晚清以来的民族主义伦理，以"五族共和"的观念建立起一套"中华民族"的历史叙事，用"感情、法纪、理性"这三个普遍人类的情感去支撑三民主义尤其是民族主义的合法性。② 这样的论述实际上无法解释近代中国的历史转折，也无力应对中国所面临的现代困境。和国民党不同，共产党的阐释引入了"人民"的概念，宣称抗战建国是为了解放人民大众，人民构成了历史的动力和民族国家建设的主体，并在边区采取一系列减租减息等政策，实际上是通过"人民性"建立起了一种民族主义的、特殊性的历史话语。

柯仲平认为，每个民族都有自己的气派，这样的气派是由各个民族独特的经济、地理、人种和文化传统等因素所造成的。而"最浓厚的中

---

① 贺照田：《中华人民共和国成立的历史意涵：从梁漱溟的视角看》，《思想》（台湾）2009 年第 13 辑。

② 蒋中正：《中国之命运》，重庆正中书局 1943 年版。关于这一问题的分析可参见李杨《蒋介石与〈中国之命运〉》（《开放时代》2008 年第 6 期）及吴舒洁《民族与阶级视野中的"甲申史论"——"明亡三百年"与 1940 年代的中国马克思主义史学》（《现代中文学刊》2010 年第 1 期）。

国气派，正被保留、发展在中国多数的老百姓中"①。这就将"民族主义"指向了普通民众，不是如同国民党蒋介石所宣扬的"礼义廉耻""忠孝仁爱信义和平""四维八德"等旧的文化符号，而是将其勾连到普通民众发展的动态文化中，确立了历史行动的主体，民族主义获得了新的解释力。

在"民族形式"讨论中，一位论者就"国际主义"与"民族主义"的关系做出了这样的论述：

> 我们民族主义的国际意义不是显然的吗？它与国际主义，不是完全一致的吗？我们的民族主义任务，不只要求民族从帝国主义的压迫下解放出来，使之成为真正独立自由的民族，同时它也将使民族从封建的及一切不合理的剥削社会里挣出，完成其经济生活的彻底解放。简言之，它同时带有民族解放与社会解放两重任务。所以我们的民族主义发展到完全地步时，必然要包括全国全体人民的利益。②

将民族解放和反殖民主义（帝国主义）的目标统合起来，构成了抗战时期民族主义的新形态，这样的一种马克思主义民族主义形态有效转化了中国民族主义的困境，为现代民族国家的建立提供了合法性。

李泽厚认为，强调与工农兵的一致和结合，包括对民间形式以及传统的高度评价，构成了"中国化"的有机组成部分。③ 的确，"民族形式"讨论中，对民间形式和对语言的重视，构成政治和文化动员的基础。这一点，《在延安文艺座谈会上的讲话》中，毛泽东有着更明

---

① 柯仲平：《谈"中国气派"》，《新中华报》1939 年 2 月 7 日。
② 杜埃：《民族形式创造诸问题》，香港《大公报》《文艺》副刊 1939 年 12 月 11—12 日。
③ 李泽厚：《中国现代思想史论》，东方出版社 1987 年版，第 86 页。

确的说法，"我们的文艺工作者……对于人民群众的丰富的生动的语言，缺乏充分的认识"。"什么叫作大众化呢？就是我们的文艺工作者的思想感情和工农兵大众的思想感情打成一片。而要打成一片，就应当认真学习群众的语言。"① 因而，最好的文学形式和文学语言是老百姓"听得懂""看得懂"的文学形式和语言。在战争期间，尤其是延安时期，"民族形式""方言"与"人民的语言"的历史关系被成功建构起来，"构成了工农兵群众，即未来的无产阶级的自我表达权力的合法性来源"②。

那么，对于中国知识分子而言，"马克思主义中国化"如何能够获得他们的认同呢？自晚清开始，中国社会开始了向现代的转型，这一过程中最为失落的是士这一阶层，也即是知识分子阶层。众所周知，在鸦片战争伊始，中国的士大夫起初对于西方文化并不担忧，历代的少数民族入侵最终被中华文明所同化的历史使得当时的知识者对中国的文化充满信心，因而提出"师夷长技以制夷""中学为体，西学为用"等口号，都只是主张在经济技术上学习西方，但在和西方文明的逐渐接触中，从经济、政治最终到文化，知识分子阶层发现中国需要和一种不逊于甚至高于中国文化的西方现代文化竞争，遇到的是"千年未有之大变局"。中国传统文化在新兴的西方文化的映照之下，不仅没有显示先进之处，反而极大暴露了自身的弊端，这对于中国知识分子而言不啻为釜底抽薪，抽掉了千百年来安身立命的根本。因而，自"五四"以来，中国知识分子在大力引进西方现代文化的同时，对中国传统文化进行了毫不留情的批判。鲁迅对自身及所接受文化"历

---

① 毛泽东：《在延安文艺座谈会上的讲话》，《毛泽东选集》第3卷，人民出版社1991年版，第851页。

② 康凌：《方言如何成为问题？——方言文学讨论中的地方、国家与阶级（1950—1961）》，《现代中文学刊》2015年第2期。

史的中间物"的反复哀叹和批判，1925 年关于"青年少读，或者简直不读中国书"的决裂姿态，① 都反映了知识分子对于传统文化的愤怨之情。正是这样复杂的现实和历史原因，中国的知识分子对于马克思主义反抗哲学表现了极大的热情和期待，因为这样一种思想资源既来源于西方同时又反抗西方的"激进"学说，无疑更加契合自现代以来中国知识分子对"现代化"的渴望与民族主义心理的纠结。国民党政府自其建立，就力图利用"民族主义"建构文化合法性，"三民主义"同样是以"民族"为立国之本，然而，国民政府始终陷入一种两难的悖论，即提倡的民族主义统制，往往被视为专制和复古，激起知识分子强烈的反对而失效，而文化意识形态一旦失效，也将丧失政治上的合法性。从国民党自身所建构的民族主义文化统制来看，也的确显露出一定的复古和专制色彩，这就进一步刺激了知识分子的反抗。因而，南京国民政府虽然在政治上完成了全国统一，但在文化上却始终没有统合和建立起有效的意识形态。

与此相反，马克思主义意识形态则绕开单纯的中国和西方二元的讨论方式，将中国革命放置在世界革命的进程中，从阶级论出发，把个人的解放和国家的解放统一起来。在"民族形式"视域下，民族文化的提倡就不再是"复古"或者"倒退"，而是动员民族力量，通过"民族的形式"，完成"民族解放和社会解放的双重任务"。马克思主义意识形态

① 1925 年，《京报副刊》刊出启事，征求"青年爱读书"和"青年必读书"各十部的书目，鲁迅在应征的附注中写道："我看中国书时，总觉得就沉静下去，与实人生离开；读外国书——但除了印度——时，往往就与人生接触，想做点事。中国书虽有劝人入世的话，也多是僵尸的乐观；外国书即使是颓唐和厌世的，但却是活人的颓唐和厌世。我以为要少——或者竟不——看中国书，多看外国书。"〔见鲁迅《青年必读书——应〈京报副刊〉的征求》，《鲁迅全集》（3），人民文学出版社 2005 年版，第 12 页〕后来鲁迅还作了进一步的解释："去年我主张青年少读，或者简直不读中国书，乃是用许多苦痛换来的真话，绝不是聊且快意，或什么玩笑，愤激之辞。"〔见鲁迅《写在〈坟〉后面》，《鲁迅全集》（1），人民文学出版社 2005 年版，第 302 页〕

通过成功的策略，解决了中国历史和现实中的民族主义困境，赢得了"五四"之后建立起对传统文化的批判和对文明进步的渴慕双重意识知识分子的文化认同。而从中国共产主义运动历史进程角度看，"民族形式"和"中国化"又能够让马克思主义革命运动审时度势，放弃或修正某些东西，来同中国的社会现实、文化现实相融合，在一定程度上牺牲意识形态纯正性以换取全民族、各阶层的文化认同。至于在完成文化和政治建构之后，这一策略所带来的弊端则不是当时所能显示。

有研究者指出，20世纪40年代初期的中国共产党正面临着一个重要的政治和文化的转型：

> 40年代初，中国革命态势已经发生一些全局性的变化，对此，文化人没有也不可能有透彻的认识，那是领导这一革命的领袖们才清楚了解的事情。新赤都延安，之不同于井冈山、瑞金，在于它已经不单纯是"造反"中心，而是一个构筑政治、文化新权威和走向民主建国的平台……随着"西安事变"、抗战全面爆发和蒋介石政权被迫接受第二次合作，局势的发展愈益清晰地表明，党及其领导的革命的命运面临历史性的重大转折。很快，党就从战略的高度意识到，党在延安时代面临两个重要任务，一是完成人才储备，一是完成意识形态储备；这两个任务彼此关联，并服务于一个共同目标——准备去创建一个新的国家。①

正是这样的一种历史情境和现实形势的要求，使得"民族形式"成为延安中国共产党重新整合民族主义文化资源的重要途径，为其建立新的国家政权提供了文化意识形态储备。

---

① 李洁非、杨劼：《解读延安——文学、知识分子和文化》，当代中国出版社2010年版，第56—57页。

二 文学"民族化"的政治文化含义

从文学史的角度看，"民族形式"讨论之所以引起如此大的争议，有两方面的原因，一方面，因为民族文艺本身和时代发展密切相关，在抗战建国的背景下，如何重建和利用传统，进行文化动员，是民族文艺讨论兴起的出发点；另一方面，"民族形式"论争涉及如何看待"革命文学"以来所建立起的阶级论的文学观。左翼尤其共产党领导下的文艺长期以来接受的马克思主义文学观恰恰批评的是"狭隘"的民族文艺；因此，如何和国民党政府所提倡的"民族文艺"区别开来，成为"民族形式"讨论中一个隐含却是重要的问题。

1939年底，香港文艺界为纪念鲁迅逝世三周年，举行了一次座谈会，题目是"目前中国文艺创作上一个极其重要的课题：民族文艺的内容和技术问题"，在这次会议中，集中讨论的问题实则是如何看待和利用鲁迅的文学遗产，同时创建民族文艺，而参与会议的论者反复强调今日被提出的民族文艺与当日的民族文艺是不同的，[①] 所谓"当日的民族文艺"显然指的是20世纪30年代南京国民政府右翼文人所提倡的民族主义文艺。

1930年，国民党官僚文人叶楚伧、王平陵、黄震遐等人发表《中华民族文艺运动宣言》，根据"文艺是从民族的立场所形成的生活意识里产生"，主张"文艺最高的使命，是发抒它所属的民族精神和意识"，以此"反对文艺为个人所私有，更反对文艺为阶级所拘囚"，[②] 创办《前锋周刊》等一系列刊物，发起民族文艺运动。这一运动遭到了鲁迅、瞿

---

① 杨刚语，参见《〈文艺〉鲁迅纪念座谈会记录》，香港《大公报》《文艺》副刊1939年10月25日。

② 《中华民族文艺运动宣言》，《先锋周刊》1931年第1卷第1期。

秋白、茅盾等新文化同人的猛烈抨击，鲁迅撰文直斥他们为"飘飘荡荡的流尸"，"经风浪一吹，就漂集在一处，形成一个堆积，就发出较浓厚的恶臭来"。① 研究者刘禾在评论鲁迅《"民族主义文学"的任务和运命》一文时认为，"鲁迅对民族主义文学的批评，惟妙惟肖地捕捉到一块不确定的领域，民国时期的民族主义者、军阀、帝国主义者以及激进知识分子在这个领域就中国民族主义的意义问题而展开相互争夺"②。因而，抗战时期左翼文化界建构"民族文艺"，显然要与南京国民政府的"民族主义文艺"区别开来。

"那时的民族主义文艺是狭隘的，今日的民族文艺完全不同，它是和国际主义文学不相矛盾的，民族文艺是'以抗战现实作内容，采取民族的形式'"③。讨论者一致认为由于时代的变化，民族文艺和民族主义文艺并不一样；现阶段民族文艺其基本内容是抗战现实，因此与德国、日本法西斯所宣传的那种民族文艺也是根本不同的。

既然和以往狭隘的民族主义文艺并不一样，那么，什么样的文艺才是民族文艺呢？显然，体现民族性——能够充分表现中国性的文艺成为期待中创造出来的文艺。值得注意的是，虽然论者一致认为《水浒传》等古典文学作品中包含了典型的中国特征，但却不构成民族文艺，而鲁迅的作品才是民族文艺应该学习的方向：

> 民族文艺既不是民族主义文艺，那么，它应该是指一种有着民族的特质的文艺，也就是说，能够代表一个民族的习性的，有显著

---

① 鲁迅：《"民族主义文学"的任务和运命》，《鲁迅全集》（4），人民文学出版社 2005 年版，第 320 页。

② 刘禾：《跨语际实践：文学，民族文化与被译介的现代性（中国，1900—1937）》，生活·读书·新知三联书店 2002 年版，第 273 页。

③ 刘思慕语，参见《〈文艺〉鲁迅纪念座谈会记录》，香港《大公报》《文艺》副刊 1939 年 10 月 25 日。

的民族作风的。比如"阿Q"，他不但代表了中国民族病态的典型，就是就着风格来说，显然也与西洋文学两样。可是鲁迅先生底创作方法，一方面固接受了外国文学的影响，特别是现实主义和自然主义的；另一方面他也在扬弃和运用着中国旧文学的描写方法。①

显然在当时"民族文艺"提倡者意识中，"民族文艺"并不是民族主义文艺，因为在世界性的红色革命潮流背景下，"民族主义"在当时的语境中很大程度上是"帝国主义"的代名词，而国民党政府由于其与资本主义经济制度的联系，而与马克思视域下的掠夺被压迫民族的德意日等帝国主义"西方"构成同盟。"民族主义"的官方身份，又与专制强权相联系，无论是在反传统、争自由的"五四"新文化传统映照下，还是在反帝国主义的民族意识中，国民党意识形态都处于被否定的地位。因此，人们谈论"民族文艺"，一方面需要梳理其"中国性"以满足抗战动员下的文化认同需要；另一方面则须将其与专制主义的民族主义区分开来。从这个意义上讲，民族文艺并非传统的封建旧文艺，而是现代性的产物，是整个现代中国之现代性文化工程的重要组成部分。这样的民族文艺，需要在文艺中显现出现代的特性，能够构成民族认同的基础，产生文学动员的效果。

鲁迅逝世后，左翼文化界迅速组织了一系列的文化纪念活动，树立起了鲁迅在中国现代文化界的地位，并且通过鲁迅，勾连起"五四文化"与延安革命正统的关系。在"民族形式"讨论中，鲁迅的作品正是被反复提到的民族性的典型。

周扬从"国际性"和"民族性"的辩证关系，以鲁迅的作品为例，

---

① 宗珏语，参见《〈文艺〉鲁迅纪念座谈会记录》，香港《大公报》《文艺》副刊1939年10月25日。

论述"民族形式"的建立和"五四文学"的关系：

> 不错，新文艺是接受了欧化的影响的，但欧化与民族化并不是
> 两个绝不相容的概念。当时的所谓"欧化"，在基本精神上就是接
> 受西欧资产阶级民主革命时的思想，即"人的自觉"，这个"人的
> 自觉"是正符合于当时中国的"人民的自觉"与民族自觉的要求
> 的。外国的东西只有在被中国社会实际需要的时候才能吸收过来。
> 新的字汇与语法，新的技巧与体裁之输入，并不是"欧化主义者"
> 的多事，而正是中国实际生活中的需要。由于实际需要而从外国输
> 入的东西，在中国特殊环境中具体地运用了之后，也就不复是外国
> 的原样，而成为中国民族自己的血和肉之一个有机构成部分了。不
> 适于本国的土壤与气候的异域花卉，不论是怎样美丽的吧，决不能
> 在本国繁茂生长，这就是为什么在欧战以后曾风行一时的未来主
> 义、表现主义等等最新奇形式，没有在正是同时的"五四"时候流
> 传到中国来；这就是为什么对中国新文艺影响最大的恰恰是弱小民
> 族的、俄国的，以及后来苏联的作品；这就是为什么受果戈理影响
> 最深的鲁迅，他笔下所刻划出来的人物，世态与风习，不是俄国式
> 的，而是十足地中国的，他的描写的笔调是十足的中国式的笔调。
> 《狂人日记》以及其他短篇的形式虽为中国文学史上所从来未有过
> 的，却正是民族的形式，民族的新形式。完全的民族新形式之建
> 立，是应当以这为起点，从这里出发的。①

鲁迅的作品逐渐被看作是具有"中国气派和中国作风"的典范性文
本，构成了"民族形式"学习和模仿的目标。大多数论者有意识地勾连

---

① 周扬：《对旧形式利用在文学上的一个看法》，《中国文化》1940年第1卷第1期。

起鲁迅与传统文艺之间的联系，强调虽然从艺术形式上，鲁迅受到了欧洲文学的影响，但如果将鲁迅编纂的《唐宋传奇》和他的小说对照起来看，那么，"风格的严谨，造句用语的简劲与锤炼、神似，这里有一脉相通之处"①。更重要的是，"民族形式"论者认为只要继承以鲁迅为代表的"新文学"，可以随着"新的现实内容"而产生创造出"新性格"来：

> 应该注意到民族新性格的描写。在苏联文学中《铁流》的郭如鹤，《毁灭》的莱奋生，在我国文学中如《八月的乡村》的铁鹰队长，《差半车麦秸》的新农民性格等等，说明了在战斗生活里，新的性格会跟着新的现实内容产生出来。
>
> 如没有鲁迅表现的阿Q这个封建农民的性格的对照、刺激，则新的农民性格如姚雪垠的《差半车麦秸》，怕是很难产生的吧。②

姚雪垠的《差半车麦秸》，描述了一位农民如何从无知"庸众"成长为"觉悟"的民族战争的斗士，从"阿Q"到"差半车麦秸"，显示了新的民族性格和革命力量的兴起。周扬明确表示："中国新文学中可以成为不朽的典型的，只有鲁迅的阿Q。在这个可笑又可悯的人物身上，反映出了中国农民的软弱的黑暗的一面，因为中国的农民性和落后性，他又被视为中国国民性的代表者。现在，阿Q们抬起头来了。关于觉醒了的阿Q，值得写一部更大的作品。"③ 阿Q形象的变动恰是中国现代历史发展变迁的典型形态，那么，也只有在继承和发展"五四"新文学的过程中，才能真正生发出现代中国的"民族性"文学。

---

① 巴人：《中国气派与中国作风》，《文艺阵地》1939年第3卷第10期。
② 杜埃：《民族形式创造诸问题》，香港《大公报》《文艺》副刊1939年12月11—12日。
③ 周扬：《新的现实与文学上的新的任务》，《解放》1938年第41期。

从中国共产党的发展历史来看，"马克思主义中国化"一直是共产主义革命运动探索和发展的重要内容，1927 年大革命失败之后，共产党就独立寻找在中国处理民族和阶级矛盾的革命之路。众所周知，马克思主义是一种国际主义学说，它的终极目标在于以阶级革命方式消除阶级差别，解放全人类。然而，在中国，"邮递员似乎把给阶级和民族的'觉醒的消息'送到了同一个地址"①。中国的民族主义是在西方影响下产生的，因而在寻求民族解放的同时也伴随着反封建的任务。从某种意义上讲，这是中国现代性的独特展开方式。如何处理"阶级"和"民族"的矛盾是共产党进行革命的难题，也是意识形态文化建设的核心问题。

抗日使得中国共产党获得了喘息的机会，也使得其重新调整了阶级斗争和民族解放的基本策略，在民族和阶级的双重视域下，通过"创造性"建构"人民"的主体性完成了政治和文化的动员。

"民族形式"之所以成为中国共产党文化的一个重要概念，有着复杂的历史和现实原因。从内外环境两方面来讲，"民族形式"的确是中共及毛泽东精心准备的政治和文化表述，这一概念和思想也为其后"毛泽东思想"在全党以至全国的统制做好了准备，研究者在探寻"毛主义"形成的历史和现实原因认为：

> 毛的思想之所以能够兴起而成为中共的官方意识形态，是有重要的有利于其形成的因素的。第一，创立一种真正是独树一帜的中国的共产主义意识形态，对党内许多城市知识分子具有很大的吸引力，这些人追求某种鲜明的形式，以象征中国的文化独立于西方，

---

① ［澳大利亚］费约翰：《唤醒中国：国民革命中的政治、文化与阶级》，李恭忠等译，生活·读书·新知三联书店 2004 年版，第 454 页。

也独立于苏联。第二，毛泽东及其亲密的支持者知道，需要将毛树立为一个卓越的思想家，作为一种武器，以抵消追随莫斯科的留俄派的权势，并抵制确实存在着的莫斯科的控制权。第三，中共大多数党员，不管其个人思想如何，都意识到，为同蒋介石和国民党在意识形态领域哗众取宠的宣传作斗争，中共需要提出一种比较完整的能够赢得群众衷心拥护的思想理论。马克思主义中国化这个概念，自然就成了打开创立毛泽东思想之门的理论钥匙……鉴于列宁说过这样的名言：没有革命的理论，就没有革命的运动，我们可以理解李维汉后来所说：在党内树立马克思列宁主义普遍真理同中国革命具体实践相结合的思想，是建立中国共产党的一个最根本的问题，一个有决定意义的问题。①

说到底，中国文化的深厚传统，使得不论是中国知识分子抑或是普通人，内心都有着一种强烈的文化自尊。在进入现代之后，作为后现代化的国家，就有着寻求"独特现代性"的冲动，这一点不仅表现在中国的知识分子身上，也表现在东亚各国的文化理论实践上，"东洋的现代"正是这一理论和现实的反映。另外，中国文化同时有一种"强人政治"的传统，渴望内圣外王的"圣人"的出现。延安高举"五四"新文化和鲁迅的大旗，宣称鲁迅是继孔子之后的另一位圣人，② 这样一种对鲁迅的推崇实则反映了以毛泽东为代表的共产党人接受传统文化遗产和"五四"文化新传统遗产的目标，同时也必导致新的文化偶像的建构。

---

① ［美］雷蒙德·怀利：《毛泽东政治权威形成的历史氛围》，萧延中主编《从奠基者到"红太阳"》，中国工人出版社1997年版，第209页。
② 毛泽东：《论鲁迅》，《毛泽东文集》第2卷，人民出版社1993年版，第43页。

第三节 "民族形式"论争：文艺与文化政治

在 1939 年至 1942 年，"民族形式"的讨论在中国文艺界轰动一时，被视为"抗战以来在文艺上曾经引起最广大最长久的论争"[①]。各地数十种报刊卷入讨论，先后发表了近二百篇论文与专著，其中影响最大的，是向林冰与葛一虹等人围绕"民间形式"是否是民族形式的中心源泉的论争。文艺的民族形式问题，是"抗战以来的文艺活动中特别是创作实践中所引起的最迫切而且最实际的问题"[②]。追求"民族形式"，成为中国思想和文艺发展中的持久主题，也被看作是解放区以及"当代文学"[③]发展的重要标准。

值得注意的是，"虽然讨论波及的范围很广，但无论从讨论的直接起源来看，还是从讨论的主导方面来看，'民族形式'讨论主要是在'左翼'文化界进行"[④]。这就提醒我们"民族形式"讨论与左翼文化尤其是中国共产党文化发展之间有着密切的关系。

一 "民族形式"论争中的"民族"与"形式"

在"民族形式"这一概念提出之前，文艺界关于"旧形式"的相关

---

① 唯明：《抗战四年来的文艺理论》，《文艺月刊》1941 年第 7 期。

② 张光年：《文艺的民族形式问题》，《张光年文集》第 3 卷，人民文学出版社 2002 年版，第 40 页。

③ 此处的"当代文学"接近于"人民文学"的概念，关于这一问题可参见洪子诚、旷新年、贺桂梅等研究者的论述。

④ 汪晖：《地方形式、方言土语与抗日战争时期"民族形式"的论争》，《现代中国思想的兴起》第 2 部下，生活·读书·新知三联书店 2004 年版，第 1498 页。

讨论文章就达到了百余篇。① 这其中除了有茅盾、郭沫若、老舍、胡风等新文人外，也有与中国共产党文艺政策的制定相关的周扬、艾思奇、陈伯达等人，毛泽东也在密切地关注讨论。1938 年 5 月 28 日，毛泽东收到孙雪苇（刘雪苇）转来胡风赠送的《七月》半月刊第三集第 1 期后，当日复信孙雪苇："我已看了'座谈会记录'，很喜欢。如有新的，请续寄我。"② 这里的"座谈会纪要"是指 1938 年《七月》社举行"宣传、文学、旧形式利用"座谈会的纪要，讨论的正是"旧形式利用"和"旧瓶装新酒"问题。③ 1939 年，在重庆读书生活出版社办理邮购业务的范用，收到从延安发来的邮购信和购书单；邮购信是出自当时担任毛泽东秘书的李六如之手，而购书单则是毛泽东亲笔写的，多年后范用先生在其回忆小文中写道：

> 在重庆，有一次给了我一个任务，搜集章回体旧小说。我将重庆新旧书店里的旧小说搜集了一批，交八路军办事处转送延安。那时重庆文艺界正在热烈讨论民族形式问题，延安周扬、艾思奇、陈伯达也在发表意见，可能毛主席注意到了，要看旧小说。这是我的猜测。后来《在延安文艺会上的讲话》里就谈到"对于过去时代的文艺形式，我们也并不拒绝利用"④。

可见，毛泽东不仅对"旧形式"和"民族形式"问题十分感兴趣，而且有过系统的研究和思考。这也就难怪毛泽东会亲自对周扬的文章

---

① 参见［韩］金会峻《中国现代文学史上"民族形式论争"有关资料目录》，《新文学史料》2000 年第 1 期。

② 中共中央文献研究室编：《毛泽东年谱 1893—1949》（中），中央文献出版社 2002 年版，第 83 页。

③ 胡风、绀弩、吴组湘、欧阳凡海、鹿地亘等：《宣传·文学·旧形式的利用》（座谈会记录），《七月》1938 年第 3 卷第 1 期。

④ 范用：《给毛主席买书》，《文汇读书周报》2003 年 8 月 8 日。

《对旧形式利用在文学上的一个看法》进行修改，认定这篇文章发表之后"必有大影响"。①

1939 年，文学形式、民族形式问题成为延安文学界最为热闹的话题。据记载，仅 1939 年夏，中共中央和周恩来、博古便两次邀集文艺界座谈"民族形式"，与会者有艾思奇、周扬、沙汀、何其芳、柯仲平、赵毅敏等，"大家发言后，博古和周恩来先后讲了话"。在 8 月 3 日会上，"争论非常激烈"，"晚十点半始散会"②。"民族形式"讨论传播到国统区之后，同样受到中共组织上和理论上的指导。重庆《新华日报》1940 年 6 月专门组织召开"民族形式"座谈会，并由社长潘梓年在会后作专题发言。③"民族形式"论争中重要人物之一的向林冰曾经私下透露，"民族形式中心源泉论"论争愈演愈烈时，他本欲进一步展开辩驳，但受到了中共南方局的劝阻。④而延安文艺座谈会的召开，整风运动的开展，实际上给"民族形式"做出了结论。许多相关的材料都表明，"民族形式"论争的发起、进程、高潮甚至结束，中国共产党都掌握着它的主动权，控制着它的方向。

"民族形式"论争虽然波及范围很广，也一直被看作是文学大众化和民族文艺发展的重要组成部分，但是，不论是当时的论争还是后来的研究，学界对于"民族形式"论争中的一些基本概念都没有理清楚，例如"民族形式"中的"民族""形式"究竟指的是什么？到底什么是"民族形式"，什么是"中国风格和中国气派"？一直到论争结束，"无

---

① 毛泽东：《毛泽东文艺论集》，中央文献出版社 2002 年版，第 259 页。

② 钟敬之、金紫光主编：《延安文艺丛书·文艺史料卷》，湖南文艺出版社 1987 年版，第 60 页。

③ 参见《民族形式座谈笔记》及《新文艺民族形式问题座谈会上潘梓年同志的发言》，重庆《新华日报》1940 年 7 月 4 日。

④ 可参见段从学《"民族形式"论争的起源与话语形态论析》，《社会科学研究》2009 年第 5 期。

· 72 ·

论是对于'民族形式'的理解，还是对于民间形式及对'五四'新文学的评价，创造民族形式的道路等问题，都众说纷纭，莫衷一是，并未得出结论"①。

毛泽东"民族形式"的提法，理论资源来源于斯大林。基于苏联多民族的历史和现实，斯大林提出了苏联文化发展可以采取"共产主义的内容、民族的形式"，在斯大林这里，"民族的形式"中"民族"指的是苏联境内的各个民族，如此一来，就必须要追问，中国"民族形式"或者"民族文艺"究竟指的是哪个民族？如果指的是汉民族，在抗战的情势下，这样一种大汉族主义文化观置少数民族人民的利益于不顾，显然不利于抗战团结的局面。在抗战期间，民族团结共同抗战是一个重要的问题，也曾经引起过作家们的注意。1939年，老舍和宋之的应回教协会的邀请写作话剧《国家至上》，目的就是在抗战期间，拆除"由习俗的不同而久已在回汉之间建起一堵不相往来的无形墙壁"，② 消除各民族间不同习俗的隔阂，倡导国家至上（而非民族）的共同抗战。

那么，这个"民族"是否指的是总体的中华民族呢？冼星海论述道："中华民族，在'持久战'和'争取民族解放'，'争取最后胜利'的坚强信念里面，他可以战胜日本帝国主义，他可以建立新的民族形式的艺术。"③ 但是，如果指的是整体意义上的中华民族，哪个民族的"民族形式"又可以代表整个中华民族的民族形式呢？众所周知，"中华"，在历史上曾专指汉族，随着近代史的发展，"中华"逐渐发展为多民族含义，包括定居在中国领土内的所有中国民族。我国地缘辽阔，民族众

① 马良春、张大明：《中国现代文学思潮史》（下），北京十月文艺出版社1995年版，第1099页。

② 老舍：《〈国家至上〉说明之一》，《老舍全集》（16），人民文学出版社1999年版，第677页。

③ 冼星海：《论中国音乐的民族形式》，《文艺战线》1939年第1卷第5期。

多，虽然不少民族被汉族所同化，但仍旧有很多民族依然保持着自身不同于汉文化的民族传统和特色。如果严格论证起来，在中华民族这个大的文化圈中实则包含着众多独具特色的"民族形式"和"地方民族文艺"。

冯雪峰注意到这一问题，他说"苏联同盟内的各民族，文化创造的目标就不是什么特有的民族文化，而是革命的社会主义文化。在我们中国，对于国内的各少数民族，我们自然主张平等的民族文化政策……但我们自己创造新的中国文化却以新的世界文化为目标的"①。他实际上转化了这一问题，将民族性看作是最终建立世界文化同一性的过程。郭沫若则更明确地指出，"苏联的'民族形式'是说参加苏联共和国的各个民族对于同一的内容可以自由发挥，发挥为各样的形式，目的是以内容的普遍性扬弃民族的特殊性。在中国所被提起的'民族形式'，意思却有些不同。在这儿我相信不外是'中国化'或'大众化'的同义语，目的是要反映民族的特殊性以推进内容的普遍性"②。"民族形式"等同"大众化"，"民族"问题被悬置起来，"民族形式"中到底"民族"指什么，就成了不言自明无须争议的话题，关键在于"内容"的推进。陈伯达认为"民族形式应注意地方形式"：

> 中国各地的语言极不一致，而许多地方风俗习惯也有极大的差别，在国内不同的民族中更其是这样。但是曾经有人说到，在中国占最大多数的汉民族中，却有一种统一的汉文字，这点是对的。不但文言，就是白话，一样的东西在各地方的汉民族中，大体上都是可以看得懂的。《三国演义》，《红楼梦》，《水浒》，《儒林外史》，

---

① 冯雪峰：《过渡性与独创性》，《雪峰文集》（2），人民文学出版社1983年版，第74页。
② 郭沫若：《"民族形式"商兑》，重庆《大公报》1940年6月9—10日。

这些伟大的民族作品，在各地方的汉人中，只要是稍受过教育的，都是可以看懂的东西，这是事实。这就是全国性的民族形式。①

照此论述看来，此处的"民族"应该特指汉民族，而不包括各少数民族，汉民族的文艺就构成了全国性的民族形式。冼星海则是认为"历史上外族流传给中国在中国音乐史上发生伟大作用的如北狄的鼓吹乐，鲜卑的北歌，西域诸国的音乐"，都充分"表现了我国民族音乐的旧形式，影响了我国历代音乐的变迁"，"外族或我国固有的舞蹈，在它的节奏里面"，"代表了民族音乐的灵魂"②。外族音乐同样也是民族音乐的代表。那么，究竟是汉族还是少数民族的文艺构成了"民族形式"创制的基础呢？却没有人对此详细加以论述。这实际上反映了"民族形式"文艺论争中的一个理论困境。正如诸多研究者所指出的，倡导"民族形式"的左翼论者目的在于建立现代民族国家认同，"地方形式"并不是，"也不应该是地方认同的资源，而是民族认同的资源"，③ 但"民族形式"论争中对"民族性"尤其是"地方性"的强调却会对"民族国家"文艺的建构形成持续的挑战。

而从实际的理论交锋来看，对"民族"文艺的不同理解也正是论争双方纠缠不清的根本原因，例如沙汀、胡风和王实味都指出陈伯达对于新文学没有"民族化"的指责是不正确的，因为"五四"以来的全部新文艺内容所反映的都是民族的现实生活，当然民族的组成形式的基本元素——语言，不能不是民族的，至于创作者，更都是我们民族的儿女。因此，新文艺必然已经是"民族化"的文艺。显然，陈伯达在对"民

---

① 陈伯达：《关于文艺的民族形式问题杂记》，《文艺战线》1939 年第 3 期。
② 冼星海：《论中国音乐的民族形式》，《文艺战线》1939 年第 1 卷第 5 期。
③ 汪晖：《地方形式、方言土语与抗日战争时期"民族形式"的论争》，《现代中国思想的兴起》第 2 部下，生活·读书·新知三联书店 2004 年版，第 1505 页。

族""民族文艺"的基本理解上和他们并不一致。① 作为一场重要的文艺论争，却没有论者对"民族"这一概念和内涵做细致的分析和论述，就笼统地提出"民族形式"，并为此争论不休，不免让人疑窦丛生。

除了对"民族形式"中"民族"内涵语焉不详，"民族形式"论争中对什么是民族形式、是否存在民族形式、民族文化为何需要和形式结合等根本的理论问题也纠缠不清，要么众说纷纭，要么含糊其词，缺乏细致和严谨的理论论述。

当时的论者普遍认为"民族形式"是"一种尚待建立的更中国化的文学形式"，② 现阶段提出的民族形式到现在还没有产生，③ 关于"民族形式"也一直没有得到统一确实的结论。④ 不仅仅是理论问题，更是正在实践中的新课题。⑤ 然而，如果要给"民族形式"下一个定义，又是非常困难的，因为它"意味着一种新生的尚待创造的东西，而不是一种既成的事物"。⑥ 可见，民族形式是有待创造的"现代性"文化，隐含着对中国新文艺民族风格的期盼和创造。由此"民族形式，不能单单从形式去思考，必须把它联系到民族生活的内容来处理"⑦。有论者提出"不仅仅是单纯的样式，而必须是包括民族的风格，语言的创造，民族的性格，感情的表现"⑧。但诗人萧三在谈论中国新诗的创造时，却认为"怎样才能算是中国的新诗呢？我以为内容且不说，单就形式论，还是

---

① 参见本书第二章。

② 何其芳：《论文学上的民族形式》，《文艺战线》1939 年第 1 卷第 5 期。

③ 方白语，参见《文艺的民族形式座谈会》，《文学月报》1940 年第 1 卷第 5 期。

④ 冼星海：《论中国音乐的民族形式》，《文艺战线》1939 年第 1 卷第 5 期。

⑤ 宗珏：《文艺之民族形式问题的展开》，香港《大公报》《文艺》副刊 1939 年 12 月 12—13 日。

⑥ 光未然：《文艺的民族形式问题》，《文学月报》1940 年第 1 卷第 5 期。

⑦ 杜埃：《民族形式创造诸问题》，香港《大公报》《文艺》副刊 1939 年 12 月 12—13 日。

⑧ 罗荪：《谈文学的民族形式》，《读书日报》1940 年第 2 卷第 2 期。

要中国民族形式的，民族感情的才是"①。形式又似乎是独立的问题。但历史学家胡绳指出：

> 要确定民族形式的意义，就是要确定在这里所说的形式到底是指什么。假如形式是指体裁，于是说到民间形式，就想到五更调、章回体，那么这问题根本不值得讨论。这里所说的形式应该是广义的，包括着言语，情感，题材，以及文体，表现方法，叙述方面等等。②

形式则变成了无所不包的大杂烩。而关于"民族"和"形式"为何需要在这一时期结合，这本是此次讨论的根本性问题，却完全没有论者对此加以追问和细致地论述。

什么是文学的形式呢？一般认为，"文学中的再现和表现内容在作品里并不是杂乱无章地堆积在一起，而是按照一定的秩序组织起来，使其中的各种成分、各个部分形成一种内在的有机性和整体性，并且呈现出某种外在的形状或形体。这种把作品的再现和表现的内容联结成一个有机整体并使之成型的秩序就是形式"③。那么，从学术角度看，形式问题，实际上是文体学上的问题，研究民族形式问题可以看作是研究具有民族特色的文体特征。文体具有民族性、时代性，也具有传播性、移植性和国际性等特质。因此，是否存在一种纯粹的"民族形式"，实际上是构成讨论"民族形式"论争的首要问题。

向林冰提出"民族形式中心源泉论"，认为"民间形式的批判的运用，是创造民族形式的起点；而民族形式的完成，则是运用民间形式的

---

① 萧三：《论诗歌的民族形式》，《文艺突击》1939 年第 1 卷第 2 期。
② 《文艺的民族形式问题座谈会》，《文学月报》1940 年第 1 卷第 5 期。
③ 狄其骢、王汶成、凌晨光：《文艺学通论》，高等教育出版社 2009 年版，第 68 页。

归宿。换言之，现实主义者应该在民间形式中发现民族形式的中心源泉"。他实际上是认为存在着一种纯粹的，保留在民间形式中的民族形式。而郭沫若则从文学形式所具有传播性和混杂性这一特性来反驳向林冰的看法，郭沫若指出：

> 前些年辰在敦煌所存的唐代文书中发现了一大批"变文"出来。那是后来的民间形式的各种文艺的母胎，是一种韵散兼行的文体。内容大部分是关于佛教故事的，如《维摩诘经变文》，《阿弥陀经变文》，《八道成相变文》，《大目乾莲冥间救母变文》等；但也有小部分是关于民众故事的，如大舜至孝变文，伍子胥变文等。这种文体在唐代以前是没有的，分明是受了印度的影响，例如马鸣的《本生鬘论》，便是韵散兼行的文体，中国是照样把它翻译过来了的。有文笔的佛教徒们，起初一定是利用了这种文体演变难解的佛经，使它通俗化，大众化，多多与民众接近，以广宣传。后来由这宣教用的目的转化为娱乐用的目的，故事内容由佛教故事扩展到了民间故事。唐以后的民间形式的文艺便从这儿开辟出一条门径，由这儿变为宋代的"说经""说史""平话"；变为明清二代的宝卷、弹词、鼓词及章回体小说。"诸宫调"也是从这儿演变，更演变为元明的杂剧及以后的皮簧等等戏剧形式。这段通俗文艺的演变史，我想凡是研究通俗文艺的人是应该知道的吧。这段史实可以导引出种种意见。（一）民间形式的中心源泉事实上是外来形式。（二）外来形式经过充分的中国化是可以成为民族形式乃至民间形式的。（三）民间形式本身有它的发展。①

---

① 郭沫若：《"民族形式"商兑》，重庆《大公报》1940 年 6 月 9—10 日。

郭沫若认为"外来形式经过充分的中国化是可以成为民族形式乃至民间形式的",从根本上对向林冰"民间形式中心源泉论"的观点进行了颠覆,这一说法的确如很多人所指出的是"挖心之论",从根本上质疑了向林冰"民间形式中心源泉论"。郭沫若没有举出"五四"以后的例子,而是从中国古代文学寻求文学的发展变迁来说明实质上从来都没有纯粹的"民族形式",而是与外来文化相互交融的结果。他强调不仅文学如此,其他如绘画、音乐、雕塑、建筑等艺术也同样深受外来影响。

既然连"民族"指的是什么都没有厘清,"文学形式""中国风格和中国气派"包含的内容也没有论述清楚,"民族形式"是否存在也无法论证,那么,以向林冰为代表的通俗读物编刊社与葛一虹、郭沫若等新文化知识群体之间关于文艺的"民族形式"论争的焦点——民间形式还是"五四"新文学作为"民族形式"文学源泉的问题,岂非如同一场毫无意义的语言游戏?这实际上提醒我们:不能仅从单纯的"文学形式讨论"这一层面去理解这场影响深远的文艺论战。

二 "民族形式"论争与文化领导权

所有这一切疑问,其实涉及一个关键的问题——文艺上的"民族形式"论争是如何开始的?

"共产党员是国际主义的马克思主义者,但是马克思主义必须和我国的具体特点相结合并通过一定的民族形式才能实现……洋八股必须废止,空洞抽象的调头必须少唱,教条主义必须休息,而代之以新鲜活泼,为中国老百姓所喜闻乐见的中国作风和中国气派"①。毛泽东这一论

---

① 毛泽东:《论新阶段》,《解放》1938 年 11 月 25 日第 57 期。

述本有其语境和理论谱系，正如前文所指出的，他是针对国内外理论对手和中国共产党的现实处境所做出的民族主义表述，但延安文人敏锐发现了其中的文化政治意义。柯仲平将这一理论引入文艺领域，提出"最浓厚的中国气派，正被保留、发展在中国多数的老百姓中"。并且以电影为例，提出西方文化的中国化的必要性，率先将毛泽东的具体言论演绎为普适性原则："国际主义的马克思主义应该中国化，其他优良适合的西洋文化也同样是应该中国化的。"① 陈伯达则进一步，把毛泽东所说的"民族形式"问题同抗战初期广泛讨论的"旧形式"问题结合起来，阐释了"民族形式"与"旧形式""民间形式"等范畴之间的关系，提出"抗战的内容与民族的形式，是今日文艺运动的主流"，明确指出"近来文艺上的所谓'旧形式'问题，实质上，确切地说来是民族形式问题，也就是'新鲜活泼的，为中国老百姓所喜见乐闻的中国作风与中国气派'（毛泽东，《论新阶段》）的问题"。更从动员和组织民众的需要出发，把毛泽东所提出的"为中国老百姓所喜闻乐见的中国作风和中国气派"解释为老百姓所习惯的民族（旧）形式。② 应该说，陈伯达准确抓住了毛泽东讲话中的意识形态背景，构成了对毛泽东政治上"民族形式"理论的呼应。这一点，郭沫若说得更为明确，在中国所提起的"民族形式"与苏联并不一样，是"中国化"或"大众化"的含义。所谓"马克思主义必须通过民族形式才能实现"，便很警策地道破了这个主题。又所谓"洋八股必须废止，空洞抽象的调头必须少唱，教条主义必须休息，而代替之以新鲜活泼的，为中国老百姓所喜闻乐见的中国作风与中国气派，更不啻为'民族形式'加了很详细的注脚"③。显然，

---

① 柯仲平：《谈"中国气派"》，《新中华报》1939 年 2 月 7 日。
② 陈伯达：《关于文艺的民族形式问题杂记》，《文艺战线》1939 年第 3 期。
③ 郭沫若：《"民族形式"商兑》，重庆《大公报》1940 年 6 月 9—10 日。

"民族形式"和"中国化"概念的提出及其引起的文艺论争，是和左翼文化政策在这一时期的调整和实践紧密相关——延安根据地从共产主义革命文化向抗战"民族——社会主义"政治文化转型，毛泽东是把"民族形式"当作一个必须开始的实践任务提出来的。因而，问题一出场，就演变成了如何把"国际主义的内容和民族的形式"结合起来的问题。延安文人对"民族形式"问题的阐释，均是在肯定创造文学的"民族形式"乃是一项必需的工作的前提下，围绕着在实践中如何创造文学的"民族形式"展开的。二者必须结合的理由何在，何为"民族形式"等理论问题，则成为话语禁忌，隐入了意识形态的无意识领域。① 因而，潘梓年才直言不讳地表示，"民族形式问题，不只是文艺上的问题，同时也是文化上的问题，革命工作的作风问题"②，可谓一语中的。

这样一梳理，许多问题便比较清晰了。"民族形式"论争并非如以往文学史所描述的那样是一场简单的文学论争或者关于民族文艺的探索。同新启蒙运动、学术中国化运动一样，"民族形式"论争既是文艺理论之争，更是政治和文化领导权之争。在"民族形式"论争中，参与论争者既受到政治权力话语的影响，同时，也在有意借助权力话语来推进自身的理论论述，以获取文化和政治权力。

1940 年重庆关于"民族形式中心源泉论"的争论，是"民族形式"论争中影响最大、最为人所知的一次争论。向林冰根据"新质发生于旧质的胎内，通过了旧质的自己否定过程而成为独立的存在"这一理论，提出"民间形式是民族形式的中心源泉"③。这一观点迅速引起了国统区的大讨论，葛一虹极力批驳这一看法，称抹杀"五四"新文学的"民间

---

① 参见段从学《"民族形式"论争的起源与话语形态论析》，《社会科学研究》2009 年第 5 期。

② 潘梓年：《论文艺的民族形式》，《文学月报》1944 年第 1 卷第 2 期。

③ 向林冰：《论"民族形式"的中心源泉》，《大公报》副刊《战线》1940 年 3 月 24 日。

形式中心源泉论"为"新的国粹主义"。①"民族形式"问题的讨论，迅速转化为"民间形式"还是"五四"新文艺是民族形式的中心源泉的论争。然而，实际上这次论争背后有其复杂的原因，而非简单肯定或者否定"五四"，赞同或不赞同民间形式中心源泉的问题。有研究者指出，新文学同人与向林冰的"民族形式"问题之争，其实是一次重新建构新文学发展方向的话语实践，"向林冰'民间形式中心源泉论'的真正意图，是要把通俗读物编刊社'旧瓶装新酒'的创作方法，提升为创造文学的'民族形式'的根本途径"②。的确，向林冰提出"民间形式中心源泉论"在于推进通俗读物编刊社所一直提倡的"旧瓶装新酒"通俗化文艺方法和文学的通俗化实践。

实际上，"旧瓶装新酒"的理论与民族形式联系在一起根本经不起推敲。试想，民族文化、"中国气派"、"民族形式"作为文化传统和积淀，构成了一个文化整体，如何能够像瓶和酒一样说舍就舍，说换就换？然而，向林冰之所以理直气壮地提出"民间形式中心源泉论"，实际上是利用了延安"民族形式"意识形态资源。向林冰宣称，陈伯达对"民族形式"的理解和阐释，站在新启蒙运动的视角上，肯定了"旧瓶装新酒"文化创造上的革命性意义。的确，发动"新启蒙运动"的陈伯达曾经极力赞扬过通俗读物编刊社在发动下层民众上的积极作用。延安"民族形式"意识形态资源——毛泽东的"马克思主义中国化"，陈伯达的"旧形式——民族形式"关系论，为向林冰指责"五四"新文学的欧化提供了立足点，为其中国文化本位论提供了理论合法性，也构成了论争潜在的理论优势。

---

① 葛一虹：《"民族形式"的中心源泉是在所谓"民间形式"吗?》，《新蜀报》副刊《蜀道》1940 年 4 月 10 日。
② 段从学：《"民族形式"论争的起源与话语形态论析》，《社会科学研究》2009 年第 5 期。

然而，政治形势一旦发生转变，理论论争的优势亦就不复存在。向林冰的"民间形式中心源泉论"实质是要夺取文艺运动的领导权，因而逐渐引起了新文化人的警惕，通俗读物编刊社对"五四"文艺的尖锐批评引起了众多新文学知识分子的不满，延安方面调整了对"旧形式"的过高评价，陈伯达极力撇清与向林冰的关系，承认《关于文艺的民族形式问题杂记》是一篇"极为潦草的东西"，指责向林冰曲解了自己，走上了反辩证法的道路。① 受到了中共南方局的劝阻，向林冰不得不放弃了进一步为"民间形式中心源泉论"争辩的打算。② 以政治权力为依托而占据理论优势，最后却不得不因为政治意识的干涉而放弃论争，向林冰的遭遇显示了"民族形式中心源泉论"背后文艺和政治的复杂纠葛。

重庆"民族形式中心源泉论"论争广为人知，但发生在延安王实味和陈伯达之间的一场理论交锋则少有人注意。实际上，王实味与陈伯达之间关于"民族形式"问题的论战更为典型地呈现出了这场文艺论争背后的政治文化内涵。1941 年 5 月，延安中央研究院研究员王实味在《中国文化》第 2 卷第 6 期上发表了《文艺民族形式问题上的旧错误与新偏向》一文，阐述了他对民族形式的看法。他认为："（一）我们底文艺的民族形式，便是世界进步文艺依据我们民族的具体运用。这民族形式只能从民族现实生活的正确反映中发现出来。没有抽象的'民族形式'。（二）新文艺不仅是进步的，而且是民族的。新文艺运动为今天的民主主义革命运动之一部分，在这个意义上说，更可以说它是大众的。（三）'旧形式'不是民众自己底东西，更不是现实主义的东西；它们一般是落后的。（四）新文艺之没有大众化，最基本的原因是我们底革命

---

① 陈伯达：《关于文艺民族形式的论争》，《中国文化》1940 年第 2 卷第 2 期。
② 参见段从学《"民族形式"论争的起源与话语形态论析》，《社会科学研究》2009 年第 5 期。

没有成功，绝不是因为它是'非民族的'。但新文艺上许多公式教条与洋八股，也必须加以克服。（五）旧文艺的格式体裁还可以运用，有时甚至需要运用。但这运用既不是纯功利主义地迎合老百姓，也绝不能说只有通过它们才能'创造民族形式'。主要的还是发展新文艺。"① 基于这样的认识，王实味对艾思奇、胡风尤其是陈伯达进行了批评。很快陈伯达就发表《写在实味〈文艺的民族形式短论〉之后》进行了反批评。

王实味对陈伯达的批评归结起来，显示了双方以下几方面的分歧：首先是否存在着一种抽象的"民族形式"；其次是如何评价"五四"新文艺与大众化问题；最后是民族形式是否能从旧形式中产生出来。

正如上文所分析的，究竟什么是"民族形式"、有没有纯粹的"民族形式"、本应是"民族形式"讨论的首要问题，针对陈伯达文艺的"中国化""民族化"必须和旧形式结合的论述，王实味做出了很有力的反驳：

> 伯达先生认为，"民族化"就是"和旧的民族形式结合起来"，照这样说像物理学，化学……我们根本没有"旧的民族形式"可供与之"结合"，该怎样使他们民族化呢?②

这实际上是茅盾在批驳向林冰"民间形式中心源泉论"的翻版，指出了文化形式和文化形态所具有的移植性、国际性特征。对此，陈伯达并未正面回应：

> "文化"，是我们平常习惯上所说的精神活动之类的东西。实味同志却很俏皮地说："譬如说，汽车、火车、轮船、飞机等交通工

---

① 王实味：《文艺民族形式问题上的旧错误与新偏向》，《中国文化》1941年第2卷第6期。
② 同上。

具新文化，电汽纺织机、康拜因机、拖拉机等生产工具新文化，它们离开形式，还能有什么内容？'旧的民族形式'该是火车、轿车、帆船、纸鸢、镰刀、锄头之类吧，但这些新文化之本质的内容——速度、载力、精确快速的工作效能等等，怎样与这些'旧的民族形式'相结合呢？……"这些话诚然说得俏皮；但有些俏皮话是艺术，有的俏皮话也不见得是艺术。难道日本强盗有汽车飞机坐，就能算作"文化人"吗？①

将对理论问题的讨论，转向词语和语言上的诡辩。不论是"民族文化"或是"民族文艺"，本身是一个很复杂的理论和现实问题，而在民族形式论争中，论者的发起者陈伯达其意显然并不在对其真实内涵的剖析和理论探讨。

关于"旧形式"的利用，以及"旧瓶装新酒"理论与民族形式的关系，王实味也显示了比前期论争大多数文人更深入细致的考辨：

> "旧形式新内容"的提法根本不合科学法则的。我们知道，一定的内容要求一定的形式，形式要随着内容推移转化，"旧形式"如何能适当配合"新内容"？这提法可能是由鲁迅先生底"旧瓶装新酒"脱胎而来，但瓶与酒的关系，绝不是形式与内容的关系。鲁迅当时所借喻的"瓶"，他很明白地指出是"格调"（格式体裁），绝不是形式内容不可分的形式。②

在王实味看来，不存在纯粹意义上的"形式"，认为民族形式的创造必须从旧形式中来，无疑是一种僵化的思维。因此，同胡风一

---

① 陈伯达：《写在王实味〈文艺的民族形式短论〉之后》，《解放日报》1942 年 7 月 3 日。
② 王实味：《文艺民族形式问题上的旧错误与新偏向》，《中国文化》1941 年第 2 卷第 6 期。

样，王实味将民族形式看作是"世界进步文艺依据我们民族特点的具体运用"。"五四"以来的全部新文艺，由于内容所反映的都是民族现实生活，既是民族的，也是发展民族形式的基础。通过对文艺创作的现状观察，王实味批评延安文艺过分强调"旧的民族形式相结合"，有浓厚的落后"小调"作风，导致"新内容"完全为"旧形式"所取消。

陈伯达一方面对"旧形式"的价值重新加以辩解，认为旧形式不仅仅要利用，更重要的是"扬弃"和"改造"，表示应该结束无谓浪费时间的"口号的讨论"，而"具体的走到实践"；另一方面则把王实味同已经受到批判的向林冰相提并论，指责王实味是如"我们"（延安文化界）不同的"形式主义者"和"否认民众力量"的"文化人"：

> 一般说来，实味同志也是一种形式主义者，不过和向林冰先生的形式主义有别而已。实味同志说"创造的基础是现有的进步形式"；但辩证唯物论者的看法，毫无可疑的，创造的基础是现实生活，而实味同志不管说了多少个"进步"的字样，终究是和我们这种观点不同的，并且这种"进步形式"是什么，实味同志也说不出什么来，也没有规定给我们……
>
> 实味同志认为："在束缚压迫老百姓统治之下，你就把文章百分之百地'大众化'，它与大众可能还是毫无关系的。只有政治的进步，才能决定文化的进步，文艺家们不要把自己看得太万能了。"照实味同志看来大众文化运动，在束缚压迫的统治之下，与老百姓毫无关系，但革命又要依靠大众有文化，这样，不管实味同志自觉不自觉，结论就是这样：革命是不可能的了……不但如此，大众文化运动还有什么意义、什么必要呢？文艺家们既然无能，出路就只好偃旗息鼓了，最多，也只好关起门来发发牢骚，等"有政治的进

步"再出来好了。①

虽然王实味的论述中，显示了其固有的"启蒙"文化心态，而较少体会到陈伯达所称道的"抗战的现实形势"特殊的文化动员需要。但同王实味比起来，陈伯达的反驳则更多充斥了政治权力话语，将王实味放在反对大众化、反对革命的位置上，显露了延安后期文艺批评上升为政治批斗的雏形。王实味发表《野百合花》《革命家·艺术家》受到延安的批判之后，陈伯达重提这场论争，更是宣称"从文学嗅出了异味"，将其定位为托派理论，彻底剥夺了王实味的辩驳机会和话语权。

而从"民族形式"论争所呈现的形态来看，争论最后伴随着西方与中国（落后与进步）这一二元对立政治意识形态逻辑而走向对于外来文化（尤其是西方文化）的排斥，王实味（以及在国统区的胡风）对于"民族形式"抽象地谈论旧形式所可能导致的文化上退步的担忧并未引起足够的重视。由于论争本身所带有的政党政治的意识形态特色，随着延安文艺座谈会的召开，毛泽东发表了影响深远的《在延安文艺座谈会上的讲话》，"民族形式"问题讨论就在没有任何理论收获，连何为"民族形式"等基本问题都没有解释清楚的情形下，匆忙结束。

在以往的文学史研究中，学界往往将"民族形式"论争看作是20世纪30年代"文学大众化"问题的继续，或者认为是文艺"中国化""民族化"的问题，强调它与文学"旧形式"利用之间的关系。但通过对历史材料的清理和考辨之后，我们可以看到，"民族形式"问题实际上具有自己特殊的意识形态背景和理论谱系。"不仅是创作方法的问题，

---

① 陈伯达：《写在王实味〈文艺的民族形式短论〉之后》，《解放日报》1942年7月3日。

而且是文艺政策上文艺路线上的问题",① "还牵涉到一般的文化政策"②。"民族形式"论争既是文艺理论之争，更是涉及文化领导权的一整套文艺与文化实践。李杨在论述毛泽东《在延安文艺座谈会上的讲话》意义时指出，《讲话》"关注的问题，与其说是'文艺'的'政治化'，不如说是一种以'文艺'为名的文化政治实践"③。与1936年前后在北京和上海兴起的"新启蒙运动"、1938年延安"学术中国化运动"一起，作为《讲话》"前史"的"民族形式"文艺论争运动是中国马克思主义者有意识勾连历史与现实，以"民族形式"表述置换民族主义，获取政治和文化领导权，建构新的国家意识形态的文化运动。

---

① 张光年：《文艺的民族形式问题》，《张光年文集》第3卷，人民文学出版社2002年版，第40页。

② 唯明：《抗战四年来的文艺理论》，《文艺月刊》1941年第7期。

③ 李杨：《"赵树理方向"与〈讲话〉的历史辩证法》，《文学评论》2015年第4期。

第二章

"民族形式"论争与"五四"文学传统

　　由思想启蒙、文学革命、政治抗议三个相互关联的运动而构成的"五四运动",可以称得上是影响现代中国最大的一场运动,而"在这场运动中建立起来的思想的、学术的、文学的、政治的立场与方法,被一代代中国人,从各自的立场出发,不断地进行着对话,赋予它各种'时代意义'"。①

　　在 20 世纪 50—70 年代,由谁来阐释和怎样阐释"五四"运动的历史意义有着严格的限定,实际上是一直遵循着毛泽东的有关论述,将其解释为"中国新民主主义运动的开端",历史意义在于"马克思主义在中国的传播"和"工人阶级登上历史舞台"。今天我们所熟悉的"五四",既认为它是一场"反帝反封建的政治运动",同时也是"空前未有的思想解放运动",则是在 20 世纪 80 年代前后知识界和思想界掀起的"新启蒙运动"② 中所逐渐得到强化的。突出"五四运动"的"反封建"意义,探讨"五四"和"新时期"在"反封建"问题上的关联,突出

---

① 陈平原:《波诡云谲的追忆、阐释与重构——解读"五四"言说史》,《读书》2009 年第 9 期。

② 1936 年前后陈伯达、张申府等人发起的"新启蒙运动"和1980 年前后中国知识界、思想界发起的"新启蒙运动"虽然都被称为"新启蒙运动",也都试图勾连起与"五四"启蒙运动的联系,但思想内涵却有着根本性的差异。

"五四"的文化启蒙意义，是 20 世纪 80 年代中期的"历史反思运动"和"文化热"发生的内在动因。① 重述"五四"并借助历史连续性进行现实勾连，构成了"五四传统"的重要内涵，而从文学史上看，对"五四文学"的言说、重构和对"五四传统"的利用，则是掀起文学和文化运动的一个重要方式和话语策略。

对"五四"文学的重评，自 20 世纪 20 年代初就已经开始，"从文学革命到革命文学"，"死去的阿 Q 时代"，左翼文学急迫地割裂与"五四"的联系，企图树立自己的形象，虽然并没有动摇"五四"文学作为新文化"源起"的地位，但也引起了"五四"倡导者们的分化。20 世纪 30 年代"大众化"和"大众语"的讨论，再度拿"五四"文艺开刀，挑战者和"五四"运动的先锋们一同寻找新的资源和理论，展开反思。

抗日战争爆发后，中国文化的传统和现状引起了知识界广泛地讨论，也掀起了一次"重审""五四"的高潮，中国马克思主义者通过"新启蒙运动"和"民族形式"论争而努力获取文化的解释权，并以"五四"新文化继承者和推进者自居，完成了新的文艺和意识形态的建构。

第一节　新启蒙运动对"五四"革命文化传统的建构

1936 年，文学界爆发了"国防文学"和"民族革命战争的大众文学""两个口号"的论争，由周扬、夏衍与冯雪峰、胡风等人的争论以

---

① 关于"五四"传统、"新启蒙"思想与"现代化范式"之间的关系，参见贺桂梅《"新启蒙"知识档案》，北京大学出版社 2010 年版，第 32—47 页。

及鲁迅发表《答徐懋庸并关于抗日统一战线问题》，引起了文学"战场"上的一次大论战。这场论战广为人知，标志着左翼知识界的分化和转变，"左翼文学"由此从阶级话语转向民族话语。文学上"两个口号"之论争硝烟四起，掀起轩然大波；与此同时，在哲学界和思想界的另一场重审"五四"文化传统的论战却不为学者所注意，那就是1936年底由陈伯达倡导"哲学的国防动员"，并在1937年"五四"18周年纪念中引起广泛讨论的"新启蒙运动"。

一 新启蒙运动的历史文化背景

1936年中共中央派胡服（刘少奇）主持北方局工作，刘少奇上任后，提出要"肃清关门主义与冒险主义"，以便建立"广泛的民族统一战线"，① 改组了北方局，任命陈伯达为宣传部长。同年秋天，陈伯达根据中共中央关于建立抗日民族统一战线的精神，开始积极准备和倡导在文化界发起一场思想运动，即新启蒙运动。

1936年10月，上海《读书生活》杂志发行纪念"九一八事变"的专辑《国防专号》，陈伯达在上面发表了《哲学的国防动员——新哲学者的自己批判和关于新启蒙运动的建议》，认为当前的主要任务是"改造世界"，"应该组织哲学上的救亡民主的大联合，应该发动一个大规模的新启蒙运动"②。新哲学（马克思主义）既要"站在中国思想界的前头"，又要打破关门主义的门户"进行大联合阵线"。联合的对象包括倾向新哲学的自由知识分子，如张申府、张季同等人，还有动摇的非理性主义者如张东荪等人，另外则是"五四"时代思想界的一批"老战士"。

① 刘少奇：《刘少奇选集》上卷，人民出版社1981年版，第23—24页。
② 陈伯达：《哲学的国防动员》，《读书生活》1936年第4卷第9期。

很快，陈伯达又在《新世纪》杂志上发表《论新启蒙运动——第二次的新文化运动——文化上的救亡运动》，系统地提出了对新运动的意见，将中国近代以来的思想运动纳入到他所理解的"启蒙运动"谱系当中，认为"新启蒙运动是当前文化上的救亡运动，也即是继续戊戌变法以来启蒙运动的事业……是'五四'以来更广阔，而又更深入的第二次新文化运动"。但新启蒙运动和"五四"时代的新文化运动又有着基本的不同，"新哲学乃是目前新启蒙运动的主力，动的逻辑之具体应用，将成为目前新启蒙运动的中心，而且一切问题，将要借助于动的逻辑，才能做最后合理的解决"①。

这两篇文章的发表一般被看作新启蒙运动兴起的标志。而从陈伯达的论述看，他这里的"启蒙"并不是我们通常所理解的经典意义上的"启蒙"。作为法国大革命之前兴起的思想运动，启蒙运动的主要特点在于提倡"理性"和个人的独立思考，运用自己的"理智"和知识，摆脱愚昧和偏见。舒衡哲指出，"在欧洲的启蒙时代，'自身造就的蒙昧'源自腐败专制的教会势力所产生的教条主义。而在中国启蒙者则认为，精神麻木的源头可追溯到儒家思想'礼教'的种种内容……因此他们表达了一种急切的，几乎是萌芽状态的，要从自我奴役中解放的愿望"②。如果我们大致赞同舒衡哲的意见，将反抗礼教，自我解放视作是中国"启蒙"运动核心内容的话（而这正是 20 世纪 80 年代"新启蒙运动"以来所强化的启蒙观），这样的含义与陈伯达提出以"动的逻辑""新哲学"联合思想界的新启蒙运动显然相去甚远。

---

① 陈伯达：《论新启蒙运动——第二次的新文化运动——文化上的救亡运动》，《新世纪》1936 年第 1 卷第 2 期。
② 舒衡哲：《中国启蒙运动》，新星出版社 2007 年版，第 4—5 页。

陈伯达自己在随后的一篇文章中坦承:"十八世纪的法国,和二十世纪的中国,负解决责任的人事是变动了……所以,把我们的启蒙运动放在十八世纪的启蒙运动的框子以内,这就是不了解时代的运动,而因此来否认我们的启蒙运动,也就是不了解运动的时代。"① 当前的新启蒙运动"不是旧理性运动的再版,而是新的理性运动"②。而"新的理性运动……就是说,我们要废除民族压迫和封建制度的不合理,同时我们又不要像十八世纪启蒙运动以另一种不合理的社会来代替一种不合理的社会,我们要保卫祖国大抗战的合理,由民族解放和封建残余解除的合理,转变到新的社会的合理"③。

显然,陈伯达提出的对"理性""启蒙"的解释有着通过革命建立合理社会制度的诉求。作为共产党代表的陈伯达发表"新启蒙运动",目的在于配合政治上的"抗日民族统一战线",联合文化上各种势力,对抗当时国民党所开展的"新生活运动",以及日本帝国主义在"伪满洲国"所推行的"奴化"文化政策,建立自己所认可的新哲学唯物辩证法思想及革命的合法性。持中间立场的自由知识者是当时共产党人、马克思主义者所主要争取的对象。因此,新启蒙运动实则是"中国共产党为配合抗日民族统一战线的建立而在思想文化领域里发起的一场运动,它吸引了一些具有自由主义倾向的知识界人士参加"④。是由倡导者和参与者两类不同的阶层构成的。在"启蒙"所引导之下的"爱国""理性""思想自由"等一系列概念和口号构成了不同思想阶层联合的基点。

---

① 陈伯达:《文化上的大联合与新启蒙运动的历史特点》,夏征农编《现阶段的中国思想运动》,上海一般书店 1937 年版,第 131 页。

② 陈伯达:《思想的自由与自由的思想——再论新启蒙运动》,《认识月刊》1937 年创刊号。

③ 陈伯达:《文化上的大联合与新启蒙运动的历史特点》,夏征农编《现阶段的中国思想运动》,上海一般书店 1937 年版,第 133 页。

④ 欧阳军喜:《论新启蒙运动》,《安徽史学》2007 年第 3 期。

从新启蒙运动的发起及论争过程来看，马克思主义者始终都控制着论争的方向和展开。

二 "思想的危机"与新启蒙运动

提倡思想自由，继承"五四"文化一直是 20 年代以后中国知识界和言论界所关心的问题，也是可以联合思想界各类阶层的一面旗帜，在民族危机日益严峻的情境下更是如此。对共产党人提出的新启蒙运动，持中间立场的自由主义知识分子一方面对民族危机所形成的团结局面欢欣鼓舞，"我们可以说分裂了的中国，又复现出了团结为一的希望，这是什么造成的呢？是国难，在生死关头后的一种民族自觉"①。另一方面对马克思主义者所倡导的"新启蒙运动"的内容并不是完全赞同，一位论者回应陈伯达的文章就对"新启蒙"不以为然，批评文化运动"倡导者倡导的范围过小，面目过左，没有一般的广大地开展起来，因此虽然口口声声地说这是全民族的自觉运动，应该广泛的联合，但事实上并未做到，仍是几个新哲学者在讨论"②。可以说，自由主义知识者和马克思主义者对"启蒙"以及思想运动的相关概念理解并不一样，这对新启蒙运动构成了挑战。

双方的分歧集中在对"思想自由"的理解。1936 年底，蒋荩华发表《青年思想独立宣言》，提出了青年思想独立问题和自己对"思想自由"的看法。他认为青年本应充满自信，是中国的未来和希望，而现实中的他们"这样惶惶不安"，原因在于"缺少知识"。中国的青年是如此需要知识，需要教育，而当前的思想界的思想运动却离开了青年的真正

① 柳湜：《国难与文化》，上海生活书店 1937 年版，第 61 页。
② 江陵：《开展中国新文化运动》，《国际知识》1937 年第 1 卷第 1 期。

思想需要，"直到今日还有许许多多聪明才智的国人，舍弃了正大的民族文化的发展，枉抛心力于一些造制名词，搬弄观念，歌颂偶像的勾当。曾经看见在民族危机水深火热的时候，国人对于'以眼还眼，以牙还牙'的最单纯易解的主张，不能躬亲实践，徒徒高喊'两个口号''×个口号'在杂志上大开笔战，自相残杀"。所以他号召青年应该形成独立的思想，自己解放自己，"赶快抛弃一切不健全的思想和信仰，走上救亡运动的道路。凭着自己所懂的一点信念，挺直地站立起来。莫再傍人门墙，好回到自己的天真，认深自己的愿望，树立自己的意见"①。"思想独立宣言"强调思想和思想运动对青年发展的重要性，指责当时思想界的纷争，隐含对"左翼思想"的批评，实则是要求青年进行"自我启蒙"；与此同时，署名"炯之"的沈从文号召"要在作家中开展一种思想运动，即'反差不多主义'"。他认为"社会既不奖励思索，个人也就不惯独自思索……但凡稍有冒险精神，想独辟蹊径与众不同的人（主要指作家），就会被视为乖僻，再一加转译，又成了落伍的代名词"②。背后同样针对的是在左翼观念影响下形成的模式化、雷同化文学创作现象及对个人主义的压抑。这两篇文章在当时被多家报刊转载，引起了很大的争论。柳湜随后也在 1937 年 3 月出版的《国难与文化》中批评文化界："我们在这一年多来，所看见的全文化领域的现象是，所谓进步的看不起落后的人，后退的人不容忍前进的人，中间人变成了一面骂东、一面骂西的疯子。"③ 以自由主义者身份"出场"的朱光潜④在

---

① 蒋莆华：《青年思想独立宣言》，夏征农编《现阶段的中国思想运动》，上海一般书店 1937 年版，第 169、172 页。

② 沈从文：《作家间需要一种运动》，原载上海《大公报》1936 年 10 月 25 日，署名"炯之"。收入《沈从文全集》(17)，北岳文艺出版社 2002 年版，第 104 页。

③ 柳湜：《国难与文化》，上海生活书店 1937 年版，第 55 页。

④ 这是何干之的评价，参见何干之《中国近代启蒙运动史》，《何干之文集》(2)，北京出版社 1993 年版，第 119 页。

1937 年 4 月 4 日的《大公报》发表《中国思想的危机》，则将对"思想自由"理解的分歧尖锐上升为中国思想的危机：

> 中国的知识阶级在思想上现在所能走的路只有两条，不是左，就是右，决没有含糊的余地……政治思想在我们中间已变成一种宗教上的"良心"，它逼得我们一家兄弟们要分起家来。我们所认为危机者，第一是误认信仰为思想以及误认旁人的意见为自己的思想的恶风气……其次，我们所认为思想界危机的是因信仰某一派政治思想而抹煞一切其它学派的政治思想，甚至于以某一派政治思想垄断全部思想领域。①

在朱光潜看来，任意贴标签，个人思想难以独立发展已经成为可怕的现象，他直言"以标语口号作防御战，已成为各党派的共同的战术"，中国思想的前途自然要希望青年去开发，而现代青年大多数却已因脑中被压进去过量的固定观念与陈腐反应，而失去思想所必需的无偏见、灵活、冷静与谦虚，这正是中国思想最大的危机。需要一个思想运动来解除危机，使个人尤其是青年多读一些不同的书，抛弃左右之分，多认识了解一些不同的思想文化，明白"现在所最需要的不是一种已成的思想，而是自己开发思想所必须的思想习惯"。这篇文章发表后，马上引起了狄超白、沈于田等人的批评和反批评，什么是"思想自由"、如何获得"思想自由"迅速成为当时知识界争执的焦点问题。论争实质上仍然是自由主义知识分子与左翼知识者在 20 世纪 30 年代论争的继续，对"自由""独立"的呼吁，背后隐含对新一代青年或知识者群体的想象性改造和召唤。无疑，在自由知识者看来，思想运动的最大要求在于消除

---

① 朱光潜：《中国思想的危机》，天津《大公报》1937 年 4 月 4 日。

"左右"的对峙，给予个人（尤其是青年）独立思考的空间，培养民众自我启蒙的能力，建立现代意义上的"个体"。

然而，新启蒙运动的倡导者对"思想自由"和启蒙的理解与自由主义知识者并不一致。首先他们认为思想自由和青年教育不能脱离中国特定的时代和社会语境，"在目前需要自我觉醒的时代，朱先生高唱思想的独立性，创造性，自由性，民主性等是值得称赞的，但我以为这是多求之于客观，而不必苛求于青年自身……我以为中国目前最大的危机，并不是在思想的斗争，而是在思想与非思想的斗争，并不是在某一派的政治思想抹煞垄断一切其它学派的政治思想，而是在非思想的政治力量抹煞垄断全部思想领域"①。对自由知识者呼吁青年思想独立，新启蒙运动倡导者表示了质疑，"我以为我们青年文化人有极大的弱点"，所以一切人尤其是青年人"需要有这样的警惕：浅薄虽然不是独断，但浅薄却也是会有流于独断的危险"。②

其次是是否需要指导思想及如何启蒙的问题。自由主义知识者所理解的"启蒙"和思想自由应该是个人主义的，不盲从，不给人任意贴"进步"或"落后"的标签。但马克思主义者认为"不应该把思想自由单看成解放思想束缚，还应该把它作为引导人们的思想走上真理的必要条件……要知道真理只有一个。只有那种能反映群众的要求，适应时代的需要，能引导民族和人民到彻底解放的思想，才能被最大多数的人们所接受，也只有这种思想能占领导的地位。如果高唱思想自由，而放弃了以真理来领导思想向前进，那是不对的"③。陈伯达回应朱光潜指出

① 任白戈：《中国思想的危机何在？——与朱光潜先生论思想运动》，夏征农编《现阶段的中国思想运动》，上海一般书店1937年版，第150页。
② 陈伯达：《思想的自由与自由的思想——再论新启蒙运动》，《认识月刊》1937年创刊号。
③ 汉夫：《提出几个关于思想运动的问题》，夏征农编《现阶段的中国思想运动》，上海一般书店1937年版，第45页。

"反对偏见、独断和盲从，这绝不是说，和我意见不合，而别有主张的，就算是偏见和独断；也断不是说，那些不同意我的意见，而同意别人的意见的，就算是盲从"①。因而，他们实际上转化了自由主义者所提出的思想危机，认为目前中国的思想危机，首先并不是在无创造性和自由性，互相抹杀垄断等，而是在"根本上就无思想的斗争和发展的余地"②。在马克思主义者看来，个人主义的思想自由是有其限度和局限性的，"我们大多数的解释，又是思想自由。如果单当是我们进行思想运动的一种要求，是必要的，这和我们的要求爱国自由一样。但是，我们要求怎样的自由，自由了怎样，这却是原则上的问题了。没有原则的思想自由，等于无思想"③。因此，在"启蒙"——如何获得思想自由的方式上，新启蒙运动的倡导者也和自由主义知识者所要求的培养思维习惯、发展独立的个人主义不同，而是明确提出，"新启蒙运动是要揭起反个人主义的旗帜，因为时代已经不同，个人主义已不适于大时代了"。在形式上，"对于读者大众提倡集体研究……希望读书界和文化人能够从个人主义转到集体主义"④。

　　一方面，新启蒙的倡导者从现实出发以各阶层都认可的术语和观念联合思想文化界不同阶层，"我们无可否认现在思想运动最锋锐最正确的武器，是唯物辩证法，但我们尤其该注意的，是唯物辩证法的发展在中国的现阶段。我们不能以唯物辩证法作为这一思想运动的原则，我以为现阶段中国思想运动的原则乃是思想上的现实主义……现实主义是最

---

　　① 陈伯达：《思想的自由与自由的思想——再论新启蒙运动》，《认识月刊》1937 年创刊号。

　　② 任白戈：《中国思想的危机何在？——与朱光潜先生论思想运动》，夏征农编《现阶段的中国思想运动》，上海一般书店 1937 年版，第 152 页。

　　③ 夏征农：《编后记·现阶段的中国思想运动》，上海一般书店 1937 年版，第 206 页。

　　④ 陈唯实：《抗战与新启蒙运动》，武汉扬子江出版社 1938 年版，第 34、48 页。

适当的了"①。陈伯达也说："我们并不是以'发展'的新理性的学说来当作目前文化上大联合的准则。我们是以一般的'理性'来当作目前文化上大联合的准则。"② 另一方面，新启蒙运动的倡导者使用思想自由、理性和启蒙等概念的背后显然又有着进一步的政治和文化革命的诉求。"如果从历史的发展来看，某一社会，虽然有各种不同的思想，但在这些不同的思想中，必然有种主导的思想存在。它是思想发展的动力：建立新的，毁灭旧的，于是才产生了所谓思想运动。"③ "是否需要某派思想推动其他思想前进？领导权是存在的，历史上无论哪一联合阵线的斗争，是少不了领导的作用，古今中外，都没有例外。可是领导权虽然事实上存在，但从目前中国的实际环境来看，国民是服从真理，并不是服从权威。谁的思想最接近真理，谁在民族抗争的过程中尽最大的努力，证明了他们的思想体系最接近真理，自然而然的，最有资格去领导群伦。"④

由于运动的倡导者"创造性"地使用了"启蒙"概念，新启蒙运动对以前的文化运动尤其"五四运动"也就形成了新的认识和叙述。事实上，新启蒙运动很难避开"五四运动"的影响而存在，其讨论的高潮恰是集中在纪念"五四"18 周年的 1937 年 5 月。"'五四'，今年又被文化界强调地指出，集体地热烈地讨论着……从事文化运动的人们，因为接受了十数年来的历史教训，又回转过头来，把中国第一次最伟大的启蒙运动——'五四'运动，重新估计，这是必然而正确的，我们当前的文化工作，正是继续着'五四'未完成的工作，而展

① 夏征农：《编后记·现阶段的中国思想运动》，上海一般书店 1937 年版，第 208 页。
② 陈伯达：《文化上的大联合与新启蒙运动的历史特点》，夏征农编《现阶段的中国思想运动》，上海一般书店 1937 年版，第 113 页。
③ 夏征农：《编后记·现阶段的中国思想运动》，上海一般书店 1937 年版，第 200 页。
④ 何干之：《何干之文集》(2)，北京出版社 1993 年版，第 132 页。

开一个更新的更伟大的文化运动——新启蒙运动。"① 新启蒙的倡导者重谈"五四",是因为他们十分看重从现实反观历史的做法。胡绳认为:"历史毕竟不是和现在生生斩断的","'五四'文化运动的再检讨,对于我们不只是有着历史的意义,而且是有着实践的意义的"。②"我们对于'五四'的重新估计,只有站在新启蒙的立场上,才有积极的意义。"③ 正如前文所指出的那样,一直以来"五四运动"除了被视为一次学生运动外,就是和《新青年》联系在一起的新文化运动,而在新启蒙运动中,"五四运动"明确地和启蒙运动联系在了一起。④陈伯达为什么要提倡"启蒙",据推测可能与张申府的影响有关,"左"倾的自由主义知识分子张申府十分重视提倡"理性",陈伯达从张申府那里得到了启示,而创造性地使用了启蒙概念来描述和分析戊戌变法以来中国的文化运动。⑤

三 重述"历史"与"启蒙"方式的转变

新启蒙运动直接目的是发动联合文化阵线,在运动展开之后,左翼知识者迅速为中国思想文化叙述勾勒出了一条革命历史谱系。以新启蒙运动反观历史,首先进行总结的人是陈伯达,但这一叙述的展开和完成却不能仅仅归功于他,在其背后还有着共产党人组织力量的推动。⑥ 在陈伯达提出新启蒙运动之后,艾思奇、何干之等纷纷发表自

① 齐柏岩:《五四运动与新启蒙运动》,《读书月报》1937 年 6 月第 2 号。
② 胡绳:《胡绳全书》(第 1 卷上),人民出版社 1998 年版,第 30—31 页。
③ 齐柏岩:《五四运动与新启蒙运动》,《读书月报》1937 年 6 月第 2 号。
④ 余英时指出:"最早从启蒙运动的角度诠释五四运动的,正是马克思主义者。"参见《重寻胡适历程》,广西师范大学出版社 2004 年版,第 246 页。
⑤ 舒衡哲在其著作《中国启蒙运动》中提到,陈伯达和张申府良好的私人关系是新启蒙运动能够迅速展开的重要原因,陈伯达曾经多次向张申府请教哲学问题。
⑥ 余英时通过采访当事人指出自"一·二九运动"以后,共产党的活动都有组织发起。参见《重寻胡适历程》,广西师范大学出版社 2004 年版,第 248 页。

己对近代思想运动历史的看法和意见，1937 年 5 月，《读书生活》组织了一批作家举行"新启蒙运动"座谈，并发表一系列的相关文章，①是年七月夏征农选取当时在报刊上对新启蒙运动的讨论出版了《现阶段的中国思想运动》，并附录了对现阶段中国思想运动的集体讨论以及编后记，② 接下来何干之写作《中国近代启蒙运动史》，不断强化新启蒙运动与"五四"新文化运动的联系，最终完成了对"五四""启蒙式"的论述。

首先强化了"五四"的"爱国主义"性质。"五四运动"发生之后，如何描述它成为一个重要的问题，"五四"一代知识者勾连起作为学生运动的"五四"和新文化运动的联系。自此，个性解放、追求自由便和"五四运动"结合在一起。新启蒙运动的一个显著特点是将"爱国"纳入到"五四"以及思想文化运动中来，由于面临着严重的民族危机，"爱国"是当时共同的话题，"启蒙运动之成为文化上的群众运动，这是'五四运动'的时候……整个的'五四运动'就是爱国运动，就是民族的群众自救运动，新文化运动是文化上的群众爱国运动，是整个爱国运动之重要的部分，重要的一方面，是整个爱国运动之意识上的表现。'五四运动'（包括新文化运动）是一九二五—二七年大革命的前奏曲"③。

将爱国主义纳入到"五四"叙述中，是新启蒙的倡导者出于现实考虑做出的一种策略化行为，在当时要求联合抗日的情况下，"爱国"无疑是最好的催化剂。何干之直言"中国启蒙运动史，简直可以说是

---

① 出席座谈会的有艾思奇、吴清友、何干之、李凡夫、夏征农、葛乔、凌青、柳乃夫、刘群等。参见上海《读书月报》1937 年 5 月创刊号。
② 集体讨论的参加者有汉夫、周扬、何干之、李凡夫、艾思奇和夏征农等，参见《现阶段的中国思想运动》。
③ 陈伯达：《再论新启蒙运动》，《新世纪》1936 年第 1 卷第 2 期。

爱国主义文化史的别名"①。陈伯达也以爱国主义来回应对他开展新启蒙运动的质疑，"有人说，新启蒙运动是'守旧'，是'复古'。如果照这种别有肺腑的人的话说来，那就是说，我们现在不应该做民主主义的思想运动，我们不应该做爱国主义的思想运动。……爱国主义在我们这里是'反动'？是'复古'？法国大革命的人们都称自己是'爱国者'，难道他们是'反动'？是'复古'？"②而在实际的思想交锋中也证明爱国主义确实是思想联合的重要因素，认为新启蒙运动面目过"左"的江陵建议陈伯达"大量介绍新哲学到中国来并应用"的主张，应该改为"大量地介绍新哲学到中国来，引起中国的自由的讨论具体的探讨"，他更愿意"附议陈先生'保卫祖国，开发民智'和'反异族，反礼教，反独断，反盲从和破除封建迷信唤起广大人民之救亡和民主的觉醒'为这个运动的标志"③。显然，在重提"五四""爱国"和"民主"上，自由主义知识者是认同的。何干之的《中国近代启蒙运动史》提出"很显然的，这一思想运动是带上了爱国主义自由主义的性质。从前的文化运动是由反封建思想作起点，今日的文化运动，却是以反异族的奴役作起点。对象是不同了。以前的文化运动，是导于一尊，今日的文化运动，却是各派思想的竞赛"④。

强调运动的爱国主义性质，开展思想的竞赛，从联合中得到文化领导权，这正是新启蒙运动倡导者的基本思路。当然，新启蒙运动的倡导者也不是空谈"爱国"，仅将爱国挂为一块招牌，而是强调在民族利益的立场来联合、提高民族的力量。半封建半殖民地的中国思想运动本来

① 何干之：《何干之文集》（2），北京出版社1993年版，第126页。
② 陈伯达：《思想的自由与自由的思想——再论新启蒙运动》，《认识月刊》1937年创刊号。
③ 江陵：《开展中国新文化运动》，《国际知识》1937年第1卷第1期。
④ 何干之：《何干之文集》（2），北京出版社1993年版，第112页。

就和民族主义、爱国主义有着天然的联系，新启蒙运动对"五四"爱国主义的强化则进一步使作为政治运动和思想文化的"五四"面目模糊难辨。

其次强化了"五四"的革命性。余英时指出，中国的马克思主义者特别重视启蒙运动，根据他的分析，中国的马克思主义者热衷于启蒙运动的提法有这样三个原因，"首先是依据马克思主义的历史理论，当中国进入资本主义的历史阶段，势必经历类似于法国启蒙运动的一种大规模布尔乔亚意识的社会表现，'五四运动'作为一种思想运动，符合这一框架。其次，'五四'知识分子的打破偶像与反礼教的文字，中国的马克思主义者特别欣赏这一破坏面。第三，中国的马克思主义者都是拥护革命的。他们注意到，欧洲各国的启蒙运动往往是政治革命的前驱，因此他们也需要某种启蒙运动来证明他们在中国提倡革命的正当性"①。所以新启蒙运动的倡导者愿意把"五四"纳入到革命谱系当中，看作是1925—1927年大革命相联系的一次启蒙运动。实际上，"五四运动"发生之初，当时的言论界一直试图淡化"五四"的革命运动性质，而强调其对传统封建文化的反抗，以及对个人主义、自由民主精神的倡导。学生抗议活动爆发之后，当时的领导者傅斯年等人都宣布退出运动，可见知识分子更愿意将"五四"建构为一种思想文化上的活动。

新启蒙运动参与者和倡导者同样强调"五四""反迷信""反盲从"的意义，但各自的立足点并不一致，如柳湜仍然认为"五四"更大的意义在思想领域，"五四运动不同于过去的戊戌政变，不同于辛亥革命的地方，就在这一运动是普泛的反映了中等社会层在实际生活

---

① 余英时：《重寻胡适历程》，广西师范大学出版社2004年版，第250页。

中的要求。在这一运动中，'反对日本'，'打倒卖国贼'的群众的爱国运动的意义，我们固不能忽视它，但我们觉得它最大的意义还不在此，而是在于对'中古的'传统思想，全部起了怀疑，公开地宣告了反叛"①。张申府也反复提到，"今日纪念五四，第一应该想到的是：五四所对付的问题，正是今日所应对付的问题。这个问题，经过十八年的岁月，非特未得解决，简直变本加厉。这是今日最值得深思的……在思想上，如果把五四运动叫作启蒙运动，则今日确有一种新启蒙运动的必要；而这种新启蒙运动对于五四的启蒙运动，应该不仅仅是一种继承，更应该是一种扬弃"②。在他的眼里，以理性来反对封建愚昧，这才是"五四运动"和今天新启蒙运动的根本特征。但马克思主义者从对启蒙的"改造"出发，显然更加重视"五四"的革命性和革命意义。参加新启蒙运动集体讨论的夏征农、何干之、艾思奇、周扬等人认为，"在历史上，不少思想运动在政治运动之先的例子。如法国大革命的启蒙运动，是那次革命的先驱，而中国的'五四运动'，是一九二五—二七年大革命的先驱。如果没有'启蒙运动'和'五四运动'，那两次有历史意义的伟大革命，恐不会那样的轰轰烈烈罢"③。从这一角度，新启蒙运动要将受困于"市民狭隘性"和不够壮大的"一般勤苦人民的力量"的"五四运动"加以革命性的推进，新启蒙运动"对象不是限于少数人，而是整个的全国民众尤其无产阶级大众，内容丰富，力量强大，效果大得多"，④ "我们的新启蒙运动是要把四万万同胞从复古独断、迷信、盲从的愚昧精神生活中唤

---

① 柳湜：《国难与文化》，上海生活书店1937年版，第32—33页。
② 张申府：《五四纪念与新启蒙运动》，《北平新报》1937年5月2日。
③ 夏征农等：《现阶段的中国思想运动》，夏征农编《现阶段的中国思想运动》，上海一般书店1937年版，第2页。
④ 陈唯实：《抗战与新启蒙运动》，武汉扬子江出版社1938年版，第7页。

醒起来，要使四万万同胞过着有文化的、有理性的、光明的、独立的精神生活……我们必要说：启蒙是大众的，启蒙在现实的中国并未过去"①。

也正是从这一时期开始，"五四"开始明显地分裂为两个部分，在自由主义知识分子那里，"五四"更多是反封建、个人解放的意义，而经过马克思主义者对启蒙的运用和改造，"五四"作为爱国和革命运动的形象也得以建构。陈伯达说："我们都是五四的儿子，都是一九二五—二七年大革命的儿子，过去的先觉们已给我们开了多少的道路，我们现在就是要继续他们开辟的工作，并去完成这工作。"② 以革命叙述来勾连和改造"五四"，将自身纳入到"五四"以来的新文化运动中，在"启蒙"论的规训之下，中国的马克思主义者在现代文化谱系中获得了"正统"的位置。

在新启蒙运动的讨论当中，逐渐出现了检讨"五四运动"的声音，并且提出了到"民间去"的口号。显然，随着"民族力量"的探寻和对"爱国五四""革命五四"的建构，知识分子必须选择"民族动员"的新力量。

新启蒙运动倡导者号召知识青年们到下层民众中去"启蒙"，因为所谓启蒙运动，就是"到民间去"③，"一切文化人，首先是先进的文化人，在新启蒙运动中，应该首先拿出自己具体的'货色'出来，而在工作方式上，应该进行民主的大转变。应该由个人的研究转变为集体的研究。应该由亭子间中、图书馆中、科学馆中的个人工作转向文化界的大

---

① 陈伯达：《思想的自由与自由的思想——再论新启蒙运动》，《认识月刊》1937 年创刊号。

② 陈伯达：《论五四新文化运动——民国二十六年五四节纪念文》，《在文化阵线上》，上海生活书店 1939 年版，第 162 页。

③ 艾思奇、吴清友等：《"新启蒙运动"座谈》，《读书》1937 年创刊号。

众，转向作坊和乡间的大众，应该认为所谓文化界的大团结，这不只是一种号召，而是真的需要工作上的联合……应该和一切平民教育者及一切大中小学生联合，去作民间的通俗教育运动、废除文盲运动、各种式样的破除迷信运动……应该和一切新文学家联合，去消灭那荒唐、迷信、海淫海盗的旧小说、旧鼓词，把最广大的下层社会读者夺取过来"①。这正是与"五四"启蒙不一样的地方，也是在抗战背景下重新整合文化资源的需要。

在这样的视野之下，"五四"文化尤其"五四"新文艺就"暴露"出自身的弊端：

> 文艺以及其他的一般艺术，是人民大众日常最接近的文化食粮，二十余年来，中国新文艺新艺术没有对于这种旧文学旧艺术的传统的接受和利用，尽了最大的可能。在上面我们已着重指出了这种缺憾。一部《三国志》，或者《水浒》，或者《儒林外史》，或者《红楼梦》，销售在全国民间的，不知有多少千万的本子，但我们最好的新文学作品，在全国所销售的，也不过几万本；各地方某种"小书"，可以无孔不入地深入民间，为"略识之无"的人所传诵，而内容可为广大毫不识字的人所传说，但我们新文坛上，直到今日也还没有任何一本通俗小册子可以和那样的势力相比拟其万一。各地的旧戏剧、旧歌曲，为各地民间所熟悉，所最高兴和嗜好的东西，而我们文化运动中的新戏剧，新歌曲，却还很少能那样地打进最广大的落后的人民的心坎。②

---

① 陈伯达：《思想的自由与自由的思想——再论新启蒙运动》，《认识月刊》1937年创刊号。
② 陕甘宁边区文化界救之协会：《我们关于目前文化运动的意见》，《解放》1938年第39期。

对"五四"文艺的重审伴随着"革命五四"传统的建构和现实文化动员需要的呼之欲出,要进一步发展文艺,推进"新启蒙",就必然需要新的文学运动。至此,"民族形式"运动构想在理论上已经准备就绪。

第二节 "民族形式"运动对"五四"文艺的重审

中国的知识分子习惯于从历史传统中汲取资源,"以史为鉴""借古观今",往往会将其行为纳入到历史发展的脉络当中,勾连起传统与现实的联系,以获取文化和政治的"正统性"。

在新启蒙运动中,我们可以看到,陈伯达为了论证新启蒙运动在"民族统一战线"斗争的合理性,运用其"动的逻辑"——唯物辩证法将晚清以来的思想文化变革与革命运动进行了有效梳理,确立起从太平天国运动到抗战中国人民的"自我觉醒"的历史,而将新启蒙运动看作是抗战民族自卫战运动的前奏。① 其后,艾思奇从"爱国主义"角度②、何干之从"哲学发展"的角度③,将新启蒙运动视作"五四"运动否定之否定的文化运动,进一步将新启蒙运动纳入到中国现代文化发展的连续性中,论证"民族统一战线"的历史合理性及重要的现实意义。

---

① 陈伯达:《论中国的自我觉醒》,《新世纪》1936 年第 1 卷第 3 期。
② 艾思奇:《新启蒙运动和中国的自觉运动》,《文化食粮》1937 年第 1 卷第 1 期。
③ 何干之:《近代中国启蒙运动史》,上海生活书店 1937 年版,第 195 页。

一 从"新启蒙运动"到"民族形式"运动

陈伯达建构起了"新启蒙运动"与中国近代以来思想运动的联系，但正如上文所分析的，他显然无意真正发动一次经典意义的"启蒙"①。和张申府一再强调运用"理性"不同，陈伯达着力阐发"新启蒙运动"的革命性和斗争意义，真实目的在于获取左翼和中共在文化领导权上的正统性。霍布斯鲍姆在《传统的发明》中提醒我们："革命者"会"为了相当新近的目的而使用旧材料来建构一种新形式的被发明的传统"，而"一切被发明的传统都尽可能地运用历史来作为行动的合法性依据和团体一致的黏合剂"。② 福柯则指出"话语"背后隐含的权力逻辑，特定的概念或范畴总是隶属于特定的陈述方式，而使得这种陈述方式成为可能的东西，不仅包括观念体系层面的转变，同时更包括物质或体制层面的话语领域的形成，"应该时刻准备在话语介入事件中接受话语的每一时刻；"话语的形成"不是自然而就，而始终是某种建构性的结果"③。

陈伯达、艾思奇、何干之等人将"新启蒙运动"与"五四"连接起

---

① 作为法国大革命之前兴起的思想运动，启蒙运动的主要特点在于提倡"理性"和个人主义的独立思考，运用自己的"理智"和知识，摆脱愚昧和偏见。1784 年，康德对"启蒙"的概念作出了这样的回答："启蒙就是人类脱离自我招致的不成熟。不成熟就是不经别人的引导就不能运用自己的理智。如果不成熟的原因不在于缺乏理智，而在于不经别人引导就缺乏运用自己理智的决心和勇气，那么这种不成熟就是自我招致的。Sapereaude（敢于知道）！要有勇气运用你自己的理智！这就是启蒙的座右铭。"（见康德《对这个问题的一个回答：什么是启蒙?》，［美］詹姆斯·施密特编《启蒙运动与现代性》，徐向东、卢华萍译，上海人民出版社 2005 年版，第 61 页）这样的含义与陈伯达提出以"动的逻辑""新哲学"联合思想界的新启蒙运动显然相去甚远。

② ［英］霍布斯鲍姆、兰格编：《传统的发明》，顾杭、庞冠群译，译林出版社 2004 年版，第 7、15 页。

③ ［法］米歇尔·福柯：《知识考古学》，谢强、马月译，生活·读书·新知三联书店 2007 年版，第 25—26 页。

来，显然是一种话语策略，"新启蒙运动"之"新"对应的是"五四运动"之"旧"。"五四运动"为什么是"旧"的呢？原因在于运动是由资产阶级所领导的，"新启蒙运动"则是由新兴的"大众的联合"所发起，其背后的寓意显而易见。抗战救国，必然是在"新"启蒙指导之下才能完成，必然在马克思主义领导下才能成功。一旦这个转换完成，"启蒙"一词所带来的暧昧性就将遭到质疑。

1937年10月19日，毛泽东在陕北公学鲁迅逝世周年纪念大会上发表讲话《论鲁迅》①，成功地化用和推进了"新启蒙运动"的成果，并以鲁迅为中介，建立起了中共苏区革命与"五四"革命运动之间的正统联系。但显然毛泽东对"五四"文化中的启蒙意义并不重视，甚至认为"革命的集体组织中的自由主义是十分有害的"，应该"以个人利益服从革命利益"，"克服消极的自由主义"。② 将"五四"式的"文化革命"与启蒙意义的"自由主义"看作水火不容的东西。后来新启蒙的提法也不准再用了。艾思奇在1940年5月论及"五四"时，"启蒙"的字眼不见了，强调"五四"是"文化上的革命运动"，而"社会主义思想与资产阶级自由主义思想的斗争"则是这"革命运动"的表现。③ 周扬在1941年还歌颂过"伟大的'五四'启蒙时代，"并说"个性解放"是"五四"留下的光辉业绩。④ 不到一年，周扬就改变了说法："解放个性曾是五四新文学的一个中心主题"，但是，"在这个新的时代，解放个性的斗争，应当从属于解放民族，解放社会的斗争"，"尤其在我们共产主

---

① 1938年3月1日发表于《七月》第10期。
② 毛泽东：《反对自由主义》，《毛泽东选集》第2卷，人民出版社1991年版，第360—361页。
③ 艾思奇：《五四文化运动的特点》，《中国文化》1940年第1卷第3期。
④ 周扬：《郭沫若和他的〈女神〉》，《周扬文集》第1卷，人民文学出版社1981年版，第350、352页。

义者来说，个性应当从属于集体，最好的个性是应当集体性表现得最强的"。① 这也从一个侧面道出了"新启蒙运动"的话语策略性和意识形态化功能。

作为"文化运动"的"五四"一旦被赋予了革命性和民族性，作为其重要组成部分和成果的"五四"新文学（文艺）必然面临如何被"革命论"吸收和改造的问题。果然，很快从延安文艺界开始，在20世纪40年代前后掀起了一场波及全国多个地区关于"民族形式"的大争论，这次论争虽然从表述层面上来看是要建构一种"新文艺"的"民族形式"，实际上却是完成了对"五四"文艺的批判和新的"意识形态化"文艺的建构。

"新启蒙运动"和"民族形式"的讨论，不仅发生的时间承接在一起，"民族形式"讨论的发起者如陈伯达、艾思奇等人也都是曾经参与"新启蒙运动"讨论的北平和上海的左翼文化人，甚至连运动发起、展开的组织形式也极为相似，可见这两场运动之间的紧密联系。

1938年底，毛泽东在《中国共产党在民族战争中的地位》提出：

> 马克思列宁主义的伟大力量，就在于它是和各个国家具体的革命实践相联系的。对于中国共产党来说，就是要学会把马克思列宁主义的理论应用于中国的具体的环境。成为伟大中华民族的一部分而和这个民族血肉相联的共产党员，离开中国特点来谈马克思主义，只是抽象的空洞的马克思主义。因此，使马克思主义在中国具体化，使之在其每一表现中带着必须有的中国的特性，即是说，按照中国的特点去应用它，成为全党亟待了解并亟须解决的问题。洋

---

① 周扬：《王实味的文艺观与我们的文艺观》，《周扬文集》第1卷，人民文学出版社1984年版，第397页。

八股必须废止，空洞抽象的调头必须少唱，教条主义必须休息，而代之以新鲜活泼的、为中国老百姓所喜闻乐见的中国作风和中国气派。①

这一理论很快被引入文艺界。汪晖认为"首先将毛泽东的讲话与'民族形式'问题关联起来的是柯仲平"②，柯仲平认为"每一个民族，都有自己的气派。这是由那民族的特殊经济、地理、人种、文化传统造成的"，而"最浓厚的中国气派，正被保留、发展在中国多数的老百姓中"。因此，不仅"国际主义的马克思主义应该中国化，其他优良适合的西洋文化也同样是应该中国化的"③；石凤珍则认为首先提出"文艺上的民族形式"问题的是陈伯达，④ 因为陈伯达明确指出"现在文艺上讨论的旧形式问题实际上是民族形式问题"⑤；不论是汪晖或者石凤珍都不否认毛泽东影响了"文艺上的民族形式"问题的提出。实际上，通过翻阅历史材料可发现，情况并非如此。很大程度上，毛泽东提出"民族形式"这一概念，却是极有可能受到了陈伯达的启发，陈伯达早在1938年《解放》第46期上发表《论文化运动中的民族传统》，就已经提出：

如果要检讨十年中新兴文化运动的缺点，可说是有些文化工作者对于文化的民族传统还注意得不够，还发挥得不够。

一些文化工作者还没有具体地注意到，理解到斯大林关于苏联文化发展所提出的社会主义内容和民族形式的名论，而去根据自己

---

① 毛泽东：《中国共产党在民族战争中的地位》，《毛泽东选集》第2卷，人民出版社1991年版，第534页。
② 汪晖：《地方形式、方言土语与抗日战争时期"民族形式"的论争》，《现代中国思想的兴起》第2部下，生活·读书·新知三联书店2004年版，第1491页。
③ 柯仲平：《谈"中国气派"》，《新中华报》1939年2月7日。
④ 石凤珍：《文艺"民族形式"论争研究》，中华书局2008年版，第72页。
⑤ 陈伯达：《关于文艺的民族形式问题杂记》，《文艺战线》1939年第3期。

民族的革命运动，根据自己民族的特点，根据自己民族所需要的文化运动，把这名论在实际中最广泛地具体运用起来。

通俗化如果不知道在这方面发展，那末，真正的通俗化运动，就是不会有的。同时，因为中国各地方民间文化各有自己的特点，我们的群众文化就不但需要"中国化"，而且还要加上"地方化"，我们还需要能善于具体地利用各地方的旧文化旧形式，以适合于各地方民间的需要。①

在这篇文章里，陈伯达已经提到了斯大林"社会主义内容和民族形式"的论述，批评当时的文化工作者们对这一"民族化"的"名论"注意得不够，这一期《解放》杂志是在 1938 年 7 月 23 日出版的，而《中国共产党在民族战争中的地位》是毛泽东 1938 年 10 月在中共六届六中全会政治报告《抗日民族战争与抗日民族统一战线发展的新阶段》的一部分，随后在 1938 年 11 月 25 日出版的《解放》以"论新阶段"为题发表。而早在 1938 年 5 月《解放》杂志第 39 期以"来信"的方式，发表了落款"陕甘宁边区文化界救亡协会"的《我们关于目前文化运动的意见》，这封来信实际上是陈伯达所写。在"意见"中，他认为"文化的新内容和旧的民族形式结合起来，这是目前文化运动所最需要强调提出的问题，也就是新启蒙运动与过去启蒙运动不同的主要特点之一"。从继承"新启蒙运动"的立场出发，号召"新文化的民族化（中国化）和大众化"，② 强调"旧形式"的利用和"新文化"的创造之间的联系。这是第一次在正式的文章中出现"民族形式"这一提法，"民

---

① 陈伯达：《论文化运动中的民族传统》，《解放》1938 年第 46 期。
② 《我们关于目前文化运动的意见》，《解放》1938 年第 39 期。又收录于陈伯达《在文化阵线上——真理的追求续集》，上海生活书店 1939 年版，第 78—96 页。陈伯达将这篇"意见"放在"新启蒙运动论文续集"的"附录"，可见是他所写的。

族形式"是和"旧"联系在一起的，显然陈伯达此时的想法并未完全成熟，与后来引起广泛论争的"民族形式"内涵并不完全一致。

"七七事变"之后，陈伯达挈妇将雏历经艰辛从天津奔赴延安。初来乍到，在北京、上海等地文化界已经颇有名声的他并没有受到多大的重视，辗转大半年，先后在陕北公学、中央党校和马列学院当教员。有一次开会，毛泽东来了，张闻天当众介绍陈伯达说道："这是从北平来的陈伯达同志，他是北平'新启蒙运动'的发起人。"噼噼啪啪一阵掌声过后，毛泽东并未注意到陈伯达。1938 年 6 月，当听说王明要去重庆，陈伯达试图委托王明将其《三民主义概论》的书稿带去重庆出版，可见此时他依然郁郁不得志，一度后悔从北平来到延安。① 和张闻天、王明一样的"留苏"背景同时又来自"白区"，没有参加过实际的革命战争，初到延安的陈伯达显然不足以引起毛泽东的兴趣。但实际上陈伯达和其他"留苏派"崇洋不同，他醉心于中国传统哲学及其现代转化和利用。1938 年秋，陈伯达对中国古代哲学和民族传统文化的独特思考逐渐受到毛泽东的注意，9 月，在毛泽东的倡导下，延安成立了"新哲学会"，发起人当中有陈伯达、艾思奇等人，以此推测陈伯达与毛泽东之间已经开始了较多的思想交流。1939 年春，毛泽东调任陈伯达作私人秘书，从此陈伯达开始全心为毛泽东的理论体系出谋划策。

从后来写作《关于文艺的民族形式问题杂记》中引用毛泽东材料的态度，陈伯达在《我们关于目前文化运动的意见》《论文化运动中民族传统》中的关注"民族传统"利用的问题显然是他延续"新启蒙运动"论述的结果，毛泽东在此后所提出的"马克思主义的中国化"中的"民族形式"问题很大程度上受到了陈伯达的启发，因此有学者认为"陈伯

① 叶永烈：《陈伯达传》，作家出版社 1993 年版，第 126—133 页。

达对'民族形式论'所奠定的理论基础，毛泽东把它发表于《新阶段中》"①。如果说毛泽东论述"民族形式"的内涵与陈伯达并不相同，也至少说明对"民族化"问题的思考二人显示了惊人的一致。②

实际上，"马克思主义中国化问题"是毛泽东一直思考的问题，他试图以此一举扭转自己长期在中共党内缺乏话语权的窘境。到达陕北前，毛泽东在党内一直受着留苏派的理论压迫。王明、博古等"二十八个布尔什维克"回国后，更是视毛泽东为不懂马克思主义理论的"土包子"。"山沟里怎么能出马克思主义？——面对这样的诘问，毛泽东只能哑口无言。毛泽东在'遵义会议'上取得了军事上的话语权，后来，也逐渐取得了政治上的话语权，但在'延安整风'前，理论上的话语权一直在博古、张闻天等人手里。1937 年 11 月，王明以共产国际'钦差大臣'的身份到达延安，更让毛泽东感到了沉重的理论压力。"③ 1944 年整风运动临近尾声之际，康生曾经公开讲过这样一个鲜为人知的情况。他说，"如果不是搞了整风运动，毛泽东几乎不敢来中央党校去作报告"④，理论上的劣势一直是毛泽东的软肋，也是他巨大的心病。

中共中央达到陕北后，国共合作、统一战线形成，外部局势相对平稳，毛泽东就"如饥似渴"地补课读书。以"民族化"和"中国化"角度从"苏联氛围浓厚"的理论和意识形态中"突围"，夺取文化解释权，是毛泽东一直苦思的问题。早在 1925 年毛泽东写作《中国社会各

---

① 金良守：《论"民族形式"论争的发端问题》，《南京大学学报》1996 年第 2 期。

② 也有研究者认为毛泽东对"民族形式"的理解远远高于陈伯达，陈伯达对毛泽东的论述表示了同意和钦佩。（参见石凤珍《文艺"民族形式"论争研究》，中华书局 2007 年版，第72—73 页）但需要指出的是，石凤珍没有注意到陈伯达所理解的"民族形式"概念与其之前发起的新启蒙运动有直接关系。

③ 王彬彬：《"新启蒙运动"与"左翼"思想在中国的传播》，《河北学刊》2009 年第 4 期。

④ 见《康生在中央党校的报告》，转引自杨奎松《毛泽东与莫斯科的恩恩怨怨》，江西人民出版社 1999 年版，第 118—119 页。

阶级的分析》，就提出"谁是我们的敌人？谁是我们的朋友？这个问题是革命的首要问题"，认为"中国无产阶级的最广大和最忠实的同盟军是农民"①。如何动员下层民众一直是毛泽东进行革命的起点，在延安时期，其显然将思考进一步完善和理论化了。

同时，有研究者认为此时的毛泽东还受到了梁漱溟的重视乡村理论的启发，1938 年，梁漱溟拜访延安，前后八次和毛泽东进行会谈，② 毛泽东表示赞成梁氏《乡村建设理论》一书中从改造社会的基层入手，从农村入手的主张。③

可见，毛泽东提出"马克思主义中国化"和"民族形式"问题，既与他长期思考有关，也与他所受到的陈伯达、梁漱溟等人的文化哲学，当时文学界关于"旧形式"利用讨论的影响有关，是时代环境和个人思考的共同结果。

二 重审"五四"新文艺

从陈伯达的角度看，"民族形式"问题却是重审"五四"的必然结果。在 1936 年提出"哲学的国防动员"，倡导"新启蒙运动"时，陈伯达一方面批评左翼文化界没有能够有效利用辩证唯物主义的有力武器，另一方面则具体提出了开展"新启蒙运动"的措施和方法，建议成立"中国新启蒙学会"或"中国哲学界联合会"，除了要求"整理和批判启蒙著作"，"大量地介绍新哲学到中国来，并应用新哲学到中国各方面的具体问题上去"；更是主张帮助民间组织广泛地"破除迷信"的机构，

① 毛泽东：《中国社会各阶级的分析》，《毛泽东选集》第 1 卷，人民出版社 1991 年版，第 3 页。
② 梁漱溟：《我努力的是什么》，《梁漱溟自述：我的努力与反省》，漓江出版社 1987 年版，第 144—145 页。
③ 同上书，《再忆初访延安》，第 319 页。

组织各种式样的无神会;① 艾思奇已经注意到动员民间的重要性，随后进一步从理论上指出："文化在中国，是非常庞杂而又极不平衡的。因为它是建立在中国这样的社会经济基础上，而中国的社会经济现象也正是非常庞杂而又不平衡的缘故。农村和都市的经济上的悬隔，也使得文化上发生悬隔。内地和沿海各省经济上的差异，也形成了文化上的差异。在上海这样大的都市中，我们可以看到近代最尖端的物质文化的存在，而在社会的下层以及内地农村里，甚至还有许多无文化可说的地方。自然我们不能忽视，中国的经济在本质上是半封建制度，在文化上也以封建性为支配的基调。旧礼教的变相的教义仍在社会上层广泛地宣扬着，至于社会下层的大多数人仍没有脱离了旧的俗流文化（像旧戏、旧小说、鬼神迷信之类）的影响。"② 显然，抗战的形势，社会环境的变动使得身处变动中的文化人感受了"民间"的价值和蕴含在下层民众当中的革命力量。"新启蒙运动"的倡导者们一方面勾连起与"五四"运动的关系，另一方面则依据现实和"革命"的需要，描绘出一条"中国式"启蒙和文化运动的谱系，陈伯达说："新启蒙运动，本来已是一种'存在'。"在1927年大革命失败后，新哲学的介绍就开始了，"中国社会史的论战、通俗化和新文字运动以及大批通俗救国刊物的出现，都是新启蒙运动的具体表现"。所以现在的新启蒙运动并不是一个新东西，而是过去的"综合和整理"，配合着现在的形势，将其"展开为'千千万万大众的运动'"。他认为新启蒙运动是"民族的""社会的""真实平民的"的教育运动。因而这样一场文化运动不仅需要文化人的总动

① 陈伯达：《哲学的国防动员——新哲学的自己批判和关于新启蒙运动的建议》，《读书生活》1936年第4卷第9期。

② 艾思奇：《中国目前的文化运动》，原载《生活星期周刊》1936年第1卷第19期，转引自中共北京市委党史研究室编《北京地区抗日运动史料汇编》第3卷，中国文史出版社1996年版，第53页。

员，更重要的是将"这种启蒙组织从通都大邑直达穷乡僻壤"①。

平民教育运动的确不是"新启蒙运动"中的新观念，自20世纪20年代起，晏阳初和陶行知在平民教育运动和乡村建设运动中就已经有意识地利用通俗的新文学作品进行下层社会的启蒙。这样的下层社会的教育活动，虽然不构成新文化运动的主流，但亦是中国现代文化发展的一条"辅线"，如赵树理就从来不讳言陶行知对自己的影响。他曾在一份自述中说，自己学生时代是陶行知"教育救国论"的信徒，②而成为一名"乡村教师"也是赵树理早年的理想。

"九一八事变"后，民间的文教组织也开始投入平民教育运动。其中，顾颉刚创办的"通俗读物编刊社"就是最有影响的一个。通俗读物编刊社，是以抗日宣传为目的所成立的学术性社团，其前身为燕京大学中国教职员抗日会，并成立三户书社销售其出版品。因"三户"之名具有"三户亡秦"的寓意，明显的抗日意图受到了日本和国民政府的干预，1933年10月脱离燕大教职员与学生抗日会；1934年7月，改名为北平通俗读物编刊社，单独建社，同时向外招募社员。③从编刊社的方针任务来看，是意在通过文艺发动群众，救国救民。但广大的下层民众，既没有经济能力，同时文化程度也低，看不懂新文学作品。通俗读物编刊社"采用民间流行的鼓词、剧本、画册等能说能唱，稍识文字的人一看就懂的办法编印新内容的小册子，以达到广泛宣传抗日救亡的目的"。④通俗读物编刊社编刊的小说很受普通民众的欢迎，出版业务不断发展，1936年，还创办了以副社长、历史学家徐炳昶教授的名义主编的

---

① 陈伯达：《新启蒙运动杂谈——为"现实"新启蒙运动特辑写》，《真理的追求》，上海新知书店1937年版，第20—23页。

② 赵树理：《谈话摘录》，《赵树理全集》第5卷，北岳文艺出版社2000年版，第256页。

③ 参见顾颉刚《顾颉刚日记》卷3（1933—1937），台北联经出版事业公司2007年版，第103页。

④ 郭敬：《回忆三十年代的北平通俗读物编刊社》，《燕都》1987年第5期。

刊物《民众周报》，并喊出了"旧瓶装新酒"的口号，提出"通俗读物应该用大众所熟悉的旧形式，灌注新国民应有的意识，使现代科学常识、革命思想、国家观念和民族精神，取代旧读物中迷信、妄诞、淫猥的成分"①；从这个意义上看，通俗读物编刊社是继承了"五四"启蒙主义思想，试图用通俗的口号和文化读本教育国民，激发民众的抗日意志，提高民族的智能。② 这一努力是与新文学"大众化"讨论、实践并不一致的"通俗化运动"。③ 而陈伯达注意到了当时北平以顾颉刚为首的文艺通俗化运动，并将此看作是"新启蒙运动"的一个重要组成部分：

> 通俗化运动在目前整个文化运动中，无疑地是主要的一部分。在目前整个文化运动中，应该提出一个"扩大通俗化运动"的口号来。
>
> 关于通俗化运动，我以为利用旧形式来装进新内容，将具有特殊的效力。过去《读书生活》发表的章振华先生的《五四演义》和《国难记》都给我感到很大的兴趣。在华北，有一个在顾颉刚先生领导下的通俗读物社，一二年来也同样地在进行着这样伟大的试验，而且是已具有很大成功的试验……可惜的，顾先生等这种埋头苦干的工作，还没有惹起全国文化人的注意和热情帮助。④

"旧形式来装进新内容"，这正是"新启蒙运动"在文艺运动上一个可行的手法，其原因在于"五四"文艺并不"通俗"，也就是远离民众，"新启蒙运动"的成功必须借助于"旧形式的利用"。因此，"民族形

① 通俗读物编刊社：《发刊词》，《申报》1936年3月19日。
② 顾颉刚：《通俗读物的时代使命与创作方法》，《民众周报》1936年第1期。
③ 关于新文学"大众化"和"通俗化"的差异，已有研究者关注到。参见张霖《新文学的通俗化实践与赵树理》，博士学位论文，中山大学，2005年。
④ 陈伯达：《旧形式的利用》，《在文化阵线上：〈真理的追求〉续篇》，上海生活书店1939年版，第34—35页。

式"创制的根本原因在于"五四"文艺并不"大众",这构成了"民族形式"讨论的一个逻辑起点。

黄绳在《当前文艺运动的一个考察》中将当前文艺运动看作是对"五四文艺运动"的否定,依据的是陈伯达等人"新启蒙"的思维逻辑:

> 新哲学告诉我们,不但要看出事物的本质,同时要考察这本质的运动,它的生成,向它的发现形式的转变,它的实现,深化,向其他本质的转变等等。当前的文艺运动,作了对五四文艺运动的本质的继承;但因为它在新的政治条件下,同时具备了向其他本质的转变的可能和必然。所以,它必定配合着已获得的政治优势,预告了更高的政治活动的到来,并为它而奋斗,而完成对五四文艺运动的否定。①

从"新启蒙运动"逻辑发展而来的论述最后必然导向对"五四"文艺的批评和检讨,"'五四'以来的新文艺,存在着外来艺术手法与平民化的要求矛盾,也就是以非民族的形式来容载民族的内容,这一缺点一旦在文艺成为宣传教育民众的武器,反映革命的现实的时候,便暴露了本身的脆弱性"②。实际上,就是无法承担起"大众化"的任务。

在以往的研究中,人们对"民族形式"问题一直有着很大的争议。有人认为"民族形式"实际上是文艺"大众化"的继续,有人又认为是文艺"中国化""民族化"的问题;还有论者将其看作是"旧形式"利用问题;细细分析起来,似乎这几种说法和论述都有道理。实际上,如果深入到"民族形式"论争的起源语境,就会发现"民族形式"讨论在各位论者那里论述的起点和目的并不一致。在延安,陈伯达首先从"新

---

① 黄绳:《当前文艺运动的一个考察》,《文艺阵地》1939 年第 3 卷第 9 期。
② 同上。

启蒙"的角度和论述逻辑，提出了"旧形式"利用和文艺的"民族化"问题，而毛泽东则是从政党意识形态和权力话语的角度，提出"马克思主义中国化"，此后，延安的文化工作者陈伯达、艾思奇、柯仲平等人则迅速发现了毛氏这一西方、中国二元对立话语在文艺上的意义，重新检讨中国新文艺，为建构新的意识形态文艺搭桥铺路。在大后方重庆掀起了以"民族形式中心源泉论"的大讨论，争论的一方捍卫"五四"新文艺传统，茅盾和胡风都认为"民族形式"是新文学大众化运动发展的必然结果；以通俗读物编刊社向林冰等人为代表的另一方坚称的"民间形式中心源泉论"，实则是通俗读物编刊社一直以来在推行的"旧瓶装新酒"的创作手法和"旧形式"运用问题的继续，在新的形势和理论语境下的发展，陈伯达"新启蒙论"对唯物辩证法的利用则成了向林冰与新文学诸人争论"新质发生在旧胎内"的理论来源。① 所有这一切争论都构成了对"五四"文艺的批判和反思。

早在1936年，通俗读物编刊社的顾颉刚、王守真等人就认为"五四运动"以来所倡导的白话文学、普罗文学，虽然让文字通俗化了，但是影响所及，仍然只在都市和受过教育的知识分子身上，大部分的下层民众依旧与此不相干。② 为了"启发下层民众"，则必须照顾到下层民众的欣赏习惯。"七七事变"之后，通俗读物编刊社相继迁至武汉、重庆。1938年，通俗读物编刊社与抗战文协合作，举办了两期通俗文艺讲习会。在抗战期间创作、编辑、出版了大量通俗的文学作品，在实践中进一步宣传"旧瓶装新酒"的艺术手法。

---

① 关于重庆"民族形式中心源泉论"的论争，通俗读物编刊社与"文协"文人群体之间的争论可参见段从学的分析。段从学《"民族形式"论争的起源与话语形态论析》，《社会科学研究》2009年第5期。

② 参见顾颉刚《通俗读物的时代使命与创作方法》（《民众周报》1936年第1期）以及王守真《为什么要把新酒装在旧瓶里》（《通俗读物论文集》，武汉生活书店1938年版，第13页）。

在通俗读物编刊社成员的理解中，不论是中国旧文学，还是"五四"新文学，都与大众化和通俗化存在一定程度的矛盾和冲突，向林冰称此为"通俗化的反大众化"，以及"大众化的不通俗化"，意即许多流传民间的作品，虽然极为通俗，但内容却陈腐不堪；而内容先进的大众化作品，却往往囿于形式，不易为大众接受，失去了通俗化的可能。①"前者形式上抓住了大众，内容上失掉了大众；后者是内容上代表了大众，形式上不能接近大众。"②"旧瓶装新酒"创作手法却能将二者完美地融合起来："健全的大众化，是通俗化；合理的通俗化，是大众化。"③但实际上，"旧瓶装新酒"这一法则存有重大的缺陷，文学内容和形式并不能像"瓶"和"酒"一样分开来，说倒就倒，在哲学表述上可以将二者分离，但在具体实践中，其实二者是深深融合在一起的。"旧瓶新酒"这一概念，从第一层面看，是为了动员起大众的力量，摆脱单纯依赖知识精英进行政治和文化启蒙的弊端，但背后实则将民众置于僵化不能发展和提高的固定位置，最终大众只能依赖知识分子"启蒙"，理论层面和实际层面发生了背离。

除了"不够大众化"，在"民族形式"的观照之下，"五四"文艺的另一缺陷在于其非"民族化"。通俗读物编刊社在推广通俗读物的过程中，秉承了顾颉刚从事民俗学研究以来，把大众文化和传统联系起来的一贯态度，企图透过存藏在民间文化中的巨大能量，为"五四"以来的新文化运动找到更具民族特色的文化表现形式。他们认为"五四新文化运动"对于西洋文化的全盘接受，和对中国固有文化遗产的笼统反对，不但不能使西洋文化和中国传统文化产生有机的联系，而且对于中

---

① 向林冰：《"旧瓶装新酒"释义》，《通俗读物论文集》，武汉生活书店 1938 年版，第 35—36 页。

② 同上书，《旧形式的新评价》，第 60 页。

③ 同上书，《"旧瓶装新酒"释义》，第 36 页。

国固有文化的积极部分，也未能加以"批判的摄取"与"扬弃的继承"。① 向林冰则将这一观点进一步发挥，自承现在的文艺是要完成"五四"以来未能完成的课题，最终却发展为对"五四"新文学的否定。② 郭沫若在反驳向林冰"民间形式中心源泉论"时指出，明清两代的宝卷、弹词、鼓词及章回体小说、元朝的杂剧及以后的皮黄等戏剧形式，实际上是由印度佛经故事"变文"发展而来的，民族形式的中心源泉可能是外来的，而外来的文艺经过转化是可以成为"民族形式"的。③ 实际上是对"民族形式"指责所谓"五四""民族化"不足作了釜底抽薪式的辩驳，但郭沫若的立论建立在必须建构新的"民族形式"文学的基础之上，并没有回答"五四"文艺与传统文艺关系是何种关系这一问题。

关于"五四文艺"和"传统文艺"问题构成了"民族形式"论争的焦点，虽然从表面上看，以向林冰为首的"民间形式中心源泉论"受到广泛的批判，向林冰"在文艺问题上丧失了发言权"。④ 但深入的分析表明：既不是民间形式中心源泉论，也不是新文艺形式中心源泉论，而是主张新文艺和通俗文艺并存发展的二元论立场获得了胜利。⑤ 这样的立场实质上隐含了对"五四文艺"缺陷的默认：

> 历史已经把新文艺作为中国文艺的主流。诚然新文艺本身还存在有许多弱点，还不够大众化，不够民族化，在接受西欧技巧方面还有毛病，还没有很好地用批评的眼光去继承中国旧文学的遗产，

---

① 向林冰：《旧形式的新评价》，《全民周刊》1938 年第 2 期。

② 向林冰：《新兴文艺的发展与民间文艺的高扬——再论民族形式的中心源泉之三》，《新蜀报》副刊《蜀道》，1940 年 6 月 3 日。

③ 郭沫若：《"民族形式"商兑》，重庆《大公报》1940 年 6 月 9—10 日。

④ 胡风：《回忆录》，《胡风全集》第 7 卷，湖北人民出版社 1999 年版，第 492 页。

⑤ 段从学：《"民族形式"论争的起源与话语形态论析》，《社会科学研究》2009 年第 5 期。

但历史也要在发展中克服了它。但大众的落后，大众不能大多数地接受新文艺，为大众写的东西不能直接地被大众所了解，这的确是新文艺在发展中遇到的一个矛盾，一个阻碍。而且不克服这矛盾这阻碍，新文艺是不能有很大的发展，是不能达到它所负的历史任务的。在这一意义上，我们需要新启蒙运动，需要大批利用旧形式写作的作品，先迁就大众的欣赏能力，制作出他马上能接受的东西，改变他的思想，开拓他的视界，去影响他教育他，把他动员到民族革命阵营中来，使他成为民族解放战争中的一个战士。但这不只是迁就，我们应该在利用旧形式的过程中，对旧形式加以批判，加以改造，同时把欧化的手法慢慢加进去，提高大众的文化水准，使他能够接受新文艺。而新文艺呢，应该严格地做一番自我批评工作，创作者深入到群众中去，仔细地去体验生活，寻求活的人物，活的语言，活的生活，同时除接受西欧的技巧外，也认真地研究旧的东西，来向中国旧的文学学习。这样使作品更中国化，更大众化，使不单为大众说话，而且为大众所了解。①

虽然作者并不承认这是"二元论"，而认为是根据"中国具体情况的辩证的解决"，但反对者既然不能打破向林冰的中国文化本位立场，就只能把新文学解释为"中国文学的正常发展"，强调新文学与"五四"之前的旧文学之间一脉相承的连续性，甚至把新文艺看作是"继承民间文艺而发展下来的"，以回应"欧化"指责，实际上是掉入了向林冰的论述逻辑。周扬虽然极力强调新文艺的合理性和革命性，认为责难新文艺所谓的形式"欧化"是不正确的。在周扬看来，新文学根本问题在于作家对现实生活的认识和表现的力量不够，但同样承

---

① 魏伯：《论民族形式与大众化》，《西线文艺》1939 年第 1 卷第 3 期。

认"五四"新文学"写得不像，看起来难懂"①。这正是"五四"文化漠视中国自身文化传统的表现和结果，"在文艺修养方面，我们的作家几乎全是受西洋文学的熏陶。一个落后的国家接受先进国家的文化的影响，是非常自然而且必要的；我们过去的错失是在因此而完全漠视了自己民族固有的文化。在文艺大众化，旧形式利用的问题上所碰到的主观的困难就是从对中国旧有文化的那一贯冷淡和不屑去研究的态度而来的"②。

"五四"新文艺便成为一个众说纷纭的话题，成为分裂和有缺陷的存在。对"五四"文艺传统的改写和重新建构也就成为历史的必然。

第三节　延安"五四传统"的形成和建构新的文学形态

"五四"一代文学革命的参与者，十分重视对文学历史进程的叙述，可以说，他们都在有意识地构建新文学的历史。1935 年，上海良友图书公司出版十卷本《中国新文学大系》（第一个十年：1917—1927），试图为近十年的"五四"文学作一历史定位。现在我们很难理解，20 世纪 30 年代位居于左、中、右不同阵营的作家，比如胡适、周作人、鲁迅、茅盾、阿英和郑伯奇，怎么可能如此轻易地跨越态度的畛域，聚集在一项共同的事业上？显然，不能简单地把原因归结于良友图书公司和它的年轻编辑赵家璧的"神通广大"上。编选大系的

---

① 周扬：《对旧形式利用在文学上的一个看法》，《中国文化》1940 年第 1 卷第 1 期。
② 周扬：《我们的态度》，《文艺战线》1939 年创刊号。

共同事业也并没有弥合当时知识群体之间的分歧，就在编书的同时，郁达夫和郑伯奇仍然继续打着关于"伟大作品"的笔战，周作人仍然表示自己对于左翼文人批评小品文的反对："我觉得文就是文，没有大品小品之分。"①但分歧又不妨碍他们为编选"大系"走到一起来，这意味着分歧的背后还存在某种更高准则的制约和追求。赵家璧在为"大系"写的出版"前言"中说得很清楚："在国内一部分思想界颇想回到'五四'以前去的今日，这一件工作，自信不是毫无意义的。"②的确，意义正是在于确立"五四"文学的合法性，"应对三十年代包括革命文学、尊孔读经运动等等文化运动对于'五四'文学的挑战，新文学大系精心撰写的'导言'，细致编排的作品、史料，以及颇具权威性的编选者，共同汇聚成一股解释历史的力量，描绘出一幅影响至今的'现代中国文学'发生的图景"③。

历史图景尤其是"五四"文学观念的确立一方面为"五四"赢得了中国文化变革核心的地位，建构起了作为中国新文化代表的本源形象；另一方面由于"五四"特殊的地位，则也在不断引起更大的挑战。如果说，20 世纪 20 年代末 30 年代初"五四"文化之合法性的挑战主要来自"新旧"之间的冲突，那么到了 30 年代末 40 年代初，则主要来自民族解放战争形势变化下的"中国、西方"之间的矛盾。

一 延安对"五四"文艺的转化

早在"新启蒙运动"中，极力提倡"理性"精神的张申府，纪念

---

① 赵家璧：《话说〈新文学大系〉》，《新文学史料》1984 年第 1 期。
② 赵家璧：《中国新文学大系·前言》，《中国新文学大系·建设理论》，上海良友图书公司 1935 年版，第 1 页。
③ 罗岗：《危急时刻的文化想像——文学·文学史·文学教育》，江西教育出版社 2005 年版，第 258 页。

"五四"的同时也在检讨"五四"，他提出了文化上的"综合论"："如果说五四运动引起一个新文化运动，则这个新启蒙运动应该是一个真正新的文化运动"，所要造就的文化"不应该只是毁弃中国传统文化，而接受外来西洋文化，当然更不应该是固守中国文化，而拒斥西洋文化；乃应该是各种现有文化的一种辩证的或有机的综合"。"不只是大众的，还应该带些民族性。"① 周扬则从中国与国际的角度来论述"五四"文学与世界文化之间的关系，提出如何改进"五四"单纯学习西方文化的不足：

> 我们要在对世界文化的关心中养成对自己民族文化的特别亲切的关心和爱好，要在自己民族历史文化的基础上去吸取世界文化的精华。国际主义也必须通过民族化的形式来表现。不深通自己民族文化的人，在文化问题上决不会成为真正的国际主义者，因为他不能发扬自己民族的文化来丰富国际文化的内容，他对于国际文化将是一个寄生者，而无所贡献。②

在周扬看来，很长一段时间里，文化人最大的缺点是漠视自己的传统文化和民族文化。实际上，这种对"五四"现代文化的反思和批评在当时的知识界并非特例。1942 年，李长之写作《迎中国的文艺复兴》，认为"'五四'精神的缺点就是没有发挥深厚的情感，少光，少热，少深度和远景，浅！在精神上太贫瘠，还没有做到民族的自觉和自信。对于西洋的文化还吸收得不够彻底，对于中国的文化还把握得不够核心"。因而，在他看来，"五四"运动"有破坏而无建设，有现实而无理想，

---

① 张申府：《五四纪念与新启蒙运动》，原载 1937 年 5 月 2 日《北平新报》，收入《张申府文集》第 1 卷，河北人民出版社 2005 年版，第 192 页。

② 周扬：《我们的态度》，《文艺战线》1939 年创刊号。

有清浅的理智而无深厚的情感,唯物,功利,甚而势利",不能被视为文艺复兴,最多"也不过是启蒙"①。他提出要强化民族国家意识,以建设新世界新文化和新中国。无独有偶,20世纪40年代初"战国策派"文化群体同样以"民族主义""民族文学"提倡民族文化的复兴,指摘"五四"新文学和新文化"个人主义"对于"民族"发展的不利影响。虽然左翼知识分子抨击"战国策"派激烈的"民族主义"学说是为法西斯集权主义张目,但如何构建"民族文学""民族文化",以何种资源来完成"抗战建国"的目标无疑成了这一时期文化界关心的核心议题。而这一议题,又始终离不开对"五四"新文化运动的重新清理和评价,并将对社会文化、民族生存状况的不满,归结于"五四"新文化运动或提倡"个人主义"的过失。由于对"五四"的反省和指责越来越多,以致"五四"运动的发起者之一的傅斯年,1943年以嘲讽的语气写道:"现在局面不同了,'五四'之'弱点'报上常有指摘,而社会上似有一种心愿,即如何忘了'五四'。"②

如果将这一背景放入对"民族形式"的考察中,便会发现这一时期对"五四"的争论并非单一的现象,而是在抗战的特殊背景下,民族主义思潮兴起,知识界对于中国的历史和文化的重新审视。但是,和一般知识分子惯于对自身加以反省不同,延安理论界所发起的"民族形式"讨论实际上是一场有意识地对"五四"的重新解释。他们将"五四"新文学纳入到民族解放运动历史谱系中,建构起新的"五四"文化传统,并且以"五四"运动和文化的继承者自居。

实际上,20世纪20年代末,中国文化界发生"中国社会性质问题"

---

① 李长之:《迎中国的文艺复兴》,《李长之文集》(1),河北教育出版社2006年版,第23、26页。

② 傅斯年:《"五四"偶谈》,原载《中央日报》1943年5月4日,收入傅斯年《出入史门》,浙江人民出版社1998年版,第194页。

的论战，当时普遍的观点即认为"五四"新文化运动是资产阶级的文化运动，是资产阶级思想领导和以资产阶级思想为主的运动，这一观点在20世纪30年代逐渐成为左右文人的"共识"。然而，在延安理论家的历史重述中，"五四"新文化运动的意义和性质发生了微妙的变化，周扬认为由于"中国与帝国主义的矛盾是最主要的矛盾，所以中国一切解放运动终极上都和反帝国主义的民族斗争有不可分离的关系"，即使是反封建也带有着"反帝"的目的，所以就"决定了中国新文学与民族解放运动的内在的深切的联系，而每次文学上的运动都与民族解放斗争呼应"。因此，"民族"思想可以说是中国文学中的中心话题，只不过在不同的时期有着不同的表现，"五四"的民族思想是带上狭隘的爱国主义的色彩，而国民大革命则带有"反对压迫的一般的民主主义的内容"，抗日民族统一战线则"进步到站在工农大众立场上的反帝国主义的意识"。① 1940年毛泽东发表《新民主主义论》，则重新阐述了"五四运动"的性质，论定"在五四运动以后，虽然中国民族资产阶级继续参加了革命，但是中国资产阶级民主革命的政治指导者，已经不是中国资产阶级，而是属于中国无产阶级了"②。"新民主主义论"发表之后逐渐成为统摄性的权力话语和权威的观点，并被广泛接受。

在延安发起的"民族形式"论争中，虽然认为"五四"运动有着其缺点，但论者一般都将现阶段的文学运动和创制"民族形式"看作是对"五四"文艺的继承，"'五四'以来的新文艺，特别是左翼十年中的革命文艺的历史传统，我们必须继承，离开它，我们便失掉了立脚点"。因此，"民族形式"的建立也应该以"五四新文艺"为基础。何其芳认

---

① 周扬：《从民族解放运动中来看新文学的发展》，《文艺战线》1939年第1卷第2号。
② 毛泽东：《新民主主义论》，《毛泽东选集》第2卷，人民出版社1991年版，第672—673页。

为"五四运动以来的新文学是旧文学的正当的发展","民族形式,不过是有意识地再到旧文学和民间文学里去找更多的营养,无疑地只能是新文学向前发展的方向,而不是重新建立新文学。因此它的基础无疑地只能放在新文学上面"①。这一点应该说是参加"民族形式"讨论之初作家文人们的共识。1941年,茅盾从西北返回重庆,在田汉主持的"在戏剧的民族形式问题座谈会上的讲话"中谈到"延安关于民族形式的讨论"说:

> 大体那边关于这问题有几个段落。起先,萧三、陈伯达发表了一点个人的意见。不免对于旧形式估价过高。但也并不曾取消"五四"的传统。同时也有相反的意见起来。到了去年年底,他们的意见受到了批判,他们也不作那样的主张了。接着毛先生发表了"新民主主义的文化",洛甫先生在一个很长的题目(按:即《抗战以来中华民族的新文化运动与今后任务》)下指出了新文化应具的四个特点,即民族化、民主化、科学化、大众化。在民族化的主张下接触到民族形式的问题。也是从五四以来的新文化讲起,与向先生的看法完全不同。②

其实,就算是在陈伯达的早期论述中,也认为"利用旧形式,不是否认来自新文艺运动的成果","我们的文学运动是继续着'五四'以来的道路,我们是要创造独立的,作为世界文学光荣的一部分的中国自己的民族文学的"。③ 至少在1942年以前的延安,"五四"新文学和新文化获得了较高的评价,"五四"文化也被看作是"民族形式"新文化的起

---

① 何其芳:《论文学上的民族形式》,《文艺战线》1939年第1卷第5期。
② 茅盾:《在戏剧的民族形式问题座谈会上的讲话》,《茅盾全集》(22),人民文学出版社1984年版,第179页。
③ 陈伯达:《关于文艺的民族形式问题杂记》,《文艺战线》1939年第3期。

点。但显然，"五四"文学的表达方式尤其是文学形式和文学观念已经不适合新的条件下，延安政治革命现实对于文艺的要求和需要。

1938 年 2 月 21 日，陕甘宁边区文协召开座谈会，讨论《血祭上海》一剧。《血祭上海》是为纪念"一·二八"而作，原本名叫《黄阿毛》，共五幕，后改成四幕。创作者有任白戈、朱光、左明、沙可夫、徐一新和黄天，三天内写成，可以说是新的民族革命现实情境下延安集体创作的尝试。达到的效果如何呢？我们不妨看一下在座谈会上的争论：

> 朱光说，这个剧着重表现工人怎样为民族而光荣牺牲，知识分子参加抗战。主题是正确的。缺点是：缺少中心，人物太公式化，人物不是发展的，剧中人物杜明与阿毛关系没有说明，演出过火，带文明戏味儿，剧本是相当成功的。罗叔平则不同意这一看法，他认为这剧本与事实不大符合，剧中大小姐的思想转变不真实，她的革命很奇怪，剧本如得奖，影响是不好的。艾思奇说，这个戏政治方面相当成功，艺术方面似乎低些；缺点是失去真实性，不严肃。沙克夫不同意骆方（罗叔平）完全否定这个戏的意见，认为剧本描写不够，结构不好，发挥不透彻，演出有毛病，但和总的政治路线是吻合的，这个戏是叫座的，演出相当成功。周扬指出，"批评一个戏应从下面几点着眼：一、观众是否欢迎，二、是在怎样的环境下产生的，三、倾向是否是现实的。根据这三条，应给这个戏较高的评价。它获得了观众的极大欢迎，它是在极困难的条件下和短促的时间内写成与演出的，倾向是现实的。缺点是中心主题没有把得牢，恋爱占多了，人物没有活跃的个性，存在脸谱主义。①

---

① 《延安文艺丛书》编委会：《延安文艺丛书·文艺史料卷》，湖南文艺出版社 1987 年版，第 24—25 页。

集合了众多的左翼作家，并在民族主义和抗战主题上进行创作的戏剧，结果却引起了诸多的争议，艾思奇、周扬等人的批评虽然隐讳，却也道出了剧本的缺点。一部以抗战为中心主题的创作，最终却令人尴尬地变成了四不像，充斥着普罗文学"革命加恋爱"的气息，这说明了什么问题？显然，在抗战伊始，初赴延安的作家们既不能有效地采用在新启蒙运动中被提倡的"集体创作"方式，也并不能迅速摆脱以往文学创作方法和文学观念对于他们的影响。周扬晚年曾经批评某些延安作家说："他们还是上海时代的思想，觉得工农兵头脑简单，所以老是想着发东西，要在重庆在全国发表，要和文艺界来往，还是要过那种生活。"① 在整风以前的延安文艺界，显然存在着作家创作的文艺与中国共产党需要的文艺之间的冲突和裂隙，这一时期的延安作家大多来自战前的大都市，"他们往往自觉或不自觉地以自己熟悉、所习惯的都市方式来参与和组织文学生产，从而将一种完全陌生的文化气息带到了延安这个整齐划一的准军事化社会"②。

　　一直到 1942 年，艾思奇仍然批评左翼文学在文学上没有马克思主义资源，沿用的是资本主义批判现实主义文学资源，"不能无条件地把巴尔扎克、托尔斯泰、果戈里等的例子作为今天文艺工作者努力的标准"，③ 多少显示了延安的新文学作家们，并没有创作出现实需要的以动员民众为主要特征的新的文学作品。

　　朱德一番以"枪杆子"和"笔杆子"为比喻的话更是道出以"五四文学"为主体特征的文学创作在延安革命中的不合时宜，"在前方，我们拿枪杆子的打得很热闹，你们拿笔杆子的打得虽然也还热闹，但是

　　① 赵浩生：《周扬笑谈历史功过》，《新文学史料》1979 年第 2 期。

　　② 程鸿彬：《延安 1938—1942："都市惯性"支配下的文学生产》，《中国现代文学研究丛刊》2009 年第 1 期。

　　③ 艾思奇：《谈延安文艺工作者的立场、态度和任务》，《谷雨》1942 年第 1 卷第 5 期。

还不够。这里，我们希望前后方的枪杆子和笔杆子能亲密地联合起来……打了三年仗，可歌可泣的故事太多了，但是好多战士们勇敢牺牲于战场，还不知道他们姓张姓李，这是我们的罪过，而且也是你们文艺的罪过"①。所以朱德认为必须提倡"民族形式"和"民间形式"，"一是因为它易为大众理解。我们不能笑它俗气而摒弃它，要知道敌人是利用它作工具的。我们应当使它成为我们手中的武器。二是因为要创造中国新民主主义的艺术，必须接受民族文化传统中的优良的东西而加以发扬"②。

因此，"民族形式"对于"五四"新文艺的重审，如何看待和评价"五四"新文艺，实际上是为建构新的文学意识形态做理论上的准备。参加论争的人，不论是支持"民间形式"认为"五四"文艺有其缺陷的，抑或是肯定"五四"新文学传统的，还是所谓"现实生活源泉论"，最终都承认存在着，而且需要创制出一种"民族形式"以超越"五四"文学，这是现阶段中国文艺最为重要的问题。新的民族形式的创立不是一种过渡的形式，而应该"成为新中国文艺的生长向更高的阶段的发展！"③ 因而论者普遍认为"民族形式"是"一种尚待建立的更中国化的文学形式"④，现阶段提出的民族形式到现在还没有产生⑤，关于"民族形式"也一直没有得到统一确实的结论⑥。不仅仅是理论问题，更是正在实践中的新课题⑦。如果要给"民族形式"下一个定义，又是非常

---

① 《新中华报》，1940 年 6 月 18 日。

② 朱德：《三年来华北宣战中的艺术工作》，《朱德军事文选》，解放军出版社 1997 年版，第 406 页。

③ 黄药眠：《中国化与大众化》，香港《大公报》《文艺》副刊 1939 年 12 月 10 日。

④ 何其芳：《论文学上的民族形式》，《文艺战线》1939 年第 1 卷第 5 期。

⑤ 参见方白语《文艺的民族形式座谈会》，《文学月报》1940 年第 1 卷第 5 期。

⑥ 参见冼星海《论中国音乐的民族形式》，《文艺战线》1939 年第 1 卷第 5 期。

⑦ 参见宗珏《文艺之民族形式问题的展开》，香港《大公报》《文艺》副刊 1939 年 12 月 12—13 日。

困难的,因为它"意味着一种新生的尚待创造的东西,而不是一种即成的事物"①。在这样的背景下,旧形式利用就逐渐成为如何创制"民族形式"的一个重要问题。

二 "旧形式"与建构新的文学形态

"民族形式"之所以能引起一场大论争,在于论者对于"五四"文学的评价以及"旧形式"利用的态度并不一致。作家沙汀就不同意艾思奇、柯仲平和陈伯达等人贬低"五四"而高扬"旧形式"的观点:"我却不同意把旧形式利用在文艺上的价值抬得过高。"艾思奇将鲁迅的创作视为"民族形式"的典范,强调鲁迅作品"在内容和形式上都不但是新的,而且也是民族的"②。沙汀却认为,虽然鲁迅的精神是"最民族的","但在形式上,除却若干语类,句法,以及他那朴素的式样,他的成功却主要的来自一个现实主义者所必不可少的写实手腕,然而这大半是从世界文学来的,鲁迅先生自己就曾经感谢地提到过果戈里和显克微支等人"。和其他论者举出的《呐喊》或《阿Q正传》不同,沙汀举出了鲁迅早期的一篇文言小说《怀旧》,他指出这篇作品在形式上是文言,而且是十分古朴的文言,但是作品依然刻画了如傻瓜财主,冬烘老师,以及含着烟管闲谈"长毛造反"的老者这样具有民族性格的形象,真正的原因"不是他那古朴文章,而是他那极端现实主义的技巧"③。实际上,沙汀给当时提倡利用"旧形式"创造"民族形式"提出了一道难题:如果否定"五四"文学,如何评价鲁迅的创作?

与沙汀一样也是短暂客居延安的茅盾,同样不赞同延安批评家们

① 光木然:《文艺的民族形式问题》,《文学月报》1940年第1卷第5期。
② 艾思奇:《旧形式运用的基本原则》,《文艺战线》1939年第8期。
③ 沙汀:《民族形式问题》,《文艺战线》1939年第1卷第5期。

对文学民族形式的看法。茅盾1940年5月底抵达延安，正是延安热烈讨论民族形式问题的时候；28日，边区文化界在文化俱乐部举行座谈，艾思奇、丁玲、周文、李初梨、张庚等四十余人，与茅盾共同讨论运用旧形式、建设新民主主义文化等问题，后来茅盾给延安文艺小组演讲《论如何学习文学的民族形式》，认为"民族形式"并不是现成的，而是需要通过学习和努力才能创造出来的，学习的途径一是"向中国民族的文化遗产去学习"，二是"向人民大众的生活去学习"。[①] 不久，茅盾写成《旧形式·民间形式·与民族形式》，进一步表达他的观点，虽然直接针对的是向林冰"民间形式中心源泉论"，但显然也是向延安理论界表明自己的意见。文章认为，中国文学正在建立的新的民族形式，并不应该以"旧形式"为基础；利用旧形式，作为特殊情形下的应急之计未尝不可，但若把它上伸到理论高度和学习的典范，而将中国文学引向这一方向，却是一种倒退，"如果为了迁就民众的低下的文化水准计，而把民间形式作为教育宣传的工具，自然不坏，但若以之为将要建设中的民族形式的中心源泉，则是先把民众硬派为只配停留于目前的低下的文化水准，那是万万说不过去的谬论"。站在反封建和启蒙主义的立场上，茅盾痛斥了"旧形式""民间形式"本身所存在的弊端：

> "口头告白"性质的"民间形式"，则正是中国这封建社会中最落后的阶层（农民阶级）的产物，纵使其中含有如高尔基所称的长期积累的民众机智的金屑，然而其整个形式断然是落后的东西。除非我们不要中国进步而自愿永保其封建性，否则，中国文艺形式一

---

① 茅盾：《论如何学习文学的民族形式——在延安各文艺小组会上的演说》，《中国文化》1940年第1卷第5期。

定也得循着世界文艺形式发展的道路而向前发展，我们固有的"民间形式"一定要随社会之进步而归淘汰……我国固有文艺形式中的一些"特征"，实在都是封建社会经济的产物，乃中外各国封建文艺所共有，决非中国民族所独具。如果有人认为这些便是"民族的"，于是要在这些上面建立起什么民族形式来，或在这些之中导引出民族形式来，那就不免是大笑话了。①

实际上，持茅盾这一观点的人在"民族形式"论争之初并不少。曾经长期进行文艺大众化实践后来担任陕甘宁边区教育厅长的周文，1940年初奉调到延安筹办大众读物社，出版的《边区群众报》和《大众习作》，也对延安"大众化"运动存在的过分强调"旧形式"的倾向提出了批评，"有些人对于大众化通俗化的了解还不够，在某些作品当中，还表现出把普及变成降低，把通俗变成庸俗——在思想上迎合大众，在语言上迁就大众，在形式上以运用旧形式为满足，而且是毫不批判地毫不改造地运用旧形式。这实在是一个严重的现象"。而在周文看来，真正的"大众化"和"民族形式"的创造还是必须依靠"新形式"，不是"普及"而是通过"提高"来解决"民族形式"创制的问题：

> 不是迎合大众，而是提高大众。在思想上使他们接受新的世界观，在语言上丰富了他们，使他们用它来表现事物的正确的概念，在形式上，使他们接触了多样性，逐渐从旧形式的束缚当中解放出来，并且可以发生渡到新形式的桥梁作用。总括起来说，这是把群众逐渐提高到较高的文化水平的具体办法……这样真正施行大众化的结果，它倒真正可以解决民族形式的问题。②

---

① 茅盾：《旧形式·民间形式·与民族形式》，《中国文化》1940 年第 2 卷第 1 期。
② 周文：《文化大众化实践当中的意见》，《中国文化》1940 年第 2 卷第 4 期。

由此可以看出，不论是后来在重庆大后方向林冰的"民间形式中心源泉论"争论，还是延安关于"五四"文艺的分歧，其实质都在于如何看待中国新文学，以及以何种资源作为"抗战建国"新文化形态的基础。

三　周扬与延安"五四传统"的确立

在延安"旧形式""民间形式"和"民族形式"关系的讨论中，最值得注意的是周扬的论述。延安理论界，周扬对于"五四"的论述有着特殊的意义。这不仅是因为周扬在文学和文化方面的论述往往和毛泽东的政党政策构成了一种互动和相互解释的关系，是毛泽东文艺思想的阐释者。[①] 更在于周扬在到达延安之后所写的一系列理论文章，其核心在于重新解释"五四"新文学，毛泽东也经常和周扬讨论关于"五四"文学以及传统文学的看法，因而，周扬的论述即是他个人的文艺见解，很大程度上也代表了党对于文艺的要求，这在周扬对"五四"新文学评价的不断变化中可以得到清晰地印证。

1938 年到 1945 年，周扬的文学理论的核心正是围绕着如何评价"五四"新文学展开，《从民族解放运动来看新文学的发展》（1939 年），《一个伟大的民主主义现实主义者的路：纪念鲁迅逝世二周年》（1939 年），《对旧形式利用在文学上的一个看法》（1940 年），《关于"五四"文学革命的二三零感》（1940 年），《文学与生活漫谈》（1941 年），《郭沫若和他的女神》（1941 年）等，都对新文学传统有深入的探讨，也是在积极参与"五四传统"的构建。

1939 年周扬亲自担纲，在鲁迅艺术学院主讲一门关于新文学史的课

---

① 王培元：《抗战时期的延安鲁艺》，广西师范大学出版社 1999 年版，第 221 页。

程，并写下了教材《新文学运动史讲义提纲》。可以想见，周扬在延安鲁艺的这种授课，是具有示范性意义的，在相当程度上代表当时延安文艺界对于新文学传统的看法。有论者指出，"如果将《新民主主义论》发表前后周扬所写的有关新文学传统研究的文章作些比较，同时又将他非正式发表的讲义《新文学运动史讲义提纲》与同一时期正式发表的文章作些比较，会发现某些观点差异，甚至有些矛盾"①。而在这一系列的理论文章中，《对旧形式利用在文学上的一个看法》是周扬对于"旧形式""五四"文学之间关系的一个系统思考，对"五四"文艺和民间文艺的功能都做出了自己的解答，构成了其"五四传统"的基本意见。

周扬认为文学形式应该分为两种："新形式"和"旧形式"。前者指的是由"五四"文学革命而产生的"现代形式"，后者则是指一切此前中国所固有的传统民间形式，但并非指统治阶级的形式即雅文学形式。周扬的基本观点是，虽然"五四"以来文学新形式"缺点还严重存在"，但是"新形式比之旧形式，无论如何是进步的，这一点却毫无疑义。字汇更丰富了，语法更精密了，体裁更自由活泼了，对于现实的表现力更提高了"，所以新文学的发展应该"以发展新形式为主"。对于旧形式本身，周扬是基本持否定态度的，"一定的旧形式是适应于一定的旧内容，产生于旧的社会结构，根基于旧的世界观，具有其旧的一套形象"，所以周扬认为利用旧形式"不是从新形式后退，而正是帮助新形式前进"。但是面对现实，周扬也不乏清醒，他说："对旧形式的偏爱，在旧社会没有完全改造以前，是不会轻易改变的。甚至到了新的社会，人民意识中旧的趣味与欣赏习惯，由于一种惰性，还可以延续很长一个时候。"

---

① 温儒敏、陈晓明等：《现代文学新传统及其当代阐释》，北京大学出版社 2010 年版，第 28 页。

基于这样的判断，他认为与其说利用旧形式是一种纯粹的艺术形式的实验或探求，"毋宁更是应客观情势的需要，战斗的需要，作为一种大众宣传教育之艺术武器而起来的"。因此，他建议"一面尽可能利用旧形式，使之与大众化的新形式平行，在多少迁就大众的欣赏水平中逐渐提高作品之艺术的质量，把他们的欣赏能力也跟着逐渐提高，一直到能鉴赏高级的艺术；另一方面所谓高级的现在的新文艺应切实大众化，一直到能为一般大众所接受"①。

如果我们将周扬的论述与茅盾和周文的观点加以比较，就会发现周扬对于旧形式利用的看法更为客观，虽然仍然是站在新文学的立场上，但周扬实际上持有的是一种二元论的观点，"新文艺创作可以有一方面是专为一般大众写的，即通俗化的，以旧形式为主，一方面是仍以知识分子学生为主要对象，但同时并不放弃争取广大群众的从来的新文艺"。然而，这样一种论述在理论上未尝不可，但在实际中却面临着一个关键性的问题，那就是"革命主体"的模糊，在延安，革命的主体显然并不是知识分子学生，这一群体的确是革命需要争取的对象，但却不构成革命的主体，恰恰相反，需要"旧形式"的大众才是革命需要动员的主体。贺桂梅认为：

> 周扬的《对旧形式利用在文学上的一个看法》尽管没有涉及阶级主体问题，但在民族形式/五四新文艺/旧形式之间构造的等级序列，仍是符合《讲话》要求的。周扬的文章在谈及旧形式利用时，确立了一个等级序列，即以"五四"新文艺、新形式作为基础，以民间旧形式作为补充的手段，最后达成"文艺与现实之更接近，与大众之更接近的"的"更高更完全的民主主义内容，民族形式的新

---

① 周扬：《对旧形式利用在文学上的一个看法》，《中国文化》1940 年第 1 卷第 1 期。

中国文艺之建立"。在这样一个序列中，尽管旧形式处在最低等级，但由于"五四"新文艺尚未完成与大众的普遍结合，由于创制新的民族形式必须重新整合旧形式，所以对旧形式的讨论就成为核心问题。①

的确，周扬的文章写好之后就拿给毛泽东，毛泽东看完之后，迅速给周扬写了回信，以往我们往往并不重视毛泽东的这封回信，实际上毛泽东在评述意见中已经清楚地表达了与书生意气十足的周扬以及其他新文学文人在利用旧形式上的不同：

> 文章看了，写得很好，必有大影响。某些小的地方，我认为不大妥当的，已率直批在纸上。其中关于"老中国"一点，我觉得有把古代中国与现代中国混同，把现代中国的旧因素与新因素混同之嫌，值得再加考虑一番。现在不宜于一般地说都市是新的而农村是旧的，同一农民亦不宜说只有某一方面。就经济因素说，农村比都市为旧，就政治因素说，就反过来了，就文化说亦然。我同你谈过，鲁迅表现农民着重其黑暗面，封建主义的一面，忽略其英勇斗争、反抗地主，即民主主义的一面，这是因为他未曾经验过农民斗争之故。由此，可知不宜于把整个农村都看作是旧的。所谓民主主义的内容，在中国，基本上即是农民斗争，即过去亦如此，一切殖民地半殖民地亦如此。现在的反日斗争实质上即是农民斗争。农民，基本上是民主主义的，即是说，革命的，他们的经济形式、生活形式，某些观念形态、风俗习惯之带着浓厚的封建残余，只是农民的一面，所以不必说农村社会都是老中国。在当前，新中国恰恰

---

① 贺桂梅：《转折的时代——40—50 年代作家研究》，山东教育出版社 2003 年版，第341 页。

只剩下了农村。①

当时的延安文人都没有意识到毛泽东在这封信中所隐含的文化政治内涵，毛泽东强调今日中国已经是"现代中国"了，更重要的是，农民和农村从经济上讲，是落后的，但从文化和革命性上看，却是先进的。对鲁迅的批评实际上也是对新文学和"五四"新文化的批评，即没有看到存在于农民中的政治和文化的革命因素，"在当前，新中国恰恰只剩下了农村"，表明农民将会被塑造成革命的主体，而农村和农民文化也将成为新的民族形式的基础，从表面上看毛泽东似乎赞扬和认同周扬的看法，实则毛泽东认同的却是周扬的反面，如果我们再结合两年之后毛泽东的《讲话》以及延安文学的实践，可以说，毛泽东在发起"旧形式"和"民族形式"讨论的起初，就已经暗示和完整地勾画了新的文化的设想。

虽然茅盾回重庆之后颇为自信地表示延安民族形式讨论并不曾取消"五四"的传统，"新民主主义论"在民族化的主张下接触到民族形式的问题，也是从"五四"以来的新文化讲起，与向林冰的看法完全不同。②

但是，两年以后，延安的文艺却朝向茅盾所不赞成的方向发展了，不仅仅如此，后来整个中国的文学，实际上也是朝着"民间形式"的方向发展。"《讲话》后的40年代中后期（解放区文学）一直到50年代，最能代表茅盾所谓'口头告白'性质的'民间形式'之一的章回体，竟成为最流行、最主要的长篇小说形式，社会'进步'并没有如茅盾等新文学坚持者所愿淘汰'民间形式'，反倒是后者成为主流和被称赞的对

---

① 毛泽东：《毛泽东文艺论集》，中央文献出版社2002年版，第259页。
② 茅盾：《在戏剧的民族形式问题座谈会上的讲话》，《茅盾全集》（22），人民文学出版社1984年版，第179页。

象。"① 这虽然是茅盾所没有想到的,但却被一位坚决捍卫"五四"文艺传统的理论家胡风所预言。

1946 年周扬写作《"五四"文学革命杂记》,以新的意识形态的权力话语为"五四"新文学作总结,"历史正在急速地排除一切障碍地前进,一切'非人的文学',不论新旧,都将扫清,而'人的自觉''人的文学'的旧口号也将全部被'人民的自觉''人民的文学'的新口号所代替"②。以历史决定论的乐观主义宣告"人民文学"的到来。显然,随着延安新的意识形态建构的完成,"五四"新文艺既构成了新的延安文艺的起点,也必然是其"超越"的对象。

---

① 李洁非、杨劼:《解读延安——文学、知识分子和文化》,当代中国出版社 2010 年版,第 179 页。

② 周扬:《"五四"文学革命杂记》,《周扬文集》(1),人民文学出版社 1984 年版,第 483 页。

第三章

"民族形式"论争与现代启蒙文化

就在"民族形式"讨论愈演愈烈的时候，1940年底，这场讨论突然暗淡下去。到了1941年，虽然仍然有文章谈论"民族形式"问题，但已经不能引起广泛响应和争论了。一般认为，胡风在1940年底出版的《论民族形式问题》[①] 是试图为此次论争做一个总结，从结果上看，似乎这一目的也达到了。向林冰在读到胡风的文章之后，在文艺界基本"丧失了发言权",[②] 也放弃了进一步争辩的打算。[③] 一方面当然是因为胡风在当时重庆的地位，作为鲁迅的弟子，胡风以理论家知名，向林冰在读到胡风的理论批评之后十分沮丧;[④] 更为重要的是，胡风对于"民族形式"问题以及论争的批评，从根本上质疑了"民族形式"讨论的合理性和有效性，在他看来，争取"民族形式"的发展，不是一个单纯的

---

① 胡风《论民族形式问题》分为《论民族形式问题底提出和争点》与《论民族形式问题的实践意义》两篇文章发表。

② 参见胡风《胡风回忆录》，《胡风全集》(7)，湖北人民出版社1999年版，第492页。

③ 也有研究者指出向林冰是受到了中共南方局的指示，因而放弃了进一步争辩的企图。参见段从学《"民族形式"论争的起源与话语形态论析》，《社会科学研究》2009年第5期。

④ 向林冰虽然同胡风等人发生争论，但在重庆居住地相隔不远，与胡风、老舍等人关系也较为融洽。胡风在其著作后面感谢了向林冰所提供的材料，同时认为自己是在理论上说服了向林冰，使他放弃进一步论辩的打算。

形式问题，而是实际斗争的现实主义问题，于是，从理论上终结了"民族形式"问题论争。但另一方面胡风对于"五四新文艺"以及"民族形式"的理解，也明显和延安"民族形式"的倡导者不同，这也成为胡风和左翼其他文艺理论者分歧的一个重要起点。

在《论民族形式问题底提出和争点》一文中，胡风集中批驳向林冰的立论根据"新质发生于旧质的胎内"。让胡风不满的与其说是向林冰立论的明显草率，不如说是这样一个事实："反对者里面不但没有谁从原则上提出过反对"，有的"甚至还明确地表示了同意，说'这些理论根据都是没有问题的'"。于是，胡风的主要理论对手在不经意间发生了转移。表面上看，胡风的理论靶子仍然是向林冰"形式本身固有的辩证法"，但胡绳等不能从原则上与向林冰的"路线"划清界限的左翼同仁却成了胡风实际的"暗辩"对象，论争由此在交锋双方的两个声音之外显出了多声部的"复调"意味。①

也就是说，胡风在"民族形式"论争的位置和论述值得我们加以进一步研究，胡风既是在同以向林冰为首的"通俗读物编刊社"的一系列论题进行论争，也同左翼知识分子关于"五四"和"民族形式"的意识形态化论述展开了辩驳。后来延安的王实味发表《文艺民族形式问题上的旧错误与新偏向》，一方面，赞同胡风对于民族形式问题的理解，和他"有不少意外的巧合"，认为胡风对两三年来许多不正确的意见作了扼要的清算，并基本上指出了正确的方向；另一方面，又认为胡风在实践意义部分，似乎"有过左的偏向，对民族形式提出和含义的了解，也有值得讨论的地方"②。道出了胡风与延安左翼理论者之间的理论缝隙，

---

① 关于这一问题的论述可参见王丽丽《在文艺与意识形态之间：胡风研究》，中国人民大学出版社2003年版，第105页。
② 王实味：《文艺民族形式问题上的旧错误与新偏向》，《中国文化》1941年第2卷第6期。

显示了文艺的"民族形式"论争背后的复杂内涵。而结合胡风对"五四"革命文艺"现实主义"的坚决捍卫来看,"民族形式"论争实际上涉及了中国现代知识分子如何理解"启蒙"文化以及自身转变的一些根本性问题。

第一节 胡风的"质疑":启蒙话语交锋与 "民族形式"论争的内涵

一 "形式"与"内容"的辩证法

正如上文所述,向林冰从"通俗读物编刊社"的理论和实践出发,提出文艺发展必须遵循"新质发生在旧胎内"的规律,实质上是为"旧瓶新酒"理论找到了新的理论资源,向林冰对于这一理论颇为自信,主动表示"希望展开进一步的论争",针对向林冰否定"五四文艺"的说法,新文学文人表示了反对,但对于向林冰所持的理论基础"新质发生在旧质的胎内"这一形式的辩证法理论,反对论者里面不但没有谁从原则上提出过反对,有的(胡绳、潘梓年、黄芝冈、葛一虹、以群、罗荪等)甚至还表示了明确的同意,说"这些理论根据是没有问题的"。①这引起了胡风强烈的不满。

胡风认为向林冰这一理论是有着缺陷和错误的,而结论更是"草

---

① 胡风:《论民族形式问题底提出和争点——对于若干反现实主义倾向的批判提要,并以纪念鲁迅先生逝世底四周年》,《中苏文化》1940 年第 7 卷第 5 期。

率"的，他引用了卢卡契的《叙述与描写》论证新的文艺现象是"从生活里面出来"，"绝不是由于艺术形式本身固有的辩证法而发生的"：

> 表现现实的新的风格，新的方法，虽然总是和以前的诸形式相联系着，但是它决不是由于艺术形式本身固有的辩证法而发生的。每一种新的风格底发生都有社会的历史的必然性，是从生活里面出来的，它是社会发展底必然的产物。①

卢卡契的这篇著作当时由吕荧翻译为中文，发表在《七月》1940年第1期至第4期上。胡风还专门为此写了介绍，可见对卢卡契这一理论是十分熟悉和推崇的。这也的确对向林冰的"民间形式中心源泉论"构成了反驳。

与我们长期重视文学艺术的"内容""主题"不同，"形式"研究，早已经成为西方理论学界的一个重要话题。当代西方马克思主义理论家杰姆逊在其著作《政治无意识》中提出"形式的意识形态"概念，"形式被解作内容"，也即是说，文学形式本身具有意识形态性质，文学形式、文类、体裁的演变显示了意识形态的发展变化。因此，一个历史时期的"意识形态不仅仅是内容、题材，而且是风格、形式。对风格、形式的研究并不是认识和了解意识形态的手段，相反，风格、形式本身就是意识形态。不了解风格和形式，我们就无法了解意识形态"②。因此，任何文学形式的出现和争论都不是偶然的，都与权力形式——意识形态有着密切的联系。

如果我们从这一角度看，卢卡契这一段论述实际上指明了"形式"

---

① 卢卡契：《叙述与描写》，转引自胡风《论民族形式问题底提出和争点》，《中苏文化》1940年第7卷第5期。

② ［美］杰姆逊：《政治无意识》，转引自李扬《抗争宿命之路》，时代文艺出版社1993年版，第3页。

背后所存在的意识形态因素。胡风在当时并没有认识到卢卡契的"形式的意识形态论"，他显然只是以被认可的马克思主义文艺理论来阐述胡适早在"五四"文学革命发轫时期的革命性观念"一时代有一时代之文学"，"特定的时代层对文艺提出特定的任务，特定的任务要求特定的形式"。以此为依据，反驳"民族形式"必须从传统形式或者民间形式生长出来这一论调。

"新质发生于旧质的胎内"，恰恰是这一"唯物主义辩证法"的论述构成了对"五四"文艺巨大的威胁，并得到诸多新文艺辩护者实际的认同。让胡风不满的是向林冰"想用自成体系的辩证法的观点来解决文艺问题"，但"他底辩证法是脱离了实际生活的社会内容也脱离了实际的文艺发展过程的纸面上的图案"。胡风强调文艺实际上并不是"形式孤立起来成为自立的发展过程"，新的文艺现象是"从生活里面出来的"，① 因此，"五四"文艺不仅不是不合中国民族的"外来文艺"，而恰恰是一定政治、经济生活现实在文艺上的反映。

相应的，向林冰等人所看重的"民间形式"则同样是落后现实的反映，胡风依据向林冰自己的观点指出"民间形式"实则反映了落后的社会意识：

> 民间流行的小调山歌之类，多为和平时代或粉饰太平的作品，故其形式不为靡靡之音，即为苦闷的呻吟，而非表现战斗反抗的适切形式，其描写反抗者，也多属封建权威的卫护，鲜有反抗权威的民主成分。②

针对这一段叙述，胡风认为"连反抗权威的民主成分"都"鲜有"，

---

① 胡风：《论民族形式问题底提出和争点》，《中苏文化》1940 年第 7 卷第 5 期。
② 向林冰：《旧形式的新评价》，《全民周刊》1938 年第 2 卷第 2 期。

就更不论"作为封建意识的对立物的，人权平等的个性主义（人本主义）和它底政治要求了"。因此，旧的形式或体裁显然并不能适应现阶段的新民主主义的内容。

如果我们比较郭沫若和胡风对于向林冰"民间形式中心源泉论"的反驳，可以看出二者并不一样。郭沫若以古典文学为例，指出通常所认为的中国的文学形式，其来源可能是外来形式，既然不存在着纯粹的"旧胎"，"民间形式中心源泉论"也就不能够成立。而胡风则完全否认"民间形式"和"旧形式"在创制"民族形式"的意义，"旧胎"也许存在，但"新质"却并不能从"旧胎"当中产生出来。因为文学的体裁和形式是与现实的社会革命发展的状况联系在一起的，已经被否弃的落后的封建性文艺形式，当然不能满足新形势下对于文学发展的要求。

实际上，胡风并不否认旧形式利用的作用和价值，早在1934年在讨论"大众文学"的时候，胡风就对"旧形式"发表过意见，鼓励采用"旧形式"来促进"大众化"。胡风对于"旧形式"的基本意见认同鲁迅，那就是"旧形式是采取，必有所删除，既有删除，必有所增益，这结果是新形式的出现，也就是变革。而且，这工作绝不如旁观者所想的容易的"①。1938年4月，胡风在武汉组织召开"宣传、文学、旧形式的利用"座谈会，在座谈会上，胡风并没有过多的发言，坚持认为大众化问题"从文化、文学的立场看，地方文化运动是根本的问题"，而如果抽象地把旧形式利用抬得过高，"会发生危险的影响，会把根本的努力掩蔽了"②。

胡风同意利用"旧形式"，但他始终认为发展新文学才是推进运动的根本。如果仅因为现实的宣传考虑而一味地提倡"旧形式"，只能是

---

① 鲁迅：《论"旧形式的采用"》，《鲁迅全集》（6），人民文学出版社2005年版，第25页。
② 参见胡风《宣传·文学·旧形式的利用》，《七月》1938年第3集第1期。

舍本逐末，混淆了"大众化"努力的真正方向。"用简单的形式去表现简单的内容，也就是用简单的内容去'占领'简单的形式，使形式为内容服务，把那种形式上所凝结的旧美学效力压下去以至打消掉。"至于要表现比较复杂的或丰富的历史内容，尤其是现代内容，那是"非得创造出被内容决定的新形式不可，否则不能表现出来"①。纠结于旧形式，最后的结果只能是向旧形式屈服。

后来胡风还以田间为例说明了沉溺于"旧形式"所可能带来的弊端。田间是胡风较为推崇的一位作家，早期根据实际生活创造的"小叙事诗"和政治鼓动小诗等新形式，受到了胡风的鼓励。但在批评家"批评"和"压力"之下，田间转向了五言体诗歌的创作，费了大力用五言句写成了长篇叙事诗《亲爱的土地》和五言押韵长诗《赶车传》。对于田间的新作，胡风认为"五言句把他的感情束缚得失去生机了"，诗歌也无法卒读，哀叹"勇敢地打破形式主义束缚的田间，终于被形式主义打闷了"②。

与其他论争者不同，胡风曾经读到过向林冰等人所创制的"旧瓶新酒"的文学作品，正是依据这些作品，他认为"用通俗的语言写历史人物（例如诸葛亮）的传记，借以向人民宣传爱国主义。这和现实的广大人民的抗敌要求和改进自己处境的要求相离太远了"③。这一点胡风与老舍是一致的，老舍哀叹："你越研究，你越觉得有趣；那些别人规定的形式，用的语言，是那么精巧生动，恰好足以支持它自己的生命。然而，到你自己一用这形式，这语言，你就感觉到喘不过气来，你若不割解开它，重新配置，你便丢失了自己，你若剖析了它，而自出心裁的想

---

① 胡风：《〈胡风评论集〉后记》，《胡风全集》（3），湖北人民出版社 1999 年版，第608 页。

② 同上书，第 603 页。

③ 同上书，第 608 页。

把它整理好，啊，你根本就没法收拾了！新的是新的，旧的是旧的，妥协就是投降！因此，在试验了不少鼓词之类的东西以后，我把它们放弃了。"① 老舍最终放弃了"旧瓶新酒"，在创作实践上为胡风理论作了一个注脚，文学形式需和表达的内容联系在一起，否则必然发生分裂。

胡风反对"围绕着'中心源泉'或非'中心源泉'的圈子团团打转，忘记了从实际的斗争过程上去理解问题，解决问题"。这样的结果，"一方面使'民族形式'问题底真实面貌不能够现出，一方面使文坛底大部精力集注到抽象的讨论里面，反而把急迫的斗争课题丢到了一边"②。而如果从新文学，从文学创作的实际来考察，中国的新文学不但不是从旧形式或者民间形式中生发出来的，"代表作家鲁迅、郭沫若、郁达夫、周作人、刘半农、叶绍钧等，正是'把情形看得分明'的'从旧垒中来'的逆子，而且必然和外国、西方文学有着紧密的联系，回顾五四以来，大有成就或略有成就的作者，没有一个不是受到外国文学影响的。和政治经济生活一样，'闭关自守'的时代是一去不复返了。我们的文学要更健康地更丰富地和物质文明建设同步前进，并进而推动物质文明的建设，是必须吸收外国文学中有益的营养的"③。

如果我们了解胡风对"文化遗产"的意见，就能够更加深入理解他对民间形式、旧文艺所持的态度。因为要对抗新式遗老遗少们借"文学遗产"的美名诱致青年们读古书，所以胡风才要一而再再而三地讨论到"文学遗产问题"；④ 而在他看来，中国古典文学的遗产大多是"文字游戏"而不是真正的"文学"，即使有少量如《水浒传》《红楼梦》可以

---

① 老舍：《三年写作自述》，《抗战文艺》1941 年第 7 卷第 1 期。

② 胡风：《论民族形式问题底提出和争点》，《中苏文化》1940 年第 7 卷第 5 期。

③ 胡风：《〈胡风评论集〉后记》，《胡风全集》(3)，湖北人民出版社 1999 年版，第 594 页。

④ 参见胡风《"文学遗产"与"洋八股"》，《胡风全集》(5)，湖北人民出版社 1999 年版，第 208 页。

称为"文学"的，也是"手工业式的技巧"，但新文学"需要更复杂的机器工业的技巧"，因此"现在谈到文学遗产问题，我们的眼光不能只朝里看，我们要朝外看，世界的文学名著也是我们宝贵的文学遗产。我们要向那边学习"①。

胡风指出民族战争使得作家们确实看到了大众的文化生活的实际状况，而痛感到文艺运动在启蒙中的责任，但"在新的情势下面"，"决不能也绝不会拿着两只白手来凭空创业"，而关键在于"五四"现实主义传统。否则旧形式的采用只是"假定了大众对于被变革了的形式一定拒绝……悬想由现有的书摊子偷偷地混到大众里面去"，而"没有把这个运动当作应该在变革的过程中或激动的环境之下去进行的运动看"，② 结果只能是失败的。

以今天更加客观的理论视角来看，胡风的理论是有缺陷的。实际上，文学形式的确与特定时代意识形态有着密切的关系，但文学形式本身有着自身的规律性，胡风反驳向林冰所借助的理论资源来自卢卡契，卢卡契在这一点上的缺陷已经被人们所注意。意识形态固然能影响文艺的形式发展，但一定形式的文艺却能够独立出意识形态本身而呈现出价值，虽然意识形态时时希望控制"形式"，但"形式"却往往显露出自身发展的特性。文艺实际上没有办法摆脱"民族传统"的影响，但这个问题显然在当时并不构成胡风与论者的论争焦点所在。

对向林冰僵化"形式辩证法"的批驳构成了胡风论"民族形式"问题的一个方面，但更让他焦急的则是看到了"民族形式"讨论过程中对"五四"的否定以及可能形成的结果。正如前文所提到的，"民族形式"

---

① 胡风：《再谈文学遗产》，《胡风全集》（5），湖北人民出版社 1999 年版，第 198—199 页。

② 胡风：《关于采用旧形式的问题———一个实践中的问题》，《胡风全集》（5），湖北人民出版社 1999 年版，第 204 页。

这一概念是与"重审""五四文艺"联系在一起的。从这一点上说,胡风才是真正地从理论上和"民族形式"的提出者做了一次"思想交锋"。

胡风明确指出了讨论"民族形式"的危险性,因为对"民族形式"的庸俗理解和对"新文艺"的质疑,最终必然导致对"五四革命文艺"传统的否定,只能完成"存在的皆是合理的"这一命题的呼应。讨论下去的结果使连"五四"文艺的坚持者也"被逼着不能不表示了让步"。①由此,从对"新质发生于旧质的胎内"的反驳就转化到了对于"五四文学"的不同理解之上,这也构成了胡风与其他论者尤其是左翼知识群体之间的矛盾所在。

郭沫若的《"民族形式"商兑》虽然以中国古典文学为例,说明"民间文学"有很多并非民族和民间的,而是外来形式;同时借用"中山装"的创制说明不可能存在纯粹意义上的"民族性"和"民族形式"。但让胡风不满的是他对新文学的态度和结论,"中国新文艺,事实上也可以说是中国旧有的两种形式——民间形式与士大夫形式——的综合统一,从民间形式取其通俗性,从士大夫形式取其艺术性,而益之以外来的因素,又成为旧有形式与外来形式的综合统一"②。表面的公允掩盖了理论的似是而非,也为质疑"五四"新文学埋下了伏笔。郭沫若的"二元论"只是"民族形式"论争中其他论者的一个显在注脚。在胡风看来,从论争的逐步展开,就显示了一条否定"五四"文艺传统的叙述脉络。何其芳认为,"初期白话诗保留着浓厚的旧诗词的影响(如胡适,俞平伯,刘大白等的诗集),有些小说也还没有脱离旧小说的窠臼(如杨振声《玉君》)。后来才在形式上更欧化而在内容上更现代化,更中国化。这是一种进步。而且并不是完全排斥了旧文学里的营养,因为那些

---

① 参见胡风《论民族形式问题底提出和争点》,《中苏文化》1940 年第 7 卷第 5 期。

② 郭沫若:《"民族形式"商兑》,重庆《大公报》1940 年 6 月 9—10 日。

营养是被文学本身自然而然地被保留下来，被消化了的"①。还只是论证"五四"文学所存在的"旧文学"的影响。周扬则指出，新文学的功绩在于"把章回小说改造成了更自由更经济的现代小说体裁，从旧白话诗词蜕化出了自由诗"②，这岂不正是向林冰的理论——对于"五四"文学来自传统民间文学的解释？再经一个转手，论点就更加勇敢了：

> 五四新文学运动的初期，不但新诗还保留着旧形式的规律性，而小说如"五四"初期的作者杨振声，汪敬熙，俞平伯，叶绍钧等，都还或多或少的保存着旧小说的写法与情调，但是愈到后来，接受外来影响愈大，因此，也就逐渐的割断了仅仅保留着的一点痕迹了。③

何其芳还认为"五四"文学"后来才在形式上更欧化而在内容上更现代化，更中国化"是"一种进步"，但到了罗荪那里，就勇敢地谴责"五四"新文艺"无条件的割断了历史的优秀传统，遮断了和人民大众的联系"，不胜惋惜慨叹之至了。"至于其他的追随者（田仲济，光未然、陈鹏啸等）底意见，则都可以在这里得到提要。"④ 最终，黄绳和向林冰关于"五四以来的新兴文艺形式，由于是缺乏口头告白性质的'畸形发展的都市的产物'，是大学教授，银行经理，舞女，政客以及其他小'布尔'的适切的形式"这样的评定也就是合理的、自然而然得出的结论了。所有这些实际上都"替'半殖民地的移植形式'，'这非民族的形式已成为文艺发展的桎梏'等歪曲的见解准备了理论基础"⑤。

---

① 何其芳：《论文学上的民族形式》，《文艺战线》1939 年第 1 卷第 5 期。
② 周扬：《对旧形式利用在文学上的一个看法》，《中国文化》1940 年第 1 卷第 1 期。
③ 罗荪：《谈文学的民族形式》，《读书日报》1940 年第 2 卷第 2 期。
④ 胡风：《论民族形式问题底提出和争点》，《中苏文化》1940 年第 7 卷第 5 期。
⑤ 同上。

胡风这样细致地剥离和梳理，"民族形式"问题的关键就已然不是向林冰的"民间形式中心源泉论"，而变成了如何看待"五四文学"的大众化和民族化，如何评价和理解"五四文学"传统，以及是否需要坚持这一传统的问题。

　　那么，胡风该如何回答"五四运动"中对于"传统文艺""旧形式"的使用问题呢？

　　首先，胡风并不否认，"五四新文艺"存在"旧文学"的因素，但却是有着不同的理解。他明确指出"五四"文学提倡《水浒传》《红楼梦》，是出于改革语言的策略性考虑，"文学革命是通过文学底用语问题发难的"，更重要的是新文学介绍和引入了易卜生主义、现代短篇小说理论等，这些"和传统的文学见解截然异质的东西，不但和古文相对立，而且也和民间文艺相对立"①。因而，"五四文学"的真正精神在于表达了民主和科学的立场。

　　其次，胡风区分了"五四文艺"的两个方面，一方面是积极向西方文艺学习，而另一方面则是对传统形式的利用和复归，前者在胡风看来才是现代文艺发展的方向，因而"五四文艺"又被称为"五四革命文艺"，而被向林冰等人所举出新文学诸作家与旧文艺的联系，则受到了胡风的激烈批判，认为这一现象正是新文艺发展不够的表现，正是作家没有能够体验现实生活的结果。因而，新文学发展的途径关键并不在"旧形式"或"民间形式"中去寻找，而必须进一步与现实的斗争生活相结合。

　　实际上，胡风以卢卡奇的理论来反驳向林冰的理论固然是说服力十足，然而在对待同样熟悉"辩证法"理论的左翼知识群体，则显然并不

---

　　① 胡风：《论民族形式问题底提出和争点》，《中苏文化》1940 年第 7 卷第 5 期。

完全适用，因为不论是郭沫若或是周扬，都没有否认"旧形式"的落后性，却强调对其加以改造。对此，胡风也明确地表示了异议：

> 但这也不是否认文艺形式有"变形"或"进化"的现象存在。不过"变形"或"进化"只有当社会基础在本质上没有发生变化的场合，市民小说底发展，中国封建诗底发展，"五四"新文艺里面的戏剧底发展，就是最大的例子。①

如果我们比较郭沫若《"民族形式"商兑》、周扬《对旧形式利用在文学上的一个看法》和胡风《论民族形式问题》，就会感觉胡风对"旧形式"的态度过于极端了，郭沫若"经权"之论显得公允又贴近当时的实际形势，周扬的"二元"论也将各方都照顾周全，而胡风的坚持和对传统文艺的拒绝则显得偏颇而激烈，难怪长期以来被看作"民族文化虚无主义"的代表。

然而实际的情况却并非如此，不论是郭沫若抑或是周扬，都存在着迎合意识形态调整自己理论的特征，而胡风反对恰是"一时的权变"所存在的实用主义。他始终认为"形式总是特定社会层宣传自己底对于客观现实的认识的手段"，因此，他更看重的是"五四"民主主义的任务，将"反帝""反封建"的任务归于"民主"革命的统一之下，从社会革命和文化革命的角度看，"五四"文学和文学革命运动就与以前的封建文艺有着本质的不同。因而，胡风对于"五四"文学的理解明显和其他左翼论者不同：

> 以市民为盟主的中国人民大众底"五四"文学革命运动，正是市民社会突起了以后的，累积了几百年的，世界进步文艺传统底一

---

① 胡风：《论民族形式问题底提出和争点》，《中苏文化》1940 年第 7 卷第 5 期。

个新拓的支流。那不是笼统的"西欧文艺",而是在民主要求底观点上,和封建传统反抗的各种倾向的现实主义(以及浪漫主义)文艺;在民族解放底观点上,争求独立解放的弱小民族文艺;在肯定劳动人民底观点上,想挣脱工钱奴隶底运命的,自然生长的新兴文艺。①

这样对"五四"文艺的理解就不仅反驳了向林冰,且与毛泽东及延安理论界这一时期急切勾连起"五四"与"民族文艺",获取了民族主义和文化正统性的意见也是相左的,可以说,胡风是冒犯了延安的意识形态禁忌。

什么是"民族形式"?为什么要建立"民族形式"?本是一个不言自明的概念,胡风将"五四"文学放在"国际性"的视野之下,将其看作是"世界进步文艺传统底一个新拓的支流"固然强调了"五四"新文学的革命性,但也挑战了延安对于"五四"文化的解释及对新文化形态的建构。新中国成立后胡风作自我批判,认为自己对"五四新文学运动的领导思想作了错误的论断",这完全违反了"毛主席关于五四新文化运动的分析和结论,'在五四以后,中国产生了完全崭新的文化生力军,这就是中国共产党人所领导的共产主义的文化思想,即共产主义的宇宙观和社会革命论'"②。

前文已经指出,1936年,文学界掀起了"两个口号"之论争,哲学界陈伯达发出了"哲学的国防动员",倡导新启蒙运动。这一系列思想文化运动预示着中国社会政治和文化进入了一个转折时期,其背后显示了在现代性逻辑之下,中国文化在抗战特殊形势下的发展。如何重新

---

① 胡风:《论民族形式问题底提出和争点》,《中苏文化》1940年第7卷第5期。
② 胡风:《我的自我批判》,《胡风全集》(6),湖北人民出版社1999年版,第459页。

整合文化资源，如何有效地将晚清以来的思想文化运动尤其是"五四"新文化运动纳入到左翼民族论的叙述之下，成为当时左翼文化尤其中国共产党政治意识形态建构的关键性问题。在新启蒙运动中，何干之等人将"五四运动"与爱国主义、启蒙运动等联系在一起，固然与"五四"本身所呈现的多层面有关，但更主要的则是重新勾连起"五四"与共产党的文化建设之间的正统联系，在抗日民族统一战线之下，完成了对于"民族主义"资源的整合。

胡风在《论民族形式问题底提出和争点》的开篇部分，论述"大众化"问题在中国现代文学史上的发展，最后落实到"两个口号"论争的纠结里面：

> "五四"传统底这一个到达点，应该在文艺运动底行动纲领里面取得综合的反映，成为新的运动地基点，而事实上，在一九三六年的"民族革命战争的大众文学"这一口号里面，终于找到了要约的表现。"民族革命战争"，它提出了文艺战斗的任务（内容、主题），"大众文学"，它指示了文艺战斗的道路（方法、形式）。①

胡风在谈论"民族形式"时论述两个口号的论争，似乎是旧事重提，却构成了一个很重要的隐喻，对于文学的不同理解，实际上是对于"大众化"和"启蒙"社会革命方式的根本选择。

的确，"民族形式"的提出本就非一个单纯的文学概念或者理论问题，对于这一点，胡风并非没有意识到，后来胡风在回顾这次争论的时候这样写道：

> 我批评的中心对象是向林冰，但同时也提到了和他对立的，和

---

① 胡风：《论民族形式问题底提出和争点》，《中苏文化》1940年第7卷第5期。

他的理论有联系的一些人的论点，而且还是提了名的……几乎都是左翼作家，例如何其芳、艾思奇和陈伯达。特别是陈伯达，他当时在文化工作上担负着主要的领导职务。为这，我受到了或明或暗的严重的非难。当时就有友人警告过我，但我的自由主义使我没有重视。这是一个严重的教训。①

这的确是一个"严重的教训"，王实味自认为客观的态度和论述在延安整风中受到了陈伯达、周扬等人的猛烈批判，被视为"有害的"托派理论，比王实味更加尖锐、与延安论述明显不一致的胡风，其后的命运早在这次论争分歧中就已经初现端倪。

一方面，从胡风论述的结果来看，他坚决对于"五四"的捍卫以及对于"民族形式"庸俗化和利用的质疑，使得他建构出了与延安左翼论者不同的"五四文艺观"，构成了独特的现实主义"五四"传统。但在另一方面，身处国统区的胡风所显示出来的激烈姿态，既对"民族形式"概念提出了挑战，也显示了论争所隐藏的复杂内涵。

1952 年 7 月 23 日，周扬给周恩来写信，信中谈到 20 世纪 40 年代初的"民族形式"论争问题，"一九四〇年左右关于民族形式的论争，他（指胡风）把我们共产党员作家和当时被疑为与国民党有联系的向林冰相提并论，左右开弓，而他的整个观点是反对民族形式的"②。

1954 年，胡风写《关于解放以来的文艺实践情况的报告》（"三十万言书"），第二部分"关于几个理论性问题的说明材料"。称述自己与林默涵、何其芳等人关于一些理论问题的分歧，其中一个重要部分就是关于"民族形式"的不同理解。胡风依据文艺发展的现状，指出"迫不

① 胡风：《〈胡风评论集〉后记》，《胡风全集》(3)，湖北人民出版社 1999 年版，第 612 页。
② 《胡风事件的前前后后——林默涵问答录之一》，《新文学史料》1989 年第 3 期。

及待地用行政手段去推广'民族形式'，那不但使新文艺工作者失去信心或心冷，而且还闹出不少损失威信的笑话"；尖锐地批评用民族复古主义去抵抗国际革命文艺的经验和世界古典文艺的宝贵财富，宣称"用这（民族形式）去代替去打击革新的努力，并不是什么爱国主义，不过是在文艺上安于落后或'向后看'而已"①，结果是扼杀了新文艺。

一场争论，十多年后，论争的双方依然互不相让，表明这绝非一场普通的争论，而是有着深度内涵和复杂纠葛的理论交锋。李泽厚认为《论民族形式问题》"大概是胡风著作中最有理论成就的一种"②，胡风后半生的回顾也总是绕不开对于"五四"和"民族形式"问题的检讨。如何理解"新文艺"和如何建构"新文艺"构成了胡风与其他论者论争的核心，也导致了20世纪中国知识分子最大的冤案。这场并非单纯的文艺问题的讨论，成了胡风"文艺与意识形态交错纠缠的开始"。③ 在《论民族形式问题底提出和争点》一文中，胡风细致剖析了"民族形式"口号所存在的问题：

> 这一口号（"民族形式"）底提出，以为它是对于"五四"传统的否定（黄绳、向林冰、王冰洋等），当然会得到抹杀"五四"传统在今天的战斗任务，使得这口号只有军服番号没有武器的结果，不着重地提出它底新的特质，好像那不过是旧事重提（葛一虹、以群等），也就抛弃了在具体的现实情势下面的活的根源和战斗的目标；以为它是"为了为抗战建国服务的新文艺，为大众服务的文艺，需要有它自己的民族形式"，而且"为了使中国文艺在国

---

① 胡风：《关于解放以来的文艺实践情况的报告》，《胡风全集》(6)，湖北人民出版社1999年版，第254页。

② 李泽厚：《中国现代思想史论》，东方出版社1987年版，第76页。

③ 王丽丽：《文艺与意识形态交错纠缠的开始——民族形式问题论争与胡风事件》，《北京大学学报》2003年第5期。

际文坛上占到一个地位"(潘梓年),不过是和文艺底内的发展过程没有任何接触地倒果为因,以为它是"大众化由空想到现实"(向林冰),也只能是从对于"五四"传统以及大众化底发展过程的抹杀,达到"民族形式"底内容底枯缩;以为它要平列地担负文艺运动底一切任务(光未然),那就会一方面使它底本质的意义坠入五里雾里,一方面使它底必要的前提(现实主义的方法)丧失地位,以为它底"目的是要反映民族的特殊性以推进内容的普遍性"(郭沫若),那就由特殊的创作过程上的内容还原到一般方法论上的内容,因而也就只能抽象地提出要"切实地把握时代精神,反映现实生活",或者抽象地指摘"用意遣词的过求欧化"了。①

这一段论述几乎将参与"民族形式"论争的主要观点都进行了批判,这就难怪连对其表示支持的王实味也批评胡风的批评态度,认为他的批评"既不公平,又似乎带有现实主义'只此一家,并无分店'的傲慢气概",而希望胡风更加虚心一点。② 也难怪周扬在多年以后仍然愤愤不平胡风的"左右开弓"。

这就给我们提出了一个问题:胡风到底在反对和坚持什么?

二 胡风对"五四"启蒙文化的固守

胡风为什么反对"民族形式"?胡风承认这一口号的提出,是"战争向文艺运动发出要求",文艺运动需要深刻地认识和表现"统一战线的,民族战争的,大众本位的,活的民族现实",但胡风极力批判在

---

① 胡风:《论民族形式问题底提出和争点》,《中苏文化》1940 年第 7 卷第 5 期。
② 王实味:《文艺民族形式问题上的旧错误与新偏向》,《中国文化》1941 年第 2 卷第
6 期。

"民族形式"中所存在的两种幻想，这也构成了其否定"民族形式"的缘由和立足点：

> 虽然他们自己也说不出明确的轮廓，但却在观念里面立下一个完成了的"民族形式"，说以前和现在都还没有存在过，是一种尚待创造的东西。这样的幻想是使人焦躁的……焦躁的结果就反而把这从前和现在都没有存在过的"民族形式"变成了从前存在过现在也存在着的民间形式或旧形式的借尸还魂。
>
> 第二个幻想是，把民族形式当作民族全体无往不通的形式，现在的任何一个国民都喜闻乐见的形式。其结果是尽力使文艺"降低"。①

说到底，胡风看到了"民族形式"如果作为一个空洞的指令讨论到最后所形成的结果，必然是对于"五四"文艺的否定，因而胡风在论争中指出了讨论者对于"民间形式中心源泉论"所作出的让步，最后的结果是利用行政手段去推广"民族形式"，这样的"民族形式"必然只是文艺上的"向后看"，是形成民族复古主义的逆流。而这恰恰是新文化运动参与者所最为警惕和反对的。

讨论"民族形式"问题，对于新文学同人来说，最主要的原因和焦点实际上集中在"大众化"上，因为这实质构成新文学发展以来一直悬而未决、争论不休的问题。中国新文学是以"平民化""大众化"的角度和立场来反抗古典文学的封闭性的，因此，是否"大众化"既是新文学作家的自觉要求，也是对于文学发展合理性的评判标准。

与郭沫若、周扬承认"五四文学不够大众化"，所以需要通过对旧形式和民间文艺的利用来进一步推动"大众化"不同，胡风强调"大众

---

① 胡风：《论民族形式问题的实践意义》，《理论与现实》1941 年第 2 卷第 3 期。

化不能脱离'五四'传统，因为它始终要服从现实主义的反映生活批判生活底要求，'五四'传统也不能抽去大众化，因为它本质上是趋向着和大众的结合"①。在他看来，"五四"文学本身既是提高，同时也是普及。从读者接受的角度，胡风指出"旧形式"利用是将读者固定在停滞被动接受的地位，而忘记读者本身有着"战斗的欲求"，提高的愿望。这一点应该说正中了"旧瓶装新酒"理论的弊处，而体现了独特的启蒙主义立场。与其他论者所强调的先普及后提高——大众化相比，胡风实际上是持"化大众"的观点。正是在这一点上，胡风毅然地否定了周扬提出分别为知识分子和一般民众创作的"二元论"主张，不能同意其"专为一般大众写的，即通俗化的，以旧形式为主"的见解，认为这是模糊了新文艺对于大众化的领导作用。

如此一来，胡风对"民族形式"的拒绝实际上是对于"五四"新文学以及"五四"所持有的启蒙文化的坚持，因而胡风才坚决不同意将"文学"放置于"民间文学"的基础之上，而强调大众所具有的"主观战斗精神"，说到底，胡风所坚持和捍卫的是"五四"的启蒙文化。

在胡风看来，"一部新文化运动史就是明证：没有二十多年来的启蒙运动，我们现在的文化传统就成了无水的鱼，真空里的树；如没有新文化运动所养成的这一批文化先锋队，只是叫三家村的子曰先生去宣传'最后胜利'，恐怕连'无条件反射'都是不能够得到的……今天的文化活动，尤其是直接和民众结合的地方文化活动，最大多数的场合不能不和那些启蒙教育工作结合在一起，但我们不能忘记，即令最起码的识字运动罢，那也和三家村的子曰先生的识字教育不同。它是以现代的思维

---

① 胡风：《论民族形式问题底提出和争点》，《中苏文化》1940 年第 7 卷第 5 期。

方法做基础，而且是要把对象向现代的思维方法推进的"①。现代文化和传统文化是根本不同的思维和认识方式，传统文化只有经过现代思想重新创造和激活，才构成"文化传统"并为现代所用。从这个意义上讲，胡风认为新文化运动以来的"普及"工作实际上就是一种"提高"，普及与提高的工作是密不可分的。

的确，正如研究者所指出的，"如果我们能够不怀有任何先验的偏见，心平气和地解读中国新文学，那么就不难发现其中大量存在的与中国古典文学的联系，这种联系从情感、趣味到语言形态等全方位地建立着。"但问题显然并不在此，中国新文学的价值恰恰在于"它能够从坚实凝固的'传统'中突围而出，建立自己新的艺术形态，因为在根本的层面上，中国新文学的价值并不依靠古典的因素来确定，而依靠的是自身的独特艺术创造性。也就是中国新文学是否能够在'前所未有'的创造活动中开辟一个新的'传统'"。②

从胡风一贯的思想以及后来的历史证明，他并非对于毛泽东或者中国共产党的政党文化有什么背离之处，而在于其本身对于"五四"新文艺的接受及启蒙传统的坚持。正因为他自己是新文艺的参与者，因此面对任何"倒退"和重拾已经被证明需要抛弃的"旧文学"都使他充满了厌恶，从而构成了对中国新文学"传统"的坚决捍卫，这才是胡风和延安其他左翼文人分歧的根本原因。

胡风这一"启蒙"资源和立场从何而来？从根本上讲，是来源于对鲁迅和鲁迅所创造的文艺的理解。胡风从不讳言鲁迅对于自己的影响：

---

① 胡风：《论持久战中的文化运动》，《胡风全集》(2)，湖北人民出版社 1999 年版，第543—544 页。

② 李怡、颜同林、周维东：《被召唤的传统：百年中国文学新传统的形成》，中国社会科学出版社 2009 年版，第 5—6 页。

事实上，我是二十年代初进中学时就受到新文艺的影响的，而且是以鲁迅的影响为主。首先是在《晨报》副镌上读到了他的《〈呐喊〉自序》，受到了震动。以后，凡有他的所作，即使是在报纸副刊上化名写的小杂感，也要搜出来看，猜测是不是他写的。到《语丝》出版，更是每期非把他的文章贪读不止的。他的人物，例如，闰土、祥林嫂、阿 Q、孔乙己、子君、眉间尺……都经常活在我的心里。①

以鲁迅弟子和文艺传人自居的胡风认为"要理解现代的文艺和文化，以至我们民族的过去、现状和未来的远景，非首先理解鲁迅不可"。② 正因为对鲁迅有着比其他人更深刻的理解，因而鲁迅对于胡风的影响也更大，鲁迅所给予胡风的最重要的资源正是"国民性批判"和启蒙传统。在周扬的眼中，也许不论是传统文学抑或是"五四"新文学都不过是未来建构新的文学所要抛弃和超越的对象。胡风则坚决将未来文学发展放置在"五四"新文学的传统之上，因为"鲁迅终他的一生一直愤怒地反对把新文学当作'继承并发扬了民族文学传统'的民族复古主义的理论"③。洪子诚指出，虽然周扬和胡风都将自己看作是马克思主义者，都提倡"现实主义"创作方法，不过他们的侧重点并不一样。"周扬等更多接受苏联 30 年代作家协会章程中对'社会主义现实主义'所做的规定，即文学在反映现实时，要'从革命历史发展上'来描写生活，并注重文学对民众的教育作用。而胡风、冯雪峰的'现实主义'则更多承接 19 世纪法、俄现实主义的'批判生活'的性质，以及鲁迅所

---

① 胡风：《〈胡风评论集〉后记》，《胡风全集》（3），湖北人民出版社 1999 年版，第584—585 页。
② 同上书，（5）《送出这样一本小书——〈胡风文集〉序》，第 388 页。
③ 同上书，（6）《关于解放以来的文艺实践情况的报告》，第 240 页。

代表的文学承担'思想启蒙'的责任。"因而，可以说，周扬等人"常有一种理论的纯粹性的欲望"，其主张、政策，更多是从"理论"演绎出来，"对于中国历史和现实的实际状况缺乏具体深入的考察"①。比较起来，胡风等人的理论基点，则与中国历史和现实生活、与文学创作的亲身体验有着更密切的关联。

以鲁迅的作品为例，胡风从思想内涵和语言两个方面论证"五四"新文艺本身就构成"民族形式"的实际创制，也"正是现在以至将来底文艺形式的典范或先驱"②。在这一点上，胡风和沙汀是一致的，沙汀在论述"民族形式"时就不同意过分重视"旧形式"，他举了一个例子就是鲁迅的《怀旧》，鲁迅以十分古朴的文言文却创立了新的现代中国人形象，而其中关键并不在于"古文上的造就"，而是"世界文学的滋养"和"极端现实主义的技巧"③。

同其他左翼论者强调"五四"语言的欧化和弊端不同，胡风也认为白话文实际上已经构成了"民族形式"，鲁迅虽然时时感到白话文的束缚，但却没有否认白话文所存在的发展的可能，并且在"被限制的文字底最大限度上通过深刻的现实主义的方法绘出特定时期的中国人民底典型"，因此，从坚持鲁迅出发，胡风表示了对"五四"白话文的支持：

> "五四"新文艺底语言，不应也不能把它抛弃。因为，它不断创造了和二十多年来的民族斗争过程相应的"民族形式"的作品，建立了一个伟大的传统，不但是千万的多少有文化生活的国民所共享的文字，而且，它底基本的语汇和语法也是大众口头语言底基础的部分。④

① 洪子诚：《中国当代文学概说》，北京大学出版社 2010 年版，第 48—49 页。
② 胡风：《论民族形式问题的实践意义》，《理论与现实》1941 年第 2 卷第 3 期。
③ 沙汀：《民族形式问题》，《文艺战线》1939 年第 1 卷第 5 期。
④ 胡风：《论民族形式问题的实践意义》，《理论与现实》1941 年第 2 卷第 3 期。

胡风也承认"五四新文艺底语言"需要吸收方言土语、口头语言，但他坚持认为这些语言进入"五四新文艺底语言"必须经过"一个长期的艰苦的斗争过程"，而且"人民（大众）底口头语言经过现实主义底选炼和提高，也不能在文艺创作里面获得高的艺术力量"，他指责那些"完全模仿文盲大众底口头语言"的人们，乃是"对于语言底落后性——自然生长性的投降理论"，彻底否定大众口头语言就是新的民族形式中心源泉的主张。

　　在这个问题上，鲁迅的一段论述无疑给了胡风最有力的支持，也正是这段话，使胡风摆脱了在材料的意义和"来源"上与民族形式中心源泉论者的纠缠，而把问题清楚地归结到创作主体的语言位置与语言权力上来：

　　　　在乡僻处启蒙的大众语，固然应该纯用方言，但一面仍然要改进。譬如"妈的"一句话罢，乡下是有许多意义的，有时骂骂，有时佩服，有时赞叹，因为他说不出别样的话来。先驱者的任务，是在给他们许多话，可以发表更明确的意思，同时也可以明白更精确的意义。如果也照样的写着"这妈的天气真是妈的，妈的再这样，什么都要妈的了"，那么于大众有什么益处呢？①

　　胡风的现实主义文学理论，坚决反对"民族形式"，实际上是坚持由鲁迅所开创的知识分子和先驱者的启蒙立场，在语言上就表现为绝不迁就作为对象的人民大众的口头语言。"迎合口语只会照原地写下一些大众底话，而要大众懂的目的却是向他们传达一种生活里的真实，这需要在口语里面选择出最确实的表现才可以做到"，真正大众化的语言

---

① 鲁迅：《且介亭杂文·答曹聚仁先生信》，《鲁迅全集》（6），人民文学出版社2005年版，第79页。

"决不能简单、芜杂，像大众在口头上随便说的一模一样，因为它是经过作家底选择和组织作用得来的"①。所以，他坚决反对用方言土语、民间形式作为新的民族形式的中心源泉，坚决反对用方言土语和"封建性"的民间语言作为人民大众生活的自然的界限。从这个意义上看，胡风（也包括他的追随者路翎等人）的理论和创作实践"恰恰是拆毁围困人民大众生存和灵魂的这条自然的语言界限，让知识分子和人民大众超越现成的各种伤害性与禁锢性的语言界限，用他们实际并不具备的语言来自由地交流"②。也就是鲁迅所说的，"先驱者的任务，是在给他们许多话，可以发表更明确的意思，同时也可以明白更精确的意义"③。

如果从新文学的语言史来看，鲁迅的文体始终是口语之外不断显出差异而又始终聚集其自性的语言，总在反对任何旧有权威或新造的桎梏，反对任何强有力的一体化与衰朽的凝滞，追求语言的自由。与此相反，中国现代以来，尤其是在"民族形式"论争中，对俗语白话的强调和对于"雅"语言的摒弃，追求语言的同一性，抹杀语言的差异性，实际上是使中国的现代汉语走上了一条封闭和僵化的语言之路。④

胡风对于鲁迅的坚持与延安对于鲁迅的化用形成了鲜明的对比。以毛泽东为首的延安理论界对于鲁迅的论述充满了模糊性和策略性，强调鲁迅的反抗精神，漠视鲁迅对于中国传统文学和文化的批判，构建起了

---

① 胡风：《张天翼论》，《胡风全集》（2），湖北人民出版社1999年版，第54页。

② 郜元宝：《1942年的汉语》，《遗珠偶拾——中国现代文学史札记》，北京大学出版社2010年版，第216页。

③ 鲁迅：《且介亭杂文·答曹聚仁先生信》，《鲁迅全集》（6），人民文学出版社2005年版，第79页。

④ 郜元宝论述"鲁迅风""胡适之体"两种现代汉语原型的不同命运可以作为此问题的参照。郜元宝认为由"五四"开启的语言之路转向延安话语和它在1950至1970年的最后完形，实际上是肯定鲁迅的精神而无视鲁迅的文体，袭用胡适的文体而否定胡适的思想。见《鲁迅六讲》（增订本），北京大学出版社2007年版。

鲁迅在延安的符号学意义,形成了独特的"延安鲁迅传统"。①

三 "民族形式"论争的内涵

谈论胡风与延安文艺界的不同,不可否认的是重庆和延安不同的政治文化氛围。德国历史学家罗梅君在论述中国马克思主义历史学派形成的时候指出,"40 年代初中国马克思主义学派初形成的时候,并不是如后来我们所想象的那样铁板一块,而是充满了分歧和争论,其中一个重要原因在于重庆和延安两地的文化差异,与生活在重庆的同事们相比,延安历史学家被更牢固地统一到党的生活之中,这是一个不可忽视的事实,它特别明显地表现在历史学家所关注的不同的侧重点上。他们的著作往往紧跟毛泽东的历史理论和有关历史问题的论断,而毛泽东恰恰是在延安时期确立了他在中共中的领导地位。与之相反,重庆的'民主主义'历史学家却更忙于与其在重庆或昆明的同事进行学术讨论。当然,这些专业范围内的讨论也具有政治意义,即使它们并不直接涉及政党问题"②。

胡风后来在谈到自己与延安文人的分歧时也强调,由于所处的位置不一样,文学表达方式并不一样,在重庆他仍然延续的是 20 世纪 30 年代左翼文学的反抗者角色,批评者却没能够在客观上给予同情和理解,"把革命圣地延安和解放区的大原则拿来衡量我的实践和评论,把那些当作套子,来套我的实践和评论",而"我的斗争只能基于现实因而针对现实","在国民党反动统治下那样艰难的处境里,我面对的读者是现

---

① 关于延安"鲁迅传统"的形成和特征,可参见袁盛勇《延安鲁迅传统的形成》,《鲁迅研究月刊》2004 年第 2、3 期。

② [德]罗梅君:《政治与科学之间的历史编纂——30 和 40 年代中国马克思主义历史学的形成》,孙立新译,山东教育出版社 1997 年版,第 158 页。

实生活中的读者而不是思想概念上的读者"。① 这固然是胡风的自辩之词，但也可见在抗战时期国统区和解放区不同地缘政治氛围中知识分子在思想和表达上不同的呈现方式。

如果仔细辩驳"民族形式"问题在不同地域的论争，就会发现延安更带有政治意识形态的色彩，而在重庆，虽然向林冰和葛一虹构成了讨论尖锐对立的两级，但双方依然是对于理论问题的交锋。新文学文人虽然不同意通俗读物编刊社向林冰、王冰洋等人的文艺观点，但对于他们所作出的"旧瓶装新酒"实践仍然表示了尊重，这和陈伯达与王实味在延安的意识形态之争并不一样。

"民族形式"论争从表面上看纠结于文艺问题，实则涉及中国文化的发展方向问题。胡风的观点在当初和后来很长一段时间里被看作是否定"民族文化"和"民族文艺"过分偏激的代表，实际上很大程度上他是对"五四"所树立的启蒙传统的坚持和现代知识分子群体责任的固守。而这恰恰是"民族形式"倡导者所要改变的。

接下来的历史发展验证了胡风清醒的预见。对于毛泽东来说，从民族形式的倡导到整风运动的开展，打击苏俄势力和改造知识分子成为二位一体的事。在《改造我们的学习》的报告中，毛泽东对 1938 年后开展的学习运动方向进行了批判，"废止孤立地、静止地研究马克思列宁主义的方法"，而代之以学习马克思普遍真理与中国革命实践相结合的当代中国化的马克思主义。在这段时间一系列的讲话和文章中，毛泽东用了大量讽刺挑战性的语汇，"教条主义""留声机""言必称希腊""老子天下第一""钦差大臣满天飞""墙上芦苇，头重脚轻根底浅；山

---

① 胡风：《〈胡风〉评论集》后记》，《胡风全集》（3），湖北人民出版社 1999 年版，第615 页。

间竹笋，嘴尖皮厚腹中空"。① 这些词汇像一把把剑刃刺向以王明为首的苏俄派要害，但何尝又不是针对知识分子呢？"许多所谓知识分子，其实是比较地最无知识的，工农分子的知识有时倒比他们多一点。"② 在《整顿学风党风文风》中对知识分子公开进行了无情地嘲弄："书是不会走路的，也可以随便把它打开或者关起，这是世界上最容易办的事情。这比大师傅煮饭容易得多，比他杀猪更容易。你要捉猪，猪会跑，（笑声），杀它，它会叫，（笑声），一本书摆在桌子上既不会跑，又不会叫，（笑声），随你怎样摆布都可以。世界上哪有这样容易办的事呀？"③ 对此李书磊评价道："这就把读书完全当成了翻书、拿书的体力劳动来同捉猪杀猪比较，完全拒绝承认读书的脑力劳动性质，拒绝承认读书作为一种脑力劳动的复杂性与艰难性，自然也就否定了读书作为认识真知与真理一途的作用，否定了书斋与学院独立存在的价值。"④《在延安文艺座谈会上的讲话》继续了这样的倾向，"最干净的还是工人农民，尽管他们手是黑的，脚上有牛屎，还是比资产阶级和小资产阶级知识分子都干净"⑤。知识分子接受改造的命运从此开始。

谈论胡风与其他左翼文人对"民族形式"问题的争议，不能回避的一点是其背后所存在的对于现代启蒙文化以及知识分子传统的理解，以及在这一过程中现代知识分子的转变。刘禾讨论民间歌舞剧《刘三姐》在中国文学史上的变迁和发展时有这样一段论述值得我们注意：

---

① 毛泽东：《改造我们的学习》，《毛泽东选集》第 3 卷，人民出版社 1991 年版，第795—803 页。

② 毛泽东：《整顿党的作风》，《毛泽东选集》第 3 卷，人民出版社 1991 年版，第 815 页。

③ 毛泽东：《整顿党风学风文风》，《抗战文献·三风》，真理社 1941 年版，第 8 页。

④ 李书磊：《1942：走向民间》，山东教育出版社 1998 年版，第 147 页。

⑤ 毛泽东：《在延安文艺座谈会上的讲话》，《毛泽东选集》第 3 卷，人民出版社 1991 年版，第 851 页。

"民间""大众""通俗文化"不仅是民俗学的学科对象，他们还是革命运动和社会改造的口号。那么当政党以民众代言人身份讲话的时候，知识分子是否会被作为新的士大夫阶级而遭否定？

……

随着国家文艺方针对民间文艺和通俗文化领域的改造，真正失落的不是民间文化，或者是都市通俗文化。真正失落的，是中国本土的那个雅文化，就今天来讲，就是一个能作为社会道德和文化理想的代言人（而不是民众代言人）的知识分子。①

如果从这个角度看胡风对"民间形式"和"民族形式"的质疑，实质是他对"五四"启蒙文化和知识分子传统的一种坚持，而胡风最终悲剧性的命运暗示了这一努力的虚妄。

马克思主义中国化的实质正是要取得"民众代言人"的地位，毛泽东所反复思索的问题正是如何取得"命名权"和"解释权"，"土""洋"之争表面上看只是一个语言和文学表述的问题，但在特殊的语境下则是文化领导权的问题。

周扬的论述并未超越胡风解决"大众化"问题所采取的方案，周扬认为可以一边创作专为一般大众写的，即通俗化的、旧形式为主的文艺，同时也不放弃新文艺。然而，紧接着周扬却有一个意味深长的转折句：

如何改造旧形式，这是一个需要专门研究、丰富材料与例证的题目，只能留待以后的机会，这里我企图说明旧形式经过艺术上思想上的改造，可以发展为较高艺术，但由于现在主观上和客观上的

---

① 刘禾：《一场难断的山歌案》，《语际书写——现代思想史写作批判纲要》，上海三联书店1999年版，第159页。

原因，它现在一般地还只能是较低的艺术；它能够使艺术与大众大步地接近，但并不能就是艺术与大众化之最高结合。①

在胡风看来，周扬的"旧形式和新文艺相互补充，相互渗透，互相发展一直到艺术与大众之最后的完全的结合"只是"纸上的图式"，②完全不可能实现的，最终的结果只是旧的、落后的文化占据了新文化的发展空间。胡风的看法既和周扬不同，更与毛泽东提出"民族形式"的目标有着根本的差异。

在毛泽东那里，无论是"民众"抑或是"民间"都不是僵化的，而是可以被现实所用的，并加以"革命性"改造的政治力量。这也难怪毛泽东在听到郭沫若对其《在延安文艺座谈会上的讲话》"有经有权"的评价时，所表现出的赞同和欣慰。③ 不论是郭沫若抑或是周扬，都构成了毛泽东在文艺上的回响。

正如研究者所指出的："如果说，胡风（甚至包括向林冰）的理论偏颇和失当主要属于认识或理论工具的视野局限的话，那么郭沫若、周扬和何其芳等人在立论上的偏差则更多地来自于意识形态的策略操作。"④ 也正如李泽厚所说的那样，"民族形式"这场论战一如中国现代其他几次学术论战一样，具有科学（学术）和意识形态（政治）交错纠缠的鲜明特点，学术极容易沦为政治结论的从属物。⑤

---

① 周扬：《对旧形式利用在文学上的一个看法》，《中国文化》1940 年第 1 卷第 1 期。
② 参见胡风《论民族形式问题的实践意义——对于若干反现实主义倾向的批判提高，并以纪念鲁迅先生逝世四周年》，《理论与现实》1941 年第 2 卷第 3 期。
③ 胡乔木：《胡乔木回忆毛泽东》，人民出版社 1994 年版，第 61 页。
④ 王丽丽：《文艺与意识形态交错纠缠的开始——民族形式问题论争与胡风事件》，《北京大学学报》2003 年第 5 期。
⑤ 参见李泽厚《记中国现代三次学术论战》，《中国现代思想史论》，东方出版社 1987 年版，第 76 页。

伴随"民族形式"论争的结束，尤其毛泽东代表中国共产党作出了自己的结论《在延安文艺座谈会上的讲话》，实质是取消了"五四"文化所形成的现代启蒙主义知识分子传统，知识分子的视域发生了根本性的改变。如果说"国民性批判"给知识分子主体带来某种"观看"和解剖的权力；那么，在《讲话》之后，这样的主体位置不复存在，知识分子的"视觉权力"被取消，相反，却常常变成"被观看者"，即需要改造的对象。整风之后，知识分子纷纷发表反省的意见，讲述自己在改造过程中的巨大收获，其中意味深长的是关于"脱胎换骨"的隐喻，丁玲自称是开始了经历八十一难的皈依：

> 在整顿三风中，我学习得不够好，但我已经开始有点恍然大悟，我把过去很多想不通的问题渐渐都明白了，大有回头是岸的感觉。回溯着过去的所有的烦闷，所有的努力，所有的顾忌和过错，就像唐三藏站在到达天界的河边看自己的躯壳顺水流去的感觉，一种幡然而悟，憬然而惭的感觉。①

这是一个多么形象而又生动的譬喻！何其芳在题为《改造自己，改造艺术》文章中认为自己和自己的艺术一样都需要改造，"整风以后，才猛然惊醒，才知道自己原来象那种外国神话里的半人半马的怪物，一半是无产阶级，还有一半甚至一多半是小资产阶级"。因此，只有到实际中去，到工农兵中去，才能完成自我的改造；同时，文艺工作者还承担着改造艺术的责任，"使文艺从小资产阶级的变为工农兵的，从欧化的变为民族形式的"，而"经过了自我改造之后，我们有了无产阶级的眼睛去看事物，有了无产阶级的心去感觉事物"②。周立波在《后悔与前

---

① 丁玲：《文艺界对王实味应有的态度及反省》，《解放日报》1942 年 6 月 16 日。
② 何其芳：《改造自己，改造艺术》，《解放日报》1943 年 4 月 3 日。

瞻》中，反省自己走了一条"旧的错误的路"，"拖着小资产阶级的尾巴，不愿意割掉，还爱惜知识分子的心情，不愿意抛除"，并且表示"后悔已无及，我只希望我们能够很快被派到实际工作去，住到群众中间去，脱胎换骨，'成为群众一分子'"，"希望自己和别人不再走这条旧路。要走新的路"①。

由"民族形式"讨论所建构的中国共产党意识形态文学，在与"民间"文化和现代性文化的协商中，完成了中国文化的转型和建构，在动员民众和文化认同方面，起到了巨大的革命作用。但同时也导致中国现代知识分子传统和启蒙文化的湮灭。现代知识分子以"启蒙"视角批判民众的未觉醒，正如后殖民主义理论家们所注意到的，这样一种"视觉权力"和论述必然带有"东方主义"和殖民化的色彩。然而，现代知识分子启蒙文化最大特征不仅在于其传播性和复制性，而在于同时具备的创造性，具备一种深刻的认识和批判自己的精神，以及对现实文化批判的能力。主动接受"整风""改造"固然和知识分子所遭受的环境压力有关，但不可忽视也是这样一种知识分子传统在发生作用，因而，才有那么多知识分子真诚而自觉归于以毛泽东话语为代表的意识形态革命话语之下。然而，这样一种改造所带来的政治文化一旦脱离特殊环境，而转变为普遍化的意识形态，知识分子传统丧失的弊端也显露出来。由于缺乏足够的反思性和建设性，中国现代文化的发展陷入日益僵化的重复之中。

---

① 周立波：《后悔与前瞻》，《解放日报》1943 年 4 月 3 日。

第二节 丁玲的"转变"：启蒙话语危机与
"民族形式"论争的结果

1936 年之后，民族危机加剧，民族矛盾取代阶级矛盾成为社会的主要矛盾。抗日民族统一战线的建立，中国共产党的政策发生变化。奔赴延安的丁玲写作《一颗未出膛的枪弹》《新的信念》《我在霞村的时候》等作品，描述日本侵略者的残暴行径，普通民众的觉醒以及对日本侵略者的抗争。从性别视角下的个人主义议题转向对阶级——民族视野中的革命问题的表述，丁玲面临着文学形象和文学话语的转型，但以往的文学风格和思想经验并不会被完全抹掉，总会在写作中显露出来，这就形成了丁玲在延安时期独特的文学话语实践。有研究者指出，总体看来，延安时期的丁玲小说创作可以分为三大类型：民族主义话语的自觉言说，启蒙知识分子话语的追问和新民主主义话语的皈依。① 以三种类型来对照丁玲延安时期的文学创作，也许稍显粗糙和简单，却也的确可以看作是丁玲延安时期小说创作的三个主要面相。值得注意的是，"三种类型"表现出丁玲这一时期创作的"转变"，呈现出丁玲文学话语实践的复杂性。另外，丁玲延安时期创作又始终存在"不变"的内容，她始终关注民族革命进程中如何重建启蒙主体的问题。丁玲延安时期文学创作中的"变"与"不变"这一复杂暧昧的文学现象既充分表现出"五四"启蒙话语在新的历史文化语境下的"危机"，也蕴含

① 袁盛勇、阮慧：《真实而脆弱的灵魂——论丁玲延安时期的话语实践及其复杂性》，《文艺理论研究》2008 年第 5 期。

着"民族形式"文学论争和延安文化政治建构改造启蒙文化和现代知识分子的实际内涵。

一 民族主义话语的自觉言说

当丁玲主动奔赴延安之后,抗日民族统一战线的政治文化现实要求其文学创作为民族革命战争服务。1936 年创作的《一颗未出膛的枪弹》,是丁玲到达延安之后的第一篇小说,也是丁玲写作"转型"的开始。小说的情节非常简单,小红军不小心脱离了大部队,被一位好心的农妇所收养,在国民党军队的搜索中被发现了,"白军"首领准备枪杀小红军,孩子却平静地劝告对方珍惜子弹用来打日本鬼子。小说的结尾,作者用满怀感情的笔调叙述道:

> "不,"孩子却镇静的说了,"连长! 还是留着一颗枪弹吧,留着去打日本! 你可以用刀杀我!"
>
> 忍不住了的连长,从许多人之中跑出来用力拥抱着这孩子,他大声喊道:
>
> "还有人要杀他的么? 大家的良心在哪里? 日本人占了我们的家乡,杀了我们的父母妻子,我们不去报仇,却老在这里杀中国人。看这个小红军,我们配拿什么来比他! 他是红军,我们叫他赤匪的,谁还要杀他么,先杀了我吧……"声音慢慢的由嘶哑而哽住了。
>
> 人都涌到了一块来,孩子觉得有热的水似的东西滴落在他手上,在他衣襟上。他的眼也慢慢模糊了,在雾似的里面,隔着一层毛玻璃;那红色的五星浮漾着,渐渐的高去,而他也被举起来了!①

---

① 丁玲:《一颗未出膛的枪弹》,《丁玲全集》第 4 卷,河北人民出版社 2001 年版,第 131—132 页。

通过一个孩子的语言和行为，丁玲传达了不同政治立场的中国人应抛弃分歧、统一抗战的思想主题。这篇作品虽然鲜明地表现了对抗日民族统一战线的宣传，但从文学艺术技巧和阅读效果来看，国民党军队的转变十分突兀，明显的主题性也使得小说显得不够真实。初到陕北的丁玲似乎偏爱以儿童视角来结构作品，几乎在写作《一颗未出膛的枪弹》的同一时期，丁玲通过一个男孩平平的视角道出了日本的侵略对普通中国人的生活和心理所造成的巨大影响：

> 这天一早，他从梦中醒来，他又梦见火车，火车变得非常可怕，那上边坐满了日本人，日本人从车上跳下来，要抓他，妈妈不能保护他，倒在地上哭；很多中国人，外祖母也好，哥哥也好，隔壁的叔叔也好，大家都怕得缩到一团，他伤心地哭着，哭着哭着就醒了。唉，难道这末多爱他的人就没有一个不怕日本人的么？①

在这篇名为《压碎的心》的小说中，丁玲巧妙地以渴望坐火车的小男孩所感觉到的惊恐和压抑描述出日本侵略给人们带来的心理创伤，日本人并没有真正出现，但它已经扰乱了人们的正常生活，每一个大人都在谈论日本人，连妈妈都以日本人来吓唬顽皮的小孩。不谙世事的小平平在恐惧中逐渐成长，他找到了"靠山"陈旅长，"居然公开反抗他的妈妈了"，哥哥离开家参加军队既让他感到痛苦，也让他认识到只有"当兵"才能获得安全。虽说小说过多的心理剖析使小男孩平平形象并不真实，作者直白的目的性叙述也让作品难以摆脱"理念先行"的质疑，但儿童恐惧的切身感受和对"安全感"的诉求却也确实能激发读者的抗日民族情感。显然，在丁玲初涉"民族主义"话语书写的时候，选

① 丁玲：《压碎的心》，《丁玲全集》第4卷，河北人民出版社2001年版，第156页。

择儿童作为主人公是稳妥而有效的选择。众所周知，鲁迅的《狂人日记》正是以呼吁"救救孩子"为文化大变革的起点。儿童视角的选择以及对孩子形象的塑造，对中国新文学而言总是有着意味深长的含义。

通过儿童的视角和参加抗日的儿童形象的塑造，丁玲完成了"民族主义话语"表达的初步探索，但如何真正完成现代民族革命的观念转变，明确传达出民族革命的意义，这才是丁玲需要处理的迫切问题。在《新的信念》中，丁玲不再展现儿童的观察和感受，而是通过一个农村老太婆的遭遇表达民族革命斗争的主题。金姑的奶奶老太婆在一次日军的侵扰中惨遭侮辱，身体的伤害隐喻国家的被破坏和人民的伤痛。老太婆并没有过多沉溺在痛苦中，而是将自己对日军的仇恨灌注到反抗中，以自己的痛苦遭遇来鼓动民众参加抗日军。在一次次重复自己的遭遇之后，老太婆逐渐变得成熟和冷静，也明白了宣传抗日的重要意义：

> 这不爱饶舌的老太婆，在她说话中感到一丝安慰，在这里她得着同情，同感，觉得她的仇恨也在别人身上生长，因此她忘了畏葸。在起首的时候，还有些唠唠叨叨，跟着便流泪了，她审查那些人的脸色，懂得什么辞句更能激动人心。①

在阅读这篇小说时，读者同叙述者一起经历心灵的炼狱，老太婆的遭遇及她对自身遭遇的反复讲述，不断刺激着阅读者的神经。日本对中国的侵略既是对和谐乡村的破坏，更是对中国传统伦理和文明的践踏。在对"复仇"的重述中，老太婆和她的家庭呈现出前所未有的团结，"苦痛的回忆，未来的希企，使她们一天天接近和融洽"。而"过去一些家庭间常有的小冲突，现在没有了，并且在差不多的思想中建立了新的

---

① 丁玲：《新的信念》，《丁玲全集》第4卷，河北人民出版社2001年版，第172—173页。

感情。一家人，倒有了从未有过的亲热和体贴"。困难使得家庭和国家都得到了锻炼，在痛苦和磨炼中，人们坚定争取抗战胜利的信念，"更大的声音，像暴风雨中潮水打在岸上似的回答她。她倒在来扶她的人肩上，凝视着台下热烈的骚动。她亲切地感觉了什么是伟大，她慢慢地将目光从人头上往上移，在广漠的空间，无底的蓝天上，她看见了崩溃，看见了光明，虽说眼泪模糊了她的视线，然而这光明，确是在她的信念中坚强地竖立起来了"。从儿童视角到老太婆的言语，丁玲在实践"民族主义"话语的过程中，逐渐触及了民族革命叙述的机制问题。正如"大众文学"需要寻找到有效的隐喻去转化和代表"大众"的崛起一样，"民族主义"表述在丁玲的创作中同样需要有效的传达机制，妇女、儿童的心理感受以及言行显然在"民族话语"的表达和建构中起到了极为关键的作用。

　　"新的信念"如何展开？丁玲通过一系列受难者——妇女、老人、儿童，来展开"民族主义"文学话语叙述，既反映了她在这一时期文学创作的自觉追求，同时，话语的转变也逐渐显现了叙事的困境。民族主义的呼吁单纯依靠旁人视角的引入，虽然契合了时代语境，但终究显得过分单薄。丁玲创作的这些反映民族主义话语的小说，"并没有更为成功地展现生活与历史的逻辑，也没有刻画人物时展现出更为成功的性格逻辑，而是把自己感受到的民族主义话语较为直接地投射到了人物身上。这些人物，也就在一定意义上成了丁玲表达民族主义话语的传声筒"①。从丁玲 1936 年到 1939 年创作的一系列小说来看，"民族主义"问题成为丁玲关注的中心。与同时期大量的"差不多主义作品"相比，丁玲所表述的"民族话语"表述较为复杂，既有适应时代政治反映"民

---

　　① 袁盛勇、阮慧：《真实而脆弱的灵魂——论丁玲延安时期的话语实践及其复杂性》，《文艺理论研究》2008 年第 5 期。

族统一战线"主题表现民众抗战信心的内容,也有真实反映了战争对于普通人和平民内心感受的冲击的表达,还有对"民族主义"话语在现实中的困境的清醒认识,但大多数作品都存在着"理念压倒形象"的缺陷。随着叙事话语的发展,丁玲作品开始反思抗战中人们如何认识自我,以及如何应对民族革命战争的根本问题。也恰是在这一问题上,丁玲文学叙述中的"启蒙"主义思想遭遇到了明显的危机。

二 "启蒙"话语的危机

虽然对民族主义话语言说有着明确的自觉,但丁玲的民族主义话语中的"启蒙"困境,却不断显现出来。首先表现为革命主体与外在文化环境之间的矛盾冲突。以往研究者分析丁玲延安时期的创作,大多集中在丁玲个体思想层面,往往忽略了重要的外部条件,即延安前期(1942年整风运动之前)的文化生态。丁玲从南京逃出来之后,放弃了去国外和香港的机会,坚决奔赴延安,显然将延安视为长期立足的安身立命之地,用她自己的话说是"终于回到了家"。

虽然将延安看作是内心追寻的方向,但丁玲并没有意识到延安文化和上海左联时期的左翼文化有何根本性的区别,更多的时候,丁玲依然是按照上海时期的都市思维惯性在进行文学活动和文学生产。无论是在编辑报刊《战地》《解放日报》还是写作小说,丁玲表现出的基本姿态都如同一位挑剔的外来观察者。最为典型的是在小说《我在霞村的时候》,故事的叙事者"我"是一位革命者,同时也是一位"外来者"。"外来者"站在贞贞"同情者"的立场,批判起了乡村的落后性和封建性,显露了典型的"五四"启蒙主义,这正是在"民族主义话语"表述中复杂而暧昧的内容。正如前文所指出的,现代中国的民族主义形成于特殊的历史文化语境,本身就具有复杂多重的内涵,既包含了反抗外来殖民压迫的内容；同时也形成批判自身传统文化、张扬启蒙理性的传统，这二者又多是交杂在一起的。在启蒙知识者看来，新的空间存在着诸多的问题，并不符合现代民族国家建设的要求。因而，丁玲这一时期的小说基本情节和矛盾冲突往往来自主人公与外在空间的抵牾，这实际隐喻着丁玲自己所遭遇的一个困境，即如何处理根据地革命空间与革命主体之间的关系问题。当最初的民族主义话语能量耗尽之后，对"不满意"外在环境的观察和批判，启蒙者与空间的矛盾也就成为丁玲这一时期文学创作中挥之不去的难题和叙事症结。《我在霞村的时候》小说展开的逻辑起点源自"霞村"这一以往并不曾在丁玲作品中出现过的北方农村空间：

> 因为政治部太嘈杂，莫俞同志决定要把我送到邻村去暂住，实际我的身体已经复原了，不过既然有安静的地方暂时修养，趁这机会整理一下近三月来的笔记，觉得也很好，我便答应他到霞村去住两个星期。①

而再看《在医院中时》的开头，陆萍同样是去了陌生的地方，一个充斥着荒凉和阴冷的根据地医院：

> 十二月里的末尾，下过了第一场雪，小河大河都结了冰，风从收获了的山岗上吹来，刮着拦牲口的篷顶上的苇杆，呜呜的叫着，又迈步到沟底下去了。草丛里藏着的野雉，刷刷的整着翅子，钻进那些石缝或是土窟洞里去。白天的阳光，照射在那些冰冻了的牛马粪堆上，蒸发出一股难闻的气味。几个无力的苍蝇在那里打旋，可是黄昏很快的就罩下来了，苍茫的，凉幽幽的从远远的山岗上，从

---

① 丁玲：《我在霞村的时候》，《丁玲全集》第4卷，河北人民出版社2001年版，第214页。

刚刚可以看见的天际边，无声的，四方八面的靠近来。乌鹊都打着寒战，狗也夹紧了尾巴。人们便都回到他们的家，那唯一的藏身的窑洞里去。①

作者连续用了"无力的""无声的"等形容词来突出环境的恶劣，"像未成年孩子"的主人公陆萍在面对荒凉的境遇时，只能"有意的做出一副高兴的样子"，反而加倍凸显其对陌生空间的隔膜和担忧。这样一种"外来者"的视角和感受，也就难怪"喜爱文艺"，带有几分小资产阶级的天真和执拗的陆萍在遭受困境和挫折之后，涌起了思家的愁绪：

> 她想着南方的长满绿草的原野，想着那些溪流，村落，各种不知名的大树，想着家里的庭院，想着母亲和弟弟妹妹，家里屋顶上的炊烟还有么？屋还有么？人到何处去了？想着幼小时的伴侣，那些年青人跑出来没有呢？听说有些人是到了游击队……她梦想到有一天她回到那地方，呼吸着那带着野花，水草气息的空气，被故乡的老人们拥抱着，她总希望还能看见母亲。她离家快三年了，她刚强了许多，但在什么秘密的地方，却仍需要着母亲的爱抚呵！……②

这样的叙述和描写在延安出现，不受到批判才是怪事。小说发表不久就有论者对丁玲所持的"客观主义"叙述提出批评，指出这篇小说"主要缺点是在于主题的不明确上，是在于对主人公底周围环境的静止描写上，是在于对于主人公底性格的无批判上，而这结果，是在思想上

---

① 丁玲：《在医院中》，《丁玲全集》第 4 卷，河北人民出版社 2001 年版，第 234 页。
② 同上书，第 247 页。

不自觉的宣传了个人主义，在实际上使同志间隔膜"①。明确地指明了丁玲这篇小说创作与当时"文化环境"的裂隙。对于风景的刻画和叙述，构成了丁玲这篇小说重要的叙事氛围，小说开头的"清冷"正对应了陆萍作为"外来者"所将要遇到的人事和实践中的难题。而之所以成为"外来者"，显然和陆萍所受到的教育有着直接的关系——她是一位热爱新文学的知识分子。因此，她总是埋怨医院的领导者只顾及现实的经济困难，却缺乏必要的科学知识和医护知识，她才会不顾周围的"异见"和敌意，不断地提出自己改进的意见。从这个意义上看，陆萍和《我在霞村的时候》中的叙述者一样，都是革命空间中的"外来者"，她们自己也能感受到这种"外来性"和现实环境的格格不入。这并非简单的"五四"个人主义的"作祟"，而源自现代启蒙主义话语在民族革命战争时期文化政治空间转型所遭遇的困境。

正如中共文艺政策方面的领导人如张闻天、毛泽东等人所论述的那样，从上海到延安，地理位置上是从"亭子间"到"山里"的改变，其背后所隐喻的内容——都市文化到根据地文化的转型意义则更为重要。诸多研究者从各个角度指出，延安早期（1938—1942年）文化之所以呈现一幅繁盛的景象，其主要原因在于宽松的文化氛围。整风运动之前，萧军曾经询问毛泽东，共产党有没有文艺政策，得到了否定的回答。因而，延安的作家在相当长的一段时间里依然延续了20世纪二三十年代在北京上海等都市的文学生产方式。② 初到延安的丁玲虽然对苏区没有文艺的说法进行了批驳，认为"表现在红军部队里各种报纸和墙报上"的苏区文艺，"自有它的特点，那就是大众化，普遍化，深入群众，虽

---

① 燎荧：《"人……在艰苦中生长"——评丁玲的小说〈在医院中时〉》，《解放日报》1942年6月10日。

② 程鸿彬：《延安1938—1942："都市惯性"支配下的文学生产》，《中国现代文学研究丛刊》2009年第1期。

不高超，却为大众所喜爱"①。但显然在很长的一段时间里，丁玲依然持有的是"大众化"的精英思想，并没有和苏区根据地的大众文艺融为一体。在《适合群众与取媚群众》一文中，丁玲反复强调大众化有"适合与取媚的不同"，认为群众化并不是要把"我们"变成和群众一样，"到群众中去"，只能是"适合群众，而绝不取媚群众"②。"我们"和"群众"的区分，表明丁玲依然固守知识分子的立场，将革命运动视为启蒙运动的延续。从这个意义上讲，丁玲对根据地空间的观察和批判，依然是启蒙主义的惯性思维，作为"外来者"的丁玲保持了"五四"启蒙主义文化批判的视野。

其次，丁玲这一时期的小说创作还不断表现出启蒙主体建构中的困境。正如前文所指出的，民族革命战争开始之后，启蒙问题并未完成，只是暂时搁置了。民族主义话语的兴起，尤其是根据地革命运动，将民族话语推向了前台，但民族革命进程中的民众启蒙及知识分子的自我启蒙问题，依然是民族话语发展中绕不开的话题。儿童、妇女等旁观视角的引入，意在展现民族意识的觉醒，随着民族话语的逐步展开，必然会涉及现代民族革命如何处理革命主体建构的问题。换言之，谁才是民族革命的主体力量？在延安根据地新的文化空间中，在农民成为民族革命的亟待唤醒的群体之后，"启蒙"的含义不可避免发生了转化：既包含着启蒙民众，使之成为现代民族革命的真正主体；另外，也包含着知识分子自身的变化，在与革命群体的对话过程中，知识者如何提升自身，转变观念，同样是重要内容。丁玲延安时期创作的复杂性，很大程度在于表现启蒙的这种复杂性，她也在进一步提升知识分子反思理性能力与

---

① 丁玲：《文艺在苏区》，《丁玲全集》第7卷，河北人民出版社2001年版，第19页。

② 丁玲：《适合群众与取媚群众》，《丁玲全集》第7卷，河北人民出版社2001年版，第23页。

批判知识分子话语之间游移不定。《新的信念》《我在霞村的时候》《在医院中》《夜》等作品，塑造的人物形象各不相同，有小孩、老人，还有知识分子和干部，但都展现出启蒙话语与外在革命空间之间的矛盾，这个矛盾究其根本，还是来源于革命主体的危机。在小说《入伍》当中，新闻记徐清为了体验生活而"入伍"参军，最终在与敌人想象性的遭遇中认为得到了足够多的材料：

> 晚上，客人们都走了，只剩他们三个新闻记先生，他们又争论着一个问题了。现在是刘克勤要留下来。他打算坚持这个意见，他愿意无论什么工作都做，只要能留下来，而且起码要住两三年。但徐清却计划着回大后方去。他已经"生活"过来了，现在只需要一个安静的环境，写出他的经历，那使他兴奋的经历。他把那些宣传科长送来的，总务科长送来的，团长派人送来的一些饼干、点心，堆满了炕头桌子上，他奇怪地向着杨明才说："你为什么不吃呢？吃呀！说话呀！"
>
> 而那个"桑科"却一声不响坐在屋角的火旁边，他替他们烧着泡茶的开水，紧紧地闭着尖嘴，嫌恶地想着："批评就批评，打死我也得回队伍上去。"①

小说一方面道出了延安以及革命根据地中的客观情态，表现了真实的战争与知识分子想象性战斗之间的差异。但同时，也在无意之间暗合了延安文化发展的轨迹，即知识分子的祛魅化，在对工农兵的热情描述和歌颂中，丁玲将抗战中的知识分子送上了审判台。从丁玲这一时期的文学创作中可以看出，丁玲明显注意到知识分子与外在环境之间的矛盾

---

① 丁玲：《入伍》，《丁玲全集》第4卷，河北人民出版社2001年版，第212—213页。

和冲突，也反复思考"五四"现代启蒙文化在根据地新的空间所面临的困境。如何实现"大众化"，让知识分子真正融入革命工作之中，成为丁玲这一时期小说和散文创作中的根本主题。此时的丁玲是矛盾又痛苦的：她一方面没有放弃知识分子的批判视角，从《我在霞村的时候》《在医院中》《夜》中不断地呈现知识分子与外在环境之间的冲突，将解决冲突的重点放置于知识分子个体的反思能力提升，希冀知识分子能在"艰苦中成长"。正如丁玲自己所强调的："根本问题应该是作家本身有一颗愿意去受苦的决心。这种苦，不是看得见，说得清的，是把这一种人格改造成那一种人格的种种磨炼。"① 另一方面，丁玲实则也陷入了某种精神困境，对"启蒙"思想在革命战争"大众化"进程中的作用表示怀疑，在《入伍》中，丁玲对知识分子胆怯、虚荣等弱点表示出担忧，开始了对知识分子缺陷的批判。《秋收的一天》细致透视了两个女性知识分子在劳动"改造"中的心理嬗变，指出知识分子克服软弱畏难情绪的艰难。《在医院中》这篇小说则最为典型地体现了丁玲"启蒙话语"的危机，小说叙述者试图借助"没有脚的害疟疾病的人"消弭陆萍与环境之间的尖锐冲突。但小说的结局，明确表达出怪人与陆萍之间身份的互换——怪人从"病人"转换为"启蒙者"，而陆萍却从医生变为"病人"，并最终离开医院去学习。毫无疑问，《在医院中》这个意味深长的结尾，隐喻着依靠启蒙者自身"千锤百炼不消溶"的路径已然失效，本想"疗救"民众的启蒙知识分子终沦为被工农兵"疗救"的对象。这实际上也说明以丁玲为代表的延安新文学知识分子，正悄然发生着一场巨大的"思想"革命。

---

① 丁玲：《关于立场问题我见》，《丁玲全集》第7卷，河北人民出版社2001年版，第68页。

三 对新民主主义话语的皈依

丁玲并没有直接参与"民族形式"论争，她自称对"理论问题并不擅长"，在延安文化人热烈讨论相关问题时，丁玲将更多的精力放在实际的创作上，但这并不表示她对这一论争漠不关心，实际上，身处延安文坛中心位置的丁玲很难置身于讨论之外。丁玲不仅带领西北战地服务团试验旧形式新内容的戏剧演出，开展抗战文艺宣传活动，还写了《略谈改良平剧》《作家与大众》等文章，对"旧形式利用""大众化问题"谈了自己的看法。和理论家的"空蹈"不同，丁玲较多从创作实践涉及新文学的发展问题。在给急于写作新主题的青年的回应文章中，丁玲对倡导"民族形式"中可能存在的"功利化"倾向作出了清醒的批评：

> 归根说起来，只有一个问题：他们中的一半以上要写，他们急于求得一个捷径，来完成他们想象中的伟大作品……什么是民族形式的作品，他们要求着自己每篇文章都合乎新民主主义。他们的困难是材料缺乏，平凡，和写作上的不懂窍诀。然而，他们却缺乏耐心去欣赏一部名著，咀嚼一部名著。他们要抓得一些惊心动魄的材料，却把周围经常生活忽略了，不去体验它，不去反刍它。①

丁玲还以自己的孩子写出的政治模式化作文为例，说明形式化的创作思维达到了何种可怕的地步，这种功利和"阶级立场的坚定"的表述，导致的后果则是思想的贫乏。丁玲认为如果文学创作过分纠结"新材料""新形式"，会导致创作的僵化和模式化，她一方面强调作品不能脱离现实生活，认定文学、艺术不可能中立，"不是左的便是右的"，

---

① 丁玲：《什么样的问题在文艺小组中》，《丁玲全集》第 7 卷，河北人民出版社 2001 年版，第 46 页。

"不是替大多数受压迫者说话，反抗一切黑暗的、丑恶的、不合理的东西，与历史上进步的势力相结合；便是替少数压迫者说话，屈服奴役于现生活而与反动的势力相结合"。承认文艺必须是大众的，才是有价值的，而要"使文艺成为服务大众的武器，作家就非熟悉大众的生活不可"①。另一方面对于理论家们的高蹈论调，丁玲又并不完全认同，她宁肯"把希望放在从事创作的人的身上"。对那些刚刚从事文艺写作的人，受着理论家的指导急急忙忙到各热闹场所去找"典型"的现象，丁玲给予了批评，"一批批人去接近一下大众，像一个啄食的鸡，茫然地四方寻找着，吞着所遇到的米粒或沙子"。在丁玲看来，读者和批评家们的"急功近利"导致了创作者的"投机取巧"，这样的"材料癖"并不会造就真正的文学和作家。丁玲指出作家应该有自己的主见，"有些话表面上很动听，但做起来也许要上当的。有些话只说了一半，而另一半却要你自己去开掘"。②鼓励作家们根据实际需要收集材料，完成自己的创造。

在 1936 年到 1942 年很长的一段时期，丁玲对延安的社会现状和文化现象都采取了批判的眼光，以致后来周扬将延安的文化界分为"鲁艺"和"文抗"两派，把丁玲看作是"文抗"的代表人物，认为她是主张暴露黑暗的。的确，性情耿直的丁玲对延安中存在的官僚主义现象进行了毫不留情的批判：

> 有人告诉我在延安骑马的重要，因为这不只是代步的问题，重要的是可以改变别人对自己的观感。也有人告诉我马列学院是不可少的，那里没有文凭，可是有头衔呀。诸如此类的话，我听过不少了。③

① 丁玲：《作家与大众》，《丁玲全集》第 7 卷，河北人民出版社 2001 年版，第 43 页。
② 同上书，《材料》，第 57 页。
③ 同上书，《干部衣服》，第 52 页。

将战斗看作是享受的丁玲，宣称战斗的快乐是"不参加战斗，不在惊涛骇浪中搏斗，不在死的边沿上去取得生的胜利的人无从领略到的。只有在不断的战斗中，才会感到生活的意义，生命的存在，才会感到青春在生命内燃烧，才会感到光明和愉快！"① 在建构革命主体的过程中，丁玲始终坚持批判性的写作姿态，高呼我们仍然需要杂文：

> 即使在进步的地方，有了初步的民主，然而这里更需要督促，监视，中国的几千年来的根深蒂固的封建恶习，是不容易铲除的，而所谓进步的地方，又非从天而降，它与中国的旧社会是相连结着的。②

主编《文艺月报》，虽然同意编辑刊物要"大度宽容"加强团结，但丁玲依然坚持不能使刊物"成为一个没有明确主张、温吞水的、拖拖沓沓的可有可无的、没有生气的东西"。③ 1942 年发表的《三八节有感》是一篇短小的杂文，被认为是丁玲最重要和代表性的作品之一，原因显然并非这篇文章的艺术性，而在于其强烈的现实关怀和思想性，对于妇女解放的深刻思考，对存在于延安的不合理性别压迫的毫不留情的鞭挞。也正是因为这些尖锐的带有现实批判性的表述，这一时期的丁玲被视作继承"五四"启蒙主义思想和国民性话语的典范性作家。

但吊诡的是，经历了整风之后，"启蒙"话语就逐渐在丁玲的小说和散文中被"自我改造"所代替。《讲话》发表之后，丁玲表示要和"群众结合"，改变自身（知识分子）的立场，宣称"文艺应该服从于政治"，强调"共产党员的作家，马克思主义者的作家，只有无产阶级

---

① 丁玲：《战斗是享受》，《丁玲全集》第 7 卷，河北人民出版社 2001 年版，第 54 页。
② 同上书，《我们需要杂文》，第 59 页。
③ 同上书，《大度、宽容与〈文艺月报〉》，第 50 页。

的立场，党的立场，中央的立场"。声称愿做"一个投降者"，"缴纳自己的甲胄"。丁玲心悦诚服地表示，从小资产阶级转变到无产阶级，就必须投身到无产阶级、工农大众生活中去，关键就在放弃"自己"，也就是缴纳一切武装，向工农兵群众学习，"学习他们的语言、生活习惯"①。后来丁玲在文章中多次提到在陕北延安是她人生中重要的阶段："在陕北我曾经经历过很多的自我战斗的痛苦，我在这里开始来认识自己，正视自己，纠正自己，改造自己。"自陈以前的自己存在的两条道路，革命的社会主义和个人主义，到了陕北之后，最终个人主义得到了改造，走上了打倒个人英雄主义以后的英雄主义道路。②

延安发起对王实味的批判之后，丁玲进行了痛心疾首地自我反省，表示自己的杂文是片面地看问题，"忘记肯定光明的前途"。言辞恳切地劝告读者读文件，以取得和党的立场的一致性，宣称自己"在整顿三风的学习中，把过去很多想不通的问题渐渐都想明白了，产生了回头是岸的感受"，返视自己过往的困惑和"挣扎"，就如同"唐三藏站在到达天界的河边看自己的躯壳顺水流去的感觉，一种幡然而悟，憬然而惭的感觉"③。丁玲用如此形象化的说法，表述出知识分子的心理变化，最终完成了知识分子对新民主主义话语的皈依。对于"民族形式"的倡导者而言，"民族形式"以何种资源建立现代文化隐含着政治策略的考虑。建构民族形式新文学的关键其实并不在所谓"形式"，而在于创作者内心的转变，也就是"立场的转变"。丁玲由写作《战斗是享受》的浪漫自由的革命启蒙者，积极响应整风和知识分子改造的号召，最终转变为恪守无产阶级立场的党文化的皈依者。

---

① 丁玲：《关于立场问题我见》，《丁玲全集》第7卷，河北人民出版社2001年版，第65页。
② 同上书，第9卷，《陕北风光·校后感》，第50页。
③ 同上书，第7卷，《文艺界对王实味应有的态度及反省》，第75页。

丁玲的转变并非无迹可寻，"五四"个人主义的弱点，小资产阶级知识分子面对社会的"无力感"一直存在于丁玲的作品中。梦珂、莎菲、阿毛作为被启蒙的现代知识女性，并没有找到实现个人解放的出路，她们只能走向"堕落"和"绝望"。早在 20 世纪 30 年代前后写作普罗小说时，丁玲就叙说着知识分子在"大众化"上的困境。小说《一天》中青年大学生陆祥虽然有着革命的热情，但他与工人们存在着难以弥合的隔阂，完全无法融入下层民众的真实生活。拜访民众屡屡受挫，最后居然被工人污蔑为小偷，差一点被痛打一顿。叙述者只能将希望放置于主人公的"自我锻炼"上，虽面临困难，陆祥在与革命同道的通信中表现出"不退缩""不幻灭"的精神。这与丁玲延安时期代表作品《在医院中》的结尾何其相似，都将希望寄予在困境中的"精神成长"。显然，这是启蒙知识分子在面对现实困境时的应对方式，是丁玲始终在思考的问题。"异己的环境中，主体何为？"《在医院中》中隐含叙述者正是"通过想象一种超越自身荣枯的人生态度来探索人在严酷环境中精神得以支持下去的路径"①。丁玲在相当长的时间里，在面对不理想的外在环境，在面临"大众化"的困境，"启蒙"的无力时，将注意力放在锻炼主体的精神意志力，以期望自身能从"绝望""愤懑"中摆脱出来，走向从容安详的"不消溶"的理性状态，达到一种面对外在困境荣辱不惊的主体形态。就如同《我在霞村的时候》中的贞贞所说出的："我变了么，想来想去，我一点也没有变，要说，也就心变硬一点罢了。"② 这样的思考表述方式，显然并不能完全解除甚至缓解作者的"启蒙主义"思想危机。正如程凯所指出的：

---

　　① 李玲：《异己的环境中，主体何为——再论丁玲小说〈在医院中〉〈杜晚香〉》，《文艺研究》2013 年第 7 期。

　　② 丁玲：《我在霞村的时候》，《丁玲全集》第 4 卷，河北人民出版社 2001 年版，第 224 页。

如何使自己学会"在艰苦中成长",在不理想的环境"不消溶"而仍能发挥积极的作用,同时不让自己随波逐流,保持对现实的批判眼光,这是丁玲等人力图面对和解决的问题。事实上,这也是革命组织要面对、解决的问题。只是,两者的差别表现在:前者诉诸自我的反思能力和独异个体的感召;后者则力图通过打破个人与"群众"间的对立,对基于自我意识的个体状态进行更根本的改造。经历整风后,丁玲接受了后者的道路,从对自我和民众精神的关注转向对更具体的农村阶级关系、民众生活世界的把握,从抒情性浓厚的短篇小说转向史诗性的长篇小说,经验了思想和文学的双重转变。①

其中的关键性问题恰在于,丁玲为何从对自我和民众精神的关注转向了对民众生活世界的把握?个人与集体之间的矛盾究竟从何而来?又如何解决?相关的论述似乎陷入一种论证的循环,导致解释的死结。这正是现代中国"启蒙"话语的危机和困境。当以现代"启蒙"眼光和视角观照农村和农民,必然只能塑造出"哀其不幸、怒其不争"的阿Q式的农民形象,文学话语的中心视点也必然集中在"国民性"问题,这是"五四启蒙"思想所能达到的限度。从鲁迅到丁玲,从《阿Q正传》到《我在霞村的时候》《在医院中》,外在的空间既变化了,同时又没有变,仍然是封闭的不理想的异己环境,从批判庸众到接近理解民众,打破个人与"群众"间的对立,反思和提升自我意识的精神能力。但显然,在新的革命战争环境中,尤其是革命组织化的意识形态生产中,这样的思维限度已经难以为继。"新启蒙"的革命文化实践要求做彻底的思想的

---

① 程凯:《重读〈新的信念〉和〈我在霞村的时候〉》,《中国现代文学研究丛刊》2013年第6期。

改造。于是，知识分子的反思能力已不再重要，"启蒙"话语逐渐被新的"解放"话语所取代。

早期丁玲文学中的知识分子启蒙困境问题，也就转变了写作和处理方式。之前还寄望于自我转变和成长的启蒙者，终于完全丧失主体性，而融入大众之中。于是，在丁玲小说创作中的另一条谱系至此变得清晰起来。启蒙知识分子逐渐丧失优越地位，而成为被质疑和被改造的对象。在《入伍》《秋收的一天》中叙事者还暧昧不清地"观察"知识分子的缺陷，审视着启蒙知识分子"改造"的可能路径，终于在《青年知识分子的修养》中明确表述为"必须向人民大众学习"，"知识分子如不同群众运动、群众生活相结合，最好，也只可以起点小小的作用；但如果一到群众中去，和群众生活结合，则立即可以成为英雄人物"。[①] 由此，丁玲从启蒙知识分子的启蒙话语投向了新民主主义的革命话语。

等到丁玲响应"民族形式"文学的号召，写作《十八个》《田保霖》《民间艺人李卜》等作品的时候，从小说到报告文学，丁玲的作品不仅主题上从知识分子文化人的思想活动变为了"工农兵"题材，连语言也发生了极大的变化，为小说氛围和表现主人公情绪所服务的环境描写变得简洁，甚至不再刻意花笔墨去描写环境，而直接刻画人物，如果将《田保霖》和《在医院中》的开头加以比较，甚至会惊异这是否是同一位作者所写：

> 黄昏的时候，田保霖把两手抱在胸前，显出一副迷惑的笑容，把区长送走了之后，便在窑前的空地上踱了起来。他把头高高地抬起来望着远处，却看不见那抹在天际的红霞；他也曾注视过窑里，

---

① 丁玲：《青年知识分子的修养》，《丁玲全集》第 7 卷，河北人民出版社 2001 年版，第 88 页。

连他婆姨在同他讲些什么也没有听见,他心里充满了一个新奇的感觉,只在盘算一个问题:

"怎搞的?一千多张票……咱是不能干的人嘛,咱又不是他们自己人;没有个钱,也没有个势,顶个球事,要咱干啥呢?……"

他被选为县参议员了,这完全是他意外的事。①

这样的语言,正是"民族形式"论争所反复强调的"民间的""大众化"的语言,"民族形式"文艺所提倡的生活语言。《田保霖》和欧阳山的《活在新社会里》同时发表的第二天上午,丁玲和欧阳山便收到毛泽东让通讯员送到边区文协的一封信,信中写道:

你们的文章引得我在洗澡后睡觉前一口气读完,我替中国人民庆祝,替你们两位的新写作作风庆祝!合作社会议要我讲一次话,毫无材料,不知从何说起,除了谢谢你们的文章之外,我还想多知道一点,如果可能的话,今天下午或傍晚拟请你们来我处一叙,不知是否可以?

敬礼!

毛泽东

七月一日早②

当天下午,丁玲和欧阳山应约去毛泽东住处枣园,谈完之后,和毛泽东共进晚餐,毛泽东请欧阳山喝了不少的酒。这篇丁玲并不满意、"一点都不觉得好"的文章却得到了"很大的鼓励",显然是因为执政党领袖从中看到了需要的东西,毛泽东后来在干部会议和合作社会议都提

---

① 丁玲:《田保霖》,《丁玲全集》第5卷,河北人民出版社2001年版,第150页。
② 毛泽东:《致丁玲、欧阳山》,《毛泽东书信选集》,中央文献出版社2003年版,第211页。

到了这篇文章，表示出赞赏的态度，丁玲说"我懂得这个意思"①。

毛泽东对丁玲的转变显然是异常欣喜的，遥想1936年，丁玲是第一位来到延安的著名新文学作家，毛泽东亲自为她题词"昨日文小姐，今日武将军"，对丁玲抱有极大的期待。但丁玲的创作却一直没有能够出现他所预期的转变，因此当《田宝霖》发表之后，给予丁玲如此之高的评价，实际上也是在"暗示"延安"新文学"应该发展的方向。对此，丁玲心知肚明，她写道：

> 他（指毛泽东）给我的印象是比较喜欢中国古典文学，我很钦佩他的旧学渊源。他常常带着非常欣赏的情趣谈李白，谈李商隐，谈韩愈，谈宋词，谈小说则是《红楼梦》。但他在文艺工作上，却再三要我们搞大众化。……
>
> 我以为，毛主席以他的文学天才，文学修养以及他的性格，他自然会比较欣赏那些艺术性较高而没有什么政治性的东西。自然，凡是能留传下来的艺术精品都会有一定的思想内容。但毛主席是一个伟大的政治家、革命家，他担负着领导共产党，指挥全国革命的重担，他很自然地要把一切事务，一切工作都纳入革命的政治轨道。在革命的进程中，责任感使他一定会提倡一些什么，甚至他所提倡的有时也不一定就是他个人最喜欢的，但他必须提倡它。②

于是，我们可以看到丁玲此后的创作，基本是沿着这一方向发展。在延安整风运动之后创作的报告文学，丁玲认为思想主题都是一致的，是"读了毛主席延安文艺座谈会讲话以后有意识地去实践的开端"。③ 而

---

① 丁玲：《陕北风光·校后感》，《丁玲全集》第9卷，河北人民出版社2001年版，第52页。
② 同上书，第10卷，《延安文艺座谈会的前前后后》，第265、272页。
③ 丁玲：《陕北风光·校后感》，《丁玲全集》第9卷，河北人民出版社2001年版，第51页。

在延安初期小说创作中时时显露的五四式"启蒙"话语在文本中的矛盾与缝隙，至此终于销声匿迹。

《太阳照在桑干河上》中的知识分子干部文采无疑是丁玲在皈依新民主主义话语之后所理解和叙述的知识分子典型。文采是一个缺乏实际能力，空洞自大的知识分子典型，他完全脱离农村的实际，仍停留在理论知识层面，毫无实际工作能力，严重破坏了农村正在开展的革命运动。《太阳照在桑干河上》中的一章"六个钟头的会"无疑展开了一幅"知识分子"脱离人民大众和现实生活的典范性画卷，也让知识分子亟待"改造"成为无可置疑的合法性话语：

> 院子里黑沉沉的，灯油快干了，程仁挑了几次灯捻，胡立功又去文采耳旁说了几句，文采才结束了他的演辞。就这一下，许多人都清醒了过来，他们不等程仁宣布散会，就稀稀拉拉地往外走。程仁不得不大声通知："明天晚上早些来！"
>
> 从识字班的教室里，走出几个揉眼睛的干部。李昌糊糊涂涂，莽莽撞撞地问："散会了？散会了？"
>
> 张裕民伴着文采同志几人回去，一路上谁都不吭气。有几个农会会员走在他们前边，那群人也无精打采。他们大声地打哈欠，里面更有一个人说起怪话来了：
>
> "身还没翻过来，先把屁股坐疼了。"①

丁玲以略带嘲讽和戏谑的笔调叙说了文采与农村实际工作之间的"隔膜"，群众对那一套"知识分子"说辞毫无兴趣，"翻身"革命如果依靠这样的知识分子干部是不可能取得成功的。在延安初期始终关注知

---

① 丁玲：《陕北风光·校后感》，《丁玲全集》第2卷，《太阳照在桑干河上》，第82页。

识分子自我反思和"不相溶"成长的思考，此时已经为新民主主义"改造"话语所取代，从陆萍到文采，丁玲就此完成了现代启蒙话语的根本性转变。这一转变的结果是对意识形态话语心悦诚服地接受。其后，丁玲多次表示自己的作品存在诸多的缺点，而疾呼人们去"读文件"，显然并非自谦之词。《太阳照在桑干河上》中"中秋节"一章：干部们带来了一张毛主席的画像，程仁带领台底下的男男女女们一起向毛主席像鞠躬三次，并喊了口号。对毛泽东的崇拜，以及对文采形象的塑造，是丁玲接受意识形态话语的典型表现，也是启蒙知识分子在向以工农兵为本位的红色意识形态的认同和皈依。"可以将有关文采的叙事话语整体上视为知识分子在红色政治语境中的忏悔话语实践，同时也可以将作者的这种叙述姿态视为经过'革命洗礼'后的知识分子作家在红色文学话语秩序面前所举行的一种忏悔话语仪式。"可以说，"文采就是毛泽东言辞抨击的'党八股'的化身，而且文采以后的转变也完全符合毛泽东'惩前毖后、治病救人'的改造方针"①。从这个意义上，也就不难理解丁玲在《太阳照在桑干河上》的"重印前言"中直言这本书是为"毛主席写的"，"总想着有一天我要把这本书呈献给毛主席看的……我那时每每腰痛得支持不住，而还伏在桌上一个字一个字地写下去，象火线上的战士，喊着他的名字冲锋前进那样，就是为着报答他老人家，为着书中所写的那些人而坚持下去的"②。

四 启蒙到改造："民族形式"论争的结果

表现知识分子的"自我改造"，成为延安文学新的意识形态建构的

---

① 李遇春：《话语规范与心理防御——论丁玲在延安解放区时期的小说创作》，《中国政法大学学报》2013 年第 2 期。

② 丁玲：《〈太阳照在桑干河上〉重印前言》，《丁玲全集》第 9 卷，河北人民出版社2001 年版，第 99 页。

重要问题。对于毛泽东而言,"民族形式"以何种资源建立现代文化隐含着政治策略的考虑。在毛泽东的论述中,建构民族形式新文学的关键其实并不在所谓"形式",而在于创作者内心的转变,也就是"立场的转变",对于知识分子而言,就是接受改造之后,从落后的小知识分子立场转变到工农兵的立场上来。"五四"时期鲁迅等启蒙先驱者所焦虑的中国人"身首异处"的"国民性批判"不再是文学表述和社会改造的关键问题,反倒是知识者自身的思想和行动能力必须在实践中加以锻炼和改造。

新的文学意识形态建构一旦完成,知识分子、文化人则成为具有原罪的群体,他们在现实中就会暴露出自己的无用和缺陷,用《讲话》的说法就是"较多的无知",于是在延安初期曾经受人尊敬的文化人,在小说中出现了这样的转换和变形:

> 沈平坐在纺车跟前生闷气,硬是比装置一部发电机要困难不知多少倍。他记得在大学里学电机工程的时候,连在美国都要五十年后才能用得到的电机,都没有使他这样头疼过。可是现在,已经整一个上午了,他坐在这部原始的木制纺车前,抽不出一条完整的线来!①

掌握着世界最先进发明的知识分子,竟然面对着实际生活中原始的纺车无能为力,这是多么不可思议的一件事!知识分子并不比劳动人民聪明,反而在普通的劳动面前手足无措,知识分子的弱点一旦显现,也就必然在劳动人民面前感到惭愧了:

> "我一坐到纺车前,就感到知识分子的渺小,和劳动人民的伟

---

① 方记:《纺车的力量》,钟敬之、金紫光主编《延安文艺丛书·小说卷下》,湖南文艺出版社1987年版,第184页。

大！"他说，"从这一架小小的纺车里，你可以认识现实，认识生活，认识劳动的一切意义……"①

难怪转变后的丁玲也要向人民大众学习，对知识分子的缺憾表示反省：

> 我们必须向人民大众学习。向他们学习知识，也学习他们优良的品质。一个学生走到乡下去，什么是谷子，什么是糜子就分不清。有一次我到一个农民家里去，他告诉我说，前几天有个知识分子到他家去了，那知识分子拿着筷子问他，这是不是生产工具呢？惹得我们也忍不住笑了。②

"知识分子"连筷子都不认识，这样的一种过分夸张的描述，正是"情感和立场起了变化的结果"，知识分子在人民大众的实用性知识面前显得浮夸而可笑，而在延安小说中，这样的转变也是随处可见③：

> 我是一个知识分子，一听到人家说："知识分子就只会说……"心就烦了。我决心要改造去。
>
> ……
>
> 我到这里来学的是拉大锯。对拉大锯，我是什么也不懂的，什么事都得从最初的基本动作开始。怎样搭架、捆绳、下木板，拿

---

① 方纪：《纺车的力量》，钟敬之、金紫光主编《延安文艺丛书·小说卷下》，湖南文艺出版社 1987 年版，第 188 页。

② 丁玲：《青年知识分子的修养》，《丁玲全集》第 7 卷，河北人民出版社 2001 年版，第 87—88 页。

③ 可参见李洁非、杨劼《解读延安——文学、知识分子和文化》，当代中国出版社 2010 年版，第 236 页。

锯、站位置、垫楷柚……全都得学。①

从启蒙到改造,小说主题的变化,既是政治语境的变化,更是文化和思想的变革,知识分子的主体性在"改造"中发生了根本性的转变。

1943年2月6日,青年俱乐部举行了一个欢迎边区劳动英雄的座谈会,工农兵最有名的代表人物吴满有、赵占魁、黄立德与一群知识分子聚首,艾青作为后者的代表人物在会上以惭愧的姿态即席作诗一首:

> 去年我也锄了一块土,
>
> 种了波斯菊和扫巴草,
>
> 种了瓜豆、西红柿和包谷。
>
> 放了粪又泼了尿,
>
> 花的力量真不少。
>
> 说起来成绩真可笑
>
> ——南瓜结得像碗那么大,
>
> 包谷像指头那么小;
>
> 高粱长得像小米,
>
> 十几颗子子,还没一人高。
>
> ……
>
> 到了秋末收齐了,
>
> 卖钱不值钱,煮熟吃不饱,
>
> 假如人人像我那样还得了?②

---

① 思基:《我的师傅》,钟敬之、金紫光主编《延安文艺丛书·小说卷下》,湖南文艺出版社1987年版,第268—269页。

② 钟敬之、金紫光主编:《延安文艺丛书·文艺史料卷》,湖南文艺出版社1987年版,第171页。

延安时期的文化人或者知识分子的思想转变，是近年来研究界反复讨论的话题。知识分子如何能够从自由主义话语而接受党话语，这一方面和外部的社会、政治环境有关，另一方面也与中国知识分子所遵循的"载道"观有着密切的联系，中国的知识分子既难摆脱"入世"之道，因而费约翰从某种程度上道出了中国知识分子心甘情愿被"党化"的原因，那就是内心所存在的"民族主义"革命诉求，① 而这种诉求一旦为政党政治所利用和转化，等待中国知识分子命运的也必然将是失去"五四"的"启蒙"，不仅丧失了文化和知识上的主体地位，更成为新的政治形势下被改造的对象。"民族形式"问题的讨论及其相关成果彻底转变了中国现代文化自"五四"以来的反省性的启蒙文化，在一种与民间文化的协商中构建出了新的意识形态化的文化形态。

也许更值得注意的是，在"民族形式"讨论中，中国知识分子在其中所养成的个性和对于意识形态的归顺。阿尔都赛指出，意识形态的最大特点就是从来不会指明自己是意识形态。② "民族形式"的提起，显然有毛泽东处于文化政治建构策略的考虑，然而，知识分子将其引入文艺界，并掀起大规模的讨论，在讨论中，更是出现解读和揣摩政治领袖只言片语的现象，这为以后文学的权力话语开了先河。在这次论争中，文学艺术问题已经和政治意识形态纠结在一起，文学呈现出泛意识形态化的特征。

---

① 费约翰指出："中国的民族主义，从来就不是哪个特殊的政党或哪场特殊的运动的专利。它所表现出来的，远不只是'国家权力的意识形态工具'。伦理、文化和社会运动的平行发展，预示了民族主义的政治化及其在国民党人和共产党人那里的党化。"见《唤醒中国：国民革命中的政治、文化与阶级》，李恭忠等译，生活·读书·新知三联书店 2004 年版，第 31 页。

② ［法］路易·阿尔都塞：《意识形态与意识形态国家机器》，《图绘意识形态》，南京大学出版社 2002 年版，第 172 页。

第四章

"民族形式"论争与民间文学资源论

第一节 "民族""民间"与"民族形式"文学运动

陈思和指出:"1938年蛰居陕北窑洞的毛泽东还没有系统地公开他关于民间文化的想法,他只是针对理论上的老对手——教条的马克思主义提出了诘难,为了避开那些来自国外的政治对手所擅长的理论纠缠,他很策略地提出了一个新的议题:'民族形式',并且用'中国作风和中国气派'这样一个含义丰富的概念加以修饰。很显然,毛泽东最初使用这些术语主要是政治性的隐喻,暗示了一个新的马克思主义学派即将形成。可是在知识分子的眼中,这个术语代表了另外一种符号,那就是在抗战中崛起,正在被逐渐接受的民间文化形态。"① 这提醒我们,"民族

---

① 陈思和:《民间的浮沉:从抗战到"文革"文学史的一个解释》,《陈思和自选集》,广西师范大学出版社1997年版,第201页。

形式"运动与民族传统文化尤其是"民间文化"之间存在复杂而微妙的关系。换言之，有关"民间文学"的讨论是"民族形式"文艺论争的重要内容，而抗战时期知识分子与政党意识形态对"民间"和"民间文学"不同层面的建构，则充分表现出了"民族形式"文艺论争的文化政治内涵。

郑振铎在1938年出版的《中国俗文学史》一书中，明确区分了两类文学：民间大众的俗文学和皇家、贵族的庙堂文学。在他看来，俗文学长期被庙堂文学所压制，得不到重视，直到"五四"时期民歌搜集等民间文学运动兴起之后，地位才得到了空前的提升。郑振铎认为，"俗文学"不但是中国文学史的主要成分，也是中国文学史的中心内容。俗文学的作品产生于大众之中，为大众而写作，表现着中国最大多数的人民的心声，只有从俗文学中，才能看出中国人民的生活和情感，也才能认识"另一方面的中国"，亦即"真正中国"。① 郑振铎的这部著作影响甚广，一方面，可以将其看作是"五四"以来中国知识界"走向民间"建构民众"新文学——新文化"的一个系统总结；另一方面，郑振铎的叙述也成为抗战时期知识分子理解民间文学和民众力量的一个典范。早有学者指出："建构一种历史，就是塑造一种现在。民国时期学术界'以歌为学'和'引民入史'的种种努力，体现着新涌现的一代学人为群体确认之故而欲创立时代新秩序的强烈愿望……"② 从这个意义上看，郑振铎是通过书写俗文学的历史来塑造中国文学和文化的"现在"，体现知识分子群体"欲创立时代新秩序的强烈愿望"。实际上，抗战期间，面对日益严峻的民族危机，知识分子试图在民众和民间文化中发现"民

① 郑振铎：《中国俗文学史》，东方出版社1996年版，第13页。
② 徐新建：《民歌与国学——民国早期"歌谣运动"的回顾与思考》，巴蜀书社2006年版，第102页。

族复兴"的力量，重构现代中国的思想文化谱系。

与此同时，在抗日民族统一战线中获得发展空间的延安共产主义革命运动，从阶级话语转向民族主义话语，注重将革命目标与中国现实的实际状况结合起来，由共产主义革命文化向民族——社会主义政治文化转型，力图将民众建构为民族抗战的主体。在特殊的政治文化空间和时代精神氛围中，民间文学与政党意识形态完成了文化耦合。

一 "民族"意识兴起与"民间文学"的发现

抗战全面爆发的第二年，国立长沙临时大学200多名师生，历经六十八天，穿越三省二十七县，徒步奔赴云南。青年学生沿途进行民间调查，了解祖国内陆地区的民风民情，其中教育系学生刘兆吉组织采风小组，沿途采集民歌两千多首。在谈及为什么要收集民歌时，刘兆吉认为同咬文嚼字的文人，惯作无病呻吟或"为赋新词强说愁"，故意拣些生涩的字组成难懂的诗文不同，民间歌谣的作者，是真情流露有感而发的，因此"好的诗歌，不必尽在唐诗宋词及历代的诗集里去找。陇头田畔村妇野老的口中，一样的有绝妙的诗歌"。同时，为了论证收集民歌的意义，刘兆吉强调"古代诗文中，如《诗经》中国风及雅的一部分，都是古时的民歌"，"楚辞、胡笳十八拍、子夜歌的原本，多半也是民歌"①。到达西南联大之后，刘兆吉根据自己收集的材料，将歌谣编成一本小书，取名《西南采风录》。在西南联大众师友的鼓励和帮助下，《西南采风录》很快出版发行，朱自清、黄钰生和闻一多欣然为之作序。

朱自清在序中回顾了新文化运动时期北京大学的歌谣研究运动，并勾连起它与"西南采风"之间的历史联系。在朱自清看来，1918年北

---

① 刘兆吉：《西南采风录》，商务印书馆1946年版，第2页。

京大学成立歌谣研究会，一方面行文到各省教育厅，请求政府帮助；另一方面又提倡私人采集，收集了大量民间歌谣，形成了一场声势浩大的歌谣运动，"目的却不是政治的，音乐的，而是文艺的学术的。他们要将歌谣作为新诗的参考，要将歌谣作为民俗研究的一种张本"①。承续这一段历史，他认为刘兆吉"以一个人的力量来做采风的工作，可以说是前无古人的"，而"成绩是值得赞美的"。黄钰生也认为这些歌谣"语言学者，可以研究方音；社会学者，可以研究文化；文学家可以研究民歌的格局和情调"②。

闻一多则不仅对这些歌谣发生了极大兴趣，高度赞扬了刘兆吉的工作，还借助作序进一步表达了自己对于"民间文化""民族文化"和现实中国的感受：

> 你说这是原始，是野蛮。对了，如今我们需要的正是它。我们文明得太久了，如今人家逼得我们没有路走，我们该拿出人性中最后，最神圣的一张牌来，让我们那在人性的幽暗角落里伏蛰了数千年的兽性跳出来反噬他一口。打仗本不是一种文明姿态，当不起什么"正义感""自尊心""为国家争人格"一类的奉承，干脆的是人家要我们的命，我们是豁出去了，是困兽犹斗。如今是千载一时的机会，给我们试验自己血中是否还有着那只狰狞的动物，如果没有，只好自认是个精神上"天阉"的民族，休想在这个地面上混下去了。③

徒步奔赴昆明，让闻一多亲身体验西南内地真实的民众和生活，而

---

① 朱自清：《西南采风录·序》，商务印书馆 1946 年版，第 1 页。
② 同上书，第 2 页。
③ 同上书，第 3 页。

深入民间的结果，是促使了他进一步反思以往的生活方式，极力贴近"民间"。闻一多把自己此前的生活，称作"假洋鬼子的生活"，"和广大的农村隔绝了"。① 显然，"这是一个留洋多年，又在中国大都市度过长期的优雅的教书生涯的知识分子真诚的自我反思。他的反思已隐隐透露出自己的民间立场、民间价值取向"②。对民间与原始文化的发掘此后成为闻一多文学研究的主题。"他考究出了《诗经》中渡口、城墙、游泳、出嫁等家常生活细节，考究出了伏羲女娲神话中的图腾意义，从文字训诂与史料考证两方面入手恢复它们所描绘的远古人民生活的真实场景与情态，恢复了民间文化的本来面目，肯定并高扬了中国古代民间的生活与情感。"③ 由此可知，闻一多对于民间的体认，不仅着眼于文学，还有着现实的指向性，他更关心的是民族生命力的问题。换句话说，闻一多要在民间歌谣中寻找"原始""野蛮"的力量，以刺激出中华文明中的"蛰伏了数千年的兽性"。另外，对"民间"的接近，触发以闻一多为代表的知识分子对农村和中国社会现实的"别样感受"和重新认识。抗战爆发后，知识分子颠沛流离，不论对自身抑或是对国家民族都产生了一种危机感，但同时也使得他们能够潜心对中国的历史和现状、文化及生活方式作一番深刻的反思。战前"假洋鬼子的生活"，显然指的是那种接近西方现代知识分子的生活方式，而战争的迁徙则使得知识分子们意识到，对中国实情的了解，必须以对中国农村的了解为前提。直到此时，知识分子们逐渐认识到，中国还是一个农业国家，远没有走向现代化。中国的知识分子第一次把视角放在真实的农村，站在农村的"土地"上思考中国文化的过去和未来。战争期间颠沛流离的实际经历

---

① 刘兆吉：《由几件小事认识闻一多先生》，《大公报》1951 年 7 月 16 日。
② 姚丹：《西南联大历史情境中的文学活动》，广西师范大学出版社 2000 年版，第 33 页。
③ 李书磊：《1942：走向民间》，山东教育出版社 1998 年版，第 86—87 页。

和刻骨铭心的真实体验，让中国知识分子接触到中国内地真实状况的同时，也让他们注意到了现代中国沿海都市与内陆腹地所存在的"结构性鸿沟"——卷入现代世界体系的东南沿海沿江都市社会和仍旧滞留在传统帝国生存状态的内陆乡村这二者之间的分裂①。由此，中国新文人群体才猛然被惊醒，逐渐注意到产生于北京上海等都市文化空间的"五四"新文学和中国现代文化，还远没有深入中国的内陆腹地，中国广袤内陆的经济、社会、文化依然处在极为落后的阶段。作家钱锺书曾在《围城》中借方鸿渐之口道："住家一星期，感觉出国这四年光阴，对家乡好像荷叶上泻过的水，留不下一点痕迹。回来所碰见的还是四年前那些人，那些人还是做四年前所做的事，说四年前所说的话。"这就是中国农村和农业社会的超稳定结构，也是现代中国社会现实的实际状况。从上海到湖南蓝田师范学院任教，钱锺书"皮骨仅存，心神交瘁"②的经历，无疑是中国知识分子对中国内地落后现实的真实体验，也给他们带来巨大的震惊。

贾植芳曾经有过这样的回顾："大约自一九三七年抗战开始，中国的知识分子就进入了另一个时代，再也没有窗明几净的书斋，再也不能从容缜密的研究，甚至失去了万人崇拜的风光。五四时代知识分子以文化革命改造世界的豪气与理想早已梦碎，哪怕是只留下一丝游魂，也如同不祥之物，伴随的总是摆脱不尽的灾难和恐怖。抗战以后成长起来的知识分子只能在污泥里滚爬，在浊水里挣扎，在硝烟和子弹下体味生命的意义，在监狱与刑场上渴望自由……"③战争的威胁，大范围动荡不

---

① 贺桂梅：《"民族形式"建构与当代文学对五四现代性的超克》，《文艺争鸣》2015年第9期。

② 钱钟书致沈履信，见杨绛《钱钟书离开西南联大的实情》，《杨绛文集》（3），人民文学出版社2004年版，第30页。

③ 贾植芳：《在这个复杂的世界里——生活回忆录》，《新文学史料》1992年第1期。

安的迁徙，给中国的现代知识分子带来刻骨铭心的体验，也给现代文学的发展带来了根本性的变化。战争的浪漫和忧惧，生命的极限体验，形成了20世纪40年代文学的两个极端，一方面是存在主义、荒诞主义等现代主义思潮的充分张扬；另一方面则是对传统民间文化、市民文化的发掘；这一现象看似矛盾，仔细想来，却有着历史的必然性。显然，对民间的想象和激活，给新文人知识分子提供了一个反思的参照系；也为处于生死存亡关头的中华民族找寻到民族活力的源泉。如果说，"1918年发轫于北京大学一群青年民间文学家们中间的民间文学运动，堪称是这段中国现代知识分子思想史上最可纪念的事件之一。进一步说，是由于五四时期，刘复、周作人和顾颉刚等发现民间文学，转变了中国知识界对文学、更重要的是对民众的根本态度"①。现代意义上的中国民间文学学科由此诞生。那么，20世纪40年代的确可以说是发现和走向"民间"的时代，现代的文学形式与文学精神此时"基本上完成了它在中国的本土化"。②而走向"民间"的结果，显然为中国民族性文学的建设提供重要的启示和参照。正是在发现和追寻"民间"文化和"民族"精神的过程中，强调民族性和传统性的现代中国文学和文化开始孕育和发展。

值得注意的是，抗战期间，在革命根据地延安，同样也兴起了收集"民间歌谣"为主要内容的民间文学运动。1938年2月10日，晋察冀边区文协发出征求歌谣启事。启事指出："利用歌谣的旧形式装进新的内容，或多少采用歌谣的格调和特点来创造新诗歌，这对抗战和新诗歌的大众化都有很大的作用。因此，我们决定广泛而普遍的收集各地歌谣，

---

① ［美］洪长泰：《到民间去：1918—1937年的中国知识分子与民间文学运动》，董晓萍译，上海文艺出版社1993年版，第1页。

② 李书磊：《1942：走向民间》，山东教育出版社1998年版，第114页。

加以研究与整理。希望同志们尽量把各地的山歌、民谣小调等等抄给我们，不论新旧都需要。"① 1940 年底，延安《大众习作》创刊约稿，宣称欢迎一切"陕北民歌、小调、地方戏、道情、民间故事、民间画等等，无论是新编的，还是旧有的"②。在文艺的"民族形式"问题提出之后，延安更是掀起了一股利用旧形式和地方形式的高潮，信天游、小调、鼓词等结合街头诗，墙头诗等诗歌形式的探索，使得延安诗歌呈现出另一番面貌；抗战剧团、西北战地服务团、民众剧团等戏剧团体也开始利用秦腔、眉户、秧歌等戏剧形式，创作了一大批新式戏剧，在边区开展各种戏剧活动。

但显然，与知识分子们"发现民间"、借助"民族传统"来激起自身以及民众的"民族精神"不同，延安对于"民间文化"的重视有着现实政治功利性的考虑，这与延安特殊的地理文化条件是有着直接关系的。20 世纪 30 年代末期，虽然建立了革命政权，但此时的延安仍旧相当贫瘠落后。记者赵超构这样描述他初至延安时的失望之情：

> 延安！延安！在路上揣测了半个多月的延安，终于映入眼帘来了。
>
> 车子进入延安，我找寻了半天，不知道哪里是延安市。这就是延安市么？在南方，只能算是较大的村镇罢了。
>
> 两面山坡，中间流着一条溪涧似的延水，东岸展开一条狭长的平地，这就是延安市精华所在的地方。
>
> 这里的山，只不过是一棵青色树木也没有的土堆；成百个窑洞

① 《延安文艺丛书》编委会：《延安文艺丛书·文艺史料卷》，湖南人民出版社 1984 年版，第 24 页。

② 《〈大众习作〉稿约》，原载《大众习作》1940 年 11 月 15 日第 1、3 期合刊，收入胡采主编《中国解放区文学书系·文学运动·理论编一》，重庆出版社 1992 年版，第 285 页。

挖在山腰，看去好像围了一条带子，至于延水，当它枯水期间，则是小孩子也可涉水而过的。它不汹涌，也不轻柔。

......

慣于享受都市趣味的人，到延安来一定要感到悲惨的失望。因为这里不仅没有好山好水，也竟没有一个可以散步的草坪，没有一个可以驻足的树荫。一眼望去，灰尘满目，没有一点鲜艳的色彩。①

赵超构的《延安一月》作为重要的描述延安的文本，对"延安"形象的建构起着极为重要的作用，很大程度上反映了当时中国知识分子对于"革命延安"的观察和想象。与后来对革命圣地的美化和神化不同，《延安一月》中所表现出的真实的时代心理体验颇为引人注意。赵超构初见"延安"时，失望与诧异之情溢于言表。在他看来，如果在南方，延安根本不能被称为"城市"，只能算是"村镇"罢了。更重要的是，赵超构明确表示慣于都市趣味的人（"五四"知识分子），到了延安一定会感到"悲惨的失望"。因为和之前的"揣测"不同，延安没有山水、草坪，甚至连一个可供驻足的树荫都没有。的确，与经历半个多世纪资本主义经济发展的南方沿海城市相比，地处西北腹地的延安无疑是落后的。在新文学知识分子眼中，贫瘠的西北延安灰尘满目，"没有一点鲜艳的色彩"。赵超构这段充满主观色彩的描述，隐含着关于中国不同地域空间结构性差异的重要文化内涵，这也构成了理解抗战期间文学转型和文学讨论的重要背景。

20世纪上半期中国的西北地区依然是一幅穷山恶水的景象，生存条件极为恶劣。辛亥革命以来，哥老会、皖系军阀相继控制了陕西，成为军阀混战之地，民众的教育和思想文化水平也极其落后，中国文化的现

---

① 赵超构：《延安一月》，南京新民报社1945年版，第55—56页。

代化进程对这里的影响极其有限，不要说"五四"新文化和西方文化，就是所谓传统儒家文化也不曾在这里扎根。艾思奇指出：

> 在一九二七年以前，特别是"五四"运动以前，边区是完全在军阀统治下的半殖民地半封建的一个地区。广大的民众受着重重的政治的、经济的剥削，过着牛马的生活。在这样的民众中间，是几乎说不上什么文化生活的，愚昧、迷信、堕落（鸦片、赌博）、不卫生（疾病、死亡）等等文化上的落后现象，是这种政治经济赐予民众的一切！这一切现象，一直到今天还可以看见它的残遗。这里我们只要举一个例子来说，例如人民的受教育程度，在以前边远的地方（如华池）是四五百人中还难找一个识字的；受过中学教育的人，在一整县里只能找到两人（如环县）。这就可以看见那文化的落后是到了什么样的程度！倘若说在那时有所谓文化的话，那末主要的只是半封建半殖民地的统治者的文化，是地主豪绅的少数上层分子所专有并且服从于他们的剥削利益的文化，是给帝国主义者作侵略工具的文化。①

"五四"运动前后，陕甘宁边区完全处在军阀控制之下，广大民众遭受着多重政治和经济上的剥削，过着奴隶般悲惨的生活，"是几乎说不上什么文化生活的"，只有落后的半封建半殖民地的统治者的文化，被地主豪绅所控制的剥削文化。愚昧、迷信、堕落，吸食鸦片和聚众赌博是这个地方的文化常态。在这样的背景下，利用"旧形式"逐渐成为"文章下乡、文章入伍"的必然要求。在抗战以前还只限于理论探讨的文艺旧形式利用，却逐渐"成了最为实际的问题"。那是因为"实际工

---

① 艾思奇：《抗战中的陕甘宁边区文化运动》，《中国文化》1940 年第 1 卷第 2 期。

作的迫切需要确实要求文艺能'迎合老百姓'",① 获取民众的广泛认同。正是在这样的背景下,与普通民众关系更为贴近的"民间文学"尤其是民间文艺资源和民间文艺形式成为抗战期间利用文艺进行抗战宣传的重要内容。

徐懋庸在论及以丁玲为首的西北战地服务团,认为他们最大的贡献和收获"要算民间的艺术形式之采集,并配合了新内容而加以应用。"他还细致分析了在抗战期间西方文化不能适应现实需要,必须利用传统民间形式的原因:

> 欧洲的歌曲形式之抄袭,美国的电影演技之模仿,在以民众为对象的艺术工作者,实在是绝不合式的了。欧美的艺术形式,固然是先进的,而且会为我国的少数都市居民所能理解,所爱好,但对于我国的多数民众——尤其是农民,毕竟是隔膜的。况在抗战的时期,艺术条件的低劣,更使我们不能牵强地仿效欧美。以短裙舞艳的装束表演抗战舞蹈,将美国小丑的姿态赋予游击队员,这不但不能为群众所理解,所接受,即就艺术上而论也是失败的。②

所以,在现实的情势下,徐懋庸认为应该调整"五四"时期注重学习和模仿西方文艺的特征,而更多对民间形式加以利用。抗战的歌曲一旦以地方民众所熟悉的方式唱出,在他看来,便能起到极大的宣传效果,也就实现了文艺的真正价值。

也正是在这个意义上讲,除了知识分子在呼吁和重建民族生命力过程中对"民间"和"民间文学"的发现之外,"民间文学"同时也逐渐在抗战期间尤其是在以延安为代表的"民族形式"论争文学运动中被建

---

① 艾思奇:《旧形式运用的基本原则》,《文艺战线》1939 年第 8 期。
② 徐懋庸:《民间艺术形式的采用》,《新中华报》1938 年 4 月 20 日。

构起来，并成为重要的现代文学的概念之一。那么，其中的关键性问题就是：何为"民间"？什么样的文艺被视作抗战建国文化基础的"民间文学"？这些问题既是"民族形式"文艺讨论的重要问题，也是"民族形式文学中心源泉"论争的潜在前提。更为重要的是，现代性视域中的"民间文学"和"民族形式"文艺建构的论争，对于现代中国文化的发展有着什么样的意义？

二 中国现代"民间文学"的知识谱系

众所周知，现代意义上的民间文学是在"五四"时期被"发现"的。新文化运动时期，"五四"知识者"眼光向下的革命"，民间文学开始进入中国文学的视域。可以说，"五四"新文学正是文学"民间化"的结果。很大程度上，民间文学运动以及对"民间"的想象和塑造，是中国现代文学和文化发展的重要内容。然而，在中国现代文学史上，"民间"和"民间文学"在不同时期、不同文人群体那里又有着迥异的复杂文化含义。正如陈思和所指出的："在抗战前，它至少包含了三种文化层面：旧体制崩溃后散失到民间的各种传统文化信息，新兴的商品文化市场制造出来的都市流行文化，以及中国民间社会的主体农民所固有的文化传统。"① 也就是说，20世纪中国文化语境中，"民间文学"之"民"的界说一直在变，"市民"乎？"乡民"乎？"土民"乎？众口不一。② 中国现代作家和知识分子对于"民间"的表述也并不一样。

"五四"时期掀起了一股"乡土文学"的热潮，但"侨寓文学"的

---

① 陈思和：《民间的浮沉：从抗战到文革文学史的一个解释》，《陈思和自选集》，广西师范大学出版社1997年版，第203页。

② 徐新建：《歌谣与国学——民国早期"歌谣运动"的回顾与思考》，巴蜀书社2006年版，第230页。

特征和启蒙主义的视角，让"五四"时期的新文学作家更多表述出对家乡爱怨交集的心态，农村和农民成为"国民性"批判的实验场。孟悦曾经细致剖析了"五四"一代知识分子想象乡村的心理动因，"新文化对于乡土社会的表现基本上就固定在一个悲惨的基调上，乡土成了一个令人窒息的、麻目僵死的社会象征。"而新文学之初表现乡土社会之所以落入这一模式，"一个重要的原因在于新文化先驱们的'现代观'。在现代民族国家间的霸权争夺的紧迫情境中，'现代化'的新文化倡导者往往把前现代的乡土社会形态视为一种反价值"①。在这一时期，"民间""乡村"作为否定和批判的对象，是为了表达知识分子所接受的现代观。正如李扬对中国农民形象作出知识谱系学式的考察之后，发出这样的追问："我们是否可以说20世纪中国文学关于农民——准确地说是对'中国农民'的本质认同缘起于一种现代知识，或者说我们对农民的认识其实是文学教育的结果，甚至可以说连'农民'这个概念都是现代性的产物呢？"② 如果说"中国农民"是一种"现代知识"建构，那么，"民间"和"民间文学"同样也是现代性文化建构的结果。因而，"五四"时期，一方面，有着以周作人、钱半农等人所发起的"歌谣运动"，"充分吸取和肯定民间蕴含的积极和健康成分"③，意图从民间文学中吸取资源，发展新文学；另一方面，从整体上看，五四知识分子所接受的现代观，又必然对代表落后文化的"民间"和"传统"进行批判，以促进新的社会政治革命和文化变革。

奇特的是，伴随一批反思现代文化和城市文明作家的出现，"启蒙"

---

① 孟悦：《〈白毛女〉演变的启示——兼论延安文学的多质性》，唐小兵主编《再解读：大众文艺与意识形态》，北京大学出版社2007年版，第66页。

② 李扬：《50—70年代中国文学经典再解读》，山东教育出版社2006年版，第138页。

③ 王光东：《"民间"的现代价值——中国现代文学与民间文化形态》，《中国社会科学》2003年第6期。

视角下落后、蒙昧的"农村"和"民间"，逐渐发生了转化，开始受到了赞扬和歌颂。中国是有着"重农抑商"传统的国家，简单朴素的生活历来被认为是最高的理想，而奢侈繁复的城市文明和商业文明常常是遭到否定的，返璞归真的道德神话在某种程度上成为中国文人牢不可破的心理情结。西方资本主义文化的侵入，都市文化在刺激中国"现代化"发展的同时，也显示了其自身的弊端。在通商口岸这样的现代城市兴起之后，都市与乡村作为一项二元对立观念在知识界逐渐流行开来。"乡村和都市，中国和西方，这些二元对立其实是相互缠绕在一起的，在某种程度上乡村被等同于中国，而都市则被认为是受西方影响的产物。因此，乡村在道德上的纯洁和高尚，也即隐喻中国拥有一种美好、高尚的道德本质。""作为都市对立面的乡村完全是想象性的，它绝对不是现实之中的乡村，而是一个集一切美善于一身的乌托邦。构造这样一个乌托邦，当然不是为了寄托虚无缥缈的幻想，而是试图由此建构中国的民族性，为一个纯洁、健康的民族共同体提供想象的基础。"① 20 世纪 30 年代以后，以废名、沈从文为代表的作家一改"五四"时期对乡村描写的忧郁激愤，作品中呈现出一幅田园牧歌的恬静情景。

　　总体来看，中国现代民间文学的发生，源自文化革命背景下的"启蒙文学观"，从"人的文学"到"平民的文学"口号的提出，必然促使知识者关注下层民众口耳相传的"民间的文学"。但是，中国现代社会文化形成的特殊环境又决定了"五四"知识分子对待"民间"文学和普通民众复杂暧昧的态度，他们既从民族文化革新的角度重视民间文学和文化，将其视作中国现代文化发展的根基，发掘蕴含其中的民族精神；另外，又始终对与封建文化保持千丝万缕联系的民间文化发起谨慎的批

---

① 倪伟：《"民族"想象与国家统制》，上海教育出版社 2003 年版，第 137 页。

判。中国现代知识分子不遗余力地呼唤民间文化的活力，又以启蒙现代性的眼光审视存在于民间文学中的弊端，力图改造"国民性"的痼疾。因而，在中国现代文化的进程中，虽然一直有着"到民间去"①的现实呼吁，但对如何走向民间甚而走向民间的真实价值却始终存在着疑问，引起或显或隐的争论。在相当长的一段时期里，新文学群体看重"民间文学"与民众之间的紧密联系，但作为文学资源的"旧形式"，"民间文学"却并没有得到广泛的重视。中国新文学是在与传统文学及"鸳蝴"派文学对抗中生成的，目的在发展新思想，树立新的现代"文学"观念，"民间文学"的"民间形式"作为"旧文学"代表之一，因其"旧"的性质而被排除在新文学作家的视域之外。

随着中国现代文化的发展，尤其是社会政治形势的变化，过于精英化的"五四"文化及其启蒙方式面临着日益明显的困境。从呼吁"平民的文学"到提倡"大众文学"，实际上是中国现代性启蒙文化发展的必然结果。正如郑伯奇所指出的，"中国目下所要求的大众文学是真正的启蒙文学"。②启蒙运动的深入，新文学群体逐渐注意到新文学发展面临的困境——广大的普通民众并不能接近新文学。于是文学的"大众化"问题便成为普罗文学运动中的一个重要问题。瞿秋白认为，中国文艺界不但有阶级的对立，还有等级的对立。"青年读五四式的白话，而平民小百姓读章回体的白话"，两个等级"中间隔着一堵万里长城"，因此，他强调"普罗大众文艺所要写的东西，应当是旧式体裁的故事小说戏曲小调歌剧和对话剧等"③。值得注意的是，虽然在文学"大众化"讨论

---

① ［美］洪长泰：《到民间去：1918—1937 年的中国知识分子与民间文学运动》，董晓萍译，上海文艺出版社 1993 年版，第 19 页。

② 郑伯奇：《关于文学大众化的问题》，文振庭编《文艺大众化问题讨论资料》，上海文艺出版社 1987 年版，第 17 页。

③ 史铁儿（瞿秋白）：《普洛大众文艺的现实问题》，文振庭编《文艺大众化问题讨论资料》，上海文艺出版社 1987 年版，第 35、43 页。

中展开了对"五四"文学尤其是白话的批判，但大多数论者却都反对"盲目的模仿旧式的体裁"，直言"完全盲目的模仿旧形式的形式，那就要走到投降的道路上去"，鲁迅也告诫论争者，"迎合和媚悦，是不会于大众有益的"。这都显示了新文学群体对"五四"文学的捍卫和坚守。

20世纪30年代有关文学"大众化"的讨论，其争论焦点还停留在文学内部——如何推进文学的通俗化，改革文学语言及形式技巧。抗战时期，"民族形式"论争中有关"民间文学"的讨论，其核心问题则是文学如何在新的地理文化空间和历史语境中，转换为现代民族国家文学建构的文化资源。虽然，从表面上看，"民间文学"依然讨论的是中国现代文学的"精英、民众"问题，论争者也有意识地勾连起"五四"时期的现代民间文学运动，但这一时期"民间文学"的争论及其建构却与"五四"时期的民间文学运动有着根本性的差异。"民族形式"论争中"民间文学"的凸显，源自抗战时期，中国社会和文化的转移，中国革命的重心从沿海城市转移到了内地落后的农村。正如研究者所指出的："如果说在五四时期的民间文化形态开始转变为文化的主导性因素，如果说在五四时期的民间文化形态是在与启蒙文化形态的联系与冲突中，呈现出其有利于新文化、文学建设的意义，是部分而非整体地进入现代化文化的建构过程中，那么，这一时期的民间文化形态在'抗战'的影响下，成为一种与启蒙文化相对应的，而非包含于启蒙思想系统中的文化形态，它把30年代'大众化'问题的讨论，由理论的倡导转入具体的、社会实践的过程中。"① 抗战时期，民间文学运动中"民间意识"逐渐和"民族意识"融合在一起，成为新的文化形态，这是知识分子"走向民间"的现实要求，也是政党政治建构意识形态运动的必然结果。

---

① 王光东：《民间：作为中国现当代文学研究的视野与方法》，东方出版中心2013年版，第54—55页。

可以说，在中国现代文学（文化）的发展过程中，农村和民间始终是一个沉默的"他者"，一个既被猛烈批判同时又被热切期盼的"想象共同体"。也可以说，在现代性的视野中，从来就没有真实意义上的"民间"和民间文学，"五四"时期乡土文学中的"民间"是启蒙视野下需要被改造的"民间"；20 世纪 30 年代"京派"等文人群体笔下的"民间"则是"都市、乡村"二元对立项下作为批判现代都市文化的另一种文化形态；"民族形式"论争中的"民间形式"和"民间"，则显然经过了政治意识形态的建构；21 世纪以来，关于"底层文学"和"民间"的讨论，又何尝不是另一种政治诉求的文化反映？理论家斯皮瓦克就曾经发出这样的质问："底层能说话吗？"① 显然，"民间""民间文化"，在不同地域、不同的知识群体那里有着根本不同的具体含义。

三 "民族形式"论争中有关"民间形式""民间文学"的讨论

抗战开始后，随着新文学在实际宣传中所遇到的阻碍和困境，发生了利用"旧形式"的讨论。利用和"改造"旧形式，本是在文学"大众化"运动就已经争论过的问题，但"旧形式"是否就等同于"民间文学"，"民间文学"究竟包含哪些文学，如何吸取民间文学资源，最终引发了有关"民族形式"问题大讨论。不同论者对"民间文学"的看法，也成为"民族形式"文学论争中众说纷纭的话题。

实际上，在相当长的一段时间里，新文人群体对于"旧形式"以及"旧形式利用"问题有着大致相同的约定俗成的意见。他们并不否认"五四"文学在面对下层民众的不足，也承认"旧形式"利用在推动文

---

① 参见［美］佳亚特里·斯皮瓦克《底层人能说话吗?》，《从解构到全球化批判：斯皮瓦克读本》，北京大学出版社 2007 年版。

学启蒙和文学发展中的作用，但基本上延续了鲁迅的意见，即认为"旧形式"的采取利用"必有所删除，既有删除，必有所增益，这结果是新形式的出现，也就是变革"①。陈伯达之所以提出"民族形式"文学问题，正是从批判新文学接受范围狭窄开始的。在陈伯达看来，最好的新文学作品，销量也不及《三国演义》《水浒传》或者《儒林外史》《红楼梦》的万分之一，新文化运动中的新戏剧，新歌剧，也很少能像旧戏剧、旧歌曲一样打进最广大的落后的群众中去。究其原因，陈伯达认为是"中国新文艺新艺术没有对于这种旧文艺旧艺术的传统的接受和利用，尽了最大的可能"。②但他同时也反复强调"从旧形式的活用中，创造出新形式"，利用旧形式，不是复古，"是要促成更大的，更高的，更深入的新文艺运动"③。值得注意的是，在陈伯达这里，"旧形式"显然是抽象的民众文艺的泛称，因此他一方面呼吁民族形式应注意各地方的歌、剧、舞等"地方形式"；另一方面又强调《三国演义》《红楼梦》《水浒传》《儒林外史》等伟大作品是"全国性的民族形式"。

周扬同样认为抗战以来的文艺界，"在估定旧形式利用对文艺创作的意义与价值"这一问题上"显示了分歧"。在他看来，旧形式是与新文学相对的"旧文学"的表现形式，由于现代中国经济政治发展的不平衡，造成了新旧形式并存的局限。"它们各有不同的活动范围，领有各自不同的读者与观众。"旧形式、旧文学主要在农村，新文艺影响则主要在现代都市，这就从地域空间的角度为新文学、新形式和旧文学、旧形式做了区分。但周扬也承认，新文学在普通民众中的接受程度远不如旧文学，"不但在新文艺足迹尚极少见的农村，就是新文艺过去的根据

① 鲁迅：《论"旧形式的采用"》，《鲁迅全集》(6)，人民文学出版社 2005 年版，第 25 页。
② 陈伯达：《论文化运动中的民族传统》，《解放》1938 年第 46 期。
③ 陈伯达：《关于文艺的民族形式问题杂记》，《文艺战线》1939 年第 3 期。

地，过去文化中心的大都市，旧形式也并不示弱。没有一本新文艺创作的销路，在小市民层中能和章回小说相匹敌。全国各大都市竟没有一处话剧场，旧戏院则数不胜数"。正因为"五四"新文学在根据地所遭遇的困境，所以周扬认为对待旧形式"不能不采用批判地利用的态度加以改造"，但显然在他看来，"利用旧形式并不是单纯作为一种艺术形式的实验或探求，而毋宁更是应客观情势的要求，战斗的需要，作为一种大众宣传教育之艺术武器而起来的"。周扬对"旧形式""民间形式"和"民间文学"进行了小心翼翼又别有意味的区分："所谓旧形式一般地是指旧形式的民间形式，如旧白话小说、唱本、民歌、民谣以至地方戏、连环画等等，而不是指旧形式的统治阶级的形式，即早已僵化了的死文学……所谓新形式，又是指民族新形式，而不是指国外新形式，虽然一个民族的文艺常常要受先进民族或与自己民族在社会经济范畴上相类似的民族的文艺的影响。"① 这种区分一方面捍卫了"五四"文学革命批判旧文学的内在合理性，另一方面也避免了把民族形式等同于旧形式的简单比附。旧形式是旧的封建社会结构所形成的产物，是旧文学和旧思想观念的代表。由此可以看出，在周扬此时的观念中，利用旧形式不过是新文学在面对落后文化空间所采取的临时性策略罢了。

　　实际上，在延安"民族形式"问题提出之初，虽然很快就围绕着"旧形式""民族形式"的关系展开论争，但"旧形式"一直是作为等同"旧文学"的抽象概念，论争其作为新的"民族形式"建构中的作用以及如何有效处理旧形式、旧文学与新形式、新文学的结合及转化问题，"民间文学"实则并没有出场。真正将"民间文学"作为一个独立问题，探讨其与"民族形式"及"民族性"文学的关系的，是在重庆向

---

　　① 周扬：《对旧形式利用在文学上的一个看法》，《中国文化》1940 年第 1 卷第 1 期。

林冰等通俗读物编刊社文人提出"民间形式中心源泉论"之后，"民间形式""民间文学"才作为重要的概念浮现出来。到底什么是民间文学？民间文学与新文学有怎样的历史关系？也就成为"民族形式"文艺论争中的重要问题。

在向林冰的论述中，作为文学的"民族形式"建构基础的民间文学同样是语焉不详的。向林冰认定中国存在两种文艺形式，"五四"以来的新兴文艺形式和大众所习见常闻的民间文艺形式，但他始终没有详细论述"民间形式"与"旧形式""民间文艺"的逻辑关系，反倒是纠缠于"民间文艺"能否在"否定之否定"的自我扬弃中生成为新的文学形式，进而成为"民族形式"的中心源泉。依据"新质发生于旧质的胎内"之"辩证法"观点，向林冰认定"民间形式为民族形式的中心源泉"①。正如前文所指出的，这一观点实际上是通俗读物编刊社一直实践的文学创作方法"旧瓶新酒"在新的文化政治形势下的变形，构成了对"五四"新文学历史意义和存在价值的挑战。编刊社的另一位作家方白就明确表示"民间文艺是内在的，新文艺是外来的"②。新文人群体很快注意到这一理论概念对"五四"新文艺的巨大冲击，沿着这一论述逻辑，必然导致对"五四"新文学的否定。因此，如何理解民间形式和民间文学，实际上构成了新文人群体与通俗读物编刊社关于"民族形式中心源泉论"的焦点。

显然，只有对"旧形式""民间形式""民间文学"等一系列的论争概念和范畴有了充分明晰的论述，对民间文艺与"民族形式"文艺之间关系的争论才是有意义的。正是在驳难的过程中，新文学的捍卫者如

---

① 向林冰：《论"民族形式"的中心源泉》，《大公报》副刊《战线》1940年3月24日。
② 方白：《民族形式的"中心源泉"不在"民间形式"吗?》，《新蜀报》副刊《蜀道》1940年4月25日。

光未然、郭沫若、潘梓年等人开始系统论述中国文学的发展历史，澄清"民族形式"文学建构的文学资源，逐渐形成了对"民间文学"的理解。在抗战初期有关利用"旧形式"的争论中，艾思奇认为旧形式是"中国民众用来反映自己的生活的一种文艺形式"，并列举"旧戏的不自然的脸谱，不合时代习惯的台步"，"旧小说的大团圆制度，以及佳人才子的作风等"① 是明显的例子，显然，这种对"旧形式"内涵的论述还是粗浅而混沌的。旧式戏曲，旧小说与传统文学、民间文学这些概念和范畴还是纠缠在一起的，并没有作出明确的区分和定义。萧三在论述诗歌的"民族形式"时，则相对明确地将诗歌的资源分为两个部分，"一是中国几千年来文化里许多珍贵的遗产，《离骚》、诗、词、歌、赋、唐诗、元曲……二是广大民间所流行的民歌、山歌、歌谣、小调、弹词、大鼓词、戏曲……"② 他认为这两个泉源都是诗歌应该汲取的重要资源。由此，将中国文学分为士大夫文学和民间文学，成为部分论争者的基本观点。郭沫若在《"民族形式"商兑》一文中指出："中国新文艺，事实上也可以说是中国旧有的两种形式——民间形式与士大夫形式——的综合统一。从民间形式取其通俗性，从士大夫形式取其艺术性，而益之以外来的因素，又成为旧有形式与外来形式的综合统一。"③ "民间文学"实际上变成与文学经典相对的大众通俗文学和地方文学。对"民间文学"这样的界定和理解，必然发生如何处理传统经典文学资源的疑问，例如如何理解《三国演义》《水浒传》《红楼梦》等长篇小说，因而向林冰和茅盾等人才会反复争论如何吸取传统长篇小说这一文学资源。如果说"由《诗经》《楚辞》起，以至唐诗、宋词、元曲、明清小说等"

---

① 艾思奇：《旧形式运用的基本原则》，《文艺战线》1939 年第 3 期。
② 萧三：《论诗歌的民族形式》，《文艺战线》1939 年第 5 期。
③ 郭沫若：《"民族形式"商兑》，《中国文化》1940 年第 1 期。

是"中国历代文学底优秀遗产",那么又该如何看待明清小说在大众读者中的传播和影响。正是由于"民间文学"很难被独立纯粹地呈现出来,当时的论者因此不得不采取"综合论"来论及民族文学的创制,"在民族形式的课题下意味着的文艺旧形式,是指的数千年来一条主线发展下来的,民族文艺传统的全部成果;特别是一直和大众呼吸合拍的,一直在文艺传统中起着主导作用的,通过前述的辩证的过程而发展下来的,至今还在大众中间生长着发展着的,较为新鲜活泼,而且复杂多样的,民间形式的文艺作品"①。这意味着,"民间文艺"再次成为一个泛称,仍保留在民众生活中且被广泛接受的文学即为民间文学。

"民族形式"文艺论争中,明确"旧形式""民间形式"所指代的"民间文学"内容固然成为论争的焦点之一,更为重要的问题则是如何从民间文学中建构出新的"民族形式"。换言之,民间文学的内涵固然重要,但更为关键的则是如何将民间文艺转化为民族文艺的资源。

虽然利用旧形式,包括民间形式和地方形式得到了文艺界广泛的认可,尤其是在诗歌和戏剧方面,利用旧形式如民歌、秧歌、秦腔等形式得到了广泛的讨论,也取得了一些成果。向林冰在论证"民间形式"作为"民族形式"的中心源泉时,就曾经以老舍和柯仲平的创作实践为例,认为像柯仲平先生的《边区自卫队》,《平汉工人护路队的产生》,老舍的万行长诗等,都是"民间文艺的批判改造"②的典范。向林冰没有列举通俗编刊社的作品,显然是因为柯仲平和老舍都是新文学作家,他们的试验更具有说服力。

然而,现实中旧形式、民间形式的改造却并不容易。首先,是如何

---

① 光未然:《文艺的民族形式问题》,《张光年文集》第3卷,人民文学出版社2002年版,第53页。

② 向林冰:《新兴文艺的发展与民间文艺的高扬》,《新蜀报》副刊《蜀道》1940年6月3日。

处理"旧形式"与"新文学"之间的矛盾关系问题。"五四"新文学是在对旧文学和旧文化的批判中发生的，新文人群体对于旧文学及其表现形式的"旧形式"充满了警惕。作家们虽然承认"旧形式"影响广泛，但从内心并不认同以旧形式代替新形式，诸多论者都认为旧形式是封建时代的旧思想和旧文化的代表，即使他们与普通民众生活有着密切的联系，那也应该是需要被批判和摒弃的旧思想旧文化。因此，从一开始，"旧形式"的利用就充满了争议，例如秧歌舞的利用，就有论者明确称为"旧的艺术的民间形式"，痛斥其缺少"进步"意义：

> 秧歌舞在今天的乡村里，算是极盛一时了，真是随时皆舞，随处都舞；男的要舞，女的也要舞，特别是女的，粉面朱唇，花枝招展，头蒙一块花手巾，像旧戏中的刀斧手，但无刀斧手的英武，还有的在头顶上结一个朝天髻，插一朵芙蓉花，手里拿一条长绢子，——自然这绢子也是红红绿绿的了，——扭起那单调的秧歌舞来，确是舞台婀娜，身轻曼妙，五彩的绢子，前扬后摔，而朝天髻的凌空摇曳；这已够人神往（！）小半天的了，再配上那喧闹的锣鼓，实在躁得人头痛，进而催人呕吐。至于唱起歌子来，和着那"梆、板、木、金、土、丝、竹、管、弦、笙"之类的古乐，平静的、温情的，一种太平景象，油然勃兴。其声不大，但却淹没了歌声；这种舞，这种歌，这种乐，偶尔扭扭，唱唱，吹吹，间或还可聊解人颐，但也只能给人以肉麻之感，丝毫没有半点革命、战斗的气息，因而，到得今天，便形成了一种为看女人而看"秧歌舞"的现象。①

---

① 冯宿海：《关于秧歌舞种种》，张学新、刘宗武编《晋察冀文学史料》，天津社会科学出版社1989年版，第168页。

由此，秧歌以及秧歌的利用改造，引发晋察冀边区文艺界的巨大争论。虽然沙可夫批评轻视否定秧歌的剧作家没有从实际出发，"对文艺运动实际发展中所发生的新的现象与新的趋势熟视无睹"，相信"新的歌舞剧可以从'秧歌舞'的改造与吸收其他戏剧与歌舞形式的优良成分的过程中创造出来"①。戏剧家张庚也力图凸显"秧歌"的民间特征和"进步"内容，区分秧歌和一般旧戏，认定"秧歌是民间的，农民的，而非如地方戏是地主绅士的，更非如昆曲、平剧是宫廷的"，因此在形式和内容上，秧歌是"能够突破，能够改造"的，②却也不能打消一般"文化人"对于秧歌等旧形式的犹疑态度。

其次，旧形式利用还存在着利用的限度问题。文学的形式与内容，并非简单的瓶和酒的关系。旧形式可以加以改造而成为宣传的重要工具，但新的内容亦有可能被旧形式所俘获，难以达到经改造而成为新文艺的目的。刘备耕认为要使旧形式发展成为民族形式，必须克服旧形式的不现实性和非科学性，他以音乐为例说明必须以现实生活的内容来改造旧形式，否则就有可能适得其反。曾经有一个音乐工作者，把一支辽县的淫荡的小调儿：

高粱长的高，

小奴长的低，

一把手拉到你高粱地，

大娘啊！

依原调改成：

---

① 沙可夫：《晋察冀新文艺运动发展的道路——点滴经验教训的介绍》，孙晓忠、高明编《延安乡村建设资料3》，上海大学出版社2012年版，第99页。

② 参见张庚《谈秧歌运动的概况》，《张庚文录》第1卷，湖南文艺出版社2003年版，第364页。

高粱长的高，

鬼子长的低，

咱们一起去打游击，

张老三！

结果，老百姓不但不会听出"抗日的内容"，他们所听到耳朵里去的却是原来的那个调调儿。① 因此，旧形式、民间形式必须加以合适的改造，才能表现现实，才能成为新的民族形式的文艺。王实味也毫不留情地批判了延安所存在的小调作风，他认为由于要使"新音乐与旧的民族形式相结合"，由于实践"旧形式新内容"，延安的音乐界有浓厚的"小调"作风。从《农村曲》《军民进行曲》到《生产大合唱》《"九·一八"大合唱》等大型作品，都充满着小调风味，有的更是直接装进现成的小调曲子。而这些曲子，"即令用最低的男声来唱，也掩饰不住旋律的轻浮"，女声一唱，"新内容"就完全为"旧形式"所取消。② 由此，王实味强调乐曲的旋律就是它的内容，内容和形式往往是不可分割的。

这一点，诸多的民间形式写作者都曾提及，新文学作家老舍更是由此道出了"旧形式试验"的"痛苦"，民间旧形式由于其成熟系统的模式，新内容不仅装不进"旧瓶"去，反倒可能变成"旧瓶"的一部分。如何有效利用和改造民间形式，真正将民间形式改造为民族形式，也就成为亟待解决的问题。

艾思奇曾在《抗战文艺的动向》一文中总结抗战以来作家所进行的旧形式利用实践，阐释了对于旧形式改造的基本看法。艾思奇指出，旧

---

① 参见刘备耕《民族形式，现实生活》，《华北文艺》1941 年第 1 卷第 3 期。
② 参见王实味《文艺民族形式问题上的旧错误与新偏向》，《中国文化》1941 年第 6 期。

形式（民间形式）利用有几种方式：第一种是"旧瓶装新酒"的范式，这是完全依照旧形式，一点不改动地将新内容填进去，这实际上正是向林冰等通俗读物编刊社作家所大力提倡的写作方法；第二种是把"旧瓶"做一些适当的修改使之适合新内容；第三种则是融合各种旧形式的表现手法，而不死板地利用任何形式。虽然艾思奇从理论上更加认同第三种利用方式，但他也承认具体采用哪一种方法，还需要依据现实条件决定。艾思奇甚至认为，如果纯粹为着宣传和应急的目的，前二种是比较方便的方式。① 诸多参与"民族形式"论争的论者则从抗战建国建设新的"民族形式"文艺和新的民族文化这一层面出发，更认同艾思奇所提出的第三种意见，强调运用或利用旧形式，需不受其束缚，而"进一步的自由创造崭新的形式"②。换言之，民族形式的创造，是找寻各地方特色的东西，"加以艺术的概括和综合，提炼和净化"③。

在对"民间文学"以及旧形式、地方形式利用的讨论中，向林冰的偏狭观点逐渐受到了批判，论者趋向认同"民间文学"利用的综合论观点，即将民间文学及其形式作为文学资源的一种，结合现实，共同完成新的民族文艺的建构。潘梓年论及如何看待新的民族文艺的建构中语言的创制问题，他认为重要的是将民间文学变为民族语言文化的资源，语法完整的语言有两个来源，"一个是从古典作品中接受遗产，一是从活的语言吸收新的要素"。但所谓的遗产，只能作为文学发展的基础，而并不能成为拿来就用的"现货"。在潘梓年看来，古典文学作品中的语言大体上仍然是上层社会和知识分子的语言，而并非民众的语言，也就存在着挑选和改造的问题。同时，作为民族文艺的资源，尤其是民族语

---

① 参见艾思奇《抗战文艺的动向》，《实践与理论》，重庆读书出版社 1939 年版，第 128 页。
② 宗珏：《文艺之民族形式问题的展开》，香港《大公报》《文艺》副刊 1939 年 12 月 12—13 日。
③ 杜埃：《民族形式创造诸问题》，香港《大公报》《文艺》副刊 1939 年 12 月 11—12 日。

言建构的资源，其来源不仅仅包括现实生活的民众口语和古典文学语言，外国语言同样也可以作为"取材"的重要内容。对民族形式问题，他实质提倡一种综合化用的文学观：

> 民族形式的问题并不就是运用旧形式的问题。第一，运用旧形式问题只是民族形式问题的一部分而不是其全部。第二，民族形式并不一定就是旧形式，很可能是簇新的新形式。例如街头剧，茶馆剧，等等，是从未有过的新东西，但确是我们的民族形式。①

茅盾则更为明确批判了"民族形式"文学论争中纠缠于民间文学旧形式利用的局限，他认为"民间形式为民族形式中心源泉"的鼓吹者不了解口头形式的"民间文学"很大程度上不过是封建时代的产物，与现代人的生活存在着根本性的差异。过分强调"民间形式"和"民间文学"的价值和作用，必然导致抹杀"五四"新文化运动的思想成果，排斥世界文学的优秀传统，毫无疑问是对"民族形式"文学恶意或无知的曲解：

> 所谓"民族形式"这一口号，最初即受到了恶意的或无知的曲解。"民族形式"的正解，显然是指根植于现代中国人民大众生活，而为中国人民大众所熟悉所亲切的艺术形式。这里所谓熟悉，当然是指文艺作品的用语，句法，表现思想的形式……所谓亲切，应当指作品中的生活习惯，乡土色调，人物的声音笑貌动止等等而言。依这样说，则我们文艺作品中向来不去净的欧化的用语句法等等，是必须淘汰的。又由于作者生活经验的欠缺而把农民装上知识分子的声音笑貌等等毛病，也必须克服的。但是"民族形式"也并非无

---

① 潘梓年：《论文艺的民族形式》，《文学月报》1944 年第 1 卷第 2 期。

条件地排斥外来形式，对于世界古典文学的优秀传统是主张加以吸收而消化以滋补自己的；也不排斥中国古来文学的优秀传统，也是主张批判地加以继承而光大之的。①

对于"民族形式"文艺论争片面强调利用传统民间文学的局限，茅盾作出了尖锐的批评，他指责部分"民族形式"文学论争者一味排斥外来形式，客观上为当时中国思想界复古"逆流"呼应张目，成为这一反动文化现象的帮凶。对于"五四"新文学的捍卫，提倡文艺的"综合论"，逐渐成为"民族形式"论争后期诸多论者较为一致的意见。

四 "民族形式"建构与"民间文学"的文化政治意义

总之，在抗战时期关于文艺"民族形式"问题的论争中，"民间"和传统文学价值的凸显：一方面是在抗战的刺激下，知识分子从文化"小传统"中"发明"所需要的民族"意识"和"精神"；另一方面则是政党文化在对民间文化的重构中发现了政治和文化的机遇，并对"民间"和"民间形式"加以意识形态化的处理，获取文化领导权。

陆定一批评文化人与农村和农民文化的格格不入，指责"五四"新文学是城市知识分子文化的产物，不论是小说戏剧等文学作品还是图画舞蹈大众艺术都自然而然"有城市风味、城市情调，甚至是外国风味、外国情调"。这样的风味和情调也就与当时革命的农村环境尤其是经历了革命的农村现状显得格格不入，战争中的文学也必然要求一种不同于"城市文学"的新文学。而在解释为什么需要"民间"，尤其是文化人为什么需要下乡时，他将文化与中国革命的发展联系起来：

---

① 茅盾：《抗战期间中国文艺运动的发展》，《中苏文化》1941 年第 3—4 期。

文化为什么应该下乡？人们说：因为中国人百分之九十还是农民，要在文化上唤醒他们，中国才能得救，否则一辈子也救不了国。这是很对的，但这还不完全。二十余年来中国革命的历史，还说明了一件事，就是革命运动的发展有这样一个规律，它首先在城市中发生，在知识分子与工人中间发生，但是随后，它在城市里就站不住脚，必须要转到乡村中，转到农民中，然后再由乡村回到城市去。①

显然，利用民间形式，文艺下乡，是有着现实政治功利性的考虑。毛泽东则说得更为清楚："我们的两支文艺队伍，上海亭子间的队伍和山上的队伍，汇合到一起来了。这就有一个团结的问题。要互相学习，取长补短。要好好地团结起来，进行创作、演出。要下去，要到人民生活中去，走马看花，下马看花，起码是走马看花，下马看花更好。我们要有大树，也要有豆芽菜，没有豆芽菜，怎么能有大树呢？你们要好好看书学习；除了看书，还要学习民间的东西，演戏要像陕北人。《阳春白雪》和《下里巴人》这两种歌，你们喜欢哪一种呢？我看《下里巴人》也不错，全国人民都会唱。"② 从"普及"的角度来看文学的价值，显然"民间形式"更能获取普通民众的文化认同，也具备更突出的政治效能。普及与提高这一对概念的提出和转化，既可以动员民众，更能将"五四"以来的中国现代文化进行"现实性"改造。正如毛泽东在和周扬关于"旧形式"利用问题的通信所指出的，"就经济因素说，农村比都市为旧，就政治因素说，就反过来了，就文化说亦然。……现在的反日斗争实质上即是农民斗争。农民，基本上是民主主义的，即是说，他

① 陆定一：《文化下乡——读占元的一幅木刻年画有感》，《解放日报》1943 年 2 月 10 日。
② 《延安文艺丛书》编委会：《延安文艺丛书·文艺史料卷》，湖南人民出版社 1987 年版，第 32 页。

们的经济形式、生活形式，某些观念形态、风俗习惯之带有浓厚的封建残余，只是农民的一面，所以不必说农村社会都是老中国。在当前，新中国恰恰只剩下了农村"①。在抗战时期独特的地缘政治文化空间中，广袤中国腹地乡村的农民才是必须建构和形塑的革命主体，也是开展革命运动的依靠阶层。

如此一来，我们就可以比较清晰地看出了"民族形式"论争中重视"民间""旧形式"的实际意义。显然，毛泽东关注"文学大众化"绝不是出于他个人的喜好，而是意识形态建构提出的必然要求。丁玲通过与毛泽东的接触，认为从文学天才、文学修养以及性格特征等方面观察，毛泽东更欣赏那些艺术性较高而没有什么政治性的文学，但由于其政治家、革命家的身份，便很自然将一切事物包括文艺纳入革命的政治轨道当中，要求文学须得为现实的政治和革命事业服务。②"民族形式"文艺需要重新吸取新的文化资源以建构符合革命文化要求的文化形态，这一资源既然不能从西方文化为基础的"五四"新文学和新文化中获得，则必然是由对传统文化加以利用和改造而形成。刘进才指出："从历史的渊源观之，民族形式讨论是三十年代初大众语讨论的延续和深入。只是讨论的文化语境稍微发生了变化，三十年代初许多作家和文艺工作者还未能接触到广大民众，讨论的展开只是囿于文人之间的理论展演。四十年代左右的民族形式讨论是在全民抗战的背景下，在'文章下乡，文章入伍'的感召中，许多作家和理论工作者真正开始走向民众，走进底层，知识文化精英直接面对着鼓动抗战与救亡启蒙的现实困境，这种被称之为'新启蒙'的文化语境迫使广大作家和文艺理论家进一步

① 毛泽东：《毛泽东文艺论集》，中央文献出版社2002年版，第259—260页。
② 丁玲：《延安文艺座谈会的前前后后》，艾克恩编《延安文艺回忆录》，中国社会科学出版社1992年版，第56页。

思考民族文学的未来发展。新型的未来理想形式的民族文学的建立，不是凭空而来的，如何对待中国已有的文化、文学传统，如何对待外来的文化文学资源，乃至如何看待'五四'以后的新文学，这是建立民族文学形式难以回避的话题。"①

抗战时期，民间文学和民间意识的凸显，是抗战的实际需要，也是政治权力的推动。"从政治权力的角度而言，要求知识分子转移到工农兵的立场写作，这种转移就是要去歌颂劳动人民，唤醒民众的民族热情，而这一切的目的又是为了国家权力的建立。由此看，知识分子、民间文化形态、政治权力三者之间关系的沟通，在此时是以'政治'为中心联系在一起的。"② 贺桂梅指出，与"试图以传统文化和传统伦理确立其民族身份合法性的国民党政府"不同，"共产党根据地和左翼文化界对'民族'身份和'民族'文化（文学）的认同，无疑更倾向于以底层民众（工人、农民、士兵及其干部）为主体、以尚未被'五四'现代性统合的'民间文艺'作为核心资源、以现代性作为其核心导向的文艺形态"③。李杨则提醒我们，"《讲话》并不是一本单纯的'文艺学'或'美学'文献。它关注的问题，与其说是'文艺'的'政治化'，不如说是一种以'文艺'为名的文化政治实践"，而延安文艺"无论就其理论想象还是就其发挥的历史作用和产生的深广影响而言，早已不仅仅是一种文学和艺术的选择"④，而是通向现代性的独特的文艺、文化政治实践。如果说"五四""发现"了民间文学，抗战时期的"民族形式"文

① 刘进才：《民间的何以成为民族的——文学民族形式论争中的文体及语言问题》，《华中师范大学学报》（人文社会科学版）2015 年第 5 期。

② 王光东：《民间：作为中国现当代文学研究的视野与方法》，东方出版中心 2013 年版，第 66 页。

③ 贺桂梅：《转折的时代——40—50 年代作家研究》，山东教育出版社 2003 年版，第 341 页。

④ 李杨：《"赵树理方向"与〈讲话〉的历史辩证法》，《文学评论》2015 年第 4 期。

学运动则进一步建构了中国的"民间文学"，赋予其文化政治的意蕴。最终，经过政治意识形态不断地筛选、甄别，"民族形式"转换"民族文化"和"民间文化"的内涵，最终建构完成了"人民文艺"这一现代民族国家文学的新形态。

第二节　民歌与柯仲平对"民族形式"诗歌的探索

最先响应毛泽东"民族形式"号召的是柯仲平，正如前文所提到的，柯仲平将毛泽东的"中国化"主张引入文艺领域，并且以电影为例，论述了文艺的"中国性"的普泛性，"要使电影这一武器在民间发生深刻的抗战教育作用，以中国题材，利用西洋的优良技术，创造出富于中国气派的电影，这是必要的。国际主义的马克思主义应该中国化，其他优良适合的西洋文化也同样是应该中国化的"①。

和其他作家和理论家不同，柯仲平在谈论旧形式和"民族形式"时，是以自身的经验和文学实践为基础来展开的，在毛泽东提出"民族形式"之前，柯仲平不仅早已开始诗歌"大众化""民族化"的实验，同时，他还率领民众剧团在边区上演反映抗战新内容的旧形式改编戏剧，因而他自信地说"我们的戏更是'老百姓喜闻乐见的'"，"民众剧团，无论走到哪个乡村里去，都受到群众热烈的欢迎"②。陕甘宁民众剧团的团旗上写着大众艺术野战兵团，明确提出大众艺术的口号，每一次在农村的演出，搭建的剧团舞台上都会挂出"团结抗战"的横幅，两边

---

① 柯仲平：《谈"中国气派"》，《新中华报》1937年2月7日。
② 柯仲平：《介绍〈查路条〉并论创造新的民族歌剧》，《文艺突击》1939年第1卷第2期。

都会贴出对联，上联是：中国气派，民族形式，工农大众，喜闻乐见；下联是：明白世理，尽情尽理，有说有笑，红火热闹。显然，柯仲平所领导的民众剧团自觉实践毛泽东所提出的"新鲜活泼""喜闻乐见"的"民族形式"文艺，着力推动文艺在抗战宣传的实际作用。因而，毛泽东才会多次称赞柯仲平等人是"苏区的文艺先驱"，民众剧团的戏剧"既是大众性的，又是艺术性的，体现了中国气派和中国作风"。①

一 柯仲平的思考与"试验"

在 1938 年到 1939 年，柯仲平先后发表了《论"中国气派"》《介绍〈查路条〉并论创造新的民族歌剧》《论文艺上的中国民族形式》《论中国民歌》，系统地阐述了他对于"民族形式"的看法和实践经验。

首先，柯仲平认为应该重视"民歌"和"民间文艺"，他认为"有好大一部分中国民歌的形式，它比'五四'以来的大部分的诗歌形式优秀得多。"因此，"我们应继承并发展中国民歌的传统——民间艺术"。②在他看来，要创造新中国的大众音乐、大众诗歌，民歌是重要的文艺资源。而中国的旧戏，尤其是形式方面的技巧，存在着许多艺术上的优点。不论是剧本创作方法，还是表演方法，都值得进一步加以研究和学习。

其次，在如何创制新的"民族形式"问题上，柯仲平实际上持一种综合论，认为创造文艺的新民族形式，"既不能把中国较优秀的那些旧的和半新半旧的形式除外，也不能把外来的，优秀可用的形式除外，更不能把抗战期才产生的某些从未见过的新形式的萌芽除外，而且还要把

---

① 黄河：《"咱们自己的剧团"——记陕甘宁边区民众剧团》，《当代戏剧》1988 年第 4 期。
② 柯仲平：《论中国民歌》，《中国文化》1940 年第 1 卷第 4 期。

以上的这些形式上的特点融化了，创造出使这一时代的新内容能得到充分表现的新形式，这一新形式，才能称为今天的、中国民族的真正的民族形式"①。这一点和潘梓年在论及建设新的中国民族语言所持"综合论"倾向是一致的：

> 中国语言还未成熟，就是到目下，仍然还是一个急需解决的问题。这个问题的解决，一方面要求有丰富的语汇，另一方面更要求有完整的语法。这两种工作，都是要作家来努力的。……语法完整的语言，其来源，一般讲起来，不外两个，一个是从古典作品中接受遗产，一个是从活的语言吸收新的要素。但在这里，都不是十分单纯的问题。……民族语言，或者说"国语"的来源是否只有这两个呢？外国语言，是否也有可以"取材"的地方呢？个人的意见，不但是可以，而且还是应当的。②

如果说，"五四"时期的文化是对传统文化的一个"否定"，积极吸收和借鉴西方文化；那么，在抗战的现实下，文艺家们力图将西方文化加以"中国化"，为抗战服务，以此教育民众，创造新的、真正的大众艺术。在"民族形式"文艺论争中，虽然对"旧形式""民间文艺""五四新文学"的看法不尽相同，在关于如何造就民族形式的问题上分歧也很大，但渴求建立民族形式新的中国文艺的目标却是一致的。"因为有共同的建立民族新形式的现实迫切诉求，讨论者在理论层面达到了文学语言和文体形式新综合这一共识，即是在继承古典、采纳民间、采用'五四'以来外来形式的'新综合'基础上造就民族文学的新形

---

① 柯仲平：《论文艺上的中国民族形式》，《文艺战线》1939 年第 1 卷第 5 期。
② 潘梓年：《论文艺的民族形式》，《文学月报》1944 年第 1 卷第 2 期。

式。"① 正是有这样的自觉意识，让柯仲平开始了"民族形式"文艺的实践探索。

正如茅盾所指出的，"在民族形式的创制方面，诗歌和戏剧表现得较为急切"，② 而从柯仲平的实际创作来看，他也正是从诗歌创作开始了对文艺"民族形式"的试验。1938 年 1 月，延安诗歌团体战歌社试办了一次新诗朗诵会，"发出三百张入场券，开始时会场坐满三分之二，陆陆续续散出，到末了仅只剩下不足一百人"。除了客观原因如"节目太多，时间太长"，"天气冷"之外，组织者也感叹"很好的很值得听和看的东西许多人竟不乐意听和看"。③ 一致承认朗诵会是"失败的"。作为运动发起者的柯仲平对活动进行了深刻的检讨，他认为"新诗歌直到现在还未能唤起普遍的注意，多数人还只把诗歌看作个人的事，不承认它（诗歌）可以与今日的救亡运动有密切的联系。""诗歌在（大众化）这一点上，还是很不够的；诗的语言不够大众化——偶有大众化的语言，但又未能使他成为'诗的'。"虽然战歌社诗歌朗诵活动失败了，但是柯仲平认为也并非全无收获，一方面"歌谣与诗歌一道登场的事，实在是一种创举，指示了提高歌谣的研究及运用，与诗歌大众化的方向"。更重要的是"毛主席坐到散会才走（散会时，听众不满一百人了），这使我们在万分惭愧中觉得以后非切实努力不可"④。

毛泽东坚持到最后，肯定不是出于赞赏。他的留下，是象征性的，以表示鼓励和关怀。然而，"这种姿态比晚会本身成功与否重要得多，那些满腔热情来到延安的文人将深受感动，而正在以及尚未投奔延安的

---

① 刘进才：《民间的何以成为民族的——文学民族形式论争中的文体及语言问题》，《华中师范大学学报》（人文社会科学版）2015 年第 5 期。

② 茅盾：《在戏剧的民族形式问题座谈会上的讲话》，《茅盾全集》（22），人民文学出版社 1984 年版，第 179 页。

③ 骆方：《诗歌民歌演唱晚会记》，《战地》1938 年第 3 期。

④ 柯仲平：《自我批判（根据战歌社会记录）》，《战地》1938 年第 3 期。

文人也将在这样的一段佳话的激励下更加坚定他们的选择"①。柯仲平在多年以后的回忆文章中叙述道:"搞民歌,主席对我鼓励很大。有一次,我组织了一个民歌朗诵会,最后只剩下十几个人。本来我准备鸣鼓收兵,但看到主席坐在十几个人之中,我红着脸一直按节目单搞完。下来主席说:'还要好好搞,方向是对的,头一次嘛!不要灰心。'"② 这样的姿态和激励,让柯仲平等诗人下定决心探索"大众化"文学,利用民歌创制民族形式诗歌,为抗战宣传和发动人民群众斗争的目标服务。

二 从红色歌谣到革命叙事诗

1937 年,柯仲平从武汉到达延安之后,开始有意识倡导新诗的"大众化"和"歌谣化",相继发表了大量的墙头诗,例如为庆祝中国共产党六届六中全会所写的《告同志》:"啊同志们!战呵战!/战到黄昏后/夜吗夜深沉/西不见长庚/东不见启明/我们指着北斗星前进/在那夜深沉的时候/我们党中央是北斗星//啊同志们!战呵战!/你好好掌舵/我好好摇桨/不怕暴风暴/不怕狂浪狂/我们中国共产党/越在危急的关头上/越有坚定的方向//啊同志们!我们有一致的方向/一致的主张/我们的团结/像五个指头/共一只强有力的手掌/每一个同志都在自己的岗位上/个个同志的岗位都朝中央……"就是"写在当时延安城内大礼堂对面的那堵石灰墙上,在干部集会时,曾经朗诵过很多次"③,引发了极大的反响。

1938 年 8 月 7 日,边区文协战歌社和西北战地服务团战地社的诗人

---

① 李洁非、杨劼:《解读延安——文学、知识分子和文化》,当代中国出版社 2010 年版,第 49 页。

② 刘锦满、王琳编:《柯仲平研究资料》,陕西人民出版社 1988 年版,第 120 页。

③ 柯仲平:《从延安到北京》,生活·读书·新知三联书店 1950 年版,第 6 页。

们，联名发表了《街头诗歌运动宣言》：

> 有名氏、无名氏的诗人们呵，不要让乡村的一堵墙，路旁的一片岩石，白白地空着，也不要让群众会上的空气呆板沉寂，写吧——抗战的、民族的、大众的！唱吧——抗战的、民族的、大众的！我们要在争取抗战胜利的这一时代里中，从全国各地展开伟大的抗战诗歌运动——而街头诗歌运动，我们认为就是使诗歌服务抗战，创造新大众诗歌的一条大道。①

在柯仲平的倡导和组织下，延安诗歌界掀起了轰轰烈烈的"街头诗歌运动"。诗人们强调诗歌大众化的要求已经是"没有什么人反对"了，而实现大众化唯一的办法是"使诗歌深入到群众中去"。人们在街头看诗、读诗，就可以迅速参与进来，从而真正实现诗歌的大众化。之所以采用"街头诗"的形式，当然也和延安的物质条件贫乏有关，不能提供诗人出版诗集的材料，"印刷困难，纸张缺乏，出诗集的不容易，已成为客观环境的迫切的要求"②。因此，在客观条件和理论倡导的双重作用下，延安开始了街头诗和诗歌大众化运动。

如果从党史文化发展的历程看，柯仲平和边区诗人共同发起的"街头诗"运动，实质是 20 世纪二三十年代中共苏区"红色歌谣"运动的延续。"红色歌谣"是指第二次国内革命战争时期（1927—1937）流传在红色根据地的反映革命斗争生活的歌谣。中国共产党作为具备独特意识形态和文化自信的政党，从成立之初就非常重视政党文化建设和思想宣传。20 世纪 20 年代中期，中共建立苏区革命根据地之后，更是注意将自己的政党意识形态和政策方针加以系统传播，进一步推动革命运

---

① 《街头诗歌运动宣言》，《新中华报》1938 年 8 月 10 日。
② 林山：《关于街头诗运动》，《新中华报》1938 年 8 月 15 日。

动。革命根据地多位于落后偏远的山区农村，在这些被人类学家称为"小传统"的社会中，山歌民谣无疑是最有影响力的大众文化。中国共产党抓住了这一资源，通过对歌谣的改编和续写，把"大众文化"改造为"革命文化"和"苏区文化"，在中国社会底层的文化基础上植入"红色"印记。① 早在1923年，彭湃为支援农历七月初五被捕的农会干部，鼓舞广东海丰农会成员的革命斗志，就根据当地民歌曲调，创作了一首《"七五"莫忘歌》；1926年，广东农民运动讲习所的学员学习计划中，便有收集民歌的条目；1929年的《古田会议决议》中，明确要求红军"各政治部负责征集并编制表现各种群众情绪的革命歌谣"。同年鄂西特委在给中央的工作报告中写道："在工农群众中，最容易发生效力的，是歌谣及一切有韵的文字，因为最适合他们的心理，并且容易记忆。所以关于文学方面的宣传，多有使用十二月、十杯酒、闹五更、孟姜女等调，或用十字句、六字句的韵文。在许多环境较好的地方，都可以听见农民把这些歌调，提起喉咙高唱。"1933年，为了扩充红军，江西兴国县城搭起歌台，组织各区、乡歌手轮番登台演唱，三天之内，组建起了兴国红军三个师的军队。② 1934年中央苏区曾编印了一本《革命歌谣集》，同样流传很广。红色歌谣对于革命根据地的文化建设十分重要，有研究者甚至认为，散布于江西、湖南、湖北、广东、广西、福建、安徽、河南等省的红色政权能够在"白色政权"包围中获得生存、生长的空间，除了当时中国特殊的国际国内形势之外，重要的一点便是根据地稳固的群众基础，而"红色歌谣"则对此"起到了关键作用"。③

---

① 参见曹成竹《从"歌谣运动"到"红色歌谣"：歌谣的现代文学之旅》，《文艺争鸣》2014年第6期。
② 王焰安编著：《红色歌谣》，广东人民出版社2010年版，第9页。
③ 曹成竹：《关于歌谣的政治美学——文化领导权视域下的"红色歌谣"》，《文艺理论与批评》2012年第2期。

为了完成主流红色文化向根据地人民群众扩散，中共各地苏区相继组建了分工明确的宣传机构，开展了大规模的红色文化建构与传播活动。例如，组织编印党报、画报、歌曲、标语口号、宣传大纲和各类学校课本，还组织了以戏曲、歌谣为主要形式的，以剧团、俱乐部为活动载体的文艺宣传队。有组织的宣传队、歌唱队一般是三五个人一组，深入村落、场镇，走街串巷，利用当地群众喜闻乐见的花鼓、"莲花落""钱架子"等表演形式，向群众演唱、教唱红色歌曲。这些歌唱队根据不同时期、不同内容、不同场景的创作表演，往往是一种"旧瓶装新酒"的创造。例如，传唱甚广的陕西情歌《十把扇儿》，就由原本的民间情歌，改编加入了革命内容："一把扇儿正月正/夫妻二人好高兴/妻子参加慰劳队/郎在外面当红军/……"依据湘西土家族民歌改编的红色歌谣《马桑树儿搭灯台》："马桑树儿搭灯台/写封书信与姐带/郎去当兵姐在家/三五两年我不回来/你个儿移花别处栽//马桑树儿搭灯台/写封书信与郎带/你一年不回我一年等/两年不回两年挨/钥匙不到锁不开//郎去当兵姐在家/二人心中别牵挂/姐在家中勤生产/郎在前方把敌杀/英雄模范戴红花。"同样折射了土地革命时期湘西儿女踊跃参加红军的历史，"凸显出边区民众坚定的革命信念"①。传统民间歌谣大多以抒发个人情感，表达个人感受为主，而苏区的红色歌谣，则往往是以彻底拯救和解放劳苦大众的革命图景为想象空间的。因而，红色歌谣能被用作政治文化宣传的重要工具，"将主流意识形态的权力话语渗透到每个民众的意识之中，嵌入每一个个体的感觉和情感之中"。②普通民众自然会体验到一种前所未有的工农苏维埃的认同感，红色歌谣作为传播主流革命

---

① 姚莉苹：《赤诚·忠贞·信念——湘鄂西苏区红色歌谣〈马桑树儿搭灯台〉的文化解读》，《湖南社会科学》2009 年第 2 期。
② 吴晓川：《川陕苏区红色文化的歌谣建构与传播》，《文艺争鸣》2010 年第 10 期。

意识形态的文化形态，确保了民众对苏维埃的理解和想象，让他们完成了红色文化的认同。

如果说，红色歌谣主要创制者是中国共产党的文化宣传干部，他们通过对山歌民谣的续写改编，赋予民间歌谣以革命的新内容，通过民歌传唱的方式，将抽象的革命道理转化为通俗的民间歌谣，完成革命主流文化向苏区普通民众的扩散。那么，抗日民族统一战线之后，随着延安成为中国社会主义革命的"圣地"，大量知识分子奔赴延安，知识分子对于民间的浪漫想象通过歌谣的跨文化"接近"，终于和革命意识形态融合在一起。如同后来赵树理所提倡的"问题小说"一样，柯仲平的诗歌创作最早尝试了将文学与政治政策结合的方式，这显然是延安文人对苏区"红色歌谣"传统的继承和进一步展开。对于受"五四"新文学影响的新文人而言，政治形势的变化"逼迫""五四"以来中国现代新诗放弃它的"高蹈"和"雅化"，通过民歌完成新诗大众化的"二次革命"。由此可知，在实际的诗歌发展进程中，很大程度上，是政治需要而非文学的民族化构成了诗歌大众化创作的动力。抗日民族统一战线形成之后，地主们强迫农民交还土地革命时期分得的土地，1938年，边区政府出布告保护农民的既得利益，柯仲平迅速以此为主题创作了一首诗发表在《新中华报》上：

你看那土豪何等无理／他强迫我们交还土地／就不说他有汉奸的嫌疑吧／他分明是故意来破坏边区／请问我们几代人为你种地／你家白吃了我们多少石粮食／到后来才分了你土豪的土地／这还有什么对不起你呀!? 什么对不起你!?①

---

① 柯仲平：《从延安到北京》，生活·读书·新知三联书店1950年版，第8页。

此时，柯仲平诗歌对延安共产党政权政策的传达，无疑延续了红色歌谣的文化功能。柯蓝认为柯仲平的创作从整个新诗的方向上说，代表了诗歌大众化、民族化的方向。早在 20 世纪 30 年代，左联领导下的中国诗歌会继承和发展了歌谣运动的"遗产"，主张"要使我们的诗歌成为大众诗歌"，出版的《新诗歌》"歌谣专号"，刊登大量采用民歌、民谣、鼓词、小调、儿歌形式写作的新诗。从这个意义上说，作为左联文学实践尤其诗歌探索的重要诗人柯仲平，在马克思主义文艺理论的指导下，实现了革命知识分子诗歌创作与红色歌谣的衔接，在社会环境和文化空间的变动中，通过一种社会的、政治的、文化的编码，成功完成了对地方歌谣的改编，使之成为以文学方式传播和巩固革命意识形态的重要载体。

柯仲平"大众化"的诗歌风格及其艺术探索，影响了一大批延安青年诗人。"在当时十分年轻而后来比较有成就的著名诗人李季和闻捷，在他们的创作道路上和作品中，都可以找到柯仲平所代表的这种大众化诗风对他们的影响。"[1] 有研究者指出，抗战的政治形势促进了民歌体诗歌的兴盛，也决定了它的形式特征——叙事诗的兴起。民歌大多擅长抒情，抗战更需要叙事诗来承担宣传的任务。民族独立解放战争以及"国家意念"的张扬，使得现代叙事诗艺术和"民族国家想象"及社会意识形态"紧紧地联系在了一起"[2]。正是在这个意义上，柯仲平的诗歌创作完成了左联时期中国新诗派诗人群体对"大众化"的追求与革命根据地红色歌谣的融合，并进一步创作出适应时代新形势的革命歌谣体叙事诗。

---

① 柯蓝：《狂飙从天落——读老诗人柯仲平同志的短诗集》，刘锦满、王琳编《柯仲平研究资料》，陕西人民出版社 1988 年版，第 435 页。

② 王荣：《论 40 年代"解放区"叙事诗创作及其形式的"谣曲化"》，《陕西师范大学学报》（哲学社会科学版）2004 年第 3 期。

三 "民族形式"诗歌创制的得与失

1938 年 4 月，柯仲平创作了长诗《边区自卫队》。这次毛泽东的反应完全不同，他高兴地听完了柯仲平的朗诵，并且把诗稿带走，批了"此诗很好，赶快发表"几个字，还亲自写介绍信给《解放》周刊，破例全文刊登了这首诗。"在党中央机关理论刊物上发表诗，而且是数千行长诗，这不仅在当时是新鲜事，恐怕直到现在也还是一件空前的不平常的事。"① 柯仲平和他的《边区自卫军》在当时的延安引起了很大的震动。

《边区自卫军》的发表，是对柯仲平民歌体叙事诗探索的支持和鼓励，而毛泽东对于柯仲平在民歌体的运用和在诗歌大众化方面所做的努力所给予的高度评价，则是为延安诗歌和文学创作的方向做出了明确的暗示。柯仲平在《边区自卫军》的自序中说："这诗写成后，曾得到一位同志的最崇高的鼓励。我除深致感谢外，以后必然是更加努力的。我们的文艺方向是抗战的、民族的、大众的。这方向统一着我们文艺作品的内容与形式。我们正往这方向前进。"② 在这一理论的要求之下，12月，柯仲平很快创作了他到延安后的第二部长篇叙事诗《平汉路工人破坏大队的产生》（第一章），登载在 1939 年 2 月创刊的延安《文艺战线》第 1 卷第 1 期和第 2 期。

《边区自卫军》不仅获得了毛泽东的高度赞誉，在当时也被评论家们看作是利用旧形式创造新形式的典范。有评论者认为，和一般诗人的创作不同，"《边区自卫军》没有逻辑的不合理，不可解，不能过于严格

---

① 朱子奇：《"个个同志的岗位都朝中央"》，刘锦满、王琳编《柯仲平研究资料》，陕西人民出版社 1988 年版，第 148 页。

② 柯仲平：《〈边区自卫军〉的说明》，《解放》1938 年第 41 期。

认真地去逐字逐句地领会情感的表达，没有需要高度想象和复杂欣赏力的孤立暗示，没有孕伏于无韵诗或韵脚综错的诗里，在大众看来押韵不顺口的特点；没有由大众看来缺头少尾，前后不接，无明确线索，无完整事件的诗的内蕴……这长诗，冲破新文艺与群众之间的沟篱，建立起二者之间的交流这一点上，具有巨大的先锋作用"①。逻辑合理、不需要想象和暗示，押韵顺口，有明显的线索，这正是"五四"诗歌力图突破的藩篱，也是新诗"现代化"挑战的方向。但在抗战时期诗歌需要发挥宣传功能的情势下，"五四"新诗努力和进步的地方恰恰成为不能适应时代的弊端。柯仲平正是要打破现代诗歌与普通民众之间的隔膜，吸取民间歌调的形式，让"新诗"再次走向"民间"，通过民谣化的叙述方式，让诗歌为大众所接受。

众所周知，歌谣与中国新诗发展的关系极为密切，"从新诗的历史进程来看，歌谣从一开始就参与了新诗寻求文类合法性、探索风格多样化和更新文本与文化形态的过程"②。"五四"新文化运动时期，各种民间文化和文艺资源构成了新文学革命的动力之一。知识分子"眼光向下的革命"，让民间歌谣获得了前所未有的关注。1918 年，北京大学设立歌谣征集处，1922 年底，出版《歌谣》周刊，知识分子们开始有组织的收集并研究民间歌谣。这场影响深远的歌谣运动从发起之初就明确了两方面的目的，周作人指出：民歌是原始社会的诗，歌谣研究有两方面的意义："一是文艺的，一是历史的。从文艺的方面我们可以供诗的变迁的研究，或做新诗创作的参考。"③ 因而，周作人在为《歌谣》周刊拟订的《发刊词》中，引用韦大利（Vitale）《北京的歌谣》（*Pekinese*

---

① 张振亚：《读〈边区自卫军〉》，《文艺战线》1939 年第 1 卷第 3 期。
② 张桃洲：《论歌谣作为新诗自我建构的资源：谱系、形态与难题》，《文学评论》2010 年第 5 期。
③ 周作人：《周作人散文全集》第 2 卷，广西师范大学出版社 2009 年版，第 546 页。

Rhymes）序言里的说法，推崇歌谣的文艺价值，认同"根据在这些歌谣之上，根据在人民的真感情之上，一种新的'民族的诗'也许能产生出来"①。胡适不仅在《尝试集》中广泛借鉴了民歌形式，理论上也将民歌为代表的民间文学提到很高的位置，专门写作《白话文学史》为处于历史边缘的民间文学正名，宣称"一切新文学的来源都在民间。民间的小儿女，村夫农妇，痴男怨女，歌童舞伎，弹唱的，说书的，都是新文学的新形式与新风格的创造者"②。从 20 世纪 20 年代初到 30 年代中期，对歌谣的文学价值的发掘和对新诗取法歌谣之可能性的探求，一直是诗人和诗歌论者极为看重和反复谈论的重要问题。以至 1936 年，胡适论及《歌谣》周刊复刊的意义时说："我以为歌谣的收集与保存，最大的目的是要替中国文学扩大范围，增添范本。我当然不看轻歌谣在民俗学和方言研究上的重要，但我总觉得这个文学的用途是最大的，最根本的。……我们深信，民间歌唱的最优美的作品往往有很灵巧的技术，很美丽的音节，很流利漂亮的语言，可以供今日新诗人的学习师法……我们现在做这种整理流传歌谣的事业，为的是要给中国新文学开辟一块新的园地。在这园地里，地面上到处是玲珑圆润的小宝石，地底下还蕴藏着无穷尽的宝矿。聪明的园丁可以徘徊赏玩；勤劳的园丁可以掘下去，越掘得深时，他的发现越多，他的报酬也越大。"③ 依然特别强调歌谣能够为新诗提供重要的借鉴。

以《歌谣》周刊为中心的歌谣运动提倡者和实践者，重视歌谣对新诗创作的重要意义。但显然，在歌谣之清新活泼的意趣、口语化的形式，以及节调韵律之外，他们更加注重歌谣的"民间"特性，即歌谣所

---

① 《发刊词》，《歌谣》第 1 号，1922 年 12 月 17 日。
② 胡适：《白话文学史》，上海古籍出版社 1999 年版，第 15 页。
③ 胡适：《复刊词》，《歌谣》第 2 卷第 1 期，1936 年 4 月 4 日。

代表的民众性、平民性。《歌谣》周刊的编辑常惠在《我们为什么要研究歌谣》一文中明确指出："歌谣是民俗学中的主要分子，就是平民文学的极好材料。我们现在研究他和提倡他，可是我们一定也知道那贵族的文学从此不攻自破了。"① 歌谣运动的兴起，源于歌谣所代表的平民文学、民众文学在新文化运动中意义的凸显，也正是这个原因，歌谣作为新诗的重要资源，歌谣促进"平民的诗"的出现成为不言自明的前提。在"五四"时期，歌谣作为民间文学的突出代表及重要价值，是通过与贵族文学或精英文学的对立建构起来的，正是"这种了解和接触民众的渴望，推动着歌谣运动参与者把歌谣作为文学范本的忠实态度"② 。换言之，当时诗人和诗论家对歌谣的推崇都缺少审慎的分析，而多为浪漫的想象。歌谣形式的简朴，思想主题的平实不仅不被看作弱点，反倒受到了他们一致的热烈赞赏。卫景周说："歌谣与一切诗词较比起来，得算是最上品。"③ 章洪熙甚至认为："就形式方面说，中国的什么七言、五言、词调、曲谱都不适宜自由表现情感。本来文字不过是观念的符号，用文字表现情感已经很难了。再加上一些形式的束缚，自然更觉困难。情歌在形式方面比情诗自由得多，句的长短、音节的和谐，俱本之天籁。中国的分音文字是最讨厌不过的，所以有许多很好的情歌，一到文人的手里写出来，便觉得十分累赘……村夫农妇口中所唱的情歌，一定比那杯酒美人的名士笔下的情诗，价值要高万倍！"④ 这种对歌谣过分浪漫化的想象和溢美，逐渐引起了一部分诗人的警惕。1936 年评论家李长之就在复刊的《歌谣》周刊发表《歌谣是什么》一文，明确批评过度

---

① 常惠：《我们为什么要研究歌谣》，《歌谣》第 3 号，1922 年 12 月 31 日。
② 曹成竹：《从"歌谣运动"到"红色歌谣"：歌谣的现代文学之旅》，《文艺争鸣》2014 年第 6 期。
③ 卫景周：《歌谣在诗中的地位》，《歌谣周年纪念增刊》1923 年 12 月 17 日。
④ 章洪熙：《中国的情歌》，钟敬文编《歌谣论集》，上海文艺出版社 1989 年版，第 325 页。

抬高歌谣通俗朴实之美的文学倾向：

> 我们指为民间创造的东西，即是有意无意间以为是集团的东西
> 了，其实没有这么回事的。这只是新士大夫们的一种幻觉而已，倘
> 因此而认为歌谣的价值特别高，这只是由于太崇拜平民（一如过去
> 士大夫崇拜贵族）之故，将必不能得到歌谣的真价值的；又倘因此
> 而认为有了教养的诗人的作品反而是差些，那就根本走入魔道，歌
> 谣反是不祥之物了。①

20 世纪 20 年代曾经对"搜辑民间歌谣、故事之类加以选择或修订"
寄予厚望的朱自清，在抗战期间对新诗发展的民歌化方向也表示出了质
疑，"歌谣的文艺的价值在作为一种诗，供人作文学史的研究，供人欣
赏，也供人摹仿——止于偶然摹仿，当作玩艺儿，却不能发展为新体，
所以与创作新诗是无关的"②。作为一个资深的新诗诗人和诗歌理论家，
朱自清的转变的确可以视作其"对 20 年代新诗'歌谣运动'的反
省"③。中国现代诗人们重视歌谣，其趋向是复杂多面的，但大体而言，
新诗人们在取法歌谣进行创作时存在着两种不同向度——"或偏重于语
言形式的借鉴，或偏重于民间精神内涵的探掘与汲取。"④ 如果说，新文
学运动初期，周作人、刘大白、俞平伯等人积极投身诗歌歌谣化的探索
实验，体现的是新诗中偏重于以歌谣丰富语言形式的一种努力，那么，
20 世纪 30 年代之后，另一种对待歌谣的态度和方式，即注重歌谣体现
出的民间精神内容这一向度影响逐渐扩大。到 20 世纪 40 年代中后期，

---

① 李长之：《歌谣是什么》，《歌谣》周刊 1936 年第 2 卷第 6 期。
② 朱自清：《歌谣与诗》，《朱自清全集》（8），江苏教育出版社 1993 年版，第 276 页。
③ 贺仲明：《论民歌与新诗发展的复杂关系——以三次民歌潮流为中心》，《中国现代文学研究丛刊》2008 年第 4 期。
④ 张桃洲：《论歌谣作为新诗自我建构的资源：谱系、形态与难题》，《文学评论》2010年第 5 期。

在抗战的形势下，歌谣与"民间文化"、民众精神的关联被进一步勾勒出来，并成为文化革新的关键性内容。民间歌谣朴实简单的语言形式，更是被当作民众语言的代表，获得了广泛认同。于是，一种新的诗歌体式——民歌体也最终得以确立。

因而，《边区自卫军》成为批判地"接受旧形式的胚胎里产生的优秀孩子"，尽管还不完美，还有缺点，却"酿制出了合乎我们新文艺的时代理想规模的要求，和具有一些艺术独创性的艺术风格"①。当时的评论家们认为柯仲平创制出了新诗歌的典范。冯雪峰系统地比较了艾青和柯仲平两位延安解放区诗人的创作，他认为艾青的诗歌"外表自然是极知识分子式的，但他的本质和力量却建筑在农村青年式的真挚上"。和艾青相比，柯仲平的诗歌则更适合现实形势的需要，是现实的真实表达：

> 至于柯仲平，则以更统一的，更清新的诗的形式，在具现着中国大众的新生的生命和精神，是更加能够分明地感到的。柯仲平的这两篇叙事诗，引起人们的注意和爱好，我以为不仅由于他所歌咏的事件和人物，也不仅由于他在创造着新的形式（但这是特别引起注意，也特别重要的，我在后面说罢），主要地正由于他捕捉住了诗的生命，——在大众的朴质、强健、活泼和勇敢的战斗的创造的精神里，诗人获得了"灵感"，捉住了那本质，这样就带来形象的真实，生动和艺术的明确。
>
> ……
>
> 西北民歌的精语的适当的采用，和以活的大众的口吻为准则的诗的用语的锻炼，不但使他的诗显出了特色，也暗示着我们能够从

---

① 张振亚：《读〈边区自卫军〉》，《文艺战线》1939 年第 1 卷第 3 期。

> 大众语掘发新诗的语言创造的源泉，而且这几乎是我们唯一的
> 出路。①

冯雪峰赞扬柯仲平是一位"真实的大众的诗人"，高度评价了柯仲平对于大众口语的运用。显然，这样的评论隐含着寻找新的诗歌的规范的努力和期盼。

虽然对《边区自卫军》描写大众和新的人物形象的努力表示了认可，对柯仲平"大众化"和"民族化"的诗歌探索方向也表示了赞赏，但当时批评家们对柯仲平的诗歌也并非完全认同。评论者张振亚指出，《边区自卫军》中"民族的情绪遮盖了阶级的情绪，阶级情绪与民族情绪凝结在一起，这证明了：我们的诗人，对于现阶段的政治，具有高度的现实认识"。认为诗歌描述出了"民族情绪"，尤其是解放区"阶级"和"民族"情绪的复杂"凝结"。但诗中出现的一千多群众与主角韩娃、李排长等并没有发生联系，读者从诗中也只感觉到"两位新英雄的性格的平面性，而摸不出立体的真实"；两位被杀掉的汉奸，他们也"只是两个阴影，两个傀儡，两个抽象的存在"，"这种性格不显著，只凭贴在头上的签来表明身份的人物，有时能给人一种恶劣的影响"②。由此，张振亚认为柯仲平的《边区自卫军》并没有能够展开人物的民族性格，刻画出完满的"民族英雄"形象。在柯仲平引以为傲的形式上，张振亚同样认为存在着很大的缺点。《边区自卫军》借用了民歌的音乐性调子，却无法达到民间流行歌谣"美丽悦耳"的效果。诗人过分注重诗歌的音乐性和文字的押韵，以致读者在阅读诗歌时，"感到押韵的繁密与急促"，完全无法"追赶"诗人统率下的铿锵韵脚。这种匆忙

---

① 冯雪峰：《论两个诗人及诗的精神和形式》，《文艺阵地》1940年第4卷第10期。
② 张振亚：《读〈边区自卫军〉》，《文艺战线》1939年第1卷第3期。

的押韵，不顾内容变化的单调的押韵，严重损害了诗歌的阅读。另外，全诗中"未经艺术思索的新闻式事件或未经艺术洗练的新闻式口头的生涩赤裸呈露，大大减低了这诗的艺术完整价值"①。这些较为苛刻的批评的确道出柯仲平诗歌创作所存在的缺陷：为求"大众化"和宣传的需要，过分强调押韵和歌谣化，《边区自卫军》呈现出一种急躁和断裂的文体特征，又因为急切地要表达主题内容，旧形式和新诗体没有很好地融合在一起，使诗歌缺少整体的布局，缺乏现代诗歌应有的诗意。

和冯雪峰对柯仲平的高度赞扬不同，诗人何其芳虽然认为柯仲平是利用"旧形式"而取得成就的代表性作家，但他对柯仲平的诗作尤其是诗歌形式评价也不高：

> 利用民间形式而且有了成就的作者，我们可以举出柯仲平同志。柯仲平同志的诗值得我们注意，佩服的，除了对于旧形式的利用的尝试之外，我觉得还有两个好处，就是他的写作那样大的诗篇的企图和他的题材的现实性，这两者都是很好的而且是以前的一般诗作者所缺乏着的。至于他的诗的形式，我都觉得有一部分由于利用旧形式成功了，有一部分却因利用得不适当，成了缺点。最主要的是不经济。当我刚回到延安，我读着他的《平汉路工人破坏大队的产生》，我感到象读着《笔生花》，《再生缘》之类弹词一样，就是说很性急地想知道究竟后事如何，而埋怨作者描写得太多，叙述得太铺张，故事进行得太慢。其次是不现代化。过度地把民歌之类利用到长诗上有时是并不适当的：或者由于各种不同的形式的兼收并容和突然变换，使人感到不和谐，不统一（《边区自卫军》给我

---

① 张振亚：《读〈边区自卫军〉》，《文艺战线》1939 年第 1 卷第 3 期。

这种印象）；或者是由于民间形式的调子太熟，太轻松，太流动得快，破坏了大的诗篇的庄严性（《平汉路工人破坏大队的产生》使我有了这种结论）。①

何其芳是在延安文学界热烈讨论"民族形式"的时候做出这番评价的，在他看来，柯仲平的诗歌创作显然并没有在大众化和诗歌的发展之间取得平衡。这也反映了此时延安理论界对于"民族形式"尚处于一种探索的阶段，如何创制"民族形式"，也并未形成一种绝对化的标准。何其芳对于民歌在构建现代诗歌（新诗）的作用方面一直保持颇为谨慎的态度。在1958年的新民歌运动中，"新民歌"取代新诗的说法，一时间甚嚣尘上，但何其芳却对"新民歌"大跃进的现状并不认同，他指出"民歌体虽然可能成为新诗的一种重要形式，未必就可以用它来统一新诗的形式，也不一定就会成为支配的形式，因为民歌体有限制"。② 民歌和新诗"在形式上的特点都相当突出，不大容易混合起来"，认为诗歌"形式是一定会走向格律化，但不一定都是民歌体的格律，还会有一种新的格律"③。这也成为后来何其芳与"新民歌"倡导者关于中国新诗发展方向一个反复论争的问题。

《边区自卫军》全诗通过马福川的农民自卫军李排长和战士韩娃机智擒获敌人的特务，反映了边区自卫军的战斗生活和翻身农民的精神新貌，是解放区诗坛上最早出现的描写农民斗争的长诗。然而，这首诗"大众化"的阅读效果显然来自"民间歌谣体"的形式和作者故事化的叙述，如英雄之一的李排长的出场：

---

① 何其芳：《论文学上的民族形式》，《文艺战线》1939年第1卷第5期。
② 何其芳：《关于新诗的"百花齐放"问题》，《处女地》1958年第7期。
③ 何其芳：《关于诗歌形式问题的争论》，《文学评论》1959年第1期。

> 左边一条山/右边一条山/一条川在两条山间转/川水喊着要到黄河去/这里碰壁转一转/那里碰壁弯一弯/它的方向永不改/不到黄河心不甘//有个男儿汉/他从左边山上来/他一转一弯/下得山来要过川//他的身材不高也不矮/结结实实的一条好汉/他的服装上下蓝/腰间缠着一条黄河水色带/他的背上背着刀/右手挥着一根旱烟袋/鸭嘴帽儿歪歪戴/脚下蹬着一双麻草鞋/他那派头象什么?/说他象从前的侠客/他的腰间却有小手枪一杆/他身上的枪疤刺刀伤不算/额头也曾带过彩/他的一生好比这条川/不知碰过多少壁/转过多少弯/他的方向永不改/他的工作比到黄河更艰难/他是不达目的心不甘/不达目的心不甘①

从山川河流转入对主人公外貌和性格的刻画，十分形象和生动。但如果从诗歌的角度看，叙述的确显得铺陈而繁复。诗中对另一主角韩娃的描述同样如此：

> 山多出猛虎/茅舍出奇才/当中有一人/他的名字叫韩娃/他是我们自卫军的旗手/他也不是不怕别人"骂"/只要人家骂的很恰当/却能把那骂话当好话//他先举出种种可疑的事实/再发表他个人的见解/最后才下了一个铁的判断/这判断，好比天外飞来一座山/叫人想抬不能抬/要推翻，无法推翻②

作者采用了传统民间歌谣中惯用的"比兴"手法，使读者能很快进入故事所述情节之中，展开丰富的联想，然而旧形式与政治话语之间的转换显得不甚协调。如果说《边区自卫军》还能通过简单集中的主题对

---

① 柯仲平：《边区自卫军》，生活·读书·新知三联书店1950年版，第3—5页。
② 同上书，第13—14页。

旧形式加以驾驭，随后柯仲平创作的"铁路工人运动"的另一首长诗《平汉路工人破坏大队的产生》，则的确像何其芳所指出的那样，由于"民间形式"轻松的语调和粗俗的语言，而丧失了反映"工人革命运动"的庄严性：

> 有一种谣言又恰恰相反／他说"住在郑州很平安：日本绝不打郑州，你看，抗战已经快半年／日本的飞机／还没到郑州下过'蛋'"……交通是战争的脉络／铁路是最敏感的神经／有什么战争的消息／你能骗得过愚蠢的家伙／赶骡赶马的兄弟／你可骗不了我们铁路工人／何况，郑州是平汉陇海的中心／我们平汉路工人／自从一九二二年／反对吴佩孚的"二七"到现在／曾有过很多次顽强的斗争①

显然，在柯仲平的实验中，如何处理"民间旧形式"与"革命新内容"，构成了一对显在的矛盾。大众化的诗歌新形式需要利用和改造旧形式，借鉴和吸收民歌资源，但民歌等传统文艺却自有其"形式的意识形态"，旧形式所隐含的"顽强"的"痕迹"有可能对新的革命主题思想表达构成解构，这也成为理论建构中的"民族形式"在创作实践中所遭遇的首要矛盾。

虽然柯仲平的诗歌探索和实验依然被视作知识分子的创作，并不能作为"新鲜活泼的中国作风"的民族形式诗歌的代表。但无疑抗战的形势促进了民歌体诗歌的兴盛，也决定了它的形式特征——叙事诗的特别发展。柯仲平的《边区自卫军》《平汉路工人破坏大队的产生》以及其后鹰潭的《老太婆许宝英》、贺敬之的《小兰姑娘》、何其芳的《一个

---

① 柯仲平：《平汉路工人破坏大队的产生》（上），《文艺战线》1939 年第 1 卷第 1 期。

泥水匠的故事》、萧三的《礼物》等叙事诗有意识的"民族形式"创新，引起了包括"国统区"在内的整个新诗创作及理论批评界的广泛注意。1942年毛泽东的《在延安文艺座谈会上的讲话》发表之后，民歌体叙事诗更是得到了大发展，许多诗人都投身其中，如李季的《王贵与李香香》，艾青的《吴满有》，张志民的《王九诉苦》，田间的《赶车传》，阮章竞的《漳河水》等，形成了民歌体叙事诗的创作热潮。

除了利用民歌写作"大众化"诗歌，柯仲平还将自己的精力放入实验"民族"戏剧的努力中，他组织民众剧团，与马健翎等人一道，创制出了大量的"旧形式新内容"的戏剧，如秦腔剧《一条路》《查路条》《好男儿》《十二把镰刀》等，一直到后来柯仲平独自编写秧歌剧《无敌民兵》，这些剧本的共同特点在于通过秦腔、秧歌等民间形式表现革命的内容。

从柯仲平的诗歌和话剧创作实践可以看出，虽然"旧瓶装新酒"在"民族形式"论争中受到了广泛的批评，但恰恰是这一方式构成了民族形式探索者实际的创制来源，而由于旧形式本身所存在的问题，使得"革命"文学创作在"民族形式"的初期实验中显示出了内容与形式的巨大冲突和矛盾。

第三节 旧形式与新文学：老舍的创作实践与思考

"国民性"思考的持久主题，对市民文化的细致描述，雅俗共赏的"京味"语言，老舍被看作中国现代文学史上第一位"民族性"作家，"标志着我国现代小说在民族化与个性化的追求中已经取得重要的突破"。① 有研究者称老舍为"现代文学新型民族形式的探索者"②，这显示了其创作与文学"民族化"以及"民族形式"文学的联系。那么，老舍的创作是否符合20世纪40年代"民族形式"理论的要求呢？作为40年代前后重要的作家和文学活动家，③ 老舍又是如何看待"民族形式"文学争论的呢？本节试图从老舍实际创作状况，结合其在20世纪30年代末期积极参与"文艺通俗化"活动，展示老舍对于"民间文艺"与"民族形式"的独特理解，呈现作家对利用民间文学资源创制"民族形式"文学问题的思考。

一 老舍与新文学作家的"旧形式"实验

1936年，老舍辞去了山东大学的教职，预备着在青岛成为职业作家，"专凭写作的收入过日子"。第二年春天，他希望"一炮放响"的长篇小说《骆驼祥子》在《宇宙风》上连载，这本后来为他赢得世界声誉的小说登刊到一半时，"七七事变"爆发。从此，老舍的生活改变了。战前，他喜欢安静地写着小说，平津失陷以后，虽然仍在"赶写两部长篇小说"——《病夫》和《小人物自述》，但"战争已在眼前，心中的悲愤万难允许再编制'太平歌词'了"。④ 他决定放下试图安身立命的长篇小说创作，投入火热的抗战运动中。1937年，老舍抛家弃子，在朋友们的帮助下设法逃出了山东，到武汉发起并参与全国文艺界抗敌协会。不久，又随"文协"迁移到战时"陪都"重庆。

抗战打乱了老舍文学家的梦想和计划，但也让老舍对文学有了新的

① 钱理群、温儒敏、吴福辉：《中国现代文学三十年》，北京大学出版社1998年版，第243页。

② 孙玉石：《老舍的艺术地位与现代文学史观念的更新》，《民族文学研究》1986年第4期。

③ 抗日战争期间，老舍积极参与、筹办、组织中国文艺界抗敌协会的各项活动。

④ 老舍：《这一年的笔》，《老舍全集》（14），人民文学出版社1999年版，第150页。

理解。战争的残酷现实改变了自"五四"以来中国新文学创作的"城市化"和"商业化"的特点，而要求作家们直面"惨淡"的现实：

> 笔在手里的时节，偶尔得到一两句满意的文章，我的确感到快乐，并且渺茫的想到这一两句也许能在我的读众心中发生一些好的作用；及至一放下笔，再看纸上那些字，这点安慰与自傲便立时变为失望与惭愧。眼看着院内的黑影或月光，我仿佛听见了前线的炮声，仿佛看见了火影与血光。多少健儿，今晚丧掉了生命！此刻有多少家庭都拆散，多少城市被轰平！这一夜有多少妇孺变成了寡妇孤儿！全民族都在血腥里，炮火下，到处有最辛酸的患难，与最悲壮的牺牲。我，我只能写一些字！①

老舍在深夜的这一番反省和思索无疑代表了初陷入战争中作家们的复杂心绪，几千年来文人内心所存在的那份"优越感"已经为"文弱书生"的修辞所取代，与此相应的便是在文学观念和文学表述上所显示出的改变。老舍决心服从"抗战第一"这一口号的命令，抛却名声、艺术等"身外之物"，只求自己的作品能够给无名英雄——那些战斗的士兵们送去一些安慰或激动。

正是在一切为抗战服务的背景下，文艺的通俗化成为当时作家们的共同要求和自觉意识。"在今日，我以为一篇足以使文人淑女满意的巨制，还不及使一位伤兵能减少一些苦痛寂寞的小品。"② 老舍开始从小说写作转向戏剧以及鼓词和小调等通俗文艺的创作。

作为领导全国文艺运动的中心组织，1938年中华全国文艺界抗敌协会成立之后，很快提出了"文章下乡"和"文章入伍"的口号，教育

---

① 老舍：《书信·致陶亢德》，《老舍全集》(15)，人民文学出版社1999年版，第557页。
② 老舍：《这一年的笔》，《老舍全集》(14)，人民文学出版社1999年版，第150页。

部、中宣部、政治部也都向文人们索要可以下乡入伍的文章。于是文协组织和发动作家为士兵和普通民众编写通俗读物，发起了声势浩大的全国性的通俗化运动，老舍作为文协领导者之一，开始积极创作通俗读物。

正如老舍所言，在抗战前，他绝对想不到去写鼓词、小调什么的。战争爆发后，老舍和几位热心宣传工作的青年在济南去见大鼓名手白云鹏与张小轩，向他们讨教鼓词的写法；到了武汉之后，又去找富少舫和董莲枝女士，讨教北平的大鼓书与山东大鼓书相关问题，还和冯焕章收容的几位唱坠子的艺人朝夕相处，学习坠子的唱法。同时，在冯玉祥的支持下，老舍和老向、赵望云、何容等人合办《抗到底》半月刊并积极撰稿，编写浅易通俗的文字作品，最后汇印出《三四一》——三篇鼓词，四出旧形式新内容的戏，一篇小说。①

显然，这些都是老舍为了抗战宣传的尝试之作，老舍自己对这些作品并不满意。但在他看来，必须试验之后才能看看"到底有无好处"。至于此时创作的基本原则，亦即通俗化的创作手法，老舍自称"都是用'旧瓶装新酒'的办法写成的"。因为当时关于这一创作方法的讨论已有不少，所以他"愿作出几篇"。②

"旧瓶装新酒"这一创作方法来自通俗读物编刊社。该社编写的通俗读物，采用的都是"民间的鼓词、剧本、画册等能说能唱，粗识文字的一看就懂的旧形式"。③随着社会影响力的扩大，通俗读物编刊社"旧瓶装新酒"的理论主张，引起了文协的重视。在文协的推动下，"旧瓶新酒"逐渐成为当时作家写作通俗文学作品的基本创作手法。

---

① 参见老舍《我怎样写通俗文艺》，《老舍全集》（16），人民文学出版社1999年版，第215页。

② 老舍：《〈三四一〉自序》，《老舍全集》（16），人民文学出版社1999年版，第586页。

③ 叶再生：《中国近现代出版通史》第3卷，华文出版社2002年版，第21页。

虽然老舍对"旧瓶装新酒"的主张并不完全赞同,[①] 但他十分重视新文艺通俗化的作用,和其他作家仍然纠结于"普及与提高"的矛盾不同,老舍坚决主张利用旧形式创作文艺为抗战服务。不断采用各种形式加以试验,使得老舍成为抗战时期新文学通俗化取得较大成就的新文学作家。不仅写出了一系列如《张忠定计》《王小赶驴》等抗战鼓词,《打小日本》《忠孝全》等唱词唱本,还创作了《剑北篇》《成渝路上》等古体押韵长诗。

值得注意的是,老舍之所以能够迅速地在"旧形式利用"上取得令人瞩目的成绩,除了他积极响应现实号召之外,也与老舍一贯的创作理念和特点有关。

二 老舍创作的"民族化"倾向

在老舍的早期作品中,对小说人物人性弱点的描写和批评占据了很大的比重,正因为如此,研究者往往将他和鲁迅联系在一起,认为他继承和发展了"国民性批判"这一"五四"主题。老舍自己也讲道:

> 象阿Q那样的作品,后起的作家们简直没法不受他的影响;即使在文学与思想上不便去摹仿,可是至少也要得到一些启示与灵感。它的影响是普遍的。一个后起的作家,尽管说他有他自己的创作的路子,可是他良心上必定承认他欠鲁迅先生一笔债。[②]

虽然老舍并不认同别人将其称作"鲁迅派",但也从不否认《阿Q正传》对新文学作家(包括对他)的巨大影响。然而,值得玩味的是,

---

① 关于这一问题的分析见段从学《"民族形式"论争的起源与话语形态论析》,《社会科学研究》2009 年第 5 期。

② 老舍:《鲁迅先生逝世两周年纪念》,《抗战文艺》1938 年第 2 卷第 7 期。

鲁迅在世的时候，对老舍的评价却并不高，在批评林语堂的"幽默"文学"将屠户的凶残，使大家化为一笑，收场大吉"，也顺带批评了老舍的"油滑""格调不高"，①虽然此时老舍仅仅发表出版了《老张的哲学》《赵子曰》《二马》《小坡的生日》《离婚》等小说，但对于已经具备成熟美学风格的老舍来说，这样的评价可见出以鲁迅为代表的"五四""主流"作家与老舍创作的某些抵牾之处。有研究者认为："真正使老舍有别于其他现代中国作家的，不是他对社会弊病的客观暴露，而是他通过滑稽与闹剧笔法对社会弊病所做的嘲弄。"②这就提醒我们不论是在内容表现还是在美学形式上，老舍都与"五四"主流作家有着微妙的差异。

老舍的第一部长篇小说《老张的哲学》是将"浮在记忆上的那些有色彩的人与事随手取来"，③揭发并批判当时的社会和教育界的黑暗，嘲弄处于新旧交替下的社会怪现象，然而，作者赋予恶棍老张"一种风格化的戏剧姿态，使人想起中国传统剧场中的丑角"，却最终使作品在"挖苦甚而接纳一个群丑跳梁，价值颠倒的社会"和"对社会的腐败和人民的疾苦作哀矜的观照"的游移之间构成了"一场暧昧的闹剧"④。第二篇小说《赵子曰》继续保留了滑稽幽默的叙述语调，叙写作者并不熟悉但是非常值得关注的群体——"五四新学生"，让人颇为意外的是，

---

① 鲁迅在1934年6月18日写给台静农的信里说："文坛，则刊物杂出，大都属于'小品'。此为林公语堂所提倡，盖骤见宋人语录，明人小品，所未前闻，遂以为宝，而其作品，则已远不如前矣。如此下去，恐将与老舍半农，归于一丘。其实，则真所谓'是亦不可以已乎'者也。"[《鲁迅全集》(13)，人民文学出版社2005年版，第151页]

② 王德威：《荒谬的喜剧？〈骆驼祥子〉的颠覆性》，《想象中国的方法》，生活·读书·新知三联书店2003年版，第163页。

③ 老舍：《我怎样写〈老张的哲学〉》，《老舍全集》(16)，人民文学出版社1999年版，第164页。

④ 王德威：《从老舍到王祯和——现代中国小说的笑谑倾向》，《想象中国的方法》，生活·读书·新知三联书店2003年版，第191页。

与一般鼓吹新式教育不同，老舍对新学生群体进行激烈地嘲讽和批评，"解构"新教育的天然合理性。其后，《二马》《猫城记》《离婚》无不继续着这种中国传统戏剧的闹剧式写作，而到了写《牛天赐传》，不论是从形式还是内容，都显示了老舍与"五四"启蒙文化和文学表述方式的差异，小说"书胆"是一个小孩儿，书中的开头"一个小资产阶级小英雄怎样养成的传记"，弃儿牛天赐被传统的私塾教育和"改革派"的小学教育弄得无所适从，隐喻性地表达了"五四"知识分子来源的"暧昧性"，对新式的启蒙表现出了极大的怀疑。而从小说的形式上看，"为了使其小说达到特殊的反讽效果，老舍再度使用了中国古典白话小说中的说书技巧"①。考虑在"五四"之后的20世纪30年代，新文学依然对旧文学和"鸳蝴派"保持着足够的警惕，老舍在小说中尝试传统评书体形式的试验怎么看都是意味深长的。

除了反映市民文化的创作主题，在文学语言上，老舍也极为重视通俗化。他认为《老张的哲学》"最讨厌的地方是那半白半文的文字"，②而《小坡的生日》"最得意的地方是文字的浅明简确"，③在文学创作上，"十几年来，无论我写什么我都力求文字清浅。我的野心就是想从日用的俗语中创造出文艺作品来：不教雅语丽词压住我，我要从俗语中掏出珍珠"④。和其他一些作家不同，老舍在语言上有着"平民化"的自觉意识，在《我怎样写〈二马〉》中，老舍对传统的文人化的小说语

---

① 王德威：《从老舍到王祯和——现代中国小说的笑谑倾向》，《想象中国的方法》，生活·读书·新知三联书店2003年版，第188页。
② 老舍：《我怎样写〈老张的哲学〉》，《老舍全集》（16），人民文学出版社1999年版，第166页。
③ 老舍：《我怎样写〈小坡的生日〉》，《老舍全集》（16），人民文学出版社1999年版，第179页。
④ 老舍：《编写民众读物的困难》，《老舍全集》（16），人民文学出版社1999年版，第608页。

言有这样的反省和思考："《红楼梦》的言语是多么漂亮，可是一提到风景便立刻改腔换调而有诗为证了；我试试看：一个洋车夫用自己的言语能否形容一个晚晴或雪景呢？假如他不能的话，让我代他来试试。"① 这样的意识使得老舍在接受西方现代观念和创作手法的同时，始终注意对中国"民间"和传统文学资源的利用和改造。

赵园指出，老舍"这位在伦敦开笔写作长篇小说的作家，作品中却绝少'欧化'的痕迹。他似乎有着足够坚强的胃，使他总能消化、吸收对方，而不致被对方所消化。在有意'摹拟'外国文学的早期创作中，他使人感到十足的中国风味，浓厚的中国气息"②。那么，到底是什么原因使得老舍这位从模仿英国现代小说开始写作的作家带有如此浓厚的"中国气息"呢？老舍的妻子曾经这样回忆道：

> 也许是由于老舍出身在满族家庭里的缘故，他从小对曲艺就很爱好。老舍小的时候，满族人中还有很多会吹拉弹唱，不少家庭中有三弦、八角鼓这类简单的乐器，友人相聚的时候，高兴，就自弹自唱起来，青年人也往往能以唱若干段大鼓或单弦而自傲。当时的茶馆里，曲艺节目是必不可少的，大都常年邀请艺人表演曲艺节目。老舍在怀念自己幼年挚友罗常培（莘田）先生的文章中曾有过如下的记载："我从私塾转入学堂，即编入初小三年级，与莘田同学……下午放学后，我们每每一同到小茶馆去听评书《小五义》和《施公案》。"

> 正是自幼对曲艺有过这样密切的接触，老舍在济南的时候，就已经开始考虑运用曲艺形式为抗日服务了。他当时曾和几位热心宣

---

① 老舍：《我怎样写〈二马〉》，《老舍全集》（16），人民文学出版社1999年版，第172页。
② 赵园：《老舍——北京市民社会的表现者和批判者》，《论小说十家》，浙江文艺出版社1987年版，第49页。

传工作的青年向大鼓名手白云鹏先生和张小轩先生求教过鼓词的写法。此外，老舍还托亲属代他广泛收集流传在北京的早年民间曲艺段子。①

与大多数知识分子学生出身的现代作家不同，生长在满族家庭和市民文化的氛围中，民族的、传统文化的内涵已经浸润到老舍的血脉中。在北京的街头、茶馆、戏园接受的最初的美感教育，对老舍小说民族风格的形成至关重要。老舍的小说创作在中国现代小说家中足称特异的地方，正是他作品中所显现的与市民文艺的关系，他"不是仅仅由'遗产'接触民族文化，而是直接由活在民间生机蓬勃的艺术中汲取营养的"②。从幽默趣味，从撷取生活中喜剧材料的角度以及描写方面，都可以看到老舍文学创作与市民文化之间的紧密联系，而这恰恰是老舍在抗战时期能够迅速走上通俗化实践的深层原因。

三 "制作通俗文艺的苦痛"与"民族形式"利用民间资源的困境

老舍是抗战时期最为积极试验"旧形式利用"的新文学作家，他明确指出"新文艺的弱点——它的构思，它的用语，它的形式，一向是摹仿着西欧，于是只作到了文艺的革命，而没有完成革命文艺的任务。"而"革命的文艺须是活跃在民间的文艺，那不能被民众接受的新颖的东西是担不起革命任务的啊"③！战争的形势让以老舍为代表的新文学作家作出了对新文学的反思，民族革命需要文艺去启蒙和动员普通民众，而

① 胡絜青：《老舍和曲艺》，原载《曲艺》1979年第2期，收入胡絜青、舒乙编《散记老舍》，北京十月文艺出版社1986年版，第12页。

② 赵园：《老舍——北京市民社会的表现者和批判者》，《论小说十家》，浙江文艺出版社1987年版，第50页。

③ 老舍：《文章下乡 文章入伍》，《老舍全集》（16），人民文学出版社1999年版，第731页。

在这一点上，以模仿和学习西方现代文学的"五四"新文学显示了与现实的隔膜。因此，在"文协"成立之始，"文章下乡，文章入伍"的口号便成为大家一致认可的努力方向和标准。"通俗化"成为以"文协"为代表的新文学作家们摆脱创作困境的途径，老舍无疑同样接受了这一观念。

文学的"平民化"和"大众化"，是中国新文学自发展起始一直自觉的理论追求，胡适的《文学改良刍议》"八不主义"，陈独秀的《文学革命论》"三大主义"，虽然主要是从内容和形式上冲击和颠覆旧文学，确立白话文学的合法性，但背后的一个清晰指向则是要求作家为现实人生、为个人写作，正是因为这样，周作人的《人的文学》才能迅速成为"五四"新文学作家一致认可的理论规范。其后俞平伯、朱自清等人更是为"平民文学"而展开了广泛的辩论，从"五四"新文学运动伊始，"平民化""大众化"便成为新文学的一个显在特征。

然而，新文学的普及与提高，又始终是困扰新文学作家的一个难题，在面对革命文学理论家们所提出的"大众化"要求，20世纪30年代的鲁迅就曾经提醒"若文艺设法俯就，就很容易流为迎合大众，媚悦大众。迎合和媚悦，是不会于大众有益的"。在鲁迅看来，"多作或一程度的大众化的文艺，也固然是现今的急务。若是大规模的设施，就必须政治之力的帮助，一条腿走不成路的，许多动听的话，不过文人的聊以自慰罢了"①。抗战的形势却恰好提供了作家们一个试验的机会，在"文章下乡，文章入伍"的呼吁下，中国新文学引来了"借政治之力"的情境，通俗化也成为时代的要求。

在市民文化氛围熏陶下成长的老舍，为人极为真诚，不论是"旧瓶

---

① 鲁迅：《文艺的大众化》，《大众文艺》1930年第2卷第3期。

装新酒"的创作方法抑或是关于"民族形式"的讨论，老舍都没有过多参与理论论争，而是从实际出发，试验新文学通俗化的可行性。正如上文所述，不论从理论的接受，还是从实际创作所具备的经验而言，老舍都可算得上是新文学通俗化最早和最成功的试验者。然而，与其他作家高蹈议论文学"大众化""通俗化"的益处不同，老舍不断真诚倾诉着自己"制作通俗文艺"的痛苦。

这一痛苦首先来自"文学"观念的抵牾。老舍自称"制作通俗文艺的苦痛"是来自"工作上和心理上的双重别扭"。新文艺本身是和旧文艺想抵触的，中国的新文艺本就是在批判和反对旧文艺的基础上而发展起来。为了抗战而重新借助"民间"旧形式时，两种文艺观念的抵牾就会显露出来。老舍认为写惯了新文艺，再制作旧的通俗文艺，就如同赤足惯了要穿上鞋子，不免显得别扭而痛苦，"新文艺所要争取的是自由，它的形式内容也就力斥陈腐，要拿出争取自由的热诚与英姿来"。"五四"文学革命，以陈独秀、胡适、周作人为代表的新文人力主抛弃通俗文学的陈腐形式，对传统文学僵化的对仗骈文格律、大团圆结局等模式进行了激烈的批判。新文学发展到了 20 世纪 30 年代末期，西方现代文学观念早已深入新文学作家内心，当需要重新"认识""旧文学"和"旧形式"的价值，甚而学习和模仿这些与新文学格格不入的观念和样式时，就会带来矛盾和冲突。因此，老舍哀叹道："幸而写成一篇，那几乎完全是仗着一点热心——这不是为自己的趣味，而是为文字的实际效用啊！"① 对自己在抗战初期的创作，老舍直言："几千行诗，几十篇小诗、小文，和三个剧本……从质上说，这些作品中没有一篇能使我自

---

① 老舍：《制作通俗文艺的苦痛》，《抗战文艺》1938 年第 2 卷第 6 期。

己满意的。"①

其次是文学作品形式与内容之间的矛盾和冲突。在抗战初期，通俗读物编刊社的理论方法"旧瓶装新酒"引起了新文学作家广泛的关注和讨论，也成为以老舍为代表的作家的一个努力和试验的方向。这一理论从表面看，无疑是兼顾了新文学发展以来一直试图解决的普及与提高问题，"旧瓶"——旧的形式，由于其旧，所以为普通民众所熟悉；又因为是"新酒"，故能传播新的文化内涵。然而，文学形式从来不是一个单纯的形式问题，形式无法同内容分开来展开。老舍通过自己的文学创作实践表明："要将这新的现实装进旧瓶里去，不是内容太多，就是根本装不进去。于是先前的诱惑变成了痛苦。等到抗战的时间愈长，对于现实的认识与理解也愈清楚，愈深刻，因此也就更装不进旧瓶里去，一装进去瓶就炸碎了。"② 在老舍看来，最大的痛苦就在于"民间形式"自有其本身成熟的文学形式和表达，很难"装下新东西"，而一旦不注意，作家就很容易"丢失了你自己"，③ 成为"旧形式"的俘虏。例如老舍在 1938 年创作的鼓词《王小赶驴》：

> 中华自古重忠良/为国捐躯美名扬/英雄好汉原无种/要有心胸赴战场/残词念罢且不表/单表王小好儿郎/生在平西磨石口/赶驴为业腿脚忙/清晨起来驴备好/扬鞭信步过村庄。

虽然鼓词的结尾是"说一回王小赶驴知报国，千秋万代姓名香。人人若要都这样，管教日本把国亡"。作者试图塑造一个积极参与抗战的民众形象王小来宣传抗日的主题，但由于采用旧形式和旧格调，作品整

---

① 老舍：《致西南的文艺青年》，《老舍全集》（15），人民文学出版社 1999 年版，第 636 页。

② 老舍：《一九四一年文学趋向的展望》，《抗战文艺》1941 年第 7 卷第 1 期。

③ 老舍：《三年写作自述》，《抗战文艺》1941 年第 7 卷第 1 期。

体显得封建和陈旧，读起来更像一个通俗传奇故事。这显然与老舍创作目的相悖，与他所接受的新文学观念更是格格不入。事实上，利用旧形式的试验和呼吁并非是抗日战争时期才发生的"现象"，早在晚清时期，有人就根据中国传统的民间歌谣《十八摸》，这种写男女情爱的猥亵小调填写了有关中国国家地理形态的《地理十八摸》，控诉批判帝国主义列强对中国的霸占掠夺，企图唤醒当时的中国普通民众的"国家情感"和反抗意识：

> 伸手摸到扬子大江边。
>
> 扬子江边真可怜
>
> 英国国旗悬
>
> 嗳嗳育，嗳嗳育
>
> 嗳育，嗳育，嗳嗳育。
>
> 它的势力圈
>
> 嗳嗳育。
>
> （一摸）
>
> 伸手摸到山东黄河口
>
> 山东地方是咽喉
>
> 德国兵来守
>
> 嗳嗳育，嗳嗳育。
>
> 嗳育，嗳育，嗳嗳育。
>
> 当领一把锹
>
> 嗳嗳育。
>
> （二摸）
>
> 伸手摸到满洲东三省

俄国势力让日本

日本矮子狠

嗳嗳育，嗳嗳育。

嗳育，嗳育，嗳嗳育。

看他来打滚

嗳嗳育。

（三摸）①

该歌谣形象生动，通过触摸中华民族老大帝国，展现山河破碎的现状，激发民众挽救民族危机的情绪。该诗歌的"附言"中，编辑写道："本社专以顶小顶小的小曲，装纳顶大顶大的意思。虽顶俗顶俗的俗人，皆能化成一个顶上顶上的豪杰，并能做出顶盛顶盛的事业，造就顶好顶好的社会，留一个顶久顶久的声名。"《十八摸》本来是叙写男女情爱的猥琐小调，虽然猥琐歌谣自有其民间文学的价值和意义，在歌谣运动时期周作人还曾大力倡导收集这类歌谣。但对这种民间传统形式的改造利用，即使灌输进救国救世的现实内容，一旦吟唱也很容易让人联想到与这种小调紧密相关的猥琐内容。形式并非是毫无意义的躯壳，形式也蕴含了自身的意义。旧形式的利用隐含着诸多的危险，"有意味的形式"一旦形成，就具备了自身程序化的文化内涵。② 诗人力扬在讨论诗歌的民族形式问题时，就提醒人们注意，创制"形式"问题切不可忘记"内容决定形式"的原则，"文学上每一种形式的产生和完成，都有其历史

---

① 斧：《地理十八摸》，《竞业旬报》1908 年第 32 期，转引自刘进才《民间的何以成为民族的——文学民族形式论争中的文体及语言问题》，《华中师范大学学报》（人文社会科学版）2015 年第 9 期。

② 刘进才：《民间的何以成为民族的——文学民族形式论争中的文体及语言问题》，《华中师范大学学报》（人文社会科学版）2015 年第 5 期。

的与社会的根据"①。抗日战争期间，文艺界"旧瓶装新酒"制作同样遇到这样的问题，正如茅盾在《大众化和利用旧形式》中所指出的："既说是'利用'，当然不是无条件的接受。此时切要之务，应该是研究旧形式究竟可以被利用到如何程度，应该是研究并实验如何翻旧出新。"② 如果只是简单地利用旧形式，结果，普通民众不但不会听出"抗日的内容"，而只会停留在猥琐、落后的"旧调调"上。

一度热衷于"旧瓶装新酒"的老舍，在通俗文艺的创作实践中遇到了"旧形式"与"新内容"之间不可调和的矛盾。他认为要将"旧的形式""旧的套数"发展为新的形式是很困难的，旧文艺有自己的逻辑和规律，"你须把它写得像个样子，而留神着你自己别迷陷在里面"，"你越研究，你越觉得有趣；那些别人规定的形式，用的言语，是那么精巧生动，恰好足以支持它自己的生命。然而，到你自己一用这形式，这语言，你就感觉到喘不过气来，你若不割解开它，重新配置，你便丢失了自己，你若剖析了它，而自出心裁的想把它整理好，啊，你根本就没法收拾了！新的是新的，旧的是旧的，妥协就是投降！因此，在试验了不少鼓词之类的东西以后，我把它们放弃了"③。

对于自己旧形式写作方面的试验，老舍明确表示："就成绩而论，我写的那些旧剧与鼓词并不甚佳。毛病是因为我是在都市里学习来的，写出来的一则是模范所在，不肯离格；二则是循艺人的要求，生意相关，不能伤雅。于是，就离真正民间文艺还很远很远。写这种东西，应当写家与演员相处一处，随写随演随改，在某地则用某地的形式与语

---

① 力扬：《关于诗的民族形式》，《文学月报》1940 年第 1 卷第 3 期。
② 茅盾：《大众化与利用旧形式》，《茅盾全集》（21），人民文学出版社 1991 年版，第 410 页。
③ 老舍：《三年写作自述》，《抗战文艺》1941 年第 7 卷第 1 期。

言，或者可以收效；在都市里闭门造车，必难合辙。"① 这其实也是道出了抗战前后中国文艺的一个差别，"民间文艺""通俗文艺"以及依据"民间文艺"写成的"工农兵文艺"，它与"五四"学习西方现代文学观念而构筑的城市文学从根本上是不一样的。

显然，老舍在"旧形式"的试验上背负着很大的压力，也感到十分困惑。虽然老舍认为和人民失掉性命去保卫国家相比，自己的作品失去一些"文艺性"根本算不上什么。然而，老舍不断地在对自己利用旧形式进行反省："有人问我，你近来为何不写小说？你的剧本，不客气的说，实在不高明，为什么不放下剧本，而写小说呢？答以：这几年来的生活与抗战前大不相同了。"②

新文学的评论者们并没有体谅老舍的"痛苦"，反而对老舍的"退步"和"矛盾"表示了毫不留情的批评。胡风在纪念老舍创作 20 年的发言中指出：

> 在舍予自己，甚至在创作本身上也是愿意为了大的目的而委屈地趋赴的……好像在当时的兴奋情绪里面他愿意和过去所走的路决然分离。事实上，他当时热心地写了许多大鼓书词和旧词，"旧架子的确方便，为救急，有取用的必要"；虽然后来他发现了此路不通，原来是落进了当时的一些理论家们所犯的误解……
>
> 他近几年常常说过，等战争结束了要好好地认真写几部作品，意思是，在抗战当中，只好做些"救急"的工作，忍痛地牺牲掉创作志愿。现在，他已经修改了这个意见罢。战争是决不要求真正的艺术创造受屈的，虽然目前在创作以外的条件上，我们有着太多的艰难。③

---

① 老舍：《三年写作自述》，《抗战文艺》1941 年第 7 卷第 1 期。
② 老舍：《答客问》，《时事新报》1942 年 7 月 19 日。
③ 胡风：《祝老舍先生创作二十年》，《新华日报·新华副刊》1944 年 1 月 27 日。

和他从小一起长大的罗常培虽然为老舍所受到的批评抱不平，认为老舍的成就绝非"靠着卖乡土神话成名的作家所能打倒"（指沈从文），但也承认他新写的戏剧"直到现在还攻不进剧国的壁垒"，① 远不如他以往的小说创作。

老舍虽然没有过多地加入"民族形式"争论，但是显然他对这一论争是了解和熟悉的。1940 年他在一篇通讯中提道："在文章方面，最热闹的是关于民族形式问题的讨论。内容如何，一言难尽，我只能说这次的争辩，已是按理自陈，按理反驳，而没有乱骂的。我忙，所以没参战，可是对大家所取的争而不骂的好态度，十分的钦佩。"② 在去云南西南联大演讲的过程中也感叹："这两年来，大家都讨论民族形式问题，但讨论的多半是何谓民族形式，与民族形式的源泉何在；至于其中的细腻处，则必非匆匆忙忙的所能道出，而须一项一项地细心研究了。"③ 他坦承写作长诗《剑北篇》时，也受到了论争很不好的影响："草此诗时，文艺界对'民族形式'问题，讨论甚烈，故用韵设词，多取法旧规，为新旧相融的试验。诗中音节，或有可取之处，词汇则嫌陈语过多，失去不少新诗的气味，行行用韵，最为笨拙：为了韵，每每不能畅所欲言，时有呆滞之处。为了韵，乃写得很慢，费力而不讨好。句句押韵，弊已如此，而每段又一韵到底，更足使读者透不过气；变化既少，自乏跌宕之致。"④ 的确如老舍所言，由于过分看重形式和押韵，长诗《剑北篇》显得急促呆板，缺乏现代诗的从容和自由。

老舍没有从理论上论述"民族形式"，而是采取一贯的态度通过文

———

① 罗常培：《我与老舍》，参见胡絜青编《老舍写作生涯》，百花文艺出版社 1981 年版，第 279 页。

② 老舍：《行都通讯》，《宇宙风》1940 年 10 月百期纪念号，收入《老舍全集》（15），人民文学出版社 1999 年版，第 569 页。

③ 老舍：《滇行短记》，《老舍全集》（14），人民文学出版社 1999 年版，第 276 页。

④ 老舍：《〈剑北篇〉序》，《老舍全集》（13），人民文学出版社 1999 年版，第 331 页。

学创作实践的方式表明自己对这一口号和这场论争的态度。依据自己创作的心得体会，在《三年写作自述》中老舍系统陈述了"民族形式"对他造成的苦恼与困惑：

> 恐怕更重要的还是那个无形的，在心中藏着的那个小鬼。明显的说，就是在一计划写诗的时候，我面前就有个民族形式，像找替身的女鬼似的向我招手。她知道我写过旧诗，写过鼓词；用民族形式来引诱我，我必会上套！不论我怎样躲避旧的一切，她都会使我步步堕陷，不知不觉的陷入旧圈套中。说到这里，我就根本怀疑了民族形式这一口号。民族形式，据说是要以民族文艺固有的风格道出革命的精神，是啊，我何尝没这样办呢。可是，我并没得到好处！也许是我的才力不够吧？也许……反正我试验过了，而成绩欠佳！关于这一点，我似乎没法说得再明白些；除非你也去试验试验，你是不会明白我的。[①]

可见，"民族形式"的概念和讨论对老舍造成多么大的压力和困惑，以致他开始怀疑这一口号。"旧形式"的利用不可行，"民族形式"的创造亦不过是个虚幻的口号罢了。老舍后来写作《鼓书艺人》和《四世同堂》，实际上是放弃了"旧瓶装新酒"和追求纯粹的"民族形式"的努力，而回到了自己所习惯的创作传统。因而，在《四世同堂》等作品再度出现了老舍所擅长的对市民社会的描绘，对中国传统文化的深刻思考和批判也保持了老舍早期小说创作的风格和特色。

有关旧形式利用、民间文学资源与新文学创作关系的问题，在抗战时期引起了广泛的讨论，但老舍却通过自身的创作实践表明：首先，形

---

① 老舍：《三年写作自述》，《抗战文艺》1941 年第 7 卷第 1 期。

式有其独立存在的意义。或者说形式本身即具备文化政治性，形式的意识形态。一种文艺形式总是与特定的文化政治联系在一起的。在一种民族地方形式的背后，总有地方文化认同的内涵，如果不注意形式背后的意识形态，则有可能对内容形成挑战。其次，民族文化、地方文化作为一种文学文化资源，应该被视为一个文化整体。作为新的文学和文化创新的资源，不应该把地方文化形式视为僵化、固定的一成不变之形式外壳，而应当看作流动的、鲜活的文化资源整体，为当下文学和文化所吸取和转化。老舍对旧形式通俗文学的创作实践和理论思考，对我们今天理解和建设民族、地方性的文艺或文化，无疑有着重要的启示意义。

第五章

延安文艺：理论建构与"民族形式"文艺实践

　　谢冕所主持的"百年中国文学总系"，参照黄仁宇《万历十五年》的写作方式，抽取了百年中国文学几个重要年份，以此展开视点，呈现中国文学的发展脉络，1942 年位列其中。的确，如果从对 20 世纪中国文学发展的影响来看，怎么强调 1942 年都不过分。1942 年 5 月毛泽东在延安召开文艺座谈会，逐步确立了解放区"革命性"文艺的正统化。随着 1943 年 10 月《在延安文艺座谈会上的讲话》的正式发表，以及1943 年 11 月中共中央机关报《解放日报》刊发《中央宣传部关于执行党的文艺政策的决定》，标志着延安开始有了一个正式的"文艺政策"或"文化政策"。[①] 这一政策的最终成形显然是一系列理论建构和文化实践的结果，也预示着中国现代文学和文化的转型。

---

　　① 赵卫东：《一九四〇年代延安"文艺政策"演化考论》，《中国现代文学研究丛刊》2010 年第 2 期。

第一节　《讲话》与"民族形式"论争的结论

贺桂梅在《"民族形式"建构与当代文学对五四现代性的超克》一文中指出："人们常常关注的是《讲话》与新中国建立的政治性，而对1939—1942 年在抗战背景下发生的有关新文艺'民族形式'建构的论争却研究不多。关注'民族形式'以及与之关联的'马克思主义中国化'，不仅仅是关注一场思想与文艺讨论，更重要的是这场论争之发生的历史意义：它是中国共产党以无产阶级'政党'而谋求国家政权的起点。"①的确，正如前文所分析的，1940 年前后的"民族形式"论争实际上涉及了文艺的民族形式、民间形式、大众化等问题，而隐含在各种分歧的观点背后的，则是如何评价"五四"文学运动，如何处理 20 世纪 20 年代"革命文学"论争和 30 年代左翼文艺运动所建立起来的阶级论的文艺观，如何在语言和形式上具体地理解地方、民族和世界的关系等。而归结到一点，则是在新的政治形势下，延安解放区如何获取文化领导权，建构中共政党政治所需要的文化意识形态。而这一切，仅仅依靠文艺界的知识分子显然是无法完成的。从这个意义上讲，虽然胡风试图"为民族形式论争作总结"，但真正完成"民族形式"运动结论的是《在延安文艺座谈会上的讲话》。

---

① 贺桂梅：《"民族形式"建构与当代文学对五四现代性的超克》，《文艺争鸣》2015 年第 9 期。

一 延安文艺座谈会的召开

毛泽东召开延安文艺座谈会，发表《讲话》，显然并非一时的突发奇想，而是有着长期的理论准备和现实考虑。从中国共产党的一贯政策来看，文艺宣传和对知识分子的吸收、改造是很重要的政治工作。但1942年以前，共产党政权并不稳定，政治动荡，忙于残酷的军事斗争，无力顾及和思考自身的文化政策问题。1941年，萧军问毛泽东："党有没有文艺政策呀？"毛泽东的回答是："哪有什么文艺政策，现在忙着打仗，种小米，还顾不上哪！"① 同时，在抗日民族统一战线建立初期，解放区缺乏人才，出于政治和意识形态争夺的需要，毛泽东和党中央对于"文化人"普遍采取了宽容甚至可以说是"容忍"的态度，不但明确要求各根据地"应该重视文化人，纠正党内一部分同志轻视、厌恶、猜疑文化人的落后心理"，而且强调"团体内部不必有很严格的组织生活与很多的会议，以保证文化人有充分研究的自由与写作的时间"。要求各组织机构"继续设法招致与收集大批文化人到我们根据地来。必须使我们的根据地不但能够使他们安心于自己的工作，求得自己的进步，而且也是最能施展他们的天才的场所"②。这样宽容的文化氛围，为延安解放区带来了强大的文化号召力，也呈现出与国统区不一样的新鲜的活力，越来越多的知识分子来到了延安，这既给延安带来了机遇，也带来了诸多的争议和问题。"从亭子间到革命根据地，不但是经历了两种地区，

---

① 王德芬：《萧军在延安》，《新文学史料》1987年第4期。
② 《中央宣传部、中央文化工作委员会关于各抗日根据地文化与文化人团体的指示》，原载《共产党人》1940年第12期，收入中央档案馆编《中共中央文件选集12（1939—1940）》，中共中央党校出版社1991年版，第496—498页。

而且是经历了两个历史时代。"① 显然，延安对革命知识分子有着不一样的要求，但知识分子长期养成的文化性格并不能在一夜之间随着地缘政治环境的变化而改变。因此，一旦时机成熟，党迫切需要对文艺和知识分子做出规划和安排。

在座谈会召开以前，毛泽东已经有意识地在收集文艺界的材料，完善自己对于建设新文艺的理论构想。当萧军建议："党应当制定一个文艺政策，使延安和各个抗日根据地的文艺工作者有所遵循有所依据，统一思想统一行动，加强团结，有利于革命文艺工作正确发展。"毛泽东便鼓励萧军留下来为其提供文艺界各方面的意见和建议。② 艾青也回忆说：

> 1942 年春天，延安文艺界出现了许多文章。4 月间，毛主席给了我一封信说："有事商量，如你有暇，敬祈惠临一叙，此致敬礼！"我去了，他说："现在延安文艺界有很多问题，很多文章大家看了有意见。有的文章象是从日本飞机上撒下来的；有的文章应该登在国民党的《良心话》上……你看怎么办？"我说："开个会，你出来讲讲话吧。"他说："我说话有人听吗？"我说："至少我是爱听的。"接着他又谈了一些文艺方针。过了两天，他给我第二封信说："前日所谈有关文艺方针诸问题，请你代我收集反面的意见。如有所得，希随时赐知为盼。此致敬礼！"在"反面的"三个字上面打了三个圈。我也不知道什么是反面的意见，就没有收集，只是把我自己对文艺工作的一些意见写成文章寄给他了。③

① 毛泽东：《在延安文艺座谈会上的讲话》，《毛泽东选集》第 3 卷，人民出版社 1953 年版，第 833 页。
② 王德芬：《萧军在延安》，《新文学史料》1987 年第 4 期。
③ 艾青：《漫忆延安诗歌运动》，《延安文艺回忆录》，中国社会科学出版社 1992 年版，第 142 页。

艾青请毛泽东出来讲讲话，是因为此时的延安出现了许多独特的"文章"。"满腔热血的青年纷纷投奔延安，大家一心想着救亡，想着革命，想着寻求真理，但因为从四面八方来，各有各的路数，各有各的观点，难免发生分歧，产生矛盾。"① 1942 年初，分歧和矛盾显得格外明显和激烈。从《解放日报》副刊到墙报《轻骑队》《矢与的》，突然出现了一大批"讽刺暴露"和要求延安"自由""民主"的文艺作品，知识分子以各种方式对现状进行了尖锐地批评，这不仅在文艺界，在中共党内也引起了很大的反响和争论。从前方回延安的欧阳山尊这样叙述他在文艺座谈会召开之前的感受：

> 使我感到不习惯的是一些生活方式，譬如有一些搞文化工作的同志腰上系一根绳子当皮带，风纪扣也不扣，手上老握着一根棍子，我就觉得他们的生活太吊儿郎当。使我感到惶惑和反感的是一到延安就有同志告诉我，在北门外文化沟口，出了一种墙报叫《轻骑队》，内容丰富，应该去见识见识。在这位同志的鼓动下，我走了十多里路特地去看。看了以后，很不是味道，墙报的内容写的都是一些消极的东西，所用的笔法又都是含沙射影，冷嘲热讽。有些文章甚至像过去上海小报上登的"黑幕新闻"，把延安描写得似乎很"黑暗"。我曾经把这种感觉同几个同志谈及。他们告诉我已经有人向中央反映《轻骑队》的问题，并且建议封掉这张报。但是毛主席说，不能下命令封，而是应该让群众来识别，来评论，让群众来作决定。后来我认识到毛主席是要用它来提高群众和干部的识别能力，但当时我没有能够体会。后来在另一期的《轻骑队》上，我

---

① 萧军：《难忘的延安岁月》，《延安文艺回忆录》，中国社会科学出版社 1992 年版，第113 页。

读到了萧向荣同志的一篇短文，文章大意说，正确的批评是应该欢迎的，但是不应该戴着黑眼镜来看延安和边区，见了雨点就说江河泛滥。可是同时就有好几篇文章反驳他，说"不要摆出一副卫道的面孔来抗拒批评"。这说明当时的斗争是很激烈的。①

作家知识分子们并没有意识到延安与国统区的不同，仍然坚持"五四"自由主义作风和左翼批判传统，但在革命根据地，采用旧的写作方式和斗争方式，显然是不合时宜的。这也逐渐引起了以毛泽东为首的党中央的重视，对于文艺界的规范和改造势在必行。

中共中央文献研究室的党史研究员陈晋，依其"从目前所能看到的文献记载"披露，1942 年 4 月 2 日，毛泽东主持中央政治局会议，就已经开始讨论文艺界存在的问题：

> 在《解放日报》上设批评和建议栏，用严正态度开展正确的批评，纠正无的放矢和无原则的攻击诽谤。康生说现在反三风，不好的形式有三种，一是王实味、丁玲的形式，一是轻骑队的形式，一是中央研究院及西北局的墙报形式。王稼祥认为报纸的批评比墙报态度严肃些，而文艺版描写老干部坏（如婚姻问题），前方的同志不满。批评应该无伤大体。身兼《解放日报》社长之职的博古表示，文艺版现在的文章，没有看到英勇抗战，写边区不好，对八路军、老干部的描写不好，对技术工作散布不好的影响，描写所谓人性，鼓动人们不安心工作，现在要解决文艺工作到哪里去的问题。②

4 月 1 日，党中央改版了《解放日报》，引起很大争议的"文艺"

---

① 欧阳山尊：《参加延安文艺座谈会前后》，《中国艺术报》2002 年 4 月 19 日。
② 陈晋：《文人毛泽东》，上海人民出版社 1997 年版，第 225 页。

副刊被撤销了。4月10日，中央书记处正式同意毛泽东关于召开延安文艺座谈会的建议，毛泽东开始为座谈会的召开做准备工作。13日，他给欧阳山、草明写了一封信："前日我们所谈关于文艺方针诸问题，拟请代我搜集反面的意见，如有所得，祈随时赐示为盼！"并邀请"鲁艺"文学系和戏剧系的几位党员教师何其芳、严文井、周立波、曹葆华、姚时晓等到杨家岭交换意见，为召开文艺座谈会做准备。① 17日，毛泽东再次致信欧阳山、草明："四月十五日来信阅悉，我现在尚不能够对你们提出的问题作答复，待研究一下罢。如果你们在搜集材料，那很好，正反两面都盼搜集，最好能给一个简明的说明书。"② 一切都表明，1942年的延安，文艺界即将面临一场调整。

处理延安文艺界在1942年暴露出来的问题，这显然是召开延安文艺座谈会的直接原因。但更重要的是，经过一系列"中国化"的理论探讨，尤其"民族形式"问题的论争，实际上是系统整理了数十年中国现代文学和文化发展的根本性问题，中国共产党已经据此完成了文化上的理论储备。毛泽东此时召开文艺座谈会，发动整风运动，显然是"意识到中共已处在由革命党转向执政党的关头，为未来治理国家而做思想和理论的准备，探索并培育未来的国家意识形态"③。因而，中国共产党人需要进一步以党的政策的方式将前一阶段论争的有效成果固定下来。在马克思主义者看来，理论对于革命的行动是十分重要的。1942年2月，在著名的《整顿党的作风》一文中，毛泽东写道：

> 按照中国革命运动的丰富内容来说，理论战线就非常之不相

---

① 艾克恩编：《延安文艺运动记盛》，文化艺术出版社1987年版，第343页。
② 钟敬之、金紫光主编：《延安文艺丛书·文艺史料卷》，湖南文艺出版社1987年版，第143页。
③ 李洁非、杨劼：《解读延安——文学、知识分子和文化》，当代中国出版社2010年版，第59页。

称，二者比较起来，理论方面就显得非常之落后。一般地说来，我们的理论还不能够和革命实践相平行，更不去说理论应该跑到实践的前面去。我们还没有把丰富的实际提高到应有的理论程度。我们还没有对革命实践的一切问题，或重大问题，加以考察，使之上升到理论的阶段。你们看，中国的经济、政治、军事、文化，我们究竟有多少人创造了可以称为理论的理论，算得科学形态的、周密的而不是粗枝大叶的理论呢？①

毛泽东强调了"理论"，而且是"我们的理论"的重要性，并且认为"理论还不能和革命实践相平行，更不去说理论应该跑到实践的前面去。"如果我们结合周扬在 1938 年创办《文艺战线》，在发刊词中所称：理论批评已经成为"战时文艺活动的最弱的一环"，"需要有计划有系统地来开始一个理论的运动"②。马克思主义者认为必须有革命的理论才能对行动实践做出指导和规划，"革命的行动需要革命的理论"，经济基础决定了意识形态，而一定的意识形态也反过来对社会发展产生影响。从这个意义上看，《讲话》实质上是对前一段时间"民族形式"问题争论的一个回应。在《新民主主义的政治和新民主主义的文化》中，毛泽东不仅确认了共产党文化现代转型继承者和领导者的地位，而且通过鉴别和选择，指明了所要批判和延续的各种传统，重新规划文化秩序，实现了"民族的科学的大众的"新文化图景。在此基础上，《讲话》进一步完成了对于中国新文学和新文化的设想。

作家欧阳山说他参加延安文艺座谈会实际上是带着问题去的，其中一个问题是："如果一方面把文学活动跟中国革命活动联系起来，一方

---

① 毛泽东：《整顿党的作风》，《毛泽东选集》第 3 卷，人民出版社 1953 年版，第 769 页。
② 周扬：《我们的态度》，《文艺战线》1939 年创刊号。

面又把文学创作跟人民群众隔离开来，那么这个目的怎么能够达到呢？"他认为不仅自己困惑，其他作家也认为这是"一个长期没有解决的中国文学艺术界的共同的根本问题"①。而毛泽东《讲话》的开头部分正是论述此问题的：

> 同志们！今天邀集大家来开座谈会，目的是要和大家交换意见，研究文艺工作和一般革命工作的关系，求得革命文艺的正确发展，求得革命文艺对其他革命工作的更好的协助，借以打倒我们民族的敌人，完成民族解放的任务。②

习惯"自由"的延安文化人，起初并没有意识到这次会议的重要性，以及共产党即将进行的文艺政策的调整。舒群担任《解放日报》文艺栏主编，对于当时要召开的座谈会并不重视，毛泽东作《结论》那天晚上，还因为酒喝多了忘记通知黎辛去参加座谈会。③ 作家知识分子显然把它看作同以前一样的文艺讨论会，"参加这次盛会的文艺界代表约100人。大家发言踊跃，争论得十分热烈。会一天没有开完，于是又用了两个星期日（5月9日、5月16日）接着发言"④。萧军甚至还在座谈会上放肆"发炮"，号称作家需要"自由"，作家是"独立"的，胡乔木不同意萧军的意见，忍不住起来反驳他，说文艺界需要有组织，双方论争得很激烈。⑤

---

① 欧阳山：《我的文学生活》，《延安文艺回忆录》，中国社会科学出版社 1992 年版，第 67 页。
② 毛泽东：《在延安文艺座谈会上的讲话》，《毛泽东选集》第 3 卷，人民出版社 1953 年版，第 804 页。
③ 黎辛：《关于"延安文艺座谈会"的召开、〈讲话〉的写作、发表和参加会议的人》，《新文学史料》1995 年第 2 期。
④ 张诚：《追记三位代表参加延安文艺座谈会》，《文艺报》2002 年 5 月 18 日。
⑤ 参见胡乔木《胡乔木回忆毛泽东》，人民出版社 1994 年版，第 54 页。

与此相反，毛泽东实际上对座谈会的召开做了精心地准备，5 月 12 日毛泽东指示《解放日报》，在其副刊版开辟一个《马克思主义与文艺》专栏，发表马克思主义文艺经典著作和文艺家对文艺工作的意见。5 月 14 日，《解放日报》在四版头题位置刊登《党的组织与党的文学》，专栏的按语是从毛泽东处送来的，全文是："最近由毛泽东、凯丰两同志主持所举行的'文艺座谈会'是一件大事，尤其对于关心当前文艺运动诸问题的读者，本版决定将与此有关诸材料及各作家的意见，择要续刊于此，以供参考与讨论。"①

　　众所周知，列宁《党的组织和党的文学》的不同寻常之处在于把马克思主义思想关于无产阶级专政的国家理论，从一般的理念推进到了具体的文艺体制上。列宁提出了"党的文学"这一概念，强调："文学事业应该成为总的无产阶级事业的一部分，一个统一的、伟大的由整个工人阶级底全体觉悟的先锋队使之运动的，社会民主主义的机器底'齿轮和螺丝钉'。文学事业应该成为有组织的、有计划的、统一的、社会民主党的党底工作组成部分。"② 与马克思、恩格斯同时注重文学的政治和艺术价值不同，列宁更关心"文艺"在无产阶级革命事业中的价值，将"文学"打造成革命机器的"螺丝钉"，而在这一点上无疑符合毛泽东在延安时期对于文艺的建构和要求，实际上"'党的文学'是文艺整风后延安文学观念或后期延安文学观念的核心部分，也是其至为关键的存在样态"③。可以说，《在延安文艺座谈会上的讲话》其基本的话语和理论合法性都来源于列宁"党的文学"这一论述。

---

①　编者按，参见黎辛《关于"延安文艺座谈会"的召开、〈讲话〉的写作、发表和参加会议的人》，《新文学史料》1995 年第 2 期。

②　P. K. （秦邦宪）：《党的组织和党的文学》，《解放日报》1942 年 5 月 12 日。收入李志英主编《秦邦宪（博古）文集》，中共党史出版社 2007 年版，第 515 页。

③　袁盛勇：《"党的文学"：后期延安文学观念的核心》，《中国现代文学研究丛刊》2005 年第 3 期。

随后的一个月，在《解放日报》上陆续刊登马克思、恩格斯论文艺的经典著作。5月20日，《解放日报》重新刊发鲁迅的《对于左翼作家联盟的意见》，并加编者按语："这是1930年3月20日鲁迅先生在左翼作家联盟成立大会上的讲话。其中对于文艺战线的任务，都是说得很正确的，至今完全有用。今特重载于此，以供同志们的研究。"这则按语同样是毛泽东处送来的。虽然对"五四"新文学评价并不高，但毛泽东对鲁迅十分推崇，《讲话》甚至将其抬高到文化"首领"的地位，宣称"我们有两支军队，一支是朱总司令的，一支是鲁总司令的"①。在座谈会上，"当谈到鲁迅'总司令'领导文化军队时，全场响起了掌声和笑声"②。毛泽东的这一说法获得了延安文化人的广泛认同。

　　何时正式发表《讲话》，毛泽东也经过了仔细地斟酌和考虑：

　　　　毛泽东在延安文艺座谈会上的讲话是42年5月讲的，43年3月才在报上披露一千字。10月19日《讲话》全文一天登完。《在延安文艺座谈会上讲话》标题后面正文前加有"按语"，是《讲话》送来前已经写好的，按语是：今天是鲁迅先生逝世七周年纪念，我们特发表毛泽东同志一九四二年五月在延安文艺座谈会上的讲话，以纪念这位中国文化革命的最伟大的最英勇的旗手。③

　　选在鲁迅逝世纪念的时候发表《讲话》，毛泽东既显示出他对于自己在《论鲁迅》等一系列的讲话中所树立起来的现代文学家、思想家、革命家形象的鲁迅的坚持，同时又表明《在延安文艺座谈会上的讲话》

---

　　①　正式发表时改为"拿枪的军队"和"文化的军队"，参见《在延安文艺座谈会上的讲话》，《毛泽东选集》第3卷，人民出版社1991年版，第847页。
　　②　艾克恩：《延安的锣鼓——毛泽东同志〈在延安文艺座谈会上的讲话〉的前前后后》，《人民日报》1992年5月21日。
　　③　黎辛：《关于"延安文艺座谈会"的召开、〈讲话〉的写作、发表和参加会议的人》，《新文学史料》1995年第2期。

是纪念和继承鲁迅的新文化的成果。恰恰是列宁和鲁迅，构成《讲话》的权威性，赋予其在文化意识形态和文艺思想建构的合法性。

二　"民族形式"论争的"结论"

从《讲话》的内容来看，毛泽东所要解决的是两个问题，即文艺"为什么人"和"如何服务"的问题。与此密切相关的文艺的新与旧、普及与提高问题正是在"民族形式"讨论中对于"旧形式""五四文艺"和"大众化"等诸多问题的理论提升和转换。显然，《讲话》吸收了"民族形式"论争中的诸多成果，并做出了"个人的结论"。[1] 实际上，作为20世纪40年代以后左翼文化界文学实践的总纲领，《讲话》在诸多方面都是语焉不详的，因为一系列问题的讨论始终处在诸多二项对立式中，并"辩证"地互相转换。"我们的提高是在普及基础上的提高；我们的普及，是在提高指导下的普及"，论述始终处在一种循环阐释中，而对于"普及""提高"这两个关键性范畴的具体内涵却始终没有给出解释。毫无疑问，"利用旧形式的问题也必须放在'普及、提高'的框架内来讨论，也就是利用旧形式本身并不是目的，而是必须纳入'无产阶级前进'的轨道，与政治目的相关联，并以宣传革命工作为目的"[2]。

从当时的实际情况来看，"民族化"和"大众化"应该是延安文艺发展的根本问题，但毛泽东从未从单纯意义上去提倡"民族形式"或"民族化"，无论是"土"还是"洋"，传统和西方的资源都只是"借

① 金惠俊：《"文艺的民族形式论争"的结束》，《文化与抗战：郭沫若与中国知识分子在民族解放战争中的文化选择》，巴蜀书社2006年版，第146页。

② 贺桂梅：《转折的时代——40—50年代作家研究》，山东教育出版社2003年版，第341页。

鉴"的对象，在《讲话》都构成了"流"，而并非"源"，最终目的是指向为革命工作服务。毛泽东也并不讳言自己的"功利主义"，他认为，"世界上没有什么超功利主义，在阶级社会里，不是这一阶级的功利主义，就是那一阶级的功利主义。我们是无产阶级的革命的功利主义者，我们是以占全人口百分之九十以上的最广大群众的目前利益和将来利益的统一为出发点的，所以我们是以最广和最远为目标的革命的功利主义者，而不是只看到局部和目前狭隘的功利主义者。"①

民族形式的中心源泉是什么？这是"民族形式"论争的核心问题。在"民族形式"后期诸多论者都已经达成共识："民族形式"不仅是"形式"问题，更是内容问题。"民族形式的中心源泉，毫无可议的，是现实生活。"②郭沫若的这一论述成为"民族形式"论争中论者普遍认可的态度，不论是胡风还是周扬，都呼吁作家从"现实主义"出发，摆脱纯理论的争议，进入实际的文艺探索当中去。然而，在《讲话》中，毛泽东却有着更为明确的规定，文学艺术的源泉不是"生活"，而是"人民的生活"。这就涉及一个阶级主体的问题，"什么是人民大众呢？最广大的人民，占全人口百分之九十以上的人民，是工人、农民、士兵与小资产阶级……这四种人，就是中华民族的最大部分，就是最广大的人民大众"。因此，他认为文学艺术应该反映"工农兵"，为"工农兵"服务。《讲话》对"民族形式"论争的核心问题进行了转换，抛开了"民间"或者"五四"为"民族形式"文艺中心源泉等纯学理上的论争，而将重点放在接受者的主体位置上。文艺形式上的新旧问题，就转移为文艺的表现对象和接受对象的问题。

---

① 毛泽东：《在延安文艺座谈会上的讲话》，《毛泽东选集》第3卷，人民出版社1953年版，第821页。

② 郭沫若：《"民族形式"商兑》，重庆《大公报》1940年6月9—10日。

在"民族形式"论争中，对"五四"文艺的评价和理解实际上构成了论争双方的中心问题，那么，《讲话》又是如何看待"五四"新文学的呢？

> 在"五四"以来的文化战线上，文学和艺术是一个重要的有成绩的部门。革命的文学艺术运动，在十年内战时期有了大的发展。这个运动和当时的革命战争，在总的方向上是一致的，但在实际工作上却没有互相结合起来，这是因为当时的反动派把两支兄弟军队从中隔断了的缘故。①

毛泽东并没有正面评价"五四"新文艺，但显然"五四"文艺有着自身的"缺陷"，更不符合当下现实的文化和政治需要。因此，新的文艺必须超越"五四"文艺，为"工农兵"群众服务，这也成了延安理论界评价"五四"文艺的最终结论。

概言之，由于解放区政治形势渐趋稳定和明朗，《在延安文艺座谈会上的讲话》实际上是以"阶级论"的观点转化了"民族形式"问题中占据主要地位的民族化问题。通过转换，毛泽东将"民族化"与"大众化"问题画上了等号。他明确指出："对于过去时代的文艺形式，我们也并不拒绝加以利用，但这些旧形式到了我们手里，给了改造，加进了新内容，也就变成革命的为人民服务的东西了。"②《讲话》实际上根本没有涉及民族化问题，只是集中谈论大众化，但毛泽东所指出的"大众化"，又显然是"阶级论"视野下的"大众化"："许多同志爱说'大众化'，但是什么叫做大众化呢？就是我们的文艺工作者的思想情绪与

---

① 毛泽东：《在延安文艺座谈会上的讲话》，《毛泽东选集》第3卷，人民出版社1953年版，第804—805页。

② 同上书，第812页。

工农兵大众的思想情绪打成一片。"这与要求文艺表现形式的通俗化，或者利用大众熟悉的文艺形式、体裁来描写大众的生活是完全不同的，实际的内涵是要求知识分子作"自我改造"，因而他强调"要打成一片，应从学习群众的语言开始，如果连群众的语言都不懂，还讲什么文艺创造呢?"①

尽管《讲话》里的许多说法，有强烈的本土化取向，但这其中显然又有体用之分。应该说，《讲话》所代表的体系，阶级论和马克思主义观念是"体"，具体做法上的"民族化""本土化"的取向只是"用"。在"用"的层面，《讲话》以及中国共产党文化的确给予旧形式或民间形式极高重视度，甚至有利用其遏制"洋"文化取向的用心，但这种态度中存在着不容忽视的功利性和"策略性"成分。《讲话》真正关心的问题只有一个，"即如何在中国建立起符合马克思主义社会模型的党对文化的领导权"②。利用民间文艺和旧形式并加以改编，植入"阶级革命"的政治内涵，是《讲话》所设想新文艺的基本形态，也可以说是"民族形式"论争的最终结论。

1941 年，姚蓬子在抗战文协总结座谈会时说："一九四〇年关于民族形式辩论的结果，形式已不再单独地受到作家重视，而要求内容与形式的统一。就是最初为了重视宣传而去试做旧瓶装新酒的工作的作家们，也因为更关切抗战和更关切文艺的缘故，多数放弃了那种共同地没有文艺生命的宣传，回过头来致力于新文艺的创作。"③ 国统区的"民族形式"讨论虽然轰动一时，但显然并没有从根本上影响作家的创作实

---

① 毛泽东:《在延安文艺座谈会上的讲话》,《毛泽东选集》第 3 卷, 人民出版社 1953 年版, 第 808 页。

② 李洁非:《解读延安》, 李洁非、杨劼《解读延安——文学、知识分子和文化》, 当代中国出版社 2010 年版, 第 143 页。

③ 姚蓬子:《1941 年文学趋向的展望（文协会报座谈会)》,《抗战文艺》1941 年第 7 卷第 1 期。

践，老舍"制作通俗文艺的苦痛"以及他重新转向新文学写作就显示了"民族形式"在理论和实践上的隙缝，对于国统区的文学创作而言，"民族形式"文学号召更多还是停留在理论上。

然而，在延安解放区，却是另一番不同的情境。1942 年以后，尤其是延安文艺座谈会召开以后，政治局面相对稳定，利用民间文艺反映工农兵尤其是农民的生活成了延安解放区文艺的基本特征。"文艺座谈会以后，延安以及各个抗日根据地的广大文艺工作者努力同工农兵结合，一切为了争取抗日战争的胜利。尤其在文艺创作和戏剧活动方面，一扫过去那种脱离实际、脱离群众的不良风气。大家都抢着下农村，上前线，进工厂，很快写出许多鼓舞人心的好作品。"① 毛泽东的《在延安文艺座谈会上的讲话》虽然没有直接涉及"民族形式"问题，但显然，重视"民间文艺"，"到前线去""改造自己"，追求"民族化""大众化""新鲜活泼"的"中国作风和中国气派"已经成为作家自觉的要求。

第二节 《白毛女》："民族形式"抑或"文化杂交"

延安文艺座谈会讲话之后，延安文艺界向民间学习，首先表现为新秧歌的利用和改造。实际上，在《讲话》之前，虽然延安文艺界号召要向民间文艺学习，但很多人依然对秧歌等民间文艺抱有怀疑态度，以为形式和内容"都比较单纯，没有艺术性，也不可能发展"，② 但自从

①　萧军：《难忘的延安岁月》，《延安文艺回忆录》，中国社会科学出版社 1992 年版，第 115 页。

②　周而复：《秧歌剧发展的道路》，《新的起点》，上海新文艺出版社 1953 年版，第 59 页。

《讲话》之后，尤其是毛泽东到延安鲁迅艺术学院呼吁"鲁艺"师生从"小鲁艺"走向"大鲁艺"（现实生活）之后，鲁艺全院掀起了一个向民间文艺学习的热潮，对秧歌的利用和改造逐渐走入了知识分子的视线。

新秧歌的出现，一方面是延安文艺座谈会的刺激，另一方面则是长期文艺实验的结果，正如前文所提到的，地处中国腹地的延安地区政治文化极为落后，秦腔和秧歌是西北独具特色的两种民间文艺形式，在普通民众中有着巨大的影响力。如果说早期的"民族形式"探索表现在戏剧上，主要就是马健翎、柯仲平等人结合秦腔和话剧所进行的戏剧实践；那么随着延安文艺座谈会的召开，民间文艺重要性的凸显，秧歌这种形式由于其浓郁的地方色彩以及与观众互动所产生的巨大教育和动员功能日益受到文化人的重视。秧歌的演出逐渐成为边区群众重要的文化生活内容，初至延安的戏剧家舒强描述道：

> 在鲁艺大门外的空地上搭起一个土台子，竖起几根木杆，挂起一块天幕和两块大幕就演起戏来。观众就坐在地上或站在小土坡上看。一连演了三天，节目有《兄妹开荒》《二流子变英雄》《周子山》等，演出有乐队伴奏，演员又扭秧歌，又唱，又说，说的是陕北方言，都是陕北的农民、干部和民兵的打扮。戏里面演的人和事都是我从未见过听过的……我看到的是一种崭新的戏剧……①

抗战后兴起的秧歌，是经过改造的革命歌剧，人物形象更丰富了，取消了丑角，取消了色情的内容和舞姿，形式上也与过去农民闹社火时表演的秧歌有所不同，所以老乡们称为"新秧歌"或"斗争秧歌"。张

---

① 舒强：《培养革命文艺工作者的学校》，《延安鲁艺回忆录》，光明日报出版社 1992 年版，第 158 页。

庚认为之所以"新秧歌"的称呼得到了普遍的认可，"是因为它的内容是新的；秧歌中出现了新人物，从来在戏中是小丑的农民现在变成了戏中的英雄；出现了新的生活场景，劳动被美化，被歌颂"①。周扬也认为新秧歌演的都是跟群众"切身的和他们关心的事情，剧中很多人物就是他们自己"。因而，当时秧歌基本的主题是"生产劳动、军民关系、自卫防奸、敌后斗争以及减租减息"。②

1943 年庆祝春节的时候，鲁艺师生推出秧歌剧《兄妹开荒》。中央领导人观看了演出，无不感到耳目一新。毛泽东说："象个为工农兵服务的样子。"朱德也认为："不错，今年的节目和往年大不同了。革命的文艺创作就是要密切结合政治运动和生产斗争啊!"③ 随后《解放日报》发表社论《从春节宣传看文艺的新方向》，赞扬新的文艺已经走上了"与工农兵结合的正确道路"。④ 很快，新秧歌就成为延安文艺发展的一个重要内容。赵超构这样描述他到延安之后对新秧歌的感受：

> 秧歌这个名词虽然很熟悉，但我总以为这不过是民间的小调，未加注意。一直进了延安才知道秧歌在边区是最被钟爱的一种艺术。每个延安人都很自负的向我谈起秧歌的成功，你要是和他们谈到文艺，他总要问你"看见秧歌剧没有?"仿佛未见秧歌就不配谈这边文艺似的。⑤

秧歌的实验使得延安文艺家进一步坚定了对于地方民间文艺的运

---

① 张庚：《新歌剧——从秧歌基础上提高一步》，《张庚自选集》，中国戏剧出版社 2004 年版，第 115 页。

② 周扬：《表现新的群众的时代——看了春节秧歌以后》，《周扬文集》(1)，人民文学出版社 1984 年版，第 437—438 页。

③ 艾克恩编：《延安文艺运动记盛》，文化艺术出版社 1987 年版，第 419 页。

④ 《从春节宣传看文艺的新方向》，《解放日报·社论》1943 年 4 月 25 日。

⑤ 赵超构：《延安一月》，南京新民报社 1945 年版，第 104 页。

用，但显然以《兄妹开荒》为代表的秧歌剧还不能完全成为"延安文艺"所期待的"民族形式"典范，无论从形式还是从内容上看，新秧歌剧都只是"小形式的戏剧，它所能处理的主题的范围和深度是有限制的"①，"不从各方面加以发展，是不可能表现更丰富、更真实的生活内容的"，② 新的文化形态要求更具时代特色和主题的文艺作品。

一 《白毛女》与延安文艺生产

1944 年 5 月，正在尝试在小型秧歌剧基础上发展大型秧歌剧的西北战地服务团发现了一篇登载于《晋察冀日报》上的报告文学《白毛仙姑》，产生了将这一故事改编为歌剧的念头，他们将这篇报告文学转交给鲁艺院长周扬。与此同时，周扬也看到了在《晋察冀日报》工作的林漫（李满天）根据流传在晋察冀西部山区的这一民间传说创作的短篇小说《白毛女人》。周扬十分赞同改编这一故事的想法，决定在《兄妹开荒》《周子山》等秧歌剧的基础上，由鲁艺排演一个新的大型歌剧，向即将在延安召开的中共第七次全国代表大会献礼。很快，在周扬的主持下，鲁艺文艺工作者集体创作出了歌剧《白毛女》。③

《白毛女》迅速成为延安文艺的代表，也逐渐成为 20 世纪中国流传最广、最为人们所熟知的革命经典故事。早在 20 世纪 40 年代在延安上演的时候，据说就已经是场场爆满，当时的人们扶老携幼，坐满了剧场周围的屋顶、墙头、树杈、草垛。许多人连看数次，甚至还有从外地专

---

① 周扬：《表现了新的时代——看了春节秧歌以后》，《周扬文集》（1），人民文学出版社 1984 年版，第 444 页。
② 《从春节宣传看文艺的新方向》，《解放日报·社论》1943 年 4 月 25 日。
③ 关于《白毛女》的创作过程可参见《延安鲁艺回忆录》，光明日报出版社 1992 年版，第 215—216 页，以及王培元著《抗战时期的延安鲁艺》，广西师范大学出版社 1999 年版，第 289—296 页。

程赶来观看的。① 《白毛女》对当时的群众和干部也产生了极大的动员作用，有人愤怒地喊出了"为喜儿报仇"的口号，② 更为重要的是，延安解放区文艺终于找到了一直在追求的"民族形式"的典范。在《白毛女》上演之后，郭沫若以热情洋溢的话语称赞道："这是在戏剧方面的新的民族形式的尝试，尝试是相当成功的，把五四以来的那种知识分子的孤芳自赏的作风完全洗刷干净了。"③ 一直对"民间形式"利用持怀疑和批判态度的茅盾也赞扬《白毛女》所体现的"民族形式"，"我们毫不迟疑称扬《白毛女》是中国第一部歌剧。我以为这比中国的旧戏更有资格承受这名称——中国式的歌剧"④。而邵荃麟则把《白毛女》看作是工农大众文艺从"普及"到"提高"的一个"可喜的发展"，认为它包括了"九十个以上的乐曲，融洽了歌剧话剧和舞蹈的特点，吸取了民间艺术的精华和优异手法而使其现代化，也吸取现代世界艺术的精华和优异手法而使其中国化，它是经过综合创造的民族形式的艺术，而且是经过人民群众直接参加了意见，所以更是人民自己的艺术品"⑤。显然，《白毛女》的出现被看作是延安新文艺的重要成果，"《白毛女》的出现，标志着秧歌剧重大的发展，也可以说在中国新歌剧探索创造的路途上的一块里程碑"⑥。

　　《白毛女》的写作和生产，显示了延安文艺的重要特征。在左联时

---

　　① 参见丁玲《延安文艺丛书·总序》，第 7 页。同时见贺敬之《〈白毛女〉的创作和演出》，《延安文艺回忆录》，第 224 页。

　　② 周扬：《新的人民的文艺》，《周扬文集》（1），人民文学出版社 1984 年版，第 520 页。

　　③ 郭沫若：《序〈白毛女〉》，陆华编《贺敬之研究文选》（下），文化艺术出版社 2008 年版，第 735 页。

　　④ 茅盾：《歌颂〈白毛女〉》，陆华编《贺敬之研究文选》（下），文化艺术出版社 2008 年版，第 741 页。

　　⑤ 邵荃麟：《〈白毛女〉演出的意义》，陆华编《贺敬之研究文选》（下），文化艺术出版社 2008 年版，第 739 页。

　　⑥ 周而复：《谈〈白毛女〉的剧本和演出》，《新的起点》，上海新文艺出版社 1953 年版，第 106 页。

期，左翼作家已经在提倡"集体创作"，正如上文所提到的，抗战初期的《血祭上海》应该是集体创作的初步尝试，但由于创作者们并未从个人化的创作方式中转变过来，因此使得这一抗战剧尴尬地成了"四不像"，显然《白毛女》是一个成功的典范，正如孟悦所指出的：

> 从某个宽泛的文化角度上看，《白毛女》不仅是一个叙事，不仅是一种心态，甚至也不仅是一种话语——虽然尽可以把它作为叙事、心态及话语来研究。它还关联着一种在"解放区"形成的特定的文化实践——这种文化在形式来源、生产经过和传播方式上都既不同于五四以来在知识分子层中流行的新文化，又有别于"原生的"民间文艺形式和意识形态。而作为文化产物，它既有明显的"本土""大众性"或"通俗"色彩，又有受西方文化影响的"文化人"的加工痕迹。①

《白毛女》的产生过程体现了典型的延安特色，一方面，故事是从民间文艺产生的；另一方面，则有着"文化人"的加工，这也正是延安文艺生产的典型特征。

二　形式与文化的"杂交"

《白毛女》一向被看作是延安文艺的典范，也被看作是"民族形式"的成功之作。那么，从形式上看，《白毛女》和以往的文艺有何不同呢？

"民族形式"这样一种理论概念的提出，其目的在于重构和转化"五四"新文学，在乡村和"五四"都市文化之间重新建构新的意识形态，而文学则是为新的意识形态服务，这样一来，必然要求对"民间文

---

① 孟悦：《〈白毛女〉演变的启示——兼论延安文学的多质性》，唐小兵主编《再解读大众文艺与意识形态》，北京大学出版社 2007 年版，第 49—50 页。

艺"进行意识形态化的改造，但这种改造又必须借助其他的文艺资源才能完成，《白毛女》是在"新秧歌剧"的基础上发展而来的，但已经不是完全的"民间形式"，它不仅吸收多种民间文艺的成果，而且充分吸收了话剧的一些重要特征。众所周知，中国传统的戏曲比较发达，但在意识形态文学的要求下，戏曲显然不能满足文艺的宣传、教育以及传播功能，因此必然需要对此进行转化，很大程度上，《白毛女》是依靠话剧和叙述来推动情节发展的，例如开头部分在"北风吹"的歌曲之后，是由喜儿的叙述来交代故事的前因和现状：

> 啊，今儿年三十啦，家家都蒸黄米糕，包饺子，烧香，贴门神……过年啦。爹出门七八天啦，还没回来，家里过年的东西什么也没有。（稍停）家里就是我爹跟我两个啦，三岁上就死了娘。爹种了财主黄世仁家六亩地；爹种地，我跟后，风里来，雨里走……年年欠东家的租子，一到快过年的时候，爹就出去躲账了。今儿年三十晚上，天这么黑了。爹怎么还不回来？（呈焦虑状）唔，刚才我到大婶家去，她给了我一些玉茭子面，我再掺上些豆渣，捏上几个窝窝，等爹回来好吃。①

这一段喜儿的自述基本上交代了故事的主要背景以及可能遭遇的情势，不仅涉及了喜儿的父亲杨白劳，而且暗示了喜儿的恋人隔壁大婶家的大春，这一切都为情节的展开做了充足的铺垫。

其后，杨白劳被穆仁智强逼去黄世仁家，在卖喜儿的契约上签了字，回来喝卤水自杀，喜儿在黄家受尽凌辱，随后逃离并住在山洞中，大春回村带领人民翻身解放，救出喜儿斗倒黄世仁，故事的展开都是依

---

① 延安鲁迅文艺学院集体创作：《白毛女》，贺敬之、丁毅执笔，马克等作曲，人民文学出版社1952年版，第6页。

靠对话和叙述来完成的，这显然并非传统的戏曲，否则就无法想象用单纯歌剧能够表达如此复杂的情节和丰富的内涵。因而，周而复认为近来的秧歌剧"是秧歌和话剧结合以后的产物，从话剧里吸收了一些表现手法。"① 而《白毛女》无疑是这类秧歌剧的样本。

《白毛女》之所以被看作是"民族形式"的典范，在于这部多幕歌剧做了形式上的探索和革新，"由于丰富的广阔的现实生活的要求，也就是内容的要求，突破了秧歌原有的和初步改革的形式，更进一步大胆地吸收京戏的和话剧的表现手法，而在歌曲的运用上，也不像初期的秧歌，只局限于简单的'岗调'、'勾调'、'西京'和'紧符'等，大量运用了河北、山西、陕西等省的民间歌曲，并且这些民间歌曲也非原来面貌，大多数是作曲者根据戏地要求内容，在吸收民歌精华的基础上，加以改编"②。周而复认为《白毛女》是一个环，既继承了中国民间优秀的艺术形式，又吸收了中国旧有的和外来的新的有益的营养，因此是为中国新文学"弥补了裂痕和鸿沟"。同时也认为《白毛女》仍旧是探索中的"新形式"，并不讳言"有着显著的不可调和的矛盾存在，如内容与形式的矛盾，形式与形式之间的矛盾"③。

从《白毛女》这一文本可以看出"民族形式"文学实践的具体内涵。既然不存在着纯粹意义上的"民族形式"或"民族文学"，也没有某种纯粹的"传统"歌剧或戏曲，以《白毛女》为代表的"民族形式"戏剧必然是"五四"以来中国现代话剧和戏剧的发展成果，是一种文化"杂交"的结果。从深层的意义上看，"民族形式"是对"民族主义"和文学"民族化"的转换，最终建构新的意识形态的文学。

---

① 周而复：《秧歌剧发展的道路》，《新的起点》，新文艺出版社 1953 年版，第 69 页。
② 周而复：《谈〈白毛女〉的剧本和演出》，《新的起点》，新文艺出版社 1953 年版，第 107 页。
③ 同上书，第 109 页。

今天人们在谈论《白毛女》的时候，往往注意到其歌剧的形式，但当时的理论家们显然更看重它所表现的主题内容。周扬认为："《白毛女》《血泪仇》，为什么能够突破从来新剧的记录，流行如此之广，影响如此之深呢？其主要原因就在：它们在抗日民族战争时期尖锐地提出了阶级斗争的主题，赋予了这个主题以强烈的浪漫的色彩，同时选择了群众所熟习的所容易接受的形式。"① 这可以说是道出了《白毛女》作为延安文艺典范的根本特征，"民族形式"作品的根本归结点在于对"阶级斗争"主题的阐释，歌剧《白毛女》反映了"旧社会把人逼成'鬼'，新社会把'鬼'变成人"，"这是一个全新的主题"。② 正是这一"阶级斗争"和"解放"主题赋予了这部歌剧全新的意义。贺敬之的一番话也道出了《白毛女》作为延安文艺典范的根本原因：

> 认识和表现这一主题是经过了一个不算太短的过程的。才开始，曾有人觉得这是一个没有意义的"神怪"故事，另外有人说倒可以作为一个"破除迷信"的题材来写。而后来，仔细研究了这个故事以后，我们没有把它做成一个没有意义的"神圣"故事，同时也不仅把它作成一个"破除迷信"的题材来处理，而是抓取了它更积极的意义——表现两个不同社会的对照，表现人民的翻身。③

《白毛女》作为延安文艺的典范，关键正在于其独特的"政治主题"。如果不是"解放"主题的阐释，《白毛女》可以写成任何一个资产阶级的人性故事，但恰恰是独特的"解放"主题为其提供了巨大的阐释空间。《白毛女》在演出之后，受到了很大的关注，收到的批评意见

① 周扬：《新的人民的文艺》，《周扬文集》（1），人民文学出版社1984年版，第519页。
② 李杨：《50—70年代中国文学经典再解读》，山东教育出版社2006年版，第281页。
③ 贺敬之：《〈白毛女〉的创作与演出》，《延安文艺回忆录》，中国社会科学出版社1992年版，第224页。

和群众的信件也很多。但大多数的意见却并非集中在艺术形式上，而是在思想主题上。贺敬之以反省的语气写道："《白毛女》的经验告诉我们，形式的问题虽是重要，但第一义的东西仍然是生活，占有了生活，然后才可能占有表现的技术。深深地熟悉了生活以后，才会知道如何选择、集中、提高、升华那些生活的材料，并如何运用这种形式表现它们。"① 从这个意义上看，作为文艺典范的《白毛女》其关键并不在于外在的民间形式，而是以农民熟悉的方式讲述人民走上"阶级革命""政治革命"道路的合理性和重要性，这才是构成新的文艺规范的关键。

最终这一主题通过歌剧中的集体合唱表达出来：

乡亲们同志们莫流泪，

旧社会把人逼成鬼，

新社会把鬼变成人，

救了受难的好姊妹；

新社会把鬼变成人，

救出咱们好姊妹！②

值得注意的是《白毛女》的生产时间。作为中国共产党七大的献礼片，此时的政治形势已经发生了根本性的变化，抗日战争即将胜利结束，而国共之间的矛盾将再次成为社会的主要矛盾，因此如何讲述解放区和共产党群众的合法性就成为延安文艺迫切需要关切的内容。正如《血泪仇》通过"白区"和"红区"的不同遭遇，表现出民众在国统区和解放区的不同境遇，解释和歌颂了共产党政权的合法性和进步性。

---

① 贺敬之：《〈白毛女〉的创作与演出》，《延安文艺回忆录》，中国社会科学出版社1992年版，第229页。

② 延安鲁迅文艺学院集体创作：《白毛女》，贺敬之、丁毅执笔，马克等作曲，人民文学出版社1952年版，第110页。

《白毛女》突出的是"新、旧"的对比，进一步表现"旧社会把人逼成'鬼'，新社会把'鬼'变成人"的阶级斗争和解放主题，叙述中国革命的合法性，戏剧的矛盾冲突是这样解决的：

> 区长（登到大桌上高呼）老乡亲们！我代表咱们政府同意大家对黄世仁的控诉！我们一定要给喜儿报仇！现在我们先把黄世仁、穆仁智逮捕起来，准备公审法办！（群情激昂，欢呼。）①

最终，太阳升起，灿烂的阳光照耀着喜儿和沸腾的人群。在政党的帮助下，人民获得了新生和解放。中国文学完成了从"启蒙"到"解放"的转化，而"解放"主题"巧妙化解'工农兵'一词可能面临的道德究诘的同时，还产生了一种更富于建设性的效果——凸显文艺的党性原则"②。在随后的芭蕾舞剧《白毛女》中，人物、情节都被进一步本质化、抽象化了，"每一个人物的意义都由它所属的抽象阶级本质所决定"③。这正是意识形态文学发展的必然结果。显然，形式是为内容服务的，《白毛女》作为"民族形式"创作根本原因还是在于相应的主题表达。

同样，《王贵和李香香》被看作是"民族形式"诗歌，但当时的理论家并不仅仅看重这首诗歌中所体现的"信天游"形式，而是诗歌所反映的"集中了的时代精神和深刻的社会风貌"，④"每一行，都充满了斗

---

① 延安鲁迅文艺学院集体创作：《白毛女》，贺敬之、丁毅执笔，马克等作曲，人民文学出版社 1952 年版，第 119 页。

② 李洁非、杨劼：《解读延安——文学、知识分子和文化》，当代中国出版社 2010 年版，第 252 页。

③ 李杨：《抗争宿命之路——"社会主义现实主义"（1942—1976）研究》，时代文艺出版社 1993 年版，第 285 页。

④ 孙犁：《悼念李季同志》，《天津日报》1980 年 3 月 20 日。

争生活，每一行，都是斗争生活的结晶"①。在《王贵与李香香》一诗中，爱情和革命是联系在一起的，李香香命运的每一次转折和危机，都有赖于革命和"革命队伍"的出现，最终转危为安，转悲为喜。革命和解放是实现爱情的手段，革命也在爱情中得到合法性。

从这个意义上讲，不论诗歌《王贵与李香香》，还是戏剧《白毛女》《血泪仇》，其获得赞誉的关键在于通过传统和民间的形式表现了革命的内容。并非"民族"或"民间"的文艺形式，而是新的阶级斗争和解放主题构成了延安文艺"民族形式"典范的根本特征。在语言和形式上，则强调"大众化"，实际上是继承了语言的通俗化，以利于文艺作品的传播和接受。研究者指出："将既有旧形式与革命意识形态相整合为目的和内容的加工性质的艺术工作，这种工作占据了毛泽东文艺体系主宰期间中国文艺的主流……改编之所以代替创作成为关键词，在于'延安体'这种特殊的文艺实践，其功能不是满足和体现个人的艺术兴趣、发现和快乐，而是开展一项高层次、组织化地文化工程，它涉及文化领导权能否拥有可靠的传播方式、话语形式，最终关系着文化领导权的建立与巩固问题。"②

因而，延安"民族形式"的追求和实践，一方面，完成了国家文化意识形态的建构和传播，确立了一种新的文学和文化规范；另一方面，由于看重的是文艺的意识形态复制和传播功能，延安文艺对个人独立性的创作实质上持排斥的态度。随着政党文化建构和政治意识形态功能的完成，"民族形式"的追求和强化导致中国现代文学形态逐渐走向了封闭和僵化。

---

① 周而复：《〈王贵与李香香〉后记》，《中国新文学大系 1937—1949》（文学理论卷 1），上海文艺出版社 1990 年版，第 706 页。

② 李洁非、杨劼：《旧形式的利用和改造》，《小说评论》2009 年第 3 期。

第三节　赵树理：“新形式”与“民族形式”
典范的被确立

“民族形式”真正在小说创作实践得到广泛的确认，是赵树理的出现。与《王贵与李香香》《白毛女》等出自改编不同，赵树理的创作是个人化的创作，很快就被急于寻找“民族形式”典范的延安文艺界视为发展的“方向”。

近年来，赵树理重新引起了人们的重视，赵树理研究的“显学”显然与时代政治文化语境的变化有关，20 世纪 90 年代以后，中国思想界发生了严重分化：如何评价新中国的前 30 年？如何看待中国革命和现实？处于转折期的四五十年代文学重新引起了研究者的兴趣。日本学者竹内好在《新颖的赵树理文学》中提出：“在赵树理的文学中，既包含了现代文学，同时又超越了现代文学。至少是有这种可能性。这就是赵树理文学的新颖性。”“赵树理周围的环境中不存在作者与读者隔离的条件。因此，使他能够不断地加深对现代文学的怀疑。他有意识地试图从现代文学中超脱出来。这种方法就是以回到中世纪文学作为媒介……赵树理以中世纪文学为媒介，但并未返回到现代之前，只是利用了中世纪从西欧的现代中超脱出来这一点。赵树理文学之新颖，并非是异教的标新立异，而在于他的文学观本身是新颖的。”①

---

① 竹内好：《新颖的赵树理文学》，黄修己编《赵树理研究资料》，北岳文艺出版社 1985 年版，第 491 页。

竹内好这一段复杂缠绕的论述，受到了许多学者的重视和追捧，①似乎道出了赵树理文学的真正价值。然而，事实确实如此吗？竹内好此处所谓赵树理"以中世纪为媒介……从西欧的现代中超越出来"，"文学之新颖，在于他的文学观本身是新颖的"，显然指的是赵树理对"五四"新文学的批判，利用和改造民间形式，但这并非赵树理的独创。实际上，"民间形式""民族形式"问题是20世纪40年代文学论争的核心问题。众所周知，1943年，赵树理的成名作《小二黑结婚》发表的时候，"民族形式"的论争早已尘埃落定，只是这场表面是文学问题背后却隐含着意识形态内涵的争论，始终没有在文学创作本身得到明证，赵树理恰逢其会，由于他作品中对"农村"和"农民"的熟悉，简洁朴素的语言形式，很快就被视为解放区"民族形式"创作的"方向性"作家。②"在40—50年代的社会、文化转型过程中，赵树理属于顺应时代潮流而一举成名的著名作家。"③

"时势造英雄"，赵树理的"成名"或"成功"显然和所处时代的"话语转型""文化转型"有着直接的关系。然而，"民间文学"与新文学的关系是赵树理成名前一直思考的问题。赵树理多次提到，《讲话》传到山西时，他异常兴奋，觉得遇上了知音，那么，赵树理理论和文学创作中表现出来的"文学观"和"新形式"与延安理论家们提倡的"民族形式"是否一致呢？

---

① 近年来，思想偏"左"的文学研究者在论述赵树理时，多认同竹内好的说法。关于这方面研究的新成果可参见《笔谈赵树理》，《文艺理论与批评》2008年第4期。

② 例如茅盾认为赵树理的小说《李家庄的变迁》是"走向民族形式的一个里程碑，解放区以外的作者们足资借镜"，参见《论赵树理的小说》，《茅盾全集》（23），人民文学出版社1996年版，第369页。

③ 贺桂梅：《转折的时代——40—50年代作家研究》，山东教育出版社2003年版，第288页。

一　赵树理的文化自觉

1934 年赵树理发表《欧化与大众语》，对当时文坛上注重"西方文学形式"的倾向作出批评，认为中国传统旧文学同样可以通过"描写"表达出情景；更从大众接受的角度，提倡"创造大众语文，建立大众文学"。① 而结合赵树理的文学观念和创作整体看，他一直在有意识地反思西方现代文学，强调中国文艺和文化的独特性：

> 任何科学理论都得随时作这样的新的补充，否则都会变成过了时或不合当地情况的教条。我们会的一些条条，有些已经不够用。比如按照外国的公式，悲剧一定要死人，这个规律对中国是否适用呢？有人说中国人不懂悲剧，我说中国人也许是不懂悲剧，可是外国人也不懂团圆。假如团圆是中国的规律的话，为什么外国人不来懂懂团圆？我们应该懂得悲剧，我们也应该懂得团圆。②

但是，对中国传统文学的强调，并不意味着赵树理没有接受过西方文学和"五四"文学的滋养。恰恰相反，赵树理同样是"五四"启蒙主义文化下生长起来的，他的文学同样是"启蒙文学"之果。

赵树理的文学观念集中体现在他于 1941 年发表的《通俗化"引论"》和《通俗化与"拖住"》。在这两篇理论文章中，赵树理明确提出了他的"通俗化"主张："通俗化的定义是很难下的，说明了形式，包括不了内容，解释起任务和作用来，便又会和一些旁的问题——如'大众化''民族化'甚至'旧形式''民间形式''民族形式'等问题都牵

---

① 赵树理：《欧化与大众语》，《赵树理文集》（4），工人出版社 2000 年版，第 1480 页。
② 赵树理：《从曲艺中吸取养料》，《人民文学》1958 年 10 月号。

缠到一处。"① 在他看来，通俗化的主张和"大众化"并不完全一样。以通俗化的方式、"通俗化"的手法创作"小书"，用以"宣传动员"；通俗化目的则在于"提高"，它应该是"文化"和"大众"之间的桥梁，是文化大众化的主要道路，"从而也是新启蒙运动的一个组成部分"②。

从这个意义上讲，赵树理早期的文学观念包含两方面的内涵：一是提倡新文学的"通俗化"；二是利用文学来"提高"，达到"新启蒙"的现实目的。

赵树理的小说一向被称作"问题小说"，其原因在于他的主题所表现的政治诉求，"我在做群众工作的过程中，遇到了非解决不可而又不是轻易能解决了的问题，往往就变成所要写的主题"③。然而，与"五四"初期的"只提出问题，不解决问题"的"问题小说"相比，赵树理的小说具有明确的指向性，其背后是他一直念念不忘的"新启蒙"。

"新启蒙运动"是抗战前夕由时任中共北方局宣传部长的陈伯达率先提出，其后得到了张申府等知识分子的支持而形成的一场思想运动。陈伯达说："当着目前民族大破灭危机的前面，哲学上的争斗，应该和一般的人民争斗结合起来，我们应该组织哲学上的救亡民主的大联合，应该发动一个大规模的新启蒙运动。"④ "我们的新启蒙运动，是当前文化上的救亡运动，也即是继续戊戌以来启蒙运动的事业。我们的新启蒙运动是五四以来更广阔，而又更深入的第二次新文化运动。"⑤ 张申府则提出："新启蒙运动不只是大众的，还应该带些民族性。"⑥ 其后一批知

---

① 赵树理：《通俗化"引论"》，《赵树理全集》(4)，北岳文艺出版社2000年版，第140页。

② 同上书，第141页。

③ 赵树理：《也算经验》，《赵树理全集》(4)，北岳文艺出版社2000年版，第183页。

④ 陈伯达：《哲学的国防动员》，《读书生活》1936年第4卷第9期。

⑤ 陈伯达：《论新启蒙运动》，《新世纪》1936年第1卷第2期。

⑥ 张申府：《五四纪念与新启蒙运动》，《北平新报》1937年5月2日。

识分子在北平等地成立"新启蒙学会"，积极推动新启蒙运动。

新启蒙运动是在民族危机的特殊政治形势下，知识群体在文化上所作出的应对。1936 年，文学界发生了著名的"两个口号"论争，而陈伯达则提出了哲学上的"国防哲学"和"新启蒙运动"。可见，新启蒙运动不过是当时特定思想文化背景下知识分子意识形态之争的另一个战场，对于自由知识分子张申府等人来说，新启蒙运动是一场继承"五四"启蒙的思想解放运动；而对于陈伯达来说，更重要的显然是借助"启蒙"来建构革命文学即左翼政党文化的正统性。然而，陈伯达须借助一些被广泛认可的概念来达到其夺取文化领导权的目的，因而，他使用"启蒙"概念，并且直指"五四"的"弊端"——没有充分的启蒙下层民众，在这样的基础上，他提出要进行"新启蒙运动"。而依据相应的逻辑，"民间"意义也就凸显出来了，陈伯达针对"五四"文学在下层民众中的隔膜，呼吁："一切文化人，首先是先进的文化人，在新启蒙运动中……应该由亭子间中、图书馆中、科学馆中的个人工作转向文化界的大众，转向作坊和乡间的大众……应该和一切平民教育者及一切大中小学生联合，去作民间的通俗教育运动、废除文盲运动、各种式样的破除迷信运动……应该和一切新文学家联合，却消灭那荒唐、迷信、诲淫诲盗的旧小说、旧鼓词，把最广大的下层社会读者夺取过来。"[1]

赵树理作为当时关心时局的根据地文化人，在通俗化和重视民间文艺的巨大宣传功能上，和陈伯达达成了一致。赵树理的"新启蒙"概念来自陈伯达，他赞同陈伯达"还没有一部新文学作品，可以比得上……

---

[1]　陈伯达：《思想的自由与自由的思想——再论新启蒙运动》，《认识月刊》1937 年创刊号。

旧文学所在民间流传的万分之一"①的判断，指出想要创制能传到民间各角落的"小书"，"就非运用通俗化的手法不可"②。但显然，赵树理和陈伯达的出发点并不一样。陈伯达提出"哲学"上的"新启蒙运动"，是意图将"五四""革命化"和"正统化"，以夺取中共在文化上的领导权，从这一逻辑出发，一方面，他必然要继承"五四"，号称是"五四的儿子"③；另一方面，又从现实的需要出发，强调"五四"的不彻底性和未完成性，要完成继续革命的任务，就必须"新启蒙"，发动下层民众参与革命运动。大众化不仅仅是文学问题，而且是新形势下利用新文学"通俗化"，树立新的以"人民"为基础的革命主体，这和赵树理出于一个乡村知识分子的文化自觉并不相同。实际上，赵树理自称："我有意识地使通俗化为革命服务萌芽于1934年，其后一直坚持下来。"他一生的好朋友王春也认为赵树理在20世纪30年代中期那几年，"一方面和文艺青年来玩，一方面和农村老百姓接触着。他从这两方面的文化生活的对比上，看出了新文艺还是停留在少数知识分子中间，而广大人民呢，和新文艺一点不发生关系，还被制造愚昧的封建迷信武侠淫荡等等读物笼罩着。许多文艺工作者不屑去理他们，他们也攀不着文艺的门坎。他于是开始提倡给农民写东西，提倡通俗化。可是没人响应他，也没人指导他"④。显然，赵树理文学通俗化的自觉意识是在长期的乡村教育活动中逐渐发展起来的。作为乡村知识分子，赵树理受到了陶行知等人"乡村教育"理念的重大影响。他曾在一份自述中说，自己学生时

① 陈伯达：《论文化运动中的民族传统》，《解放》1938年第46期。

② 赵树理：《通俗化"引论"》，《赵树理全集》（4），北岳文艺出版社2000年版，第141页。

③ 陈伯达：《论五四新文化运动——民国二十六年五四节纪念文》，陈伯达《在文化阵线上》，上海生活书店1939年版，第162页。

④ 王春：《赵树理是怎样成为作家的》，黄修己编《赵树理研究资料》，北岳文艺出版社1985年版，第12页。

代是陶行知"教育救国论"的信徒。① 并在得到第一份乡村教师的工作后，给朋友写信说找到了"救国救民、安身立命的机会"。② 可见，青年时代的赵树理已经把"乡村教育运动"视为其毕生奋斗的事业。"追溯一下陶行知的乡村教育思想，再对照赵树理的文学选择，便可以清楚地发现，他的新文学'通俗化'主张无论从动机、观念还是方式，都在不同程度上回应了陶行知的乡村教育理想。"③

长期的乡村实际生活，使赵树理深刻感受到了"五四"新文学与实际的乡村教育之间的矛盾，从而自发产生了文学"通俗化"意识。也恰是在这一点，他认同了陈伯达"新启蒙"这一提法，试图通过文学作品批判农村中的落后和不合理现象，继续新文学的"启蒙"观念，实现文学"为人生"的现实价值。赵树理自述："在壶关办了个《黄河日报》太南版，专门揭发他（指阎锡山）派来那些虾兵蟹将的劣迹。那小报的一版副刊名叫《山地》，由我担任编辑，我便利用我熟悉的那些民间艺术形式来攻他们。老实说我是颇懂一点鲁迅笔法的，再加上点群众所熟悉的民间艺术因素，颇有点威力。"④ 可见，赵树理心中的通俗化和民间艺术形式利用，都是为了他所理解的乡村"新启蒙"，也就是为了更广泛地启蒙下层民众，使他们能够摆脱封建愚昧。

二　"新启蒙"与"新形式"

乡村知识分子的"启蒙"意识使得赵树理十分注重作品的语言表达，因此，不是"旧形式"的利用，而是语言成为赵树理强调的重点。

---

① 赵树理：《谈话摘录》，《赵树理全集》（5），北岳文艺出版社2000年版，第256页。
② 董大中：《赵树理年谱》，北岳文艺出版社1994年版，第66页。
③ 张霖：《新文学通俗化的实践与赵树理》，博士学位论文，中山大学，2005年。
④ 赵树理：《回忆历史　认识自己》，《赵树理全集》（5），北岳文艺出版社2000年版，第375页。

"我既是个农民出身而又上过学校的人，自然是既不得不与农民说话，又不得不与知识分子说话。有时候从学校回到家乡，向乡间父老兄弟们谈起话来，一不留心，也往往带一点学生腔，可是一带出那等腔调，立时就要遭到他们的议论，碰惯了钉子就学了点乖，以后即使向他们介绍知识分子的话，也要设法把知识分子的话翻译成他们的话来说，时候久了就变成了习惯。"① 依据接受对象对文学表达和语言进行调整构成了赵树理创作的自觉意识："有的同志问：作品的语言如何才能有中国气派？我的理解是：作品语言的选择，首先要看读者对象。写给农村干部看，用农村干部能懂的语言；写给一般农民看，用一般农民能懂的语言。"② 正因为赵树理自觉认为自己创作是给识字不多的农民看的，所以他力求语言简洁清楚，很少用"然而""于是"等知识分子的语言。

1929 年创作的早期小说《悔》，显然是赵树理学习新文学的模仿之作，小说的开头是这样叙述的：

"本校示：照得高级科一年级生陈锦文，品行不规，屡惩无悔，着即开除名额，以戒效尤。切切此布。"

这一块牌示，在他脑子里死定着，使他失去一切意识和感觉，从离家二十里的明达小学奔回家来。

狂风呼呼怒号，路旁的树，挺着强劲的秃枝拼命地挣扎。大蓬团不时地勇往直前的在路上转过，路旁的小溪，两旁结成了青色的坚冰，大半为飞沙所埋没；较近水心些儿，冰片碎玻璃般的插迭起来；一线未死的流水，从中把这堆凌乱的东西划分两面。太阳早已失却了踪迹——但也断不定它是隐在云里，还是隐在尘里。③

---

① 赵树理：《也算经验》，《赵树理全集》（4），北岳文艺出版社 2000 年版，第 183 页。
② 赵树理：《做生活的主人——在一次座谈会上的发言》，《广西日报》1962 年 11 月 13 日。
③ 赵树理：《悔》，《赵树理全集》（1），北岳文艺出版社 1986 年版，第 1 页。

文言告示，充满欧化色彩的风景描写，让人很容易就想起鲁迅的
《狂人日记》。作者通过主人公小男孩的遭遇批判死板残酷的教育制度，
这篇习作既构成了赵树理后来一直关注的乡村教育主题，同时也显露赵
树理后来强调的读者对象和语言问题。在这篇小说中，主人公陈锦文的
父亲是一个乡间读书人，他在和邻家的大伯聊天时，一直在解释：

> "我们少年人，无论吃啦穿啦，都是靠着父母，但父母不是终
> 身可以靠的。终身，就是一辈子的意思。"
> "这我懂得，"何大伯说。①

接着在叙述父亲拆信时，亦不断解释："'子英先生大鉴'，'子英'
是我的字，'大鉴'是给我看，尊敬的意思。"可见，赵树理在小说中也
十分注意书面语和民间口语之间的互译，显示在现实中口语与书面语之
间的矛盾和冲突。

随着文学观念和创作的日趋成熟，赵树理开始有意识地运用旧形式
为其"新启蒙"服务，被他看作是写作起点的戏曲《万象楼》，从表面
看是一个抗日反汉奸的故事，实则传达了"反封建"的主题，"一九四
一年到了涉县，黎城离卦道打过抗日县政府，破了案。我当时在太行区
党委宣传部工作。领导问我能否写反迷信的戏，我就把迷信、反迷信的
材料，作了剧本的主要来源。那李积善是农民，虔诚的教徒，这种人我
常碰上。受骗，一直受，并没有发现自己受骗的人很多"②。

1930 年，赵树理将自己的名字从"树礼"改为"树理"——"破
封建社会的'礼'，立马克思主义的'理'"③。名字的修改显得意味深

---

① 赵树理：《悔》，《赵树理全集》（1），北岳文艺出版社 1986 年版，第 5 页。
② 赵树理：《运用传统形式写现代戏的几点体会》，黄修己编《赵树理研究资料》，北岳
文艺出版社 1985 年版，第 152 页。
③ 董大中：《赵树理年谱》，山西人民出版社 1982 年版，第 27 页。

长，"赵树理的名字本身说明了他无论如何都不是一个简单的传统民间的艺人，而是经过了现代洗礼的新知识分子"①。的确，正如前文所述，赵树理的最大理想是当一个乡村知识分子，将现代文明传播到仍然落后的农村地区。1931 年，赵树理发表了他的诗作《打卦歌》，叙述战争给普通人带来的颠沛流离之苦，采取"七言诗"的形式，"占卜问卦"的主题，显得十分陈旧。然而，赵树理在附记中写道："这段故事，我所以要拿旧体格来写，不过是想试试难易，并没有缩回中世纪去的野心。"可见，他对于旧形式的利用有着清醒而明确地意识。实验旧形式来创作新文学，显然和赵树理身处农村的环境，熟悉民间通俗文艺有着密切的关系。他的朋友王春多次提到赵树理对于农村民间文艺的熟稔："他（赵树理）通晓农民的艺术，特别是关于音乐戏剧这一方面的。他参加农民的'八音会'，锣鼓笙笛没一样弄不响；他接近唱戏的，戏台上的乐器件件可以顶一手；他听了说书，就能自己说，看了把戏就能自己耍。他能一个人打动鼓、铍、锣、旋四样乐器，而且舌头打梆子，口带胡琴还不误唱。"② 虽然同样是接受"五四"文化并在新文学的影响下开始从事创作，但赵树理逐渐形成借鉴"民间"文艺和传统文艺的自觉意识。

小说《白马的故事》是赵树理 20 世纪 20 年代末的习作，在作品中作者试图描绘出一位农民对他所养的白马的深厚感情，小说的开头是一段典型的"五四"式风景描写：

> 有这样一个夏日的傍午，张四哥（一个老马仆）和他最爱的白

① 旷新年：《赵树理的文学史意义》，《写在当代文学边上》，上海教育出版社 2005 年版，第 20 页。
② 王春：《赵树理是怎样成为作家的》，黄修己编《赵树理研究资料》，北岳文艺出版社 1985 年版，第 12 页。

马在松林下游息——这是他和它的日常生活。

　　松枝筛下的花荫，地柏笼罩着绿草，虽是赤日当空的夏午，林间的草上尚留着星星的残露。而香蕈也从地柏之网里强伸了秃头——一颗，又一颗，嗄！又两颗——好像给绿草添上黄色的眼睛。①

谁能想象这是出自赵树理之手？显然，赵树理是从接受和模仿"五四"新文学走上文学创作之路的。众所周知，小说的风景和环境描写一直是中国新文学讨论的一个重要问题，"五四"时期对自然环境和社会环境的细腻刻画被看作是新文学和旧文学最大的不同，老舍曾经批判传统文学"故事动人，言语是多么漂亮"，可是"一提到风景便立刻改腔换调而有诗为证了"，旧小说不能有效传达出作为现代小说三要素之一的环境，因而老舍想要"试试看：一个洋车夫用自己的言语能否形容一个晚晴或雪景呢"②。风景的描述和对环境的刻画成为"五四"新文学成熟的标志之一。然而，这一情况到了抗战时期就发生了变化，"五四"式风景描述显得不合时宜；而新中国成立后，提倡"革命现实主义""革命浪漫主义"，风景和环境的刻画更是承担了意识形态的功能。赵树理显然接受了"五四"文学的影响，在《白马的故事》这篇小说中，环境的描述充满了"诗情画意"；而对小说主人公的心理描写中，主人公那种对白马又恨又爱，由愤怒到怜悯的态度与其说像一位农民对待"马"的感情，不如说更像一位小知识分子对自己恋人的"爱怜"。此时赵树理笔下的农民的确更像是知识分子想象中的农民。显然，赵树理很快意识到这其中的问题，力图向"民间化"的叙述靠近，并且刻画出自

---

① 赵树理：《白马的故事》，《赵树理全集》（1），北岳文艺出版社1986年版，第10页。
② 老舍：《我怎样写〈二马〉》，《老舍全集》（16），人民文学出版社1999年版，第172页。

己所感受到的真实农村，在被认为是赵树理早期重要的创作《盘龙峪》中，小说对环境和故事背景的介绍极为简单明快：

> 没有进过山的人，不知道山里的风俗。
>
> 盘龙峪这个地方，真算是个山地方了：合四十多个庄落算一里，名叫盘龙里，民国以来，改为一个联合村。北岩是这一里中的最大村——虽不过有三百余户人家，但在这山中就不可多得了。
>
> 西坪上离北岩最近——说五里，其实只三里多路。西坪上的人家也不少，但比起北岩来要差一半还多；村子里没有卖东西的，想买什么还得上北岩。①

小说虽然没有写完，但对盘龙峪西坪村的农民尤其青年农民之间的友好互助的描述，极为流畅清晰。尤其值得注意的是赵树理对风景的描写显露了和"五四"文学的巨大差异。柄谷行人指出，风景之"发现"是现代人内心颠倒的产物，正是拥有了现代人的意识，才能够产生对风景的描绘。"只有在对周围外部的东西没有关心的'内在的人'那里，风景才能得以发现。"②"五四"文学恰恰是一种"现代"文学或者说是"现代性"的产物，因而"五四"的风景描绘是个人性的，是个人主体所感受的"环境"；但当赵树理的文学观念成熟之后，他就基本放弃了个人化的风景叙述，而完全和小说的发展结合在一起。周扬很敏锐地抓住了这一点，在评述《李有才板话》中对阎家山的描述：

> 阎家山这地方有点古怪，村西头是砖楼房，中间是平房，东头的老槐下是一排二三十孔土窑，地势看来也还平，可是从房顶上看

---

① 赵树理：《盘龙峪》，《赵树理全集》（1），北岳文艺出版社1986年版，第39页。
② 参见［日］柄谷行人《日本现代文学的起源》，赵京华译，生活·读书·新知三联书店2003年版，第15页。

起从西到东却是一道斜坡。①

周扬写道："这里，风景画是没有的，然而从西到东一道斜坡不正是农村中阶级的明显的区分吗？"② 将风景的描述与阶级区分联系起来，这正是当代文学的典型特征。姑且不论周扬有意识地意识形态化建构，赵树理的环境描写的确显示与"五四"文学不一致的地方。

不仅在环境的描述上更加贴近现实的农村和农民的真实感受，赵树理的小说还有意识突出"民间"和通俗化的故事讲述方式。众所周知，"五四"文学一个重要特征就是接受现代西方文学观念，尤其是短篇小说观念，注重形式的创新。"五四"一代的作家为了摆脱传统的影响，有意识试验现代西方小说的形式，极力批判传统小说的平铺直叙和"大团圆"结局。因而，"横截面"小说模式在"五四""问题小说"时期流行一时；鲁迅的《阿Q正传》最后一章"大团圆"则是有意识颠覆了传统小说的"团圆"结局。但赵树理小说不同，不仅所有的小说都是有头有尾的人物故事，结尾也差不多都是问题圆满解决的"大团圆"结局。

1934年赵树理的小说《有个人》，故事内容可以看作是作者在40年代作品《福贵》的前传，小说已经开始有意识地采用"讲故事"式的叙述：

> 有个人姓宋名秉颖；他父亲是个秀才。起先他家也还过的不错，后来秀才死了，秉颖弄得一天不如一天，最后被债主逼的没法，只得逃走。完了。③

---

① 赵树理：《李有才板话》，《赵树理全集》（1），北岳文艺出版社1986年版，第172页。
② 周扬：《论赵树理的创作》，《解放日报》1946年8月26日。
③ 赵树理：《有个人》，《赵树理全集》（1），北岳文艺出版社1986年版，第14页。

而在小说的结尾，夫妻二人的分离则依然带着"五四"小知识分子叙述的痕迹：

> 鸡叫了，她起来，洒着泪给他去煮饭。他也起来穿好了衣服，把被子卷成了一卷，然后吃饭。他吃着饭，她把行李交代他。吃完饭，他系了腰带，用毛巾包了头，正待要背行李，却不禁又抱住她，紧紧吻她，仿佛说："银的娘！就有天塌大事，我也不走了。"过了一会，他仍不得不丢开她，又看见枕上熟睡的银妞，不由得又抚摸了会。看见窗子已发白了，再迟了就要碰见人，所以他只得背起行李，撇开了一切……①

等到了赵树理在 20 世纪 40 年代发表他最为著名的两部作品《小二黑结婚》和《李有才板话》时，故事式的叙述早已经是驾轻就熟，不仅可以很流畅地阅读，甚至读给不识字的人听一样不妨碍接受，而这正是赵树理所努力追求的：

> 刘家峧有两个神仙：一个是前庄上的二孔明，一个是后庄上的三仙姑。二孔明也叫二诸葛，原来叫刘修德，当年作过生意，抬脚动手都要论一论阴阳八卦、看一看黄道黑道。三仙姑是后庄于福的老婆，每月初一十五都要顶着红布摇摇摆摆装扮天神。
>
> 二孔明忌讳"不宜栽种"，三仙姑忌讳"米烂了"。②

再看《李有才板话》中对李有才的描述和刻画，同样是简简单单、清楚明晰的、典型的农民形象：

---

① 赵树理：《有个人》，《赵树理全集》（1），北岳文艺出版社 1986 年版，第 33 页。
② 赵树理：《小二黑结婚》，《赵树理全集》（1），北岳文艺出版社 1986 年版，第 154 页。

阎家山有个李有才，外号叫"气不死"。

这人现在有五十多岁，没有地，给村里人放牛，夏秋两季捎带看守村里的庄稼。他只是一身一口，没有家眷。他常好说两句开心话，说是"吃饱了一家不饥，锁住门也不怕饿死小板凳"。①

从赵树理小说的这些叙述中，也可以看到赵树理创作"新形式"的另一个特点，就是"民间式"的人物刻画，赵树理对农民形象的刻画是与其对主人公起外号联系在一起的。在中国传统的小说或者评书体的话本中，人物的性格和行为表现，如同京剧里的脸谱一样，是和人物的"外号"联系在一起的，如"及时雨"宋江、"豹子头"林冲、"小孟尝"秦琼等，赵树理的小说显然重拾了民间文学这一传统，塑造了独特的人物形象。

旷新年指出，赵树理特殊的给他的人物命名的方式——给人物取绰号一直不为当时主流的文学话语所接受，以致他不得不通过文学作品申辩，并决定接受意见少用外号，但有意思的是，"不重要的人物赵树理遵命不用外号了，可是却非要给他的主人公一个外号不可，似乎不用外号，就写不出来东西"，"通过外号，赵树理是在表达一种与自己的'同志们'越来越难以调适的、独特的、从农民和民间出发的价值立场和思维方式"。② 这就提醒我们思考，作为成长于解放区并且作为"方向性"的代表作家，赵树理的创作并不如通常所想象的那样与政党意识形态要求相一致，而是充满了复杂的矛盾和冲突。

---

① 赵树理：《李有才板话》，《赵树理全集》（1），北岳文艺出版社1986年版，第172页。
② 旷新年：《赵树理的文学史意义》，《写在当代文学边上》，上海教育出版社2005年版，第20页。

三　文学与政治的博弈

在延安解放区，几乎所有介绍赵树理的文章都会强调他是"一个地道的农民"，① "纯粹的农民"②，让人们相信这是一个"文如其人"的典型，赵树理与农民的关系，对于建构"工农兵文学"的重要意义显然毋庸置疑，而赵树理这样一个深受"五四"新文艺影响的知识分子是如何投入农民大众"怀抱"中去的？最广为人知的说法是：

> 寒暑假期中，他把他所崇拜的新小说和新文学杂志带回去给父亲看，因为他以为，文学作品照例应该是最容易被接受的，但父亲对他那一堆宝贝一点也不感兴趣。无论他怎样吹嘘也没有用，新文艺打不进农民中去。

> 赵树理失望了，但是他没有回头，他探寻问题究竟在哪里。于是他发觉新文学的圈子狭小得可怜，真正喜欢看这些东西的人大部分是学习写这样东西的人，等到学的人也登上了文坛，他写的东西事实上又只是给另一些新的人看，让他们也学会这一套，爬上文坛去。这只不过是在极少数的人中间转来转去，从文坛来到文坛罢了。他把这叫做文坛的循环，把这种文学叫做文坛文学。至于他自己呢？他说："我不想上文坛，不想做文坛文学家。我只想上'文摊'，写些小本子夹在卖小唱本的摊子里去赶庙会，三两个铜板可以买一本，这样一步一步地去夺取那些封建小唱本的阵地。做这样

---

① 陈荒煤：《关于赵树理》，山西省文学艺术工作者联合会编《山西文艺史料》，山西人民出版社1961年版，第170页。

② 李普：《赵树理印象记》，黄修己编《赵树理研究资料》，北岳文艺出版社1985年版，第17页。

一个文摊文学家，就是我的志愿。"①

从"文坛"到"文摊"，好一个形象的描述！如果说鲁迅由观看"幻灯片"而建构的启蒙与"国民性"批判成为中国现代文学的起点；那么，从"文坛"到"文摊"，则构建了新文学转型的另一个"神话"。"怎么吹嘘也没用，新文艺打不进农民中去"，这不恰好是对"五四新文学"最有效的质疑？不正是毛泽东关于"五四文学只看到农民落后的一面，而没有看到反抗革命性的一面"最好的证明？有意思的是，写作《赵树理印象记》的著名记者将赵树理和鲁迅联系在一起，在他的印象中，"和鲁迅先生所悲叹的那种空头文学家相反，赵树理是一个富有生活经验和生活能力的人"。其后，从鲁迅到赵树理，从形式到语言，从"阿Q到福贵"，② 在左翼文化人的阐述和建构之下，中国新文学完成了根本性的变化。鲁迅没有完成的"夺取封建文化阵地"的任务，只好由"文坛太高了，群众攀不上去，最好拆下来铺成小摊子""立志把自己的作品先挤进《笑林广记》《七侠五义》里边去"的农民作家赵树理来完成。

"解放区的天是明朗的天"，处于大变动的革命圣地延安需要一种不同于"五四"式的新文学，这种"新鲜活泼""中国作风和中国气派"的文学，在如同"一株在原野里成长起来的大树子"③ 的赵树理那里找到了。周扬《论赵树理的创作》敏锐而细致地道出了赵树理文学的独特性价值，同时依据其宏大的理论视野，又将赵树理的创作与"被解放了

① 李普：《赵树理印象记》，黄修己编《赵树理研究资料》，北岳文艺出版社1985年版，第17页。

② 默涵：《从阿Q到福贵》，黄修己编《赵树理研究资料》，北岳文艺出版社1985年版，第201页。

③ 郭沫若：《读了〈李家庄的变迁〉》，《北方杂志》1946年第1—2期，收入郭沫若《论赵树理的创作》，晋察冀新华书店1947年版，第45页。

的、经历了而且正经历着巨大的变化"的农村革命运动结合起来。正如研究者所指出的："与其说赵树理的创作印证了毛泽东的《讲话》，不如说由于赵树理作品中所显露出的对农村生活的熟悉和农民语言的运用而恰逢其会，被急于树立新的文艺典范的延安文艺看重，终而被确立为解放区文学的'方向性'作家。解放区文学提倡追求文学的大众化，文学为工农兵服务，尤其是为农村动员服务，在赵树理的作品中都有所体现。而毛泽东延安讲话之后，一大批从国统区来的作家，都是需要转变世界观和熟悉工农兵的城市知识分子，自身的'改造'尚需时日，不可能在一个短的时期内就创作出'人民群众喜闻乐见'的、与党的方针政策一致的'人民文学'。赵树理的存在，他对农村的熟悉，对共产党农村工作作风的了解，对农民革命的热情，以及他得天独厚的民间艺术积累，都注定他将成为这个历史时期解放区文学的楷模。"① 只要将赵树理与当时也致力于以通俗形式写小说的解放区其他作家的作品对比，就能看出赵树理的独特性。这一点周扬说得很清楚："'文艺座谈会'讲话以后，学习民间语言，民间形式的努力，产生了很多优秀的结果。就在小说创作方面，也有成绩。但有些作者却往往只在方言、土话、歇后语的采用与旧形式的表面的模仿上下功夫。"赵树理却不是这样，在他的作品中，"几乎很少用方言、土语、歇后语这些；他决不为了炫耀自己语言的知识，或为了装饰自己的作品而滥用它们。他尽量用普通的，平常的话语，但求每句都能适合每个人物的特殊身份，状态和心理"②。随后，郭沫若赞扬赵树理扬弃了"章回体的旧形式"，而"创出了新的通俗文体"；③ 茅盾认为《李有才板话》是"向大众化的前进的一步"，

---

① 杨联芬：《中国现代小说导论》，北京师范大学出版社 2010 年版，第 253 页。
② 周扬：《论赵树理的创作》，《解放日报》1946 年 8 月 26 日。
③ 郭沫若：《读了〈李家庄的变迁〉》，原载《北方杂志》，1946 年第 1—2 期，收入郭沫若《论赵树理的创作》，晋察冀新华书店 1947 年版，第 46 页。

"也是标志了进向民族形式的一步"①。最终，陈荒煤代表延安文艺界提出"赵树理方向"②，确立了赵树理创作为"民族形式"文学的典范。

　　赵树理的出现和成名显然是多种文化"合力"的结果，他接受了"五四"新文化的影响，他所持有的乡村知识分子"启蒙"文化理想在共产党人的理论建构中得到了响应和支持，而时代则赋予了他特殊的机遇，在动员下层民众和意识形态建构需要的多种力量作用之下，赵树理成了延安新文学的"方向"。其实，如果我们对赵树理的创作状况和接受情况作一番细致的考察，就会发现他与延安主流意识形态并非如想象的那般"亲密无间"，而是充斥着分歧和对抗。

　　赵树理的成名作《小二黑结婚》几经周折才得以出版，赵树理回忆说："这一阶段太行文联是徐懋庸和高沐鸿先后当政的，我的作品除《地板》由《太行文艺》发表外，都是由新华书店直接印出来的。当时的新华书店是我们所在的机关，太行文联领导下的作家、诗人……他们便自办太行文艺出版社。"③ 作为太行文联的工作人员，赵树理的著作却得不到及时发表，不得不在彭德怀的帮助下通过书店出版的方式发表，说明赵树理的创作一开始并没有得到太行文联左翼同人的认可。实际上，《小二黑结婚》也没有引起当时评论家们的广泛关注，直到《李有才板话》发表之后，赵树理创作的独特性才日益受到左翼理论家们的重视。李大章表示："接着《小二黑结婚》的写作，赵树理同志的新作《李有才板话》，在我们认为是比较更有收获的作品，较之前者，更有向

---

　　① 茅盾：《关于〈李有才板话〉》，黄修己编《赵树理研究资料》，北岳文艺出版社1985年版，第194页。

　　② 陈荒煤：《向赵树理方向迈进》，《人民日报》1947年8月10日。

　　③ 赵树理：《回忆历史　认识自己》，《赵树理全集》（5），北岳文艺出版社2000年版，第378页。

读者介绍的价值。"① 虽然说得很含蓄，但也可见当时的文化界对于《小二黑结婚》所持的保留态度和对赵树理创作的争议。虽然《小二黑结婚》更加通俗易懂，但知识分子气息浓厚的农民李有才更容易受到文化人的一致认同，他们显然更愿意推荐《李有才板话》。

而早在新中国成立前，美国记者杰克·贝尔登虽然认为赵树理"可能是共产党地区除了毛泽东、朱德之外最出名的人"，但提到赵树理的作品却有着不同的看法：

> 说实话，我对赵树理的书感到失望。有人说，他的书如果翻译成外文，就会使他成为一个闻名世界的大文学家。我不同意这一点。他的书倒不是单纯的宣传文章，其中也没有多提共产党。他对乡村生活的描写是生动的，讽刺是辛辣的。他写出的诗歌是独具一格的，笔下的某些人物也颇有风趣。可是，他对于故事情节只是进行白描，人物常常是贴上姓名标签的苍白模型，不具特色，性格得不到充分的展开。最大的缺点是，作品中所描写的都是些事件的梗概，而不是实在的感受。我亲身看到，整个中国农村为激情所震撼，而赵树理的作品却没有反映出来。②

实际上，赵树理真正擅长而给读者留下深刻印象的是他对大量农村中有缺陷的"中间人物"——"三仙姑""二诸葛"、李成娘、"吃不饱""小腿疼"等的描写，而不是政治所要求的新型农民形象，因此贝尔登才会认为读赵树理的作品会失望，并没有反映出现实中国农村和农民的巨大变化。

---

① 李大章：《介绍〈李有才板话〉》，黄修己编《赵树理研究资料》，北岳文艺出版社1985年版，第169页。

② ［美］杰克·贝尔登：《中国震撼世界》，邱应觉等译，北京出版社1980年版，第117页。

更加值得注意的是毛泽东对赵树理的评价。众所周知，毛泽东对文艺和意识形态的控制是十分重视的，《讲话》发表之后，可以说引导中国文学走上了和"五四"文学完全不同的道路，毛泽东十分注意对文学和作家革命性的利用，丁玲认为毛泽东的爱好和兴趣是在古典文学，但出于政治策略的考虑，却常常要求作家们要大众化。毛泽东经常提及鲁迅，1937 年 10 月 19 日，毛泽东在延安陕北公学鲁迅逝世周年纪念会上发表讲话，称鲁迅"思想、行动和著作，都是马克思主义的"，鲁迅本人亦被其冠以"党外的布尔什维克"称号。① 但是，不论是在延安解放区或者是在新中国成立后，毛泽东都没有对赵树理做过具体的评价。当丁玲改变写作风格写出《田保霖》，毛泽东则对之大加赞扬，认为她和欧阳山实践了"为工农兵服务"的方向，创造了"新写作作风"，② 对于真正的农民作家赵树理，毛泽东却没有这样的鼓励和赞扬。以致有研究质疑：赵树理"被毛泽东称赞为'人民作家'"，"对这一称呼或赞誉，不知出自何处？又是何年何月和在什么情况下被毛泽东誉为'人民作家'或称赞为'人民作家'的？"③

的确，今天我们众所周知的对赵树理的评价其实大多来自周扬、茅盾、郭沫若等左翼知识分子。在《论赵树理的创作》中，周扬称赞赵是"一位具有新颖独创的大众风格的人民艺术家"。1956 年中国作协第二

---

① 毛泽东：《论鲁迅》，《毛泽东文集》第 2 卷，人民出版社 1993 年版，第 42 页。

② 毛泽东：《给丁玲、欧阳山的信》，《毛泽东文集》第 3 卷，人民出版社 1996 年版，第 177 页。

③ 董大中在《中国农村变革的史诗》一文中写道："一九五一年八九月间，中央为召开第一次农业互助合作会议，先召集了一次小型座谈会，在华北局的小白楼举行，征求各方面的意见，据说毛泽东点名务必请赵树理到会，因为他最熟悉农村，熟悉农民的心理和愿望。赵树理在会上一反多数人的意见，认为农民在斗倒地主以后并不急于走合作化道路，而是要先使自己富起来。主持会议的陈伯达非常反感，批评赵树理思想右倾，但汇报到毛泽东那儿以后，毛泽东却说赵树理的话有道理。"苟有富认为这一"据说"的说法缺乏相关的材料史实和事实上的合理性，并对长期以来流传的毛泽东对赵树理的评价表示质疑。参见苟有富《毛泽东和赵树理之关系的质疑——与董大中先生商榷》，《山西文学》2007 年第 5 期。

次理事会，周扬作报告《建设社会主义文学的任务》中将赵树理和茅盾、老舍、巴金、曹禺并称"当代语言艺术的大师"。正是理论家们将赵树理树立成了解放区文学的典范。

对于赵树理文学创作评价的分歧，新中国成立后越来越明显。周扬仍然坚持对赵树理的高度评价，胡乔木则认为赵树理的小说"气度不大"，要求赵树理重新"学习"，大量阅读苏联及其他国家的社会主义现实主义作品，又要求赵树理下乡，去"体会群众新的生活脉搏"，尖锐地批评他"凭以前对农村的老印象，是仍不能写出好东西来的"①。1953年，赵树理的《李有才板话》是否同丁玲的《太阳照在桑干河上》一同参评斯大林文艺奖，也引起了很大的争议。② 显然，周扬和胡乔木之间的分歧，并不能仅仅看作理论家们对于作家个人的偏见，而是意识形态对于文学的不同要求。

"民族形式"的提倡本是为了建构新的意识形态，在文学创作上则是希望通过与"民间"文化小传统的协商创制出新的为解放区以及当代文学所要求的"模范""方向"。和赵树理几乎同时成名的解放区作家孙犁对此有着明确的论述：

> 他（赵树理）的小说，突破了此前一直很难解决的，文学大众化的难关。
>
> 在他以前，所有文学作者，无不注意通俗传远的问题。"五四"白话文学的革命，是破天荒地向大众化的一次进军。几经转战，进展好像并不太大，文学作品虽然白话了，仍然局限在少数读者的范

---

① 赵树理：《回忆历史 认识自己》，《赵树理全集》（5），北岳文艺出版社 2000 年版，第 379 页。

② 胡乔木支持丁玲的《太阳照在桑干河上》参加斯大林文艺评奖，而周扬则支持赵树理，最终结果是《太阳照在桑干河上》和《李有才板话》共同参选。相关论述可参见张霖《两条胡同的是是非非》，《文学评论》2009 年第 2 期。

围里。理论上的不断探讨，好像并不能完全解决大众化的实践问题。

创作上真正通俗化，真正为劳苦大众所喜闻乐见，并不取决于文字形式上。如果只是那样，这一问题，早已解决了。也不单单取决于文学的题材。如果只是写什么的问题，那也很早就解决了。它也不取决于对文学艺术的见解，所学习的资料。在当时有见识、有修养的人材多得很，但并没有出现赵树理型的小说。

这一作家的陡然兴起，是应大时代的需要产生的，是应运而生，时势造英雄。①

正如研究者李洁非所指出，由于极其特殊的社会环境和个人背景，赵树理的创作是"不可复制"的。② 赵树理的"民间"和独特的农村文学创作与政党政治所需要的文学模板并不完全一致，从这个意义上讲，赵树理显然是一个应时代需要而被树立起来的"典范"和"方向"。

第四节 孙犁："民族形式"对文学"民族化"的误读

和赵树理一样，孙犁也被看作典型的解放区作家。1945 年，孙犁在延安发表《荷花淀》，迅速引起了批评家和读者的注意。当时担任《解放日报》副刊编辑的方纪后来回忆说：

---

① 孙犁：《谈赵树理》，《孙犁全集》（5），人民文学出版社 2004 年版，第 108—110 页。
② 参见李洁非、杨劼《解读延安——文学、知识分子和文化》，当代中国出版社 2010 年版，第 276 页。

读到《荷花淀》的原稿时，我差不多跳起来了，还记得当时在编辑部里的议论——大家把它看成一个将要产生好作品的信号。

那正是延安文艺座谈会以后，又经过整风，不少人下去了，开始写新人——这是一个转折点；但多半还用的是旧方法……这就使《荷花淀》无论从题材的新鲜，语言的新鲜，和表现方法的新鲜上，在当时的创作中显得别开生面。

顺便说一句，由于文艺座谈会以前，大家长期的学外国、学古典，特别是学外国的古典，在语言上、方法上，所形成的那种欧洲的、俄罗斯式的氛围中——至少是一部分人当中，《荷花淀》的出现，就像是从冀中平原上，从水淀里，刮来一阵清凉的风，带着乡音，带着水土气息，使人头脑清醒。①

孙犁自己也认为《荷花淀》备受推崇的原因是习惯于西北大风沙和战争残酷的解放区文学，"忽然见到关于白洋淀水乡的描写，刮来的是带有荷花香味的风，于是情不自禁地感到新鲜"。② 不论是方纪的回忆，还是孙犁的自述，《荷花淀》《白洋淀纪事》带给当时延安文艺的都是"新鲜""乡土""民族气息"，这就构成了对前一时间"民族形式"论争的回应，也成为毛泽东发表《在延安文艺座谈会上的讲话》，开展文艺界的整风运动之后，作家创作新的文艺作品的代表。

的确，不论从题材、语言还是表现方法，孙犁的小说似乎都契合了当时延安理论界对于新文艺的需要。从题材上看，《荷花淀》描写了对革命和抗战充满了乐观和热情的解放区"工农兵"代表的新农民；从语

---

① 方纪：《一个有风格的作家——读孙犁同志〈白洋淀纪事〉》，刘金镛、房福贤编《孙犁研究专集》，江苏人民出版社1983年版，第350页。

② 孙犁：《关于〈荷花淀〉的写作》，《孙犁全集》（5），人民文学出版社2004年版，第55页。

言上看，孙犁小说没有很长一段时间里延安所充斥的那种欧化尤其是俄罗斯式的语言，而是一种极具"民族"风格、清新简洁的语言；表现方法上也采用了中国人尤其是知识分子最为熟悉的方式，《荷花淀》写的是群众抗日的新人新事，但从孙犁创造的文学意境来说，既继承了几分中国传统文学"闺怨"的色彩，又"明显有着《诗经》和《离骚》以来文人文学香草美人审美情致的痕迹"①。从这个意义上说，孙犁显然符合解放区急切勾连传统"中国化""民族化"的文学要求，被看作是实现了"民族形式"的重要作家。从文学史上看，孙犁也一直和赵树理一起被视作解放区文学的"双璧"。

　　但是，如果结合孙犁文学创作和评价的整体面貌来看，虽然一直被视作是解放区文学的代表作家，② 但他的作品却始终处在一种与"革命"矛盾甚至紧张的状态中。晚年时孙犁承认"自己对自己的作品，体会是比较深的。在过去若干年里，强调政治，我的作品就不行了，也可能就有人批评了；有时强调第二标准，情况就好一点"③。在《荷花淀》发表之后不久，延安报刊对作品的评价就出现了两种截然不同的声音。《解放日报》6 月 4 日在"读者往来"栏目中登出读者意见——《我们要求文艺批评》，说 5 月 15 日登出孙犁的《荷花淀》之后，有人认为是充满健康乐观的情绪，写出了斗争中的新人物、新生活、新性格。有人说是"充满了小资产阶级情绪"，缺少敌后战斗气氛。那究竟是新人物新性格呢，还是小资产阶级感情呢？④ 1949 年，小说《嘱咐》中的"感情"问题再度引起争议："知识分子首先感到这篇东西感情不健康，而有的工

---

　　① 杨联芬：《孙犁：革命文学中的"多余人"》，《中国现代文学研究丛刊》1998 年第 4 期。
　　② 孙犁虽然生活在冀中，作品主要反映冀中人民的革命斗争，但此时冀中地区属于解放区，孙犁又成名于延安，因此被视作解放区的代表作家。
　　③ 孙犁：《文学和生活的路》，《孙犁全集》(5)，人民文学出版社 2004 年版，第 246 页。
　　④ 参见赵建国《赵树理孙犁比较研究》，昆仑出版社 2002 年版，第 258 页。

农干部却说不错。"① 可以说，对于孙犁小说的质疑一直没有停歇。

另外，作为在解放区成长、成名的作家，在《延安文艺座谈会》之后急切树立典范的延安文艺界，始终没有给予孙犁太多的关注。与赵树理的研究和评论情况明显不同的是，对孙犁的研究和评论，无论是在解放区还是新中国成立后的当代文坛，从开始到后来，代表主流意识形态的权威人物都没有参与。如果有参与的话，倒是提出某些批评意见。曾高度赞赏过赵树理的周扬，在20世纪50年代初对孙犁写的有关白洋淀生活的一个电影剧本写下批语，认为孙犁写的只是"印象"，而且有很多"想象的印象"②。作为正统的"革命"作家，孙犁的作品与政治文化的这样一种关系无论如何都是让人诧异的，这也显示了孙犁作为革命作家与"革命文学"的隙缝和差异。

种种争议显示，很难以单一的评价来论述孙犁的解放区文学创作。那么，应该如何看待孙犁文学创作与解放区文学主流之间的这种既融合又矛盾的关系呢？他的文学创作与延安所需要的文学之间有何不同？孙犁的小说究竟是不是抗战"民族形式"文学思潮要求的解放区文学典范呢？

一　孙犁与"革命"

从中国现代文学史上看，孙犁最为人称道的是他在抗日战争期间对于解放区生活的浪漫描写，孙犁也毫不讳言最喜欢自己抗日战争时期的作品，因为那一组抗日小说是"时代、个人的完美真实的结合，是对时

---

① 孙犁：《书信·致康濯》，《孙犁全集》（11），人民文学出版社2004年版，第8页。
② 孙犁不同意周扬的评价，并且自信地表示"关于白洋淀人民的现实生活，凭别人怎样不是想象的吧，我以为它不能超过《荷花淀》"。参见《书信·致康濯》，《孙犁全集》（11），人民文学出版社2004年版，第24页。又见《芸斋断简·我写过的电影剧本》。

代和故乡人民的赞歌"。之所以小说中往往以女性为主人公，孙犁表示更喜欢写欢乐的东西，"以为女人比男人更乐观，而人生的悲欢离合，总是与她们有关，所以常常以崇拜的心情写到她们"①。对战争中的民众尤其是女性的赞美和歌颂体现了孙犁的道德理想和对于文学的理解。值得注意的是，孙犁的这一文学理念和创作主题并非自发形成，而显然与其独特的革命经历和革命"体验"有关。

在论述解放区文学的时候，始终不能忽视的是左翼理论家尤其是中国共产党人对于文学和文化的建构。正如前文所讲到的那样，抗日民族统一战线之后，中国共产党进行了政策上的调整，左翼文化人倡导"新启蒙运动"，从"五四"时期的"个人"启蒙转向对"大众"尤其是农村民众的"启蒙"，继而发起"民族形式"运动，试图继承和转化"五四"以来的现代文化，在城市和乡村文化的协商之间建构新的民族国家意识形态。中国共产党这一时期的理论政策和文化运动对诸多生活在20世纪40年代前后的作家产生了重要的影响，孙犁正是其中之一，这一影响集中体现在他所参与的1941年"冀中一日"文化运动。

"冀中一日"的写作和出版，是在抗日战争的特殊背景下，中国共产党所发动的一次群众性的集体写作活动。抗战爆发后，"集体运动"逐渐成为左翼知识分子所看重的"启蒙"和动员下层民众的重要方式，共产党人明确指出要"揭起反个人主义的旗帜"，"提倡集体研究和集体写作"，"从个人主义转到集体主义"。② 河北作为抗日战争的前线和游击战争的主战场，其重要性不言而喻。针对日本帝国主义在冀中所进行的"大东亚新秩序"文化奴役，中国共产党人吸取高尔基发起"世

① 孙犁：《〈孙犁文集〉自序》，《孙犁全集》（10），人民文学出版社2004年版，第466页。
② 陈唯实：《抗战与新启蒙运动》，武汉扬子江出版社1938年版，第34、48页。

界的一日"，茅盾"中国的一日"等文化运动的经验和教训，开展
"冀中一日"写作运动。"这个运动由冀中党政军首长程子华、黄敬、
吕正操等同志号召发起，参与动稿写作的人数达到了近十万人，最终
于1941年秋油印出版四集约30万字的稿件。"①"冀中一日"写作运
动的确可以说是"冀中党政军民各方面有组织的集体创作，是大众化文
学运动的伟大实践"②。在"冀中一日"运动中，文学以它重要的宣传
功用方式，加强了抗日军民的抗战决心，鼓舞了士气。以后，无论是
冀中区还是分区和县，都还发动过类似的一些写作运动，可见这次运
动的深远影响。③

作为参与者之一，"冀中一日"运动对于孙犁的影响也是巨大的，
正是这次运动，给孙犁提供了重要的文学教育和文学滋养，也为他日后
进入共产党的主流文化界提供了契机和理论准备。

首先，编选这次活动当中多至需要用大车拉的稿件，孙犁的母亲在
群众大会上仔细聆听文章带给他的深刻印象，既让孙犁对于中国的农村
现实，尤其是农民一边进行生产、一边抗日的生活现状有了更深刻的了
解，用孙犁自己的话说，"人民对一切进步现象寄托无限的热爱和拥护，
这种战斗的新生的气质，深深留在我的记忆里"④，又让他自然生发出一
种为战争和革命工作、写作的责任感、使命感。

其次，孙犁根据"冀中一日"选文的看稿经验，编写了为文学初学
者提供指导的《区村和连队的文学写作课本》⑤。这次写作为孙犁提供了
全面思考解放区文学要求和如何进行具体创作实践的机会，在文学理论

---

① 孙犁：《文艺学习·前记》，《孙犁全集》（3），人民文学出版社2004年版，第96页。
② 程子华：《冀中一日（下集）·题词》，百花文艺出版社1963年版。
③ 参见吕正操《吕正操回忆录》，解放军出版社2007年版，第196页。
④ 孙犁：《文艺学习·前记》，《孙犁全集》（3），人民文学出版社2004年版，第97页。
⑤ 收入孙犁全集题为《文艺学习——给〈冀中一日〉的作者们》。

和写作方面获得了一次重要的操练。他对于文学功利化的理解，对于文学语言的重视，都可以在这本写作课本中找到最初的理论源头。《写作课本》在冀中三纵队的《连队文艺》、晋察冀的《边区文化》杂志上连载，不仅在冀中产生了影响，并且"领导同志十分重视"，"吕正操、黄敬同志在戎马倥偬中，把它带到太行山麓，在那里印刷一次，书名改作《怎样写作》"①。可以说，参与这次活动尤其是《文学写作课本》的出版发行，让孙犁积累了重要的"文化资本"，以致他到达延安之后，自然而然地融入了延安文化界，并被看作是解放区自己培养、成长起来的作家。② 后来孙犁逃过历次批判运动，固然和他个人性格一向谨小慎微有关，但也都与这次活动获得的根正苗红的革命身份以及人脉资源有关系。③

更为重要的是，孙犁在这次运动中，根据自己的亲身经历与改稿经验，进行了一次脱胎换骨的心灵教育，升华出一种崇高的人生感受。战争是残酷的，然而残酷的战争给予人的心理感受却并不一样。战争中生命的反复无常固然可能使个体产生了一种存在主义和荒诞感。但人们在战争中所体现的坚持和勇气，生命的极限、革命和战争的浪漫和忧惧，又会形成一种革命的浪漫主义。孙犁在"冀中一日"文章中所感受到这种战争形势下人们对于生命的坚持以及对于未来美好生活的渴望和自信，刺激了他对于革命文化和现实的独特体验和理解，也使他在写作中逐渐形成了革命浪漫主义的叙述风格。

孙犁明确表示政治对文艺是"决定性"的，文学的职责就是反映现

①　孙犁：《文艺学习·前记》，《孙犁全集》（3），人民文学出版社 2004 年版，第 98 页。

②　当然，孙犁能够毫不费力融入延安文化界，也同这一时期整风运动结束，政治文化氛围比较宽松有关。

③　"冀中一日"运动的参与者在新中国成立后大多担任了重要的政治职务，黄敬成了天津市长，吕正操成了将军，王林是孙犁在天津工作的同事和战友。孙犁的老领导王亢之在"文化大革命"前嘱咐他不要写东西了，显然与孙犁参与这次文化运动所建立的"革命友谊"密切相关。

实，主要是"反映现实中真的美的善的"。① 在抗日战争中，不仅有饥寒交迫、血泪和残酷，同样也有着对于战争中人性的歌颂和对于未来民族国家、社会的美好想象，"战斗的时代，生活本身就带有浓烈的浪漫主义色彩"。② 正是在革命浪漫主义这一点上，既可以说是解放区文学误读了孙犁，也可以说本就是孙犁自觉地追求，而和解放区文学的要求达到了一致。虽然自己的作品不断受到批判，但孙犁始终保持着一份对于战争和革命文学的同情和理解：

> 解放区文学有它的一些缺点和所谓的局限性。但是，必须和时代联系起来，把那个时代抛开，只从作品上，拿今天的眼光来看，当然就发现它有很多不合时宜的地方……那时的主题就是抗日。这个主题是只能强化，不能淡化的。③

即使到了晚年，虽然对"文化大革命"充满了厌恶和愤怒，但孙犁一辈子"革命"情节不变，他始终认为文学要是反映现实生活，就必然和政治、和政策发生联系。恰恰在晚年，孙犁表现了对"文学"本身的怀疑和虚无色彩，④ 因为在这一时期，他认识到文学已经是"无用"了——不能为现实提供指导和价值。文学的无功利化不是给孙犁提供了新的信仰，而是让孙犁放弃了文学的热情和信仰。在文学服务于战争和民族国家这一点上，孙犁与共产党人在理论建构所需要的文学功利化上达成了一致。从这个意义上讲，孙犁是一位典型的革命作家。

---

① 孙犁：《文学和生活的路》，《孙犁全集》（5），人民文学出版社 2004 年版，第 242 页。
② 孙犁：《论战时的英雄文学》，《孙犁全集》（2），人民文学出版社 2004 年版，第 449 页。
③ 孙犁：《和郭志刚的一次谈话》，《孙犁全集》（9），人民文学出版社 2004 年版，第 91 页。
④ 1991 年，孙犁在《文事琐谈》中写道："环境越来越'宽松'，人对人越来越'宽容'，创作越来越自由，周围的呼声越高，我却对写东西，越来越感到困难，没有意思，甚至有些厌倦了。"《孙犁全集》（9），人民文学出版社 2004 年版，第 326 页。

二　孙犁小说中的"抒情传统"

孙犁显然与解放区文学的要求有着巨大的差异，否则我们就不能理解从《荷花淀》发表伊始到新时期"复活"① 在评价孙犁创作上的诸多矛盾和争议。在"民族形式"论争中，孙犁对于"五四"文学和传统文学、民族文学的思考和表述，也显示了和当时其他论者很大的差异。

20世纪40年代文学尤其是解放区文学的重要特征，在于理论家和作家对于文学自觉的理论建构意识和创作实践上的探索意识。在左翼文化界发起的"民族形式"运动中，几乎所有的作家都参与了这一问题的讨论，并开始在写作中进行不断地试验。连号称对于"理论"不熟悉和不感兴趣的丁玲，也写出了《略谈改良平剧》等关于"民族形式"讨论的论文，并且在西北战地服务团展开"大众化"戏剧实验。

孙犁作为冀中文学运动的参与者，也加入对"民族形式"问题的思考，但和其他论者纠缠于"旧形式"运用合理与否不同，孙犁把这个问题提高到"接受"遗产的高度，思考新的延安文艺所需要吸取的文化资源，"不是利用旧形式问题，也不是从民间艺术中找'中心源泉'的问题"②。从这个意义上看，孙犁才真正涉及了后来文学史将"民族形式"讨论与文学的"民族化"勾连起来的典型讨论。在他看来，建立"民族形式"的目的，是"能真实地反映我们民族今天的生活和明天的路程。因此，接受遗产问题应依附民族今天的生活"③。

谈到孙犁对"文学遗产"的看法，就必须提到孙犁的个人经历和性

---

① 程光炜：《孙犁"复活"所牵涉的文学史问题》，《文艺争鸣》2008年第7期。
② 孙犁：《接受遗产问题（提要）》，《孙犁全集》（2），人民文学出版社2004年版，第441页。
③ 同上书，第442页。

格。同赵树理一样，孙犁来自农村；但与赵树理对民间文化的熟稔不同，孙犁虽然出身农村，也接触了一些民间的文艺形式，如河北梆子、各种地方戏、大鼓书等，但主要接受的还是新式教育。在小学，孙犁就已经开始大量阅读文学研究会的作品和商务印书馆的杂志。进入保定育德中学后，涉猎更为广泛，不仅继续关注新文学，开始在校刊杂志上发表短剧、小说等新文学作品，学习中国文化史、欧洲文艺思潮史、史学纲要、中国伦理学史、中国哲学史、社会科学概论、科学概论、生物精义等课程，并且已经阅读政治经济学批判等经典马克思主义著作，作笔记写论文。[①] 系统的新式人文教育，使得孙犁具备了一种比较开放的文化心态。

另外，由于从小体弱多病以及长期的传统文化熏陶，孙犁的性格颇带有几分传统文人色彩，而不大容易被外界的政治环境所影响，对于政治意识形态也不敏感。参加革命之初的孙犁编诗集《海燕之歌》，发表《现实主义文学论》《战斗的文艺形式论》《鲁迅论》等论文就受到了批评，被认为都是"非当务之急""不看对象，大而无当"之论。[②] 终其一生，孙犁都保留了这种书生文人气。

因此，虽然是在中国共产党文学政策和文化运动影响下成长起来的作家，但与理论家的建构不同，孙犁更多是从文学创作实践和自身的文学感受来论述文学的"民族形式"问题。系统的中外文学教育，再加上曾经经历了"冀中一日"众多的"革命稿件"的筛选——"亲自动笔写稿者近十万人，包括干部、士兵和农民，从上夜校识字班的妇女到用四六句文言的老秀才、老士绅"，[③] 孙犁对于文学创作更多了一份实践上

---

① 孙犁：《〈善闇室纪年〉摘抄》，《孙犁全集》（8），人民文学出版社2004年版，第4页。也可参见《文学和生活的路》。

② 同上书，第7页。

③ 孙犁：《文艺学习·前记》，《孙犁全集》（3），人民文学出版社2004年版，第96页。

的理解。他不仅坚持"五四"文学的重要价值，在讨论文学的民族化时也"倾向洋化"。① 虽然重视民间文艺和中国传统文学，却持开放性的文化心态，指出"不只是接受中国遗产，也要接受外国文学遗产"，② 应该从中外文学资源中广泛吸取文学经验。

孙犁对于传统文学的接受，与延安主流理论界对于传统的"发明"明显不同。如果说延安理论界所建构和吸收的资源，对传统文学和文化是一种"民粹主义"理解，注重转化和吸收下层民众文艺和文化的话；那么，孙犁更多接受和表现的却是中国文学传统的士大夫雅文化，尤其是这一文化和文学中的"抒情传统"。③

从孙犁创作的主题和表达方式看，他对于女性的细致刻画以及所擅长的白描手法，甚至后期作品越来越追求的一种"文史互证"④，都可以发现这种文人雅致和传统文学对他的影响。表现在孙犁抗战时期所写的小说中，更多注重的不是对于故事情节的讲述，而是文学意境的建构和抒情表达，如果拿作画来比喻，他的描写和叙述主要不是工笔画，而更近于写意画。代表作《荷花淀》与其说是在讲述一个故事，不如说更像是给读者描摹了"夫妻话别、敌我遭遇、收拾战场"三个美丽的画面，这使得这篇小说呈现出一种独特的抒情意味和艺术旨趣。正如研究者所指出的，孙犁小说所谓的"小资产阶级情绪"，"除了因为《荷花淀》写了乡村的年轻媳妇们略有些'闺怨'风味的思夫，更主要的，大约是指这篇

① 孙犁：《〈善闇室纪年〉摘抄》，《孙犁全集》（8），人民文学出版社 2004 年版，第 10 页。

② 孙犁：《接受遗产问题（提要）》，《孙犁全集》（2），人民文学出版社 2004 年版，第 441 页。

③ 关于中国文学的抒情传统，可参见高友工《美典：中国文学研究论集》，生活·读书·新知三联书店 2008 年版；也可参见王德威《抒情传统与中国现代性——在北大的八堂课》，生活·读书·新知三联书店 2010 年版。

④ 关于孙犁后期小说追求"文史互证"这一特点的论述可参见苑英科《论孙犁的〈芸斋小说〉》，《文学评论》2007 年第 5 期。

小说在'如火如荼'的革命斗争的现实生活中，居然去追求一种精致、唯美的艺术趣味"①。中国现代作家对古典文学中的这种抒情传统的继承，显然并非孙犁个人身上的独特现象，在他之前有废名，后有汪曾祺。

除了叙述方式上继承传统的雅文学抒情传统，"五四"新文学的人道主义和立于改造美好人性的启蒙主义，则构成了孙犁小说的重要主题，也成为孙犁坚守一生的文学伦理和信念。"看到真美善的极致，我写了一些作品。看到邪恶的极致，我不愿意写。这些东西，我体验很深，可以说是铭心刻骨的。可是我不愿意去写这些东西，我也不愿意回忆它。"他认为："凡是伟大的作家，都是伟大的人道主义者，毫无例外的。他们是富于人情的，富于理想的。"② 正是接受了"五四"启蒙精神的人道主义，孙犁的小说往往以女性——大多是美丽、善良的女性为主人公，水生嫂、浅花、吴召儿、慧秀、秀梅无不如此，通过她们来歌颂生命和生活的美好。最为典型的是《山地回忆》，据孙犁讲，这篇小说主人公的原型是"很刁泼，并不可爱"的，③ 但最后孙犁却加以转化，不但表现了村里的女性对于"我"的热情和关怀，而且还充分表现了军民之间的美好感情和民众对美好生活的期盼。

抒情传统、"五四"人文主义的启蒙思想和革命文化结合在一起，构成了孙犁独特的战争浪漫主义抒情笔调。这种浪漫主义使得孙犁小说中一方面对于解放区的新生活表现主要以歌颂和赞美为主，而少有尖锐激烈的阶级矛盾和冲突，即使是《钟》《秋千》《铁木前传》等几部复杂而矛盾的作品，作者也最终将矛盾调和在圆满当中。另一方面，这种

---

① 李洁非、杨劼：《解读延安——文学、知识分子和文化》，当代中国出版社 2010 年版，第 283 页。

② 孙犁：《文学和生活的路》，《孙犁全集》（5），人民文学出版社 2004 年版，第 241、242 页。

③ 同上书，《关于〈山地回忆〉的回忆》，第 53 页。

对战争、革命的抒情化、浪漫化叙述使得孙犁作品中极少出现残忍的画面和对敌人的描写。① 他从未正面描写战争的残酷，反倒始终存在着一种紧张之下的诗意。小说《黄敏儿》中当黄敏儿面临即将被汉奸活埋，读者正在为他的遭遇而担心时，小说的叙述却发生了突然的转折：

> 黄敏儿就从坑里一弹，跳出来，他把眉毛一扬，两眼死盯在汉奸手里的铁铲柄上，嘴角露出一种难解的笑容说："你当真要埋我么？"
>
> 这句话竟使那个汉奸咧开嘴笑了。村民们趁机会又来哀求他说，无论如何留这孩子一条活命。汉奸把铁铲一丢就转身走了。以后，只有黄敏儿的老师看见从他的学生的眼里，像骤雨一样滴下一串热泪，因为很快，黄敏儿就把它擦干了。②

战争中出现的残忍自然地掩饰掉了。《荷花淀》中，女人们与敌船的遭遇虽然颇有几分紧张的氛围，却在水生忙着踩水追饼干的"喜剧"中归于无形。《芦花荡》中老船夫誓言要为"挂花"受伤的小女孩复仇，但作者的叙述却充满了别样色彩："老头子把船一撑来到他们的身边，举起篙来砸着鬼子们的脑袋，像敲打顽固的老玉米一样。"③ 在小女孩目光的注视之下，这不像是一次复仇，倒更像是一次英雄的表演。《杀楼》《碑》《钟》等村民与敌军的正面相遇和战斗，也都写得含蓄委婉。实际上孙犁从未打过仗，他一直"在战争的外围""战争的后方"，④ 不论是在实际生活还是在文学作品中，战争、残酷都离他很远，从这个意义上看，也就不难理解他的作品难以得到延安文艺界主流的认可了。

---

① 关于孙犁小说对于战争的残忍描写处理可参见郜元宝《孙犁"抗日小说"三题》，《杭州师范学院学报》2005 年第 1 期。
② 孙犁：《黄敏儿》，《孙犁全集》（1），人民文学出版社 2004 年版，第 346 页。
③ 孙犁：《芦花荡》，《孙犁全集》（1），人民文学出版社 2004 年版，第 143 页。
④ 孙犁：《唐官屯》，《孙犁全集》（7），人民文学出版社 2004 年版，第 279 页。

诸多理论家和作家，纷纷为是否以旧形式为"民族形式的中心源泉"问题争论不休，但孙犁却不认为民间形式或者旧形式能在建立"民族形式"当中承担重要的地位，反而坚持"旧形式大多是死的"，与其他论者纠缠于利用或者运用"形式"不同，孙犁认为"创造民族形式，主要是写人、民族精神和风貌"，而并不是单纯"对中国旧文学作品形式的搜索"。① 在给康濯的信中，孙犁对康受延安"民族形式"讨论影响所进行的旧形式探索也进行了批评：

> 中国真正的旧小说，很有值得学习之点，正如诗词、戏曲一样，然而后来的流俗作品，则必须排除。小说，如以《京本通俗小说》为短篇之规范，以《儒林外史》为人情世态之规范，以《西游记》为情趣变幻之规范，以《红楼梦》为人物语言之规范，则我们可综而得到很多东西。如益之以《史记》之列传写法，唐诗之风情气韵，对我们绝对有益。我很爱好中国旧遗产，但在中国缺少浪漫主义，如再学习普希金及高尔基之热力，屠格涅夫之文字才华，我以为可称大观矣。

> 我所反对的，是你写什么献古钱之类。我读了前面的开场白，就觉得用这种形式，会把你的内容弄得蹩脚。好像我知道你并不精通这种玩意，而即使精通，一写这个，就流于公式，不仅措词，而且达意上也受影响。过去我也写过这些东西，并且觉得，如果只在精通这一形式来说，可能比你内行一些，而那些作品，我是全忘记了的。②

在这一点上，孙犁显示了和老舍一致的地方，在具体的文学实践中，

---

① 孙犁：《接受遗产（提要）》，《孙犁全集》（2），人民文学出版社 2004 年版，第 443、444 页。

② 孙犁：《书信·致康濯》，《孙犁全集》（11），人民文学出版社 2004 年版，第 31—32 页。

理解到"民族形式"口号下利用旧形式上的虚妄性。显然，在孙犁这里，"民族形式"的含义并不能等同于旧形式，文学创作必须吸取多方面的资源。因此，孙犁在文学创作中始终坚持一种个人化风格的追求。

孙犁之所以被看作是"民族形式"和解放区文学的代表，除了小说主题反映和歌颂了解放区的新农民外，一个重要的原因就在于他小说语言所呈现的"民族化"特色。作家梁斌就曾称赞孙犁创作："是在古典文学和新文学语言的基础上吸收了广大群众的语言，而且提炼加工得很巧妙，不着痕迹。"①

但与"民族形式"其他论者语言工具论不同，孙犁持一种语言本体论的观点，他多次表示"重视语言，就是重视内容"②。他非常看重民间语言和口语，认为自己的语言资源来自他的母亲和妻子，也就是来自日常的口语，强调"口语是文学语言的材料和源泉"，坚称"五四"白话文的革命虽然并不彻底，但由于对口语的重视，"在中国文学的语言上一个很大的进步"③。在小说中，孙犁也力求自己的作品接近口语，小说《"藏"》对新卯媳妇浅花的描写：

> 媳妇叫浅花，这个女人，好说好笑，说起话来，象小车轴新抹了油，转的快叫的又好听。这个女人，嘴快脚快手快，织织纺纺全能行，地里活赛过一个好长工。她纺线，纺车象疯了似的转；她织布，挺拍乱响，梭飞得象流星；她做饭，切菜刀案板一起响。走起路来，两只手甩起，象扫过平原的一股小旋风。
>
> 婆婆有时说她一句："你消停着点。"她倒是担心她把纺车抡坏，把案板切坏，走路栽倒。可是这都是多操心，她只是快，却什

---

① 梁斌：《关于文学作品民族化问题》，《文艺报》1960 年第 23 期。

② 孙犁：《文艺学习》，《孙犁全集》（3），人民文学出版社 2004 年版，第 170 页。

③ 同上书，第 160 页。

么也损坏不了。自从她来后，屋里干净，院里利落，牛不短草，鸡不丢蛋。新卯的娘念了佛了。①

文章读来的确更像是日常生活中的口语，甚至不识字的读者也可以在听说当中理解这段文字的含义，也可以看到孙犁在有意实验口语化、大众化的写作。然而，与毛泽东以及延安理论界出于政治功利目的提倡文学语言的"大众化""通俗化"不同，孙犁是从文学本身的要求而重视文学语言的。早在《文艺学习》中，孙犁就认为"从事写作的人，应当像追求真理一样去追求语言，应当把语言大量贮积起来"，必须对语言进行反复锤炼并加以创造，"口头上的话只是文学的语言原料，写作的时候，不应当随拉随用，任意堆积。要对口语加番洗练的功夫。好像淘米，洗去泥沙；好像炼钢，取出精华"②。他坚称："文学的语言应当是大众的口头语，但这并不妨碍作家在他的作品的语言上用功夫，加以洗练和推敲。作家要在使用大众的语言不变种为'另一种语言'的原则下，使语言艺术化。"③ 在孙犁看来，只有掌握好了语言，才有可能美丽而充分地讲述故事，传达出作者所要抒发的感情。

从孙犁的文学作品看，他的"文学语言固然平易、朴素，但与赵树理等的民间化追求显然是不同的。它体现的不是民间话语的俗白，而是承传了五四新文学文人白话的简洁，体现的不是世俗情趣，而是文人的情调"④。这一点上，毫无疑问，孙犁是继承了废名、沈从文等人对于语言和文体的重视和有意识地追求。同样是小说《"藏"》，对战争中躲藏的民众的描写，语言却是另一副面貌：

---

① 孙犁：《"藏"》，《孙犁全集》（1），人民文学出版社 2004 年版，第 89 页。
② 孙犁：《文艺学习》，《孙犁全集》（3），人民文学出版社 2004 年版，第 150、160、164 页。
③ 孙犁：《谈诗的语言》，《孙犁全集》（2），人民文学出版社 2004 年版，第 445 页。
④ 杨联芬：《孙犁：革命文学中的"多余人"》，《中国现代文学研究丛刊》1998 年第 4 期。

清晨，高粱叶黑豆叶滴落着夜里凝结的露水，田野看来是安静的。可是就在那高粱地里豆棵下面，掩藏着无数的妇女，睡着无数的孩子。他们的嘴干渴极了，吸着豆叶上的露水。如果是大风天，妇女们就把孩子藏到怀里，伏下身去叫自己的背遮着。风一停，大家相看，都成了土鬼。如果是在雨里，人们就把被子披起来，立在那里，身上流着水，打着冷颤，牙齿嘚嘚响，像一阵风声。①

这显然不是口语化叙述，也不是"民间化"的语言，而是"五四"以来精致的知识分子语言。再如《荷花淀》中对水乡和女性的描写：

她们轻轻划着船，船两边的水哗，哗，哗。顺手从水里捞上一颗菱角来，菱角还很嫩很小，乳白色。顺手又丢到水里去。那颗菱角就又安安稳稳浮在水面上生长去了。②

灵动、跳跃、个性化的语言，两个"顺手"，诗意地表现出对于生活的情致，这些句子虽然都平白如话，但又都与延安所提倡的"民间语言"和"大众语言"有着明显的区别。如果我们结合整篇作品甚至可以说，这一段文字叙述与小说的主题没有直接的关系，作用仅在于帮助对"意境"的建构和情绪的抒发，这正是孙犁小说语言独特性的地方，也难怪后来孙犁会对中学教材编者任意删除《荷花淀》的文字破坏文情表示不满。③

---

① 孙犁：《"藏"》，《孙犁全集》（1），人民文学出版社 2004 年版，第 100 页。

② 孙犁：《荷花淀》，《孙犁全集》（1），人民文学出版社 2004 年版，第 36 页。

③ 孙犁气愤地表示了对中学课本任意删改《荷花淀》的不满："他们删掉：'哗哗，哗哗，哗哗哗！'最后的一个'哗'字，可能是认为：既然前面都是两个'哗'，为什么后面是三个？一定是多余，是衍文，他们就用红笔把它划掉了。有些编辑同志常常是这样的。他们有'整齐'的观念。他们从来不衡量文情：最后的一个'哗'字是多么重要，在当时，是多么必不可少的——'哗'呀！"见《关于〈荷花淀〉被删节复读者信》，《孙犁全集》（5），人民文学出版社 2004 年版，第 365 页。

三 "民族形式"思潮与文学的"民族化"

正如前文所提到的那样，文学语言构成"民族形式"论争中的一个重要问题。胡风出于对鲁迅的理解，捍卫现代作家文学语言写作的权力，实际上是对"五四"新文学的文学语言表示了支持，从"主观战斗精神"出发，胡风坚持"欧化"语体，以强调"先驱者的任务在于给他们以许多话"。① 延安的"民族形式"建构、语言的改造作为重要的政治策略和任务，实质上是要以民间语言为基础，构建出一种"革命"话语和阶级话语，从而完成语言进而是思维方式的转换。孙犁虽然参与了"民族形式"论争，但他对传统文学和"五四"新文学的深刻理解，在作品中表现出了不同于胡风的另一种坚持，更多传承了"五四"文学对语言"个性化"和"抒情化"的追求。

不论语言还是形式，在如何进行新的文学创作上，孙犁实际上持一种综合论的观点：

> 新的小说，虽在形式上吸收了外国的一些东西，这究竟是属于"用"的方面，其本体还是中华民族的现实生活，现实理想。白话文学革命所以能成功，就是因为当时绝大多数的战士，是现实主义的而不是形式主义的。是社会改革者，不是流连西方光景的庸人。用本民族现实主义的生活内容，驾驭西方的比较灵活多样的形式，使作品内容的生命力，得到更完美的发挥。②

从中国文学的发展实际出发，孙犁主张新文学应该吸收多方面的资源。无论是传统的文学形式，抑或是西方文学形式，在孙犁看来都不过

---

① 参见胡风《论民族形式问题的实践意义》，《理论与现实》1941 年第 2 卷第 3 期。
② 孙犁：《小说杂谈》，《孙犁全集》(6)，人民文学出版社 2004 年版，第 255 页。

是"用"的方面，目的在于为文学内容服务。孙犁的文学观和小说创作显然和解放区文学的理论建构存在着明显的差异，他对于中国文学"抒情传统"的继承，对"民族化"的自觉追求与延安理论界所需要"民族形式"文艺也并不一样，这也是孙犁与革命主流文化既契合又疏离的真正原因。

孙犁"个性化"的小说创作，并不完全符合延安大量复制以传播国家意识形态的文学创作的需要。孙犁也意识到自己的文学与革命文化之间的"矛盾"，小说《钟》写的是一位小尼姑慧秀和情人大秋曲折的爱情故事，最终在革命伦理的合法形式下，完成了结合。但是孙犁在发表前曾经反复斟酌修改，1946 年，孙犁给康濯写信，表示自己为《钟》的写作所苦恼："将小尼姑换成了一个流离失所寄居庙宇的妇女，徒弟改为女儿。此外删除了一些伤感，剔除了一些'怨女征夫'的味道。"[1]显然，孙犁并非没有意识到自己的创作受到传统文学过多的影响，因而他不断反省和思考，以使自己的作品更具时代特征。

同赵树理一样，孙犁主张中国传统文学中的"团圆"结局，认为"可以叫善与美德的力量，当场击败那邪恶的力量"，并且这些"并不减低小说的感染力，而可以使读者掩卷后，情绪更昂扬"[2]。如果说"五四"新文学对于国家和民族的理解，对于"民族主义"的表达，是站在"批判性"的立场，揭露和暴露"国民性"的弊端，以期待建构出美好的人性；那么，在解放区，在孙犁的小说中，由于对传统文学的接受，以及战争浪漫主义下对美好人性的赞扬，文学已经转化了"民族"的内

---

① 孙犁：《书信·致康濯》，《孙犁全集》（8），人民文学出版社 2004 年版，第 246 页。
② 孙犁：《关于〈大墙下的红玉兰〉的通信》，《孙犁全集》（5），人民文学出版社 2004年版，第 372 页。

涵，表达解放区人民积极乐观的心态，以及对于未来民族国家的想象。①

孙犁小说由于"抒情传统"而呈现的"民族化"特色，对于战争和人民的歌颂，显然符合延安理论界所需要的"民族化"叙述。正如研究者所指出的："孙犁战争题材的小说常常是在民族精神的范畴内表现人性的美，因而这些人性都更带一种'整体性'和'普遍性'，常常被作为'民族精神'或'时代精神'去解读。"② 在"误读"和"改造"中，"民族形式"与"民族化"完成了契合，这就提醒我们注意"民族形式"理论与实际文学创作之间复杂的缠绕关系。

解放区文学是一种理论建构下的文学形态，很大程度上是意识形态话语、文学政策与文学传统、作家创作主体之间相互协商、博弈的结果。因而，解放区文学有着它的独特性：一方面，它受到政党政治意识形态的影响；另一方面，解放区文学又不可能完全脱离中国文化和中国文学的传统。"民族形式"文学思潮这样一种理论建构，在共产党文艺政策的推动之下，展开了现代与传统，都市与乡村，政治意识形态与文化、文学自身的多种协商和相互改造的关系。只有注意到解放区文学处在一种理论和意识形态建构的状态当中，不论是孙犁抑或是赵树理的文学创作，都是"民族形式"这一理论及其他中国共产党文化政治影响和建构下产生的结果，我们才能理解为什么今天研究者对于孙犁和赵树理的评价会出现如此大的差异，才能妥善地解决"左翼革命文学"与传统文学的关系问题。

---

① 关于解放区文学对于"民族国家"的不同叙述，可参见郜元宝《柔顺之美：革命文学的道德谱系——孙犁、铁凝合论》，《南方文坛》2007 年第 1 期。

② 杨联芬：《孙犁：革命文学中的"多余人"》，《中国现代文学研究丛刊》1998 年第 4 期。

结　　语

在抗日战争的特殊背景下，针对中国共产党内的教条派，强调马克思主义的普遍真理和民族形式的结合，也就是中国化的马克思主义；针对国民党的提倡民族主义，复古中国传统文化，则强调自身是中国的民族旧形式和新文化的结合。的确，再也没有比"民族形式"更贴切的关键词来阐述毛泽东等共产党人的文化建构了。"为人民群众所喜闻乐见的新鲜活泼"的"民族形式"文艺，恰好为"左翼"文化在民族主义情绪高涨的情形下，吸取文化资源、进行政治和文化动员提供了有效保证。这是共产党人处于历史和现实的中国情境中所做出的一个颇具创造性的发挥，充满政治和文化智慧。在高举鲁迅、"五四"新文化的大旗的同时，在延安对现代知识分子进行改造，通过对中国现代文化的继承和转换，中国共产党人最终完成了当代中国国家文化意识形态的建构。

由此，我们也就不难理解，为什么诸多的研究者把 20 世纪 40 年代由共产党人所发起的"民族形式"论争运动和 30 年代左翼文学的大众化运动联系起来，和 20 年代的"五四"新文化运动联系起来，强调大众和人民立场，强调它们共同的"新文化"和现代性内涵。显然，这构成了从"五四"新文化到左翼文学再到 40 年代"民族形式"文艺运动的理论谱系。①

"抗战建国"的特殊历史情境和现实形势的要求，使得"民族形式"文艺论争运动成为延安中国左翼思想界重新整合民族主义文化资源的重要途径，为建立新的国家政权提供了文化意识形态储备。理论构建下的"民族形式"文学，利用"民族主义"和民间文化资源，转化"阶级"话语和"革命"话语，使中国文学完成了从现代到当代的转型。"民族形式"文艺论争和中国现代文学史上许多文学论争一样，既是文学理论问题，背后又存在着意识形态和现实文化政治的博弈。

1949 年，第一次全国文代会在北京召开，周扬代表解放区文艺工作者作报告。在这篇报告中，周扬指出解放区文艺的一个重要特点就是和自己民族的尤其是民间的文艺传统保持着密切的血肉联系，他以宏大的理论视野宣告"人民文艺"时代的到来：

> 对于人民的文艺来说，封建文艺的形式也好，资产阶级文艺的形式也好，都是旧形式。对于两者我们都不拒绝利用，但都要加以改造。在民族的、科学的、大众的基础上，将它们改造成为人民服务的文艺，这就是我们对一切旧形式的根本态度。②

"民族形式"文艺从理论的建构最终完成了文学和文化形态上的转型，从此中国现代文学进入"人民文学"的时代。然而，"民族形式"文艺运动历史告诉我们，如何妥善处理本国文学传统与外来文学资源的结合，保持文学和文化的开放性和多元性，是中国文学和文化发展的核心议题。何其芳在论述"民族形式"诗歌建构中民歌和新诗的关系时认为：

---

① 这一理论谱系的建构由王瑶在《中国新文学史稿》中首先完成，其后的文学史论述大多吸收和继承了这一论述。参见王瑶《中国新文学史稿》（下册），《王瑶全集》第4卷，河北教育出版社 2000 年版，第 26 页。

② 周扬：《新的人民的文艺》，《周扬文集》（1），人民文学出版社 1984 年版，第 520 页。

《王贵与李香香》因为运用了《信天游》的形式，它就获得了过去的一般新诗不曾有过的比较广大的读者。……（但是）民间文学也是多种多样的，我们不要只看到一两种体裁的优点。比如《信天游》，的确是一种比较自由优美的体裁。但是，如果大家都只写《信天游》体的诗歌，那也是非常单调无味的。有些内容更雄壮更广阔的题材恐怕就不适宜全篇都用《信天游》体。一个真正的大艺术家应该是很自觉的，他总是吸收了各方面的文学遗产的丰富养料，而又打破了各方面的文学遗产的限制，在内容上和形式上都有他的独特的创造。①

的确，当代中国文学和文化的发展必须继承多方面的遗产，应该在广泛吸收资源的过程中突破创新。另外，在外来理论中国化、民族化过程中，知识分子主体精神的参与也是至关重要的。

20 世纪 80 年代以来，中国历史在绕了一个漫长的圈子之后似乎又回到了当初的起点，重新面临着"全球化"、西方的冲击。近年来学界关心的话题是中国文化的"本位""本色"和"中国特色"，反对"西方文化霸权"和反全球化。"民族形式"和"中国化"问题绕开历史的尘嚣，再次引起我们的关注。② 采用何种资源？吸取抑或是拒绝？我们再一次面临着抉择。

今天，一部分中国知识者不断强调"中国道路"，试图追求"有特色"的道路，然而，正如研究者所指出的：

"中国问题"，指的是中国融入世界文明中的自己的道路问题。

---

① 何其芳：《论民歌——〈陕北民歌选〉代序》，《何其芳全集》第 3 卷，河北人民出版社 2000 年版，第 118 页。

② 当然，从理论背景和现实语境来讲，这二者之间存在着巨大的差异，但 20 世纪 40 年代前后的"民族形式"运动依然给我们提供了重要的启示和教训。

目前所谓的"中国国情论""中国特殊论"甚至"中国例外论"都是基于相关的预设，但它们在处理一般和特殊的关系问题上，过于强调后者，而忽视了宪政民主的普世价值。特殊是在融入世界潮流中的特殊，不是相隔绝。①

"马克思主义中国化"引发的文学"民族形式"问题的论争以及随后对于"民族形式"文艺的探索，其对于中国文学的理论批评建构和文艺实践指导所起到的或积极或消极的作用，如何从对不同的资源的接受中建立起自身的主体性，对于我们思考中国当下文化的发展依旧能够提供足够的警示和启示，也注定将成为我们反复思考和研究的议题。

---

① 高全喜：《何种政治？谁之现代性？》，新星出版社 2007 年版，第 140 页。

主要参考文献

一　中文类相关文献

1.《大众文艺》，现代书局 1928—1930 年版。

2.《大众文艺丛刊》，大众文艺丛刊社 1948—1949 年版。

3.《读书生活》，上海读书生活社 1934—1936 年版。

4.《歌谣》，北京大学研究所国学门歌谣研究会 1922—1925 年版。

5.《红色中华》《新中华》，红色中华社 1931—1938 年版。

6.《解放》，延安解放周刊社 1937—1941 年版。

7.《解放日报》，延安解放日报社 1941—1947 年版。

8.《抗战文艺》，抗战文艺刊行部 1938—1946 年版。

9.《每周评论》，每周评论社 1918—1919 年版。

10.《文艺战线》，延安文艺战线社 1939—1940 年版。

11.《文艺月报》，文艺月报社 1941—1942 年版。

12.《文艺先锋》，中央文化运动委员会 1942—1947 年版。

13.《文艺突击》，延安文艺突击社 1938—1939 年版。

14.《文艺阵地》，文艺阵地社 1938—1942 年版。

15.《新青年》，群益书局 1915—1926 年版。

16. 《现代评论》，北京现代评论社 1924—1928 年版。

17. 《延安文艺研究》，延安文艺研究书刊发行部 1984—1992 年版。

18. 《战地》，战地半月刊社 1938—1940 年版。

19. 《战国策》，昆明战国策社 1940—1941 年版。

20. 《振导月刊》，桂林振导月刊社 1942 年版。

21. 《中国文化》，延安中国文化社 1940—1941 年版。

22. 艾克恩编：《延安文艺运动纪盛》，文化艺术出版社 1987 年版。

23. 艾思奇：《艾思奇全书》，人民出版社 2006 年版。

24. 艾晓明：《中国左翼文学思潮探源》，湖南文艺出版社 1991 年版。

25. 程光炜：《文化的转轨："鲁郭茅巴老曹"在中国：1949—1976》，
光明日报出版社 2004 年版。

26. 陈平原：《触摸历史与进入五四》，北京大学出版社 2005 年版。

27. 陈平原主编：《中国俗文学》，北京大学出版社 2011 年版。

28. 陈唯实：《抗战与新启蒙运动》，武汉扬子江出版社 1938 年版。

29. 陈学昭：《延安访问记》，北极书店 1940 年版。

30. 陈建华：《"革命"的现代性：中国革命话语考论》，上海古籍
出版社 2000 年版。

31. 陈思和：《陈思和自选集》，广西师范大学出版社 1997 年版。

32. 陈世骧：《中国文学的抒情传统：陈世骧古典文学论集》，生
活·读书·新知三联书店 2015 年版。

33. 陈国球：《文学史书写形态与文化政治》，北京大学出版社 2004
年版。

34. 陈国球、王德威编：《抒情之现代性："抒情传统"论述与中国
文学研究》，生活·读书·新知三联书店 2014 年版。

35. 丁玲：《丁玲全集》，河北人民出版社 2001 年版。

36. 冯崇义：《国魂，在国难中挣扎——抗战时期的中国文化》，广西师范大学出版社 1995 年版。

37. 费孝通：《乡土中国》，生活·读书·新知三联书店 1985 年版。

38. 高新民、张树军：《延安整风实录》，浙江人民出版社 2000 年版。

39. 高华：《红太阳是怎样升起的：延安整风的来龙去脉》，香港中文大学出版社 2000 年版。

40. 高全喜：《何种政治？谁之现代性？》，新星出版社 2007 年版。

41. 高友工：《美典：中国文学研究论集》，生活·读书·新知三联书店 2008 年版。

42. 郜元宝：《鲁迅六讲》（增订本），北京大学出版社 2007 年版。

43. 郜元宝：《遗珠偶拾：中国现代文学史札记》，北京大学出版社 2010 年版。

44. 葛兆光：《宅兹中国——重建有关"中国"的历史论述》，中华书局 2011 年版。

45. 郭德宏、李玲玉：《中共党史重大事件述评》，中共中央党校出版社 1998 年版。

46. 何干之：《何干之文集》，北京出版社 1993 年版。

47. 何其芳：《何其芳全集》，河北人民出版社 2000 年版。

48. 贺桂梅：《转折的时代：40—50 年代作家研究》，山东教育出版社 2003 年版。

49. 贺桂梅：《思想中国：批判的当代视野》，广东人民出版社 2014 年版。

50. 贺桂梅：《"新启蒙"知识档案》，北京大学出版社 2010 年版。

51. 洪子诚：《中国当代文学概说》，北京大学出版社 2010 年版。

52. 洪子诚：《问题与方法：中国当代文学史研究讲稿》，生活·读书·新知三联书店 2002 年版。

53. 黄昌勇：《王实味传》，河南人民出版社 2000 年版。

54. 黄修己编：《赵树理研究资料》，北岳文艺出版社 1985 年版。

55. 黄炎培：《延安归来》，上海国讯书店 1945 年版。

56. 户晓辉：《现代性与民间文学》，社会科学文献出版社 2004 年版。

57. 胡乔木：《胡乔木文集》，人民出版社 1992 年版。

58. 胡乔木：《胡乔木回忆毛泽东》，人民出版社 1994 年版。

59. 胡风：《胡风全集》，湖北人民出版社 1999 年版。

60. 胡适：《胡适全集》，安徽教育出版社 2003 年版。

61. 胡绳：《胡绳全书》，人民出版社 1998 年版。

62. 金安平：《从批判的武器到武器的批判——二十世纪前半期中国知识分子与政党政治》，黑龙江人民出版社 2003 年版。

63. 柯仲平：《柯仲平文集》，云南人民出版社 2002 年版。

64. 旷新年：《1928：革命文学》，山东教育出版社 1998 年版。

65. 旷新年：《写在当代文学边上》，上海教育出版社 2005 年版。

66. 老舍：《老舍全集》，人民文学出版社 1999 年版。

67. 李洁非、杨劼：《解读延安——文学、知识分子和文化》，当代中国出版社 2010 年版。

68. 李锐：《毛泽东早年读书生活》，辽宁人民出版社 1992 年版。

69. 李杨：《抗争宿命之路——"社会主义现实主义"（1942—1976）研究》，时代文艺出版社 1993 年版。

70. 李杨：《50—70 年代中国文学经典再解读》，山东教育出版社 2006 年版。

71. 李怡主编：《词语的历史与思想的嬗变》，巴蜀书社 2013 年版。

72. 李怡、颜同林、周维东：《被召唤的传统：百年中国文学新传统的形成》，中国社会科学出版社 2009 年版。

73. 李泽厚：《中国现代思想史论》，安徽文艺出版社 1994 年版。

74. 李书磊：《1942：走向民间》，山东教育出版社 1998 年版。

75. 黎辛：《延安时期毛泽东的文艺理论与实践》，大众文艺出版社 2002 年版。

76. 梁漱溟：《梁漱溟自述：我的努力与反省》，漓江出版社 1987 年版。

77. 林伟民：《中国左翼文学思潮》，华东师范大学出版社 2005 年版。

78. 林默涵主编：《中国解放区文学书系》，重庆出版社 1992 年版。

79. 柳湜：《柳湜文集》，生活·读书·新知三联书店 1987 年版。

80. 刘禾：《语际书写——现代思想史写作批判纲要》，上海三联书店 1999 年版。

81. 刘禾：《跨语际实践：文学，民族文化与被译介的现代性》，生活·读书·新知三联书店 2002 年版。

82. 刘锦满、王琳编：《柯仲平研究资料》，陕西人民出版社 1988 年版。

83. 刘金铺、房福贤编：《孙犁研究专集》，江苏人民出版社 1983 年版。

84. 鲁迅：《鲁迅全集》，人民文学出版社 2005 年版。

85. 刘增杰主编：《中国解放区文学史》，河南大学出版社 1988 年版。

86. 刘增杰等编：《抗日战争时期延安及各抗日民主根据地文学运动资料》，山西人民出版社 1983 年版。

87. 刘兆吉：《西南采风录》，商务印书馆 1946 年版。

88. 罗岗：《危急时刻的文化想象——文学·文学史·文学教育》，江西教育出版社 2005 年版。

89. 罗荣渠：《现代化新论》，北京大学出版社 1993 年版。

90. 罗志田：《乱世潜流：民族主义与民国政治》，上海古籍出版社 2001 年版。

91. 马良春、张大明主编：《三十年代左翼文艺资料选编》，四川人民出版社 1980 年版。

92. 茅盾：《茅盾全集》，人民文学出版社 1984 年版。

93. 毛泽东：《毛泽东选集》，人民出版社 1991 年版。

94. 毛泽东：《毛泽东文集》，人民出版社 1993 年版。

95. 孟繁华：《传媒与文化领导权》，山东教育出版社 2003 年版。

96. 孟悦：《人·历史·家园：文化批评三调》，人民文学出版社 2006 年版。

97. 倪伟：《"民族"想象与国家统制——1928—1948 年南京政府的文艺政策及文学运动》，上海教育出版社 2003 年版。

98. 钱理群：《丰富的痛苦——"堂吉诃德"与"哈姆雷特"的东移》，时代文艺出版社 1993 年版。

99. 钱理群：《精神的炼狱——中国现代文学从"五四"到抗战的历程》，广西教育出版社 1996 年版。

100. 钱理群：《1948：天地玄黄》，山东教育出版社 1998 年版。

101. 沈从文：《沈从文全集》，北岳文艺出版社 2002 年版。

102. 宋剑华：《百年文学与主流意识形态》，湖南教育出版社 2002 年版。

103. 孙犁：《孙犁全集》，人民文学出版社 2004 年版。

104. 孙晓忠、高明编：《延安乡村建设资料》，上海大学出版社 2012 年版。

105. 孙江主编：《新史学·第 2 卷：概念·文本·方法》，中华书局

2008 年版。

106. 石凤珍：《文艺"民族形式"论争研究》，中华书局 2007 年版。

107. 舒湮：《战斗中的陕北》，武汉文缘出版社 1939 年版。

108. 唐小兵编：《再解读：大众文艺与意识形态》，北京大学出版社 2007 年版。

109. 汪木兰、邓家琪编：《苏区文艺运动资料》，上海文艺出版社 1985 年版。

110. 汪晖：《现代中国思想的兴起》，生活·读书·新知三联书店 2004 年版。

111. 汪晖：《去政治化的政治：短 20 世纪的终结与 90 年代》，生活·读书·新知三联书店 2008 年版。

112. 王海平等主编：《回想延安·1942》，江苏文艺出版社 2002 年版。

113. 王德威：《想象中国的方法——历史·小说·叙事》，生活·读书·新知三联书店 1998 年版。

114. 王德威：《抒情传统与中国现代性——在北大的八堂课》，生活·读书·新知三联书店 2010 年版。

115. 王丽丽：《在文艺与意识形态之间：胡风研究》，中国人民文学出版社 2003 年版。

116. 王培元：《抗战时期的延安鲁艺》，广西师范大学出版社 1999 年版。

117. 王晓明主编：《二十世纪中国文学史论》，东方出版中心 1997 年版。

118. 王晓明主编：《批评空间的开创：二十世纪中国文学研究》，东方出版中心 1998 年版。

119. 王瑶：《王瑶全集》，河北教育出版社 2000 年版。

120. 文天行：《历史在这里闪光——抗战文学与中国传统文化》，四川教育出版社 2002 年版。

121. 文天行等编：《中华全国文艺界抗敌协会资料汇编》，四川省社会科学院出版社 1983 年版。

122. 文振庭编：《文艺大众化问题讨论资料》，上海文艺出版社 1987 年版。

123. 温儒敏、丁晓萍编选：《时代之波：战国策派文化论著辑要》，中央广播电视出版社 1995 年版。

124. 温儒敏、陈晓明等著：《现代文学新传统及其当代阐释》，北京大学出版社 2010 年版。

125. 魏朝勇：《民国时期文学的政治想象》，华夏出版社 2005 年版。

126. 夏征农等编：《现阶段的中国思想运动》，上海一般书店 1937 年版。

127. 萧延中主编：《从奠基者到"红太阳"》，中国工人出版社 2002 年版。

128. 徐迺翔编：《文学的"民族形式"讨论资料》，广西人民出版社 1986 年版。

129. 徐新建：《民歌与国学：民国早期"歌谣运动"的回顾与思考》，巴蜀书社 2006 年版。

130. 徐讯：《民族主义》（修订版），中国社会科学出版社 2005 年版。

131. 《延安文艺丛书》编委会编：《延安文艺丛书》，湖南文艺出版社 1984 年版。

132. 《延安鲁艺回忆录》编委会编：《延安鲁艺回忆录》，光明日报出版社 1992 年版。

133. 杨联芬：《晚晴至五四：中国文学现代性的发生》，北京大学出版社 2003 年版。

134. 杨联芬：《孙犁：革命文学中的"多余人"》，中国文联出版社2004 年版。

135. 杨联芬：《中国现代小说导论》，北京师范大学出版社 2010年版。

136. 杨念群主编：《空间·记忆·社会转型："新社会史"研究论文精选集》，上海人民出版社 2001 年版。

137. 杨念群主编：《新史学·第一卷：感觉·图像·叙事》，中华书局 2007 年版。

138. 杨念群主编：《甲午百年祭：多元视野下的中日战争》，知识出版社 1995 年版。

139. 杨奎松：《毛泽东与莫斯科的恩恩怨怨》，江西人民出版社1999 年版。

140. 姚丹：《西南联大历史情景中的文学活动》，广西师范大学出版社 2000 年版。

141. 俞吾金：《意识形态论》，上海人民出版社 1993 年版。

142. 余英时：《余英时文集》，广西师范大学出版社 2006 年版。

143. 张汝伦：《现代中国思想研究》，上海人民出版社 2001 年版。

144. 张闻天：《张闻天文集》，中共党史出版社 1990 年版。

145. 张申府：《张申府文集》，河北人民出版社 2005 年版。

146. 张学新、刘宗武编：《晋察冀文学史料》，天津社会科学出版社 1989 年版。

147. 赵建国：《赵树理孙犁比较研究》，昆仑出版社 2002 年版。

148. 赵世瑜：《眼光向下的革命：中国现代民俗学思想史论》，北京师范大学出版社 1999 年版。

149. 赵园：《论小说十家》，浙江文艺出版社 1987 年版。

150. 赵超构：《延安一月》，南京新民报社 1945 年版。

151. 赵树理：《赵树理全集》，北岳文艺出版社 2000 年版。

152. 朱鸿召：《延安文人》，广东人民出版社 2001 年版。

153. 朱鸿召编：《众说纷纭话延安》，广东人民出版社 2001 年版。

154. 朱晓进：《非文学的世纪——20 世纪中国文学与政治文化关系
     史论》，南京师范大学出版社 2004 年版。

155. 朱自清：《朱自清全集》，江苏教育出版社 1996 年版。

156. 郑大华、邹小站主编：《中国近代史上的民族主义》，社会科
     学文献出版社 2007 年版。

157. 钟敬文编：《歌谣论集》，上海文艺出版社 1989 年版。

158. 钟敬文：《民俗学概论》，上海文艺出版社 2009 年版。

159. 钟敬之、金紫光主编：《延安文艺丛书》，湖南文艺出版社
     1987 年版。

160. 中国社会科学院文学研究所现代文学研究室编：《"革命文学"
     论争资料选编》，人民文学出版社 1981 年版。

161. 中国社会科学院文学研究所编：《左联回忆录》（上、下），中
     国社会科学出版社 1982 年版。

162. 中国新文学大系编委会：《中国新文学大系（1937—1949）》，
     上海文艺出版社 1990 年版。

163. 中央档案馆编：《中共中央文件选集》，中共中央党校出版社
     1991 年版。

164. 中央文献研究室编：《毛泽东年谱（1983—1949）》，中央文献
     出版社 1993 年版。

165. 周而复：《新的起点》，上海新文艺出版社 1953 年版。

166. 周立波：《周立波文集》，上海文艺出版社 1984 年版。

167. 周扬：《周扬文集》，人民文学出版社 1991 年版。

168. 周作人：《周作人散文全集》，广西师范大学出版社 2009 年版。

169. 曹成竹：《关于歌谣的政治美学——文化领导权视域下的"红色歌谣"》，《文艺理论与批评》2012 年第 2 期。

170. 曹成竹：《从"歌谣运动"到"红色歌谣"：歌谣的现代文学之旅》，《文艺争鸣》2014 年第 6 期。

171. 陈平原：《波诡云谲的追忆、阐释与重构——解读"五四"言说史》，《读书》2009 年第 9 期。

172. 陈培浩：《民族形式和革命美学的创制——以民歌体叙事诗〈漳河水〉为例》，《文艺理论与批评》2013 年第 1 期。

173. 程鸿彬：《延安 1938—1942："都市惯性"支配下的文学生产》，《中国现代文学研究丛刊》2009 年第 1 期。

174. 程凯：《重读〈新的信念〉与〈我在霞村的时候〉》，《中国现代文学研究丛刊》2013 年第 6 期。

175. 段从学：《"民族形式"论争的起源与话语形态论析》，《社会科学研究》2009 年第 5 期。

176. 范永康：《何谓"文化政治"》，《文艺理论与批评》2010 年第 4 期。

177. 郜元宝：《柔顺之美：革命文学的道德谱系——孙犁、铁凝合论》，《南方文坛》2007 年第 1 期。

178. 苟有富：《毛泽东和赵树理之关系的质疑——与董大中先生商榷》，《山西文学》2007 年第 5 期。

179. 贺桂梅：《革命与"乡愁"——〈红旗谱〉与民族形式建构》，

《文艺争鸣》2011 年第 4 期。

180. 贺桂梅：《1940—1960 年代革命通俗小说的叙事分析》，《中国现代文学研究丛刊》2014 年第 8 期。

181. 贺桂梅：《"民族形式"建构与当代文学对五四现代性的超克》，《文艺争鸣》2015 年第 9 期。

182. 贺照田：《中华人民共和国成立的历史意涵：从梁漱溟的视角看》，《思想》（台湾）2009 年第 13 辑。

183. 贺仲明：《论民歌与新诗发展的复杂关系——以三次民歌潮流为中心》，《中国现代文学研究丛刊》2008 年第 4 期。

184. 黄科安：《文本、主题与意识形态的诉求——谈歌剧〈白毛女〉如何成为"红色"经典作品》，《文艺研究》2006 年第 9 期。

185. 黄兴涛：《概念史方法与中国近代史研究》，《史学月刊》2012 年第 9 期。

186. 贾植芳：《在复杂的世界里——生活回忆录》，《新文学史料》1992 年第 1 期。

187. 金良守：《论"民族形式"论争的发端问题》，《南京大学学报》1996 年第 2 期。

188. 康凌：《方言如何成为问题？——方言文学讨论中的地方、国家与阶级（1950—1961）》，《现代中文学刊》2015 年第 2 期。

189. 黎辛：《关于"延安文艺座谈会"的召开、〈讲话〉的写作、发表和参加会议的人》，《新文学史料》1995 年第 2 期。

190. 李杨：《"赵树理方向"与〈讲话〉的历史辩证法》，《文学评论》2015 年第 4 期。

191. 李玲：《异己的环境中，主体何为——再论丁玲小说〈在医院中〉〈杜晚香〉》，《文艺研究》2013 年第 7 期。

192. 李陀：《丁玲不简单——革命时期知识分子在话语生产中的复
杂角色》，《北京文学》1998 年第 7 期。

193. 李遇春：《话语规范与心理防御——论丁玲在延安解放区时期
的小说创作》，《中国政法大学学报》2013 年第 2 期。

194. 刘进才：《从"文学的国语"到方言创作——四十年代方言文
学运动的合理性及其限度》，《文学评论》2006 年第 4 期。

195. 刘进才：《民间的何以成为民族的——文学民族形式论争中的
文体及语言问题》，《华中师范大学学报》（人文社会科学版）
2015 年第 5 期。

196. 卢燕娟：《以"人民性"重建"民族性"——延安文艺中的
"民族形式"问题》，《文艺理论与批评》2014 年第 3 期。

197. 陆耀东：《四十年代长篇叙事诗初探》，《文学评论》1995 年第
6 期。

198. 骆寒超：《论中国现代叙事诗》，《文学评论》1985 年第 6 期。

199. 毛巧晖：《"民族形式"论争与新中国民间文学话语的源起》，
《沈阳师范大学学报》（社会科学版）2014 年第 4 期。

200. 欧阳军喜：《论新启蒙运动》，《安徽史学》2007 年第 3 期。

201. 潘南：《四十年代文学"民族形式"倡导中的创作问题》，《江
苏社会科学》1999 年第 2 期。

202. 单世联：《文化、政治与文化政治》，《天津社会科学》2006 年
第 3 期。

203. 王彬彬：《"新启蒙运动"与"左翼"思想在中国的传播》，
《河北学刊》2009 年第 4 期。

204. 王光东：《"民间"的现代价值——中国现代文学与民间文化

形态》，《中国社会科学》2003 年第 6 期。

205. 王丽丽：《文艺与意识形态交错纠缠的开始——民族形式问题论争与胡风事件》，《北京大学学报》2003 年第 5 期。

206. 王荣：《论 40 年代"解放区"叙事诗创作及其形式的"谣曲化"》，《陕西师范大学学报》（哲学社会科学版）2004 年第 3 期。

207. 王晓明等：《笔谈赵树理》，《文艺理论与批评》2008 年第 4 期。

208. 王中：《论丁玲小说的语言变迁》，《中国现代文学研究丛刊》2008 年第 5 期。

209. 吴舒洁：《民族与阶级视野中的"甲申史论"——"明亡三百年"与 1940 年代的中国马克思主义史学》，《现代中文学刊》2010 年第 1 期。

210. 吴晓川：《川陕苏区红色文化的歌谣建构与传播》，《文艺争鸣》2010 年第 10 期。

211. 阎浩岗：《现当代文学研究的知识社会学视野与互文性方法——以土改叙事为例》，《中国文学批评》2015 年第 4 期。

212. 杨联芬：《孙犁：革命文学中的"多余人"》，《中国现代文学研究丛刊》1998 年第 4 期。

213. 杨联芬：《"启蒙""革命"与民族主义》，《山东社会科学》2009 年第 6 期。

214. 姚文放：《文化政治与文学理论的后现代转折》，《文学评论》2011 年第 3 期。

215. 袁盛勇：《民族——现代性："民族形式"论争中延安文学观念的现代性呈现》，《文艺理论研究》2005 年第 4 期。

216. 袁盛勇：《"党的文学"：后期延安文学观念的核心》，《中国现代文学研究丛刊》2005 年第 3 期。

217. 袁盛勇、阮慧：《真实而脆弱的灵魂——论丁玲延安时期的话语实践及其复杂性》，《文艺理论研究》2008 年第 5 期。

218. 张霖：《两条胡同的是是非非》，《文学评论》2009 年第 2 期。

219. 张桃洲：《论歌谣作为新诗自我建构的资源：谱系、形态与难题》，《文学评论》2010 年第 5 期。

220. 张武军：《"马克思中国化"与文艺界"民族形式"运动——兼及对中国当下文艺问题的启示》，《求索》2009 年第 1 期。

221. 张永泉：《丁玲与四十年代民族形式论争》，《河北学刊》1990 年第 6 期。

222. 赵浩生：《周扬笑谈历史功过》，《新文学史料》1979 年第 2 期。

223. 赵家璧：《话说〈新文学大系〉》，《新文学史料》1984 年第 1 期。

224. 赵卫东：《一九四〇年代延安"文艺政策"演化考论》，《中国现代文学研究丛刊》2010 年第 2 期。

225. 赵学勇：《延安文艺研究：历史重评与当代性建构》，《陕西师范大学学报》（哲学社会科学版）2012 年第 3 期。

226. 赵园、钱理群、洪子诚等：《20 世纪 40 至 70 年代文学研究：问题与方法》，《中国现代文学研究丛刊》2004 年第 2 期。

二　中文译著及外文类相关文献

1. ［美］阿里夫·德里克：《革命与历史——中国马克思主义历史学的起源，1919—1937》，翁贺凯译，江苏人民出版社 2005 年版。

2. ［美］埃德加·斯诺：《西行漫记》，董乐山译，生活·读书·新知三联书店 1979 年版。

3. ［英］埃里克·霍布斯鲍姆：《民族与民族主义》，李金梅译，上海人民出版社 2000 年版。

4. ［英］安东尼·吉登斯：《现代性与自我认同》，赵旭东、方文译，生活·读书·新知三联书店 1998 年版。

5. ［美］安敏成：《现实主义的限制：革命时代的中国小说》，姜涛译，江苏人民出版社 2001 年版。

6. ［英］巴特·穆尔·吉尔伯特：《后殖民理论——语境　实践　政治》，南京大学出版社 2001 年版。

7. ［美］本尼迪克特·安德森：《想象的共同体：民族主义的起源与散布》，吴叡人译，上海人民出版社 2005 年版。

8. ［德］比格尔：《先锋派理论》，高建平译，商务印书馆 2002 年版。

9. ［日］柄谷行人：《日本现代文学的起源》，生活·读书·新知三联书店 2002 年版。

10. ［日］池田诚编著：《抗日战争与中国民众——中国的民族主义与民主主义》，中国人民抗日战争纪念馆编研部译，求实出版社 1989 年版。

11. ［美］杜赞奇：《从民族国家拯救历史：民族主义话语与中国现代史研究》，社会科学文献出版社 2003 年版。

12. ［英］E. 霍布斯鲍姆、T. 兰格：《传统的发明》，顾杭、庞冠群译，译林出版社 2004 年版。

13. ［意］葛兰西：《论文学》，吕同六译，人民文学出版社 1983 年版。

14. ［意］葛兰西：《狱中札记》，曹雷雨等译，中国社会科学出版社 2000 年版。

15. ［美］格里德尔：《知识分子与现代中国》，单正平译，南开大学出版社 2002 年版。

16. ［澳］费约翰：《唤醒中国：国民革命中的政治、文化与阶级》，李恭忠、李里峰等译，生活·读书·新知三联书店 2004 年版。

17. ［美］费正清主编：《剑桥中华民国史》，章建刚等译，上海人民出版社 1992 年版。

18. ［美］海登·怀特：《后现代历史叙事学》，陈永国、张万娟译，中国社会科学出版社 2003 年版。

19. ［美］海登·怀特：《元史学：十九世纪欧洲的历史想象》，陈新译，译林出版社 2004 年版。

20. ［美］洪长泰：《到民间去：1918—1937 年的中国知识分子与民间文学运动》，董晓萍译，上海文艺出版社 1993 年版。

21. ［美］华莱士·马丁：《当代叙事学》，伍晓明译，北京大学出版社 1990 年版。

22. ［美］杰克·贝尔登：《中国震撼世界》，邱应觉等译，北京出版社 1980 年版。

23. ［韩］金会峻：《中国现代文学史上"民族形式论争"研究》，《中国现代文学研究丛刊》1996 年第 3 期。

24. ［韩］金会峻：《中国现代文学史上"民族形式论争"有关资料目录》，《新文学史料》2000 年第 1 期。

25. ［德］卡尔·曼海姆：《意识形态和乌托邦》，艾彦译，华夏出版社 2001 年版。

26. ［美］卡尔·瑞贝卡：《世界大舞台》，高瑾等译，生活·读书·新知三联书店 2008 年版。

27. ［美］卡林内斯库：《现代性的五副面孔》，顾爱彬、李瑞华译，
商务印书馆 2002 年版。

28. ［俄］列宁：《列宁全集》，中央编译局译，人民出版社 1984
年版。

29. ［匈牙利］卢卡契：《历史与阶级意识——关于马克思主义辩证
法的研究》，杜章智等译，商务印书馆 1992 年版。

30. ［美］露丝·本尼迪克：《文化模式》，何锡章、黄欢译，华夏
出版社 1987 年版。

31. ［法］路易·阿尔都塞：《保卫马克思》，顾良译，商务印书馆
1984 年版。

32. ［德］罗梅君：《政治与科学之间的历史编纂——30 和 40 年代
中国马克思主义历史学的形成》，孙立新译，山东教育出版社
1997 年版。

33. ［德］马克思、恩格斯：《马克思恩格斯全集》，中央编译局译，
人民出版社 1979 年版。

34. ［美］马克·赛尔登：《革命中的中国：延安道路》，魏晓明等
译，社会科学文献出版社 2002 年版。

35. ［美］马歇尔·伯曼：《一切坚固的东西都烟消云散了——现代
性体验》，徐大建、张辑译，商务印书馆 2003 年版。

36. ［法］米歇尔·福柯：《知识考古学》，谢强、马月译，生活·
读书·新知三联书店 1998 年版。

37. ［法］米歇尔·福柯：《疯癫与文明》，刘北成、杨远婴译，生
活·读书·新知三联书店 2003 年版。

38. ［印］帕尔塔·查特吉：《民族主义思想与殖民地世界》，范慕

尤、杨曦译，译林出版社 2007 年版。

39. ［法］皮埃尔·布迪厄：《艺术的法则——文学场的生成与结构》，刘晖译，中央编译出版社 2001 年版。

40. ［美］乔纳森·卡勒：《文学理论》，李平译，辽宁教育出版社 1998 年版。

41. ［美］萨义德：《文化与帝国主义》，李琨译，生活·读书·新知三联书店 2003 年版。

42. ［美］萨义德：《知识分子论》，单德兴译，生活·读书·新知三联书店 2004 年版。

43. ［美］史景迁：《天安门：知识分子与中国革命》，尹庆军等译，中央编译出版社 1998 年版。

44. ［美］史书美：《现代的诱惑：书写半殖民地中国的现代主义（1917—1937）》，何恬译，江苏人民出版社 2007 年版。

45. ［美］舒衡哲：《中国启蒙运动：知识分子与五四遗产》，刘京建译，新星出版社 2007 年版。

46. ［苏］斯大林：《论民族问题》，张仲实译，上海生活书店 1939 年版。

47. ［斯］斯拉沃热·齐泽克等：《图绘意识形态》，方杰译，南京大学出版社 2002 年版。

48. ［英］斯图尔特·霍尔：《表征：文化表象与意指实践》，徐亮、陆兴华译，商务印书馆 2003 年版。

49. ［美］韦勒克、沃伦：《文学理论》，刘象愚译，生活·读书·新知三联书店 1984 年版。

50. ［英］伊格尔顿：《审美意识形态》，王杰等译，广西师范大学出版社 2006 年版。

51. ［美］詹姆斯·施密特编:《启蒙运动与现代性》, 徐向东、卢华萍译, 上海人民出版社 2005 年版。

52. ［美］詹姆逊:《政治无意识》, 王逢振、陈永国译, 中国社会科学出版社 1999 年版。

53. ［日］竹内好:《近代的超克》, 李冬木、赵京华、孙歌译, 生活·读书·新知三联书店 2005 年版。

54. Joanthan I. Israel, *Radical Enlighten*: *philosophy and the Making of Modernity* 1650—1750, New York: Oxford University Press, 2001.

55. Peter Gay, *The Enlightment*: *An Interpretation—The rise of modern paganism*, Newyork: Norton Library, 1966.

56. Der-Wei David Wang, *The History that is Monster*: *History*, *Violence and Fictional Writing in* 20*th Century China*, University of California Press, 2004.

57. Haiyan Lee, *Revolution of the Heart*: *A Genealogy of Love in China*, 1900—1950, Stanford: Stanford University Press, 2007.

后　记

本书是我 2011 年写的博士学位论文，做了一些改动，但大体仍保留了博士学位论文的内容。

从"民族形式"论争这一问题域出发，本书讨论中国现代文学和文化如何理解和处理传统与现代、中国与西方、阶级与民族、国家与地方之间的关系等一系列的现代性难题，探询理论建构与文学、文化政治实践之间的联系性。"民族形式"这一概念的提出及引发的文艺论争、文学实践对中国现当代文学和文化政治影响极大。从中国现代文学史的角度来看，"民族形式"文学建构是对"五四"新文学的"超克"，由此中国现代文学向中国当代文学转型；从中国现代思想文化史的角度看，"民族形式"文艺论争显示了中国知识群体对现代启蒙文化的思考，从"五四"到"抗战"，从沿海都市到内陆腹地，从启蒙到"新启蒙"，中国现代文化发展路向在自觉不自觉中发生变化；另外，"民族形式"理论概念的提出还与中国共产党的文化建设有着紧密的联系，"马克思主义中国化"和"民族形式"论争是中国共产党以无产阶级政党谋求国家政权的起点，反映出中国共产党对文化领导权的重视和争夺，是一个重要的党史研究问题。作为中国现当代文学专业的研究者，虽然这一问题涉及的内容繁多，但我更主要还是从文学史的角度切入议题。厘清"民族形式"的概念，剖析"民族形式"论争对中国现代文学进程的影响，揭示和考察理论建构与文学实践之间的契合与背离，展现文艺理论建构所达到的文学限度。

本书中的部分章节曾在《中国现代文学研究丛刊》《文艺争鸣》《齐鲁学刊》《阅江学刊》《海南师范大学学报》等刊物上发表，感谢发表论文的编辑学者，使我能有机会与专业的师友们进行交流。

非常感谢我的博士研究生导师杨联芬先生。在读书期间，从课程学习到日常生活，老师都对我关怀备至。老师要求严厉，对我却甚为宽容，虽然经常批评我文字和论述的粗疏，却允许我自由的思考和表达。得知论文即将出版，杨老师在非常忙碌的情况下，为我写好序言，为本书增色不少。老师这些年一直扎扎实实做研究，取得了厚实的研究成果。潜心学问的风范，令我既敬且愧，也提醒我在浮躁的时代里不忘初心。

感谢参加我博士论文开题和答辩的刘勇、李怡、陈晖、黄开发、邹红、高远东、解志熙、孙郁、赵稀方等诸位老师，师长们的鼓励和指导，帮助我顺利完成论文的修改。还要感谢毕光明、红霞、雅萍等我的家人，一直关心我的学业，为我付出，家人永远是我前行的动力和坚强后盾。

特别感谢我的工作单位中央民族大学文学与新闻传播学院，提供科研经费资助我的书稿。非常幸运来到文传学院，加入中国现当代文学教研室这个美好的大家庭，不论外面环境如何，我们现当代文学教研室的小空间始终是温煦和睦的，能和八位志同道合的"君子"一起工作学习是一件非常幸运的事。

最后，还要特别感谢本书的责编郭晓鸿老师，温柔耐心地允许我反复修改文字，不辞辛劳为我校正书稿，让本书能够顺利出版。

毕　海

2017 年 2 月 7 日于北京新天地